卓越学术文库 ■

U0558365

疏离与认同：
巴黎俄侨作家的文学命运研究

SHULI YU RENTONG BALI EQIAO ZUOJIA DE WENXUE MINGYUN YANJIU

河南省高等学校哲学社会科学优秀著作资助项目

杜　荣著

郑州大学出版社

郑　州

图书在版编目(CIP)数据

疏离与认同:巴黎俄侨作家的文学命运研究/杜荣著. —郑州:
郑州大学出版社,2020.6
　(卓越学术文库)
　ISBN 978-7-5645-5973-1

Ⅰ.①疏…　Ⅱ.①杜…　Ⅲ.①俄罗斯文学-文学研究
Ⅳ.①I512.06

中国版本图书馆 CIP 数据核字(2019)第 003035 号

郑州大学出版社出版发行
郑州市大学路 40 号　　　　　　　　邮政编码:450052
出版人:孙保营　　　　　　　　　　发行电话:0371-66966070
全国新华书店经销
河南文华印务有限公司印制
开本:710 mm×1 010 mm　1/16
印张:14.5
字数:279 千字
版次:2020 年 6 月第 1 版　　　　　印次:2020 年 6 月第 1 次印刷

书号:ISBN 978-7-5645-5973-1　　　定价:78.00 元
本书如有印装质量问题,请向本社调换

前　言

　　对巴黎俄侨作家的文学命运的研究表明,文化的环境和条件常常成为作家创作命运中的决定性因素。"侨民"一词是有特定含义的历史概念和政治概念,不同时期的侨居动机和侨居形式各有差异,并且不同类型的俄侨都会受到侨居地的政治、经济、文化等方面不同程度的影响,俄侨作家无疑还会受到侨居地的文学和艺术等方面的影响,其文学命运也与自己的存在和选择息息相关。存在主义意识鲜明地体现在 20 世纪巴黎俄侨作家的创作之中。

　　俄侨文学的历史悠久,可追溯到 16 世纪,几个世纪以来,俄侨作家不仅大量存在,并且范围极广,俄侨文学史也是俄罗斯流亡文学史。风云变幻、充满矛盾和革命斗争的动荡时代是俄侨存在的社会历史原因,这在一定程度上决定着俄侨作家的文学命运以及俄侨文学的变化和创新,因为文学一直是反映生活和时代的一面审美镜子,文学间接对历史进行感悟,时代生活中发生的重大事件对人类生活和精神产生的巨大震撼自然就成了侨民文学家们的创作主题。十月革命后许多俄罗斯作家因故离开祖国,遍布世界的俄侨作家由此产生。20 世纪俄侨文学是重要的文学现象,是研究整个 20 世纪俄罗斯文学的重要因素。在俄罗斯和西欧文化的相互交流和相互渗透的跨文化语境下的巴黎俄侨文学,是具有俄罗斯民族的文化背景的作家在法兰西民族的土壤中求生存的文学,如何维系自己的文化身份,关乎每一个俄侨作家的文学命运,毕竟,从侨居的那一刻起,离开俄罗斯传统文学的根基,其生存状态和创作心态必然发生相应的改变,如果他们无法真正融入侨居国主流文学的圈子,就其侨民文学的创作题材和创作生命力必然受限,因为侨民文学的功能在特定语境中生成,它的政治本质和政治意义将随着特定语境的解体而消失,有着集体记忆的巴黎俄侨作家的创作态度及文学言论直接反映其不同的政治立场和价值取向,而这又反过来深刻地影响其创作风格和人生际遇,使文学命运随之发生质的变化。

　　在本书的绪论中主要论证本研究的现实性及俄罗斯国内外的研究现

状。1917 年之后俄罗斯文学形成两个大的分支,即俄罗斯文学和侨民文学。巴黎曾是俄侨作家文学命运的见证之城,是其文学创作的重镇之一。巴黎俄侨文学是世界文学中一道独特的景观,同一时期的巴黎俄侨作家的文学命运有着某些相似的类型特征。社会生活是文学之源,巴黎的俄侨作家在其文学圈内进行着独特的艺术实践,对自己祖国曾经发生的历史事件进行超时空的紧张思考,其民族意识直接作用于自己的创作过程,但主体心态各异的俄侨作家创作的别样作品最终经受住了时间的考验,得到了世界读者的接受和认可。

第一章"从俄罗斯到巴黎"中,总括了俄侨作家移居巴黎的历史文化背景和巴黎俄侨作家文学命运的类型特征。俄罗斯侨民文学既是俄国文化精神的延伸和继续,也是新时代俄罗斯文学命运的特殊形式,特别是侨民文学"第一浪潮"中的一系列作家的创作,它们丰富了俄罗斯文学。俄罗斯提供给巴黎俄侨作家重要的精神食粮,逝去的俄罗斯的主题和流亡的主题几乎成为其作品的主旋律,他们不仅通过充满失去祖国的情感和那种莫名的损失感的作品来创建逝去的俄罗斯的形象,而且俄罗斯赋予他们的灵感和精神使其在俄罗斯境外依然能够坚持写作,并在创作的不同时期和不同体裁的作品中通过俄罗斯主题来塑造不同的俄罗斯形象。巴黎俄侨作家的文学命运不单纯是由个别事件和个人生活的错位及选择而造成的,这些俄狄甫斯式的语言流浪者是具有人类意义的俄罗斯命运在西方的承受者,对其精神的理解是理解其艺术的基础。第二章"1920—1940 年巴黎俄侨老一代作家的文学命运"中,主要分两个小节论述滞留巴黎和返回祖国的不同俄侨作家的文学命运。巴黎的一些俄罗斯侨民作家梦想着能尽快返回俄罗斯,并为之做出各种努力,但最终仍客死异国。而一些历经艰难困苦回到俄罗斯的侨民作家也悲剧地死在祖国,只有少数俄侨作家能在异国衣食无忧且回到国内也美名远扬。第三章"1920—1940 年巴黎俄侨年轻一代作家的文学命运"中,通过对比的方式揭示侨居巴黎和从巴黎移居异国的俄侨年轻一代作家的文学命运。第四章"1940 年之后巴黎俄侨作家的文学命运"中,主要论述在"第二浪潮"和"第三浪潮"中侨居巴黎的俄侨作家迥异于"第一浪潮"中俄侨作家的文学命运。

笔者在结论部分总结得出,在跨文化语境下主流意识形态和传播媒介的变化在一定程度上影响着巴黎俄侨作家及其作品的文学命运,但有着不同文学命运的他们都在自己的作品中反射出曲折艰辛的历史事实,讴歌人类捍卫正义、自由和和平的奋斗精神,探索人性和心灵的奥秘,哲理地演绎人世的沧桑和道德的探索,深层发掘普通人悲剧命运的根源所在。这些巴黎俄侨作家的语言艺术精品经过历史的考验,至今仍在世界文学殿堂里熠熠生辉,成为文学经典之作,并在回归俄罗斯后与本土文学共同形成百花齐放的文学景观。

本书旨在通过对俄罗斯作家侨居的文化现象进行梳理与分析,以巴黎俄侨作家不同时期的创作题材为主要研究对象,用哈罗德·布鲁姆的"影响的焦虑"理论为指导,采用渊源学和比较类型学的研究手段,从巴黎俄侨作家的民族文化背景和文学文本中发掘出其具有文化身份意义的因素,揭示其在跨文化的历史语境下的文学命运和文学地位。

在此衷心感谢在本书的写作和出版过程中所有支持和帮助过我的人!

杜　荣

2018 年 5 月 15 日

目录

绪　论

　　"流亡"一词来源于希伯来语 Galut,世界文学史上的"流亡文学"源于西班牙的塞万提斯、英国的亨利·菲尔丁等人的"流浪汉小说",并且与爱尔兰小说家乔伊斯、美国犹太小说家索尔·贝娄等流亡作家的出现息息相关,因其创作而产生了真正意义上的流亡文学。俄罗斯流亡文学的传统悠久且侨民作家的人数众多,在世界文学中的影响力也是首屈一指,这跟俄罗斯文学本身的传统密不可分。俄罗斯流亡文学的历史可追溯到16世纪的安德烈·库尔布斯基大公与伊凡四世的论战,距今已有近五百年了,俄侨文学传统的强大与俄罗斯文学传统的强大密不可分,俄罗斯各个阶层的侨民遍布世界各地,俄侨作家与流放有着千丝万缕的联系,他们将独特的流亡人生体验艺术地写进自己的文学作品之中,形成俄罗斯文学中一道别样的风景。流亡法国的别尔嘉耶夫曾哀叹"俄罗斯民族的历史是世界上最痛苦的历史之一"①,俄罗斯人民的流亡史更是如此。20世纪20年代起直到1991年苏联解体,俄罗斯侨民文学(流亡文学)和俄罗斯文学(本土文学)之间是彼此对峙又相互依存的关系,并且在美学追求、价值取向以及成就命运等方面各有异同,研究巴黎俄侨作家的文学命运可以为审视世界性移民文学潮形成的文化现象提供某种有益的参考。

　　巴黎俄侨作家的流亡原因各异,这不仅与他们的主体心态相关,而且深受社会主流意识形态的影响,作为知识分子,他们认为自己肩负着拯救祖国和人民的神圣的历史使命,但"俄国从历史上看,知识分子就一直不被当权者所看重,或者甚至相反,毋宁说知识分子始终被当局视为天然的反对派。这当然和知识分子自己的'异见者'传统定位有关。因此之故,知识分子包

---

　　①　别尔嘉耶夫.俄罗斯思想[M].雷永生,岳守娟,译.北京:三联书店,2004:5.

括其中的创作型知识分子——作家和诗人——在俄国似乎注定只能享有悲剧的命运"①。一些巴黎俄罗斯侨民作家的文学命运也印证了这一现象，如时代的悲剧性和被抛弃的感受尤为明显地体现在布宁（查《辞海》本书统改为"布宁"，书中引用的已出版的参考文献除外）、纳博科夫、加兹达诺夫、什梅廖夫、A. B. 库普林、Б. Ю. 波普拉夫斯基……②等巴黎俄侨作家的创作之中，他们力求通过自己的文学及社会实践洞悉生活的目的与存在的意义。B. 阿哥诺索夫曾说："在俄罗斯，从古至今，文学都是一种最重要的社会化工具，它往往并不仅仅是文学，而是集哲学、宗教学、政治学、社会学等为一身的大文化，俄罗斯的文学家往往并不仅仅是作家或诗人，同时也是思想家、政治家和社会活动家，从这个意义上来说，无论是侨民文学还是非侨民文学，它首先都是知识分子和思想者的一种存在方式。"③俄侨文学对历史的文本建构的意义在于："历史唯有与作家创造的审美的艺术世界水乳交融，成为这个艺术世界不可分割的有机部分，方能真正地提供给人们无限的想象与体悟的空间。"④而巴黎俄侨作家的文学命运是时代和个人双重选择的结果，俄侨批评家弗·霍达谢维奇在《流放文学》中曾结合当时巴黎俄侨作家缺乏读者和无法以文学创作为生计的状况，进而悲观地预言："无论侨民文学如何，无论它具有哪些优点和缺点，它有能力创造一些个别的东西，却没有能力形成某种整体的东西，侨民群体最终也无法胜任这一任务。俄罗斯作家的命运就是——死亡。他们幻想在异国他乡躲避死亡，可死亡正在那里窥伺着他们。"⑤因为巴黎俄侨作家不仅面临文学饥饿，等待他们的还有肉体饥饿。霍达谢维奇在文章中虽然认为流亡文学的命运与俄罗斯国内文学的命运同样是悲剧性的。但他依旧反对那种认为侨民文学的存在从生物学角度来看，因为不会产生新的萌芽，所以将窒息而死的观点。

20世纪的俄侨文学在苏俄文学史乃至世界文学史上的重要作用已被各国文学界人士广泛认可，得到日益深入的发掘和研究。1917年十月革命以及俄罗斯内战造成俄罗斯侨民大量散落世界各地，后来历经周折，最终把巴

① 张冰.想入风云变态中[M].//邱运华，林精华.俄罗斯文化评论（第4辑）.北京：首都师范大学出版社，2014:159.

② 戴卓萌，郝斌，刘琨.俄罗斯文学之存在主义传统[M].北京：中央编译出版社，2014:238.

③ 弗·阿格诺索夫.俄罗斯侨民文学史[M].刘文飞，陈方，译.北京：人民文学出版社，2004:722.

④ 董晓.俄罗斯文学：追寻心灵的自由[M].上海：复旦大学出版社，2016:166.

⑤ 弗·霍达谢维奇.摇晃的三脚架[M].隋然，赵华，译.北京：东方出版社，2000:274.

黎作为境外俄罗斯文化的重镇。巴黎俄侨文学声势浩大，人才辈出，极大增强了俄罗斯文学在世界文坛的影响力。以布宁等为代表的20世纪俄罗斯侨民文学第一浪潮(1918—1940)中的俄侨作家，曾在巴黎构建出一个被茨维塔耶娃称为"喀尔巴阡的罗斯"的俄罗斯文学圈，这一时期巴黎侨民文学洋溢着对"俄罗斯白桦树的崇拜"，纵观这种现象，吉皮乌斯曾写道："俄国现代文学(以其主要作家为代表)正从俄罗斯流向欧洲。"①星光灿烂的第一次俄苏侨民文学浪潮随着第二次世界大战的爆发而终结。第一次浪潮中的年老一代俄侨作家中，除列米佐夫等少数作家外，大多数作家都还在遵从19世纪文学传统，他们在流亡前都已成名，因此，他们的文化认同已很明显，如什梅廖夫、布宁、库普林等作家。在年老一代作家圈中，守旧的特征比较明显，他们只是换了写作的地方，但创作的思想没有变，怀旧的色彩日益浓重，在作品中将俄罗斯曾经的一切展示出来。同时，他们还要求年轻一代作家也遵循其创作风格。这让巴黎年轻一代的俄侨作家对俄罗斯文学的传承陷入现实的生存矛盾之中，那些想成为作家的人，既没通过自身来激发对文学情不自禁地热情和尊重，也没有赋予俄语以特殊的含义。在他们看来，写作不再是一种职责，而是一种职业。并且他们是在俄罗斯和西欧的跨文化语境下生存和创作，他们不自觉地会有一种"影响的焦虑"，这种影响源于老一代俄侨作家的优先权，前辈作家对他们的影响是绝对的，因为"当新作者不仅认识到自己在与某一位前辈的形式和影响做斗争，而且同时也被迫意识到那位前辈在他以往事业中的地位"②。正如当代文学批评的领军人物之一哈罗德布鲁姆在1973年著的《影响的焦虑：一种诗歌理论》中认为，文学传统有时并非都是良性的影响，有时，它也可能会阻碍不同天赋的作家的文学创造性。并且，文学的影响一直伴随着焦虑。在文学创作的过程中，文学家在从前辈身上获取创作灵感和文学滋养的同时，也不可避免地受到随之产生的焦虑之困扰，他们必须克服影响的焦虑，发出自己的声音，才能拓展自己文学发展的空间。在这种影响的焦虑下，他们的创新就带着一种积极二元对立的创造性自由。他们的创作是影响的产物，也是互文性的。并且巴黎俄侨作家的文学创作还受到西欧文学的强烈影响，他们的文学地位主要在侨居国得到承认，文化认同这个问题对他们来说还较为复杂，他们中的一些人平静自如地接受东方和西方文化，并且寻求传统主题和东方文化现象，但

---

① Зись А. Я. Русская идея：В кругу писателей и мыслителей русского зарубежья：В 2-х томах[M]. Москва：Издательство 《Искусство》，1994. С. 360.

② 哈罗德·布鲁姆. 误读图示[M]. 朱立元，陈克明，译. 天津：天津人民出版社，2008：31.

他们创作的外在文体风格还是很自然地让人感到欧洲主义。一些巴黎俄侨作家及其创作能成为经典的原因在于陌生化，主要在于其无法同化的原创性，研究者需要因人而异地结合其创作文本进行分析。早在20世纪30年代，巴黎俄侨作家加兹达诺夫在《关于文学的思考》中已关注到这一文学现象，"我认为，否认当今老一代侨民文学是真正的'俄罗斯文化精神'的表达，这样不好。……苏联文学是世界文学史上绝无前例的事件，在生物学上它已不同于我们习惯上理解的那种文化艺术。这在相当大的程度上解释了对'苏联'文学的仇视态度……我们现在对某些部分真相看得更清楚。在境外发生了另一种情形。首先是这里的人们，'暗淡的前景'，创建了有关侨民文学的神话——指的是年轻一代作家。直接的真实文献资料不容置疑地证明了它只是个神话。在12年中，侨民界突显了两个诗人（拉津斯基和波普拉夫斯基）和一个散文作家（西林①）。……众所周知，在境外大多数文学家的生活是如何困顿，有时被迫过着最有损尊严的存在。……应该注意到法国文学的影响——与其说是影响，不如说是文学活动。它在这里特别明显，我们对它如此习惯，以至于它已不再让我们感到惊奇——并且在俄罗斯境外出版物中经常重复一些方法，具有的正是法国文学的风尚。我们对这种用借用形式所写的评论和文章已经没有感觉不妥。这也不再让我们感到难堪"。巴黎俄侨作家渴望置身他处写出伟大的作品，在自己的时空之中，通过历史的传承且超越影响的焦虑来写出原创性的作品。

　　第二次世界大战后，从1941年至20世纪60年代中期形成了以战争难民为基础的俄罗斯侨民文学第二浪潮，多数俄罗斯侨民作家移居欧美，亦有少数人先后来到巴黎，在这里继续高举着俄罗斯侨民文学的旗帜进行创作。这批人数不多且声名不显的新一代俄侨作家主要是在苏维埃文学的语境下成长起来的，带着对国内生活的新鲜记忆和复杂经历逐渐融入俄侨文学圈子，其作品与思想中存在着鲜明的政治倾向，克服战争恐惧和希望人类复活是这些作家重要的创作主题。俄侨文学第二浪潮中的侨民作家的人数及成就虽然不及第一次俄侨文学浪潮，他们的作品由于各种原因未能获得广泛的传播，但在巴黎仍有一些有天赋的俄侨作家，他们克服苏维埃文学的条条框框的影响，创立自己的风格，从而使自己的作品成为新的经典作品，其成就依旧不可低估，可以用哈罗德·布鲁姆的"影响的焦虑"来阐释他们在艺术创作中传统的传承与艺术创造性之间的关系问题，他们不仅要克服俄罗斯文学的影响，还要克服欧洲文学的影响，唯有如此，才能创新，进而形成自己的风格。

---

　　①　纳博科夫笔名。

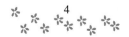

20 世纪俄罗斯侨民第三浪潮(1966—1990)的形成反映出苏联知识分子既为苏联人民战胜世界法西斯主义而自豪,又为人民遭受的巨大损失而感到痛心。生活在苏联时代的他们没有宗教教育背景和怀旧情结,他们流亡巴黎的原因带有强烈的政治色彩,他们的文化素养极高,其中,西尼亚夫斯基、阿克肖洛夫、加利奇、马克西莫夫等俄侨作家在巴黎侨居时继续自己的文学创作,其作品将苏维埃文学的风格与 20 世纪世界文学的经验巧妙地融合,具有混血文化的明显特征。可以说,三次侨民文学浪潮的文学主张各有千秋,每次俄罗斯俄侨文学浪潮中的巴黎俄侨作家都是在历史语境与跨文化视角中进行着独特的书写,与俄罗斯本土文学一起构成 20 世纪俄罗斯文学的完整图景和多声部的有机合成体。

巴黎浓郁的文化自由氛围,可以说是俄国侨民文学最合适的土壤,巴黎的社会文化、语言、宗教等因素必然对俄罗斯侨民传统文化和文学产生影响,自由和孤独是侨民们的最显著的特征,正如纳博科夫 1966 年接受采访时所说:"侨民区其实是这样一种地方,那里文化更集中,思想更自由,它远胜于我们身边的这个或那个国家。谁会想离开这种内在自由,进入那陌生的世界呢?"①不过,失去祖国的痛苦和置身于异质文化间的迷茫必然使俄罗斯侨民作家们产生强烈的文化身份焦虑,在他们的作品流露出共有的思乡情结和对失乐园的找寻。同时,由于巴黎俄侨作家自身的生理和心理素质的差异、政治文化观念和文艺修养的不同,他们创作的主体心态必然相异,即便是创作题材相同,也会产生各具特色的作品。作家创作的主体心态属于一个复杂的文艺心理学范畴,是由"作家的人生观、创作动机、审美理想、艺术追求等多种心理因素交汇融合的产物,是由客观的生存环境与主体生理机制等多方面因素综合作用的结果"②。并且,任何一个巴黎俄侨作家的作品成名,都是经由当时的主流话语的甄别、评价进而做出的时代定位。

国内外学界目前已经形成很大规模的俄罗斯侨民文化和文学的多维研究,并且发展趋势良好,一些鲜为人知的事实被科学地引进俄罗斯侨民文学的研究之中。俄罗斯侨民文学的"文艺复兴"现象是 20 世纪最令人瞩目的文化现象之一,它是 20 世纪俄罗斯文化不可或缺的一部分,研究者用历史事件来重建 20 世纪文学的完整性,对其全面研究具有重大意义。研究者不仅要从共时和历时的角度对俄罗斯侨民文学进行现实性的研究,而且要将俄罗斯侨民文学作为俄罗斯文化整体的构成部分进行研究。同时,研究者还

---

① 博伊德.纳博科夫传:俄罗斯时期(上)[M].刘佳林,译.桂林:广西师范大学出版社,2009:212.

② 杨守森.20 世纪中国作家心态史[M].北京:中央编译出版社,1998:2.

要实证地分析有自己文化背景的巴黎俄侨文化实践家的具体创作。如果不考虑这些历史的、历史文化的、历史政治的因素，研究者就不能切实地透视俄罗斯侨民文艺复兴现象的本质，也不能定位其真正的价值。因为巴黎俄侨文学形成的信息场不断地与俄罗斯本土文学的信息场进行着信息的迁移和融合，在重构的新文化信息场中最能引起研究者兴趣的，已不仅是侨民文学中老一代经典的作家的文学命运，还有那些随着历史的发展被重新定位的新经典作家及作品的文学命运。巴黎俄侨作家的作品不仅充满着对自由、爱情、孤独、旅行、精神转变、命运的偶然性、生命意义、死亡等人类永恒主题进行了哲理性的深刻思考，还塑造了一系列具有典型时代特征的人物形象。巴黎俄侨作家的文学命运会伴随着主流意识形态的改变而发生变化，他们的作品在苏联解体后回归祖国就是一种证明，当然，这种回归也有多方面的潜在特征。并且，巴黎俄侨作家的文学命运会随着他们的选择而改变，一些俄侨作家侨居巴黎至终老，一些巴黎俄侨作家返回祖国，还有一些巴黎俄侨作家又侨居他国，毫无疑问，他们的文学命运必然各异，而他们作品的文学命运也会因各国读者的接受变化而产生改变。

俄罗斯侨民在巴黎创办了各类学校，还创办了各种报纸杂志，没有像苏联那样严格的书刊检查机构，这些都为俄罗斯侨民文学的发展提供了良性的创作环境。巴黎是俄罗斯侨民文学的一个重要发展中心，其艺术流派和俄侨作家们的创作有自己的独特性，逝去的俄罗斯和侨民生活本身是侨民作家创作的主题，这长久以来受到各国的文学评论家的关注。虽然俄罗斯国内政治制度和国际社会局势所发生的变化使俄侨文学趋向消亡，但仍有必要对其在俄罗斯文学发展过程中的地位和作用进行思考，尤其是需要发掘那些由于多方面原因而未被关注的巴黎俄侨作家作品的文学史价值和文艺美学价值，因为巴黎俄侨作家的生平和创作折射着他们的小说艺术观，其小说既传承了俄罗斯经典文学的优良传统，又在异国文化环境下对其进行了超越、深化和艺术创新。巴黎俄侨的生活史和文学史已经成为一个新的研究热点，出版了许多研究著作、学术论文和学位论文，等等。但是，到目前为止，巴黎俄侨文学的历史的特色和成就依旧没有得到完整的描述和充分的介绍，依然需要进一步的深入挖掘和整理。

本书对国外巴黎俄侨作家的研究状况和类别做简要的梳理和评述，并按时间顺序对国内的巴黎俄侨作家的研究状况进行分类综述。国外的研究是从多视角进行的多维研究，成果较为显著，与此相比，我们国内的研究成果相对不足，有较大的空间来做深入系统的研究。

第一节　国外的巴黎俄侨作家研究

国外的巴黎俄侨作家研究已久,文学批评家和研究者对单个作家主要是进行诗学特征、哲学思想和比较研究等方面的研究,并且社会学家、文化学家和历史学家在历史语境和文化语境下对俄罗斯侨民的社会适应、文化适应和侨民文学史等方面进行展开研究。

(一)俄罗斯的巴黎俄侨作家研究

在苏联时期,高尔基较早地开始关注法国的年轻一代俄侨作家的成长,据高尔基文学研究所保存的档案记载,1930 年 2 月 9 日奥索尔金(M. Осоргин)从巴黎将年轻的俄侨作家加兹达诺夫的成名作《在克莱尔身旁的一个夜晚》寄给高尔基评阅,高尔基给予这部长篇小说的作者非常友好且颇有见地的评论。从那时起就有诸多评论家认为该小说中运用了普鲁斯特《追忆逝水年华》中的"意识流"手法,但 1961 年莫特廖娃(Т. Л. Мотылёва)的专著《托尔斯泰和现代外国作家》中认为是普鲁斯特借鉴了托尔斯泰复现在人的意识和内心中发生的瞬间难以捉摸的变化的手法,这一观点和纳博科夫的《俄罗斯文学讲稿》(1996 年)中的论断相同,作者注意到"意识流"不是被普鲁斯特和乔伊斯发明,而是被托尔斯泰发明,由此可以论证加兹达诺夫的创作是受到俄罗斯文学传统的影响。1965 年九卷本《蒲宁文集》由苏联国家文艺书籍出版社出版,1987 年该出版社又出版了该文集的六卷本,两套文集都采用了苏联诗人特瓦尔多夫斯基所作之序,他怀着倾慕之情对才华横溢且知识渊博的布宁及其作品进行评价。1979 年 9 月在莫斯科世界文学研究所举行了苏美之间联合编写俄罗斯和苏联文学史的专题讨论会。

苏联的政策一直影响着俄侨文学的研究。20 世纪 80 年代后期,伴随着苏联政治改革的"公开性",俄罗斯"回归文学"的大潮涌向了读者,这种势头一直持续到 90 年代中期,"回归文学"的文本可以部分地还原一些事件和一些俄侨作家的文学命运的真相,对真正了解俄罗斯侨民文学界具有重要意义,引起人们对俄侨文学作品在俄罗斯现代文学进程以及在文学史中的地位和作用的深层思考,巴黎俄侨作家的作品也开始占据各类文学刊物的版面,成为俄罗斯批评界和读者瞩目的中心。俄罗斯国内的许多文艺学刊物相继开辟了"国外俄罗斯文学"专栏,各大高校和文学研究院所都相继开设了"俄罗斯侨民文学"的课程,俄罗斯侨民作家的创作也陆续得到正面的评述。批评家对巴黎俄侨作家的诗学特征、世界观和哲学体系、创作语境进行研究,同时,对其进行了彼此间的影响研究和平行研究。1986 年年底,《图书评论报》和《莫斯科》杂志分别发表了纳博科夫的诗和长篇小说《卢仁防卫》。1987年，《十月》杂志发表了阿赫马托娃的长诗《安魂曲》。1989年巴黎俄侨作家中的什梅廖夫、扎依采夫、加兹达诺夫、阿克肖诺夫等人的小说和诗歌也开始陆续在祖国的各个杂志上发表，例如：1989年，列宁格勒（今圣彼得堡）的苏联国立文学出版社分部在《游子怀乡》中编选了苔菲自1910年到1945年间创作的近60个短篇。1990年"回归文学"的浪潮达到了顶峰，马克西莫夫的作品在这一年回归祖国。1991年巴辛斯基在《文学问题》第2期上发表《人道主义的逻辑》一文中引用梅列日科夫斯基的观点来分析高尔基人道主义的内在矛盾问题。1993年圣彼得堡的逻各斯出版社出版了Г.阿达莫维奇的《孤独和自由：文学批评论集》，书中主要论述俄罗斯侨民文学老一代作家的作品，塑造了以布宁为代表的法国俄侨作家的鲜明的文学肖像，积极地思考了侨民问题和其文学遗产的内在的获得和损失。1994年出版的《俄罗斯侨民文化遗产：1917—1940》一书中穆利亚尔奇克（А. С. Мулярчик）撰文《俄罗斯侨民文学和西方国家的文化的相互作用》，论述了第一浪潮中的俄侨作家的文化认同问题。1998年恰克舍娃在《新西伯利亚》上发表《俄罗斯侨民史：第二浪潮》一文，她认为，20世纪四五十年代的第二浪潮的俄侨诗人的创作试图将俄罗斯的诗歌传统与20世纪的诗歌结合起来，并指出它在俄侨文学上不可或缺的地位和作用。

在俄罗斯论述有关巴黎俄侨作家的比较研究和影响研究的评论文章有：1991年И. А.伊林的优秀评论文章《黑暗和光明》收录到《文学评论集：布宁，列米佐夫，什梅廖夫》中，作者论述了列米佐夫的生活、思想和创作的紧密关系，不仅发现了他创作中的造词和造神方面的特征，而且将他对正统基督教的态度与托尔斯泰主义相比较。基巴利尼克（С. А. Кибальник）在《俄罗斯文学》杂志上对巴黎俄侨作家及哲学家进行持续地比较研究，如《加兹达诺夫与纳博科夫》（《俄罗斯文学》，2003/3）；《加伊托·加兹达诺夫与俄罗斯境外文学中的存在主义意识》（《俄罗斯文学》，2003/4）；《加兹达诺夫与舍斯托夫》（《俄罗斯文学》，2006/1）；《加兹达诺夫小说中的佛教代码》（《俄罗斯文学》，2008/1）；《契诃夫的艺术现象学》（《俄罗斯文学》，2010/3）；2011年基巴利尼克将自己多年的研究集结汇总出版专著《加兹达诺夫和俄罗斯文学中的存在主义传统》，作者在俄罗斯前存在主义文学和欧洲存在主义文学的语境中具体分析了俄罗斯侨民文学第一浪潮年轻一代侨民作家加兹达诺夫作品的存在主义主题和互文性诗学。在书中还对比研究了加兹达诺夫和年轻一代侨民作家中这些具有存在主义意识的作家的对话，如纳博科夫（В. В. Набоков）、波普拉夫斯基（Б. Ю. Поплавский）、伊万诺夫（Г. В. Иванов）、瓦尔沙夫斯基（В. С. Варшавский）、亚诺夫斯基（В. С. Яновский）、金格尔（А. С. Гингер）等。普洛斯库林娜（Е. Н. Проскурина）的文章《加·加兹达诺夫创作意识中的伊万·蒲宁》(《批评与符号学》,2010/14)中认为虽然在20世纪30年代加兹达诺夫的成名作出版后,批评界一直将其视为布宁的追随者,但通过研究可以发现加兹达诺夫的创作和过去的文学传统及20世纪文学有极为复杂的关系。而在加兹达诺夫的"俄罗斯"小说的互文性研究中布宁在其中的存在产生了不均匀的散射感,在加兹达诺夫的艺术世界有节奏地联系着布宁散文的自由呼吸。

20世纪90年代以来,在俄罗斯出版了一系列研究侨民文学的教材、文集和专著。1993年莫斯科遗产出版社和科学出版社联合出版了《俄罗斯侨民文学》一书。1993年"逻各斯"出版社出版了阿达莫维奇的《孤独与自由:文学批评文章》,该评论集不是对整体的侨民文学进行连贯性的研究,而是根据内在的统一性和完整性对同时代的侨民作家进行汇编,积极地思考了侨民文学存在的问题,在书中阿达莫维奇为阿尔达莫夫、布宁、扎伊采夫、苔菲、梅列日科夫斯基和吉皮乌斯等巴黎俄侨老一代作家塑造了鲜明的文学肖像。1994年遗产出版社出版了俄罗斯科学院编辑的两卷本的《俄罗斯侨民文化遗产》。1994年莫斯科教育出版社库兹涅佐夫主编的两卷本中学教材《20世纪俄罗斯文学史》,将侨民文学作为俄罗斯文学中的宝贵精神财富向学生灌输。1997年莫斯科教育出版社出版了普通中学11年级两卷本文选《20世纪俄罗斯文学》,其内容的第三部分《俄罗斯侨民文学》中简单地介绍了俄罗斯侨民文学三次浪潮中13位杰出侨民作家的生平和作品节选,主要为学生普及俄罗斯侨民文学的知识。1997—2006年尼科留金主编了四卷本的《俄罗斯境外文学百科全书(1918—1940)》,1997年出版的第一卷主要是论俄罗斯侨民作家的文章;2002年出版的第二卷主要涉及周刊出版和俄罗斯散居地的文化中心;2002年出版的第三卷囊括了侨民第一浪潮的作家、文学批评家和回忆录作者的重要书籍;2006年出版的第四卷包括论俄罗斯国内外作家对俄罗斯侨民作家的接受和评价,这些材料是境外俄罗斯人的文学和文化生活全景,它作为20世纪民族文化和文学的一部分,文章姓名和范围的选择不是根据作家在文学过程中的重要性,而是根据境外现有的介绍他们的印刷材料的时间来确定的。这些也是批评家们接受中的论境外最知名作家的文章。1998年俄罗斯莫斯科师范大学教授阿格诺索夫(Владимир Вениаминович Агеносов)著的《俄罗斯侨民文学史(1918—1996)》第一次尝试着阐明从1918年至1996年的俄罗斯侨民文学,作者不仅揭示了这段时期俄罗斯侨民文学的规律性,而且介绍并研究了大量的俄侨作家的生平及创作,其中包括巴黎俄侨作家的状况。2001年文选集《在俄罗斯和境外思想家与研究者评价中的伊万·布宁》提到维戈茨基(Л. С. Выготский)首次注意到布宁的《轻轻地呼吸》所运用的隐喻接近"世界的感性魅力"的隐喻功能。2002 年两卷本的《俄罗斯侨民批评》在莫斯科出版，这部著作不仅介绍了俄罗斯侨民文学第一和第二浪潮中最杰出的俄罗斯侨民文学批评家阿达莫维奇、霍达谢维奇、B. 魏德烈等人的评论文章，而且呈现了巴黎的俄侨作家，如：梅列日科夫斯基、吉皮乌斯、布宁、伊万诺夫、纳博科夫、加兹达诺夫、阿尔达莫夫、奥索尔金等人所写的评论文章，这些评论亦是精品之作。2003 年的《20 世纪文学理论总结》第二卷中收录奥夫恰连科（О. А. Овчаренко）的文章《在祖国和流散地的 20 世纪俄罗斯文学》，文中论述了纳博科夫等作家的文化认同问题。2005 出版的论文集《加伊托·加兹达诺夫和"不被关注的一代"：在传统和文化焦点上的作家》中，泽姆斯科夫（В. Ю. Земсков）在《文明"夹缝间"的作家们：加兹达诺夫、纳博科夫等人》一文中认为，加兹达诺夫和他那一代的作家失去了祖国，处在一个超地区性的状态，处在全球化的进程中，其文学创作受到跨文化语境的影响。该文集还收录奥库秋里耶（M. Окутюпье）的《加兹达诺夫创作中的俄罗斯的巴黎》一文，该作者认为加兹达诺夫作品中的侨民主人公的主要特征是反资产阶级性和忧虑，关注存在的意义，正是俄罗斯的民族文化特征阻止其主人公最终变成庸人，不仅是作家本人，还是在其俄侨主人公身上都具有文化混杂性。两个作者对这些问题的思考在一定程度上可以说就是对年轻一代俄侨作家文学命运和文化认同（文化身份）的一种思考。2008 年俄罗斯话语出版社推出大型系列丛书"俄罗斯经典文库 100 卷"，这套卷帙浩繁的文学丛书囊括了从公元 10 世纪的罗斯到 20 世纪末的俄罗斯文学优秀之作，其中历经了白银时代又侨居巴黎的俄侨作家的作品被收录了不少，一些巴黎俄侨作家是单列成章，如：列米佐夫、布宁、霍达谢维奇、阿·托尔斯泰等人，库普林和安德烈耶夫合集。文集还列入了享誉世界的纳博科夫。但什梅廖夫、扎伊采夫等人的作品未被收入。可见这百卷丛书不仅具有极大的史料价值，而且能反映出俄罗斯学界对俄罗斯经典文学的认识框架、接受范围和评价体系。

1995 年米哈伊洛（О. Н. Михайлов）出版的专著《俄罗斯境外文学（1920—1940）》多次再版，2004 年再版时增添大量材料，该书以全面丰富的资料来创建 20 世纪文学的全景，展示了俄罗斯本土文学和境外文学，并展现了侨民文学在俄罗斯文学中的作用。1997 年奥列伊尼克（О. Ю. Олейник）等人著《知识分子、侨民、祖国：20 世纪 20—30 年代俄罗斯侨民代表的创造性遗产中的爱国主义问题》一书。2001 年谢苗诺娃（С. Семенова）在《1920—1930 年俄罗斯的诗歌和散文》一书中认为，在俄罗斯侨民年轻一代作家中的继承俄罗斯文学中的存在主义意识的主要有加兹达诺夫、伊万诺夫、纳博科夫、波普拉夫斯基、亚诺夫斯基等人，并且评论家经常将加兹达诺夫这一时期的作品与加缪作品中的存在主义主题进行平行比较。2002 年罗戈沃伊（К. А. Роговой）主编《俄罗斯侨民文学语言：20 世纪 20—30 年代》一书。2003 年普里莫尼奇基（Н. Н. Примочки）的专著《高尔基和俄罗斯侨民作家》不仅介绍了 19 世纪末至 20 世纪初俄罗斯文学的艺术特征，而且普里莫尼奇基基于新的档案材料还研究了高尔基在 20 世纪 20 至 30 年代俄罗斯侨民文学生活中的特殊地位和独特作用。2005 年俄罗斯文学批评家 Т. 达维多娃的《俄罗斯新现实主义：思想体系、诗学、创作演变》，将包括侨民作家什梅廖夫、普拉东诺夫在内的一些人看作俄罗斯新现实主义的代表。2005 年卡斯佩（И. Каспэ）的专著《艺术缺席：俄罗斯文学不被关注的一代》是在历史语境背景下对俄罗斯侨民文学第一浪潮年轻一代作家的全面研究，作者的目标是在一定程度上改造文学大家庭中新一代作家的整体形象，作者思考为什么只有巴黎的年轻一代俄侨被称为"不被关注的一代"，为什么这里形成了"巴黎音调"和"俄罗斯的蒙马特勒"。2008 年科尔米诺夫（С. И. Кормилов）的《20 世纪俄罗斯文学史（20—90 年代）》一书中指出，"地下文学"和"流亡文学"始终与苏联的"官方文学"并存，并且以其顽强的生存方式宣告着"另一个俄罗斯"的存在。2009 年波尔恰尼诺夫（Р. В. Полчанинов）的著作《俄罗斯侨民青年》讨论了苏联社会主义建设完成时期（1936—1956）的阶级斗争和打击反革命的政治浪潮中的国民教育，以及在此期间侨居国外的俄罗斯青年一代的状况。2009 年白俄罗斯共和国教育部出版了作为高等学校人文示范课程的《俄罗斯侨民文学史》。2010 年佩罗夫（Т. Г. Перов）的《俄罗斯侨民第一浪潮的文学批评》一书考察了过去 15 年发表的侨民第一浪潮的文学批评研究的趋势，可视为一部现代文艺学研究的专著，侨民文学批评过程的主要内容是通过现代小说、散文、诗歌、文学、都市和外省的文学、年轻一代，来探讨文化危机、20 世纪俄罗斯文学的两条支脉、古典遗产。2010 年普罗霍连科（А. В. Прохоренко）在圣彼得堡出版专著《俄罗斯侨民文化历史和哲学概要》，该书论述俄罗斯侨民文化"第一浪潮"的形成状况，分析了俄罗斯侨民的政治法律、哲学宗教和历史文化概念。有关俄罗斯年轻一代侨民作家的文学思想和文学创作是受俄罗斯文学还是受西欧文学的影响更多一些的问题，文学批评家们各持己见，其中，鲁宾斯（М. Рубинс）在 2011 年出版的《俄罗斯文学研究与教学的迫切问题：来自俄罗斯的观点——来自国外的观点》中的《侨民文学作为 20 世纪俄罗斯和西欧文学的分系统》一文，将俄罗斯侨民文学视为一个整体，其中谈到一系列的年轻俄侨作家，认为他们中的大多数偏爱俄罗斯语言，其中一些人不是在欧洲的，而是在俄罗斯的理解中进行创作，其创作首先被视为 20 世纪俄罗斯文学的分系统。

俄罗斯的俄侨文学研究者不仅将巴黎俄侨作家的作品与俄罗斯本土的经典作家的作品进行对比研究，而且将巴黎老一代俄侨作家与新一代俄侨作家的作品进行比较研究，还将巴黎新一代俄侨作家及作品进行平行研究。例如：H. 伊万诺娃的论文《布宁和克雷奇科夫，安德烈耶夫和普拉东诺夫小说中的冬日景象》中谈及布宁作品中的死亡主题。《俄罗斯哲学》（2011/1）上刊登了两篇研究加兹达诺夫小说的论文，其中《加兹达诺夫和法捷耶夫作品中对生与死本质的深思》采用比较的方法研究加兹达诺夫的《亚历山大·沃尔夫的幽灵》与法捷耶夫的《毁灭》中的主人公道德寻求的基准，在揭示作品主人公的心理时，探寻作者的手法、福音书的情节，进而对生与死的本质进行哲理思考。托尔斯泰在《俄罗斯意志》上持续关注境外文学，纳博科夫和加兹达诺夫的名字并举，但做了实质性的补充：加兹达诺夫不像纳博科夫，无论是在其生前或死后都未受到当之无愧的认可。斯米尔诺娃（М. Ю. Смирнова）的文章《伊万·什梅廖夫》（《格列霍涅夫斯基阅读》，2017/3）论述了什梅廖夫和自己的德语翻译译家 P. 坎德列伊娅（Ребеккт Кандрейя）的相互关系，阐述了什梅廖夫作品在俄罗斯境外的传播和影响的状况。

在历史编纂学领域早已对俄罗斯侨民文学史进行关注，不仅将档案材料中已出版和保存的文本（书、小册子、报纸杂志上的文章、手稿等）进行分类，而且研究那些能表现俄侨作家的历史自觉意识的文本（传记词典、传记材料、作家生平及作品介绍的索引，等等）。俄罗斯由尼科柳金（А. Н. Николюкин）主编的《俄罗斯侨民文学百科全书（1918—1940）》自 1995 年出版后，已多次再版，主要论述侨民文学第一浪潮。

在俄罗斯举行过多场讨论俄侨文学的学术交流会，并且举办过俄侨作家的诞辰周年国际学术交流会，由此产生了研究各个俄侨作家的学术论文集。例如：1992 年俄罗斯与美国共同发起"俄苏侨民文学的昨天与今天"的座谈会，呼吁两国应全方位地发掘俄罗斯侨民文学的价值和地位。1993 年 5 月，在莫斯科大学举行了"世界文学发展总格局中的俄罗斯文学"国际学术讨论会，有 30 个国家的 600 多位代表参与讨论"俄罗斯侨民文学"与"白银时代"的两大热点。"侨民文学"的这种"回归"与"白银时代"遗产的发掘，正成为近年来俄罗斯文坛乃至文化生活中的热点现象。1998 年在莫斯科出版的《俄罗斯侨民文学史》中，中国的俄罗斯侨民文学作为独立的章节第一次被写入。2003 年 12 月 3–4 日俄罗斯社会科学院社会信息研究所和"俄罗斯侨民"基金会举办了加兹达诺夫诞辰百年会议，会后结集出版几本论文集，分别为：《纪念加伊托·加兹达诺夫诞辰 100 周年》（2003 年）；《俄罗斯境外：邀请对话》（2004 年），其中第三个版块是"纪念加兹达诺夫和波普拉夫斯基诞辰 100 周年（1903—2003）"；《加伊托·加兹达诺夫和"被忽视的一代":传统和文化交点上的作家》(2005 年)和《在俄罗斯和西欧文学语境中的加兹达诺夫》(2008 年)。这些论文集既有对加兹达诺夫和其他作家的比较研究,也论及了加兹达诺夫的文学观、作品的比较研究和文学史地位。

巴黎俄侨作家的小说在俄罗斯还被改编成剧本,拍成电影和电视剧,这是对其小说艺术的另一种艺术阐释。对巴黎俄侨作家的文学命运研究感兴趣者,包括:作家、史学家、教师、地方志专家、博物馆和图书馆的工作人员、普通读者,他们对巴黎俄侨作家的创作个性持续保持着兴趣,以继承和发扬其文学遗产,研究其创作对俄罗斯文学史的影响。俄罗斯各种网站也对巴黎俄侨作家的小说进行宣传和评价。可以说,目前在俄罗斯对巴黎俄侨文学的研究已有相当规模,取得了不可争辩的显著成绩。

(二)俄罗斯境外的巴黎俄侨作家研究

早在 18 世纪,俄语已在美洲大陆传播。1914 年维尔纳在哈佛大学首开俄国文学课程,美国其他知名大学相继效仿。自 20 世纪 40 年代起,欧美一些高等学府纷纷成立俄国问题研究中心或协会,并成立独立的斯拉夫语言文学系。1941 年成立的美国斯拉夫语东欧语言教师协会,是一个影响广泛的俄苏文学研究机构,其协会刊物为《斯拉夫与东欧评论》。二战后美国接办了《斯拉夫和东欧评论》(1922),改名为《美国斯拉夫和东欧评论》,刊发了大量具有学术水平的评论俄罗斯文学的文章。1946 年哥伦比亚大学成立俄罗斯研究所,同年还成立了美国高级斯拉夫协会。各个研究机构开始用比较学的方法对俄苏文学进行探讨和研究。自 1947 年以来华盛顿国会图书馆发行的《每月图书公报》(后改为《每月图书评论》)都会发布俄苏文学研究方面的新书索引。20 世纪 60 年代末到 70 年代,由于美国的经济形势不景气导致科研经费的消减,相应的,对俄苏文学研究的人员锐减。自 1982 年以来,由于美国当局的重视,对斯拉夫问题研究的热度开始回升,一直持续到现在,而且侨民作家的生平和创作研究是美国一些研究者的最爱,西方出版社也乐于出版侨民作家持不同政见的作品。1971 年阿第斯出版社创办了极有影响力的《俄国文学四月刊》,刊登各类俄罗斯文学作品及评论。

在美国研究俄罗斯文学的报刊有几十种,1942 年在布宁的赞助下,纽约契诃夫出版社推出了《新杂志》期刊,该杂志发行到 30 多个国家,广泛地传播了俄罗斯文学。

欧美国家对巴黎俄侨作家进行研究的人员主要是本国人和俄苏侨民,其研究形式有文学史著作、专题研究著作、论文集、回忆录、学位论文、评论文章,还有选集、文选中附注评论以及在召开各类学术会议和网络中运用各种媒介进行的评论研究。

苏联时期,由于苏联国内的书报出版审查制度的限制,一些作家和诗人将自己的作品寄到国外发表，欧美国家对其的译介扩大了读者和研究者的范围，但这些作品的作者在苏联也会受到当局的制裁。如：1924 年扎米亚京的反乌托邦作品《我们》的英译本在国外出版，苏联当局就迫使他退出作家协会，之后他流亡法国，最后客死巴黎。

1933 年 W. 惠廷顿在《俄罗斯之外的俄罗斯》上发表的《百万思乡人》中叙述了年轻的俄罗斯侨民作家的创作。1939 年在克罗地亚由 H. 费多罗夫编写出版的《俄罗斯侨民文学史》关注了侨民作家的创作特征。1942 年 B. 曼斯维托夫在《俄罗斯境外文学汇编》中介绍了众多俄侨作家的作品。1946 年 И. 海伦用法文写的《二战中的俄罗斯侨民文学》中简介了俄侨作家在二战时期的创作。1973 年匹茨堡大学的 Полторацкий，Н. П. 教授著书《伊里因批评中的俄罗斯境外作家们》，研究了在伊里因的审美哲学和文学批评的视角下的俄罗斯侨民作家的创作特征。1985 年耶鲁大学出版社出版的一部包含千余个词条的英文版《俄国文学手册》所列的 37 位女作家中就包含了侨居巴黎的几位女作家和诗人，如：吉比乌斯、苔菲、阿赫马托娃、茨维塔耶娃、别尔别罗娃等。

侨民批评家格列勃·司徒卢威一直进行颇有建树的俄罗斯文学史的研究，他的专著《流亡中的俄罗斯文学：侨民文学历史评述的尝试》曾在 20 世纪 40 年代到 70 年代多次再版，影响巨大。他在 1944 年的文学史著作中通过综合性的标题对俄苏文学中包括阿·托尔斯泰在内的 46 个作家进行分类。1956 年司徒卢威出版的《俄国流亡文学》一书可以说是最早最全面介绍侨民文学的专著（1996 年第三次再版），主要以侨民文学第一浪潮为主要研究对象，该著作成为西方高校斯拉夫系学生最为熟悉的俄罗斯文学史教科书。司徒卢威认为，20 世纪现实主义作家最杰出的代表是高尔基和布宁，他们都源于契诃夫一脉。

马克·斯洛尼姆（1894—1976）于 1941 年定居美国，他不仅助编过布拉格和巴黎的一些侨民刊物，而且在美国的耶鲁、芝加哥和费城的一些大学讲授俄罗斯文学，并编著过多本有关俄罗斯文学史和苏联文学史的著作，如：1953 年纽约出版的《现代俄国文学：从契诃夫到当前（1880—1952）》（牛津大学出版社），1971 年纽约出版的《俄罗斯文学状况》，等等。

侨居柏林及瑞士的伊·伊里因（1883—1954）不仅在 1927 年创办刊物《俄罗斯钟声》，而且在《俄罗斯思想》《复兴》等刊物上发表其以艺术理解为基础的评论文章，评论对象主要是与其同时代的俄侨作家，在评论时，伊里因坚持用作家的艺术行为来评价其每一部作品。如 20 世纪 30 年代写作的《什梅廖夫的创作》《论愚昧与清醒——文学批评著作：布宁、列米佐夫和什梅廖夫》《梅列日科夫斯基的创作》等。在哲学方面极有造诣的伊里因密切关注列米佐夫的创作,尤其是其侨居期间的两部小说,他发表评论文章《东正教的罗斯:伊·谢·什梅廖夫的〈上帝的夏天——节日〉》《"神圣的罗斯":什梅廖夫的〈朝圣〉》和《为〈朝圣〉第二版而作》对其进行高度评价,认为列米佐夫在作品中出色地展示了俄罗斯心灵特有的、朝圣般的宗教渴求,真实展示了神圣罗斯的历史道路和曲折命运的伟大基础。1954 年伊里因发表的《伟大的俄罗斯诗歌究竟何时复兴?》一文,在痛感苏联文学和俄侨文学中诗歌的凋零的同时,又表达了俄罗斯诗歌在不久的将来必然复兴的信念。伊里因和什梅廖夫(《两个伊万的通信:伊万·伊里因和伊万·什梅廖夫》)以及俄侨界其他的俄罗斯文化活动家保持多年的通信,研究这些资料能更好地阐明伊里因文学批评评价系统中的俄罗斯侨民作家在 1920—1940 年创作的宗教哲学特征。

第二浪潮中俄罗斯侨民作家的突出代表勒热夫斯基(1905—1986)侨居国外时,不仅对俄罗斯的经典作家进行了精彩独到的解读,而且对自己所属的这一浪潮的俄罗斯侨民文学进行过概括和总结。1956 年俄侨作家瓦尔沙夫斯基在纽约发表文章《不被关注的一代》,将两次世界大战之间的一代俄罗斯侨民称为"不被关注的一代",这一称呼是当时法国俄侨对自身命运的自嘲,后来被俄罗斯侨民文化遗产的研究者采用,进而成为文艺学中的专有名词。1972 年福斯特(Л. Фостер)在匹兹堡出版的《俄罗斯境外文学的统计概述——俄罗斯侨民文学》。1975 年维克多·埃尔里赫在《20 世纪俄国文学批评》(耶鲁大学出版社)一书中汇集了 1909—1972 年在苏联国内禁止发表的文学评论文章,其中包括侨民作家对托尔斯泰和契诃夫的评论,以及西尼亚夫斯基论帕斯捷尔纳克的文章。

20 世纪 70 年代在日内瓦召开过"是一种还是两种俄罗斯文学?"的国际研讨会,与会者既肯定了老一代的俄罗斯侨民作家对俄罗斯精美口语的保护,同时也指出他们不能理解祖国的本土语言中发生的巨大变化。1982 年美国的加州大学以"第三次浪潮:俄罗斯侨民文学"为题举行了为期三天的学术研讨会,一批来自世界各国的斯拉夫学者和俄罗斯侨民作家均积极讨论了从布宁到阿克肖诺夫的侨民文学,并且在会后出版了由马提奇和海姆主编的同名论文集《第三次浪潮:俄罗斯侨民文学》,此次会议使 20 世纪俄罗斯侨民文学"三次浪潮"的说法被世界斯拉夫学界普遍接受。同年 5 月7—8 日,在波士顿举办了由俄侨刊物《游击队评论》赞助的"流亡作家会议",巴黎俄侨作家西尼亚夫斯基参加了会议。1995 年 8 月 6—11 日在华沙举办"第五届中东欧研究国际会议"(首次会议在 1990 年召开),会议论文集《20 世纪俄罗斯文学:第五届中东欧研究国际会议论文选》于 2000 年在纽约出版。

查理斯·艾·莫瑟主编的《剑桥俄罗斯文学史》（剑桥大学出版社，1989年），勾勒了988年至1980年俄国文学的发展概况，并在第八至十章论及20世纪俄罗斯侨民文学中的一些重要作家。E.布里斯托等人撰文《20世纪俄罗斯文学的宏观描述》强调，1925年，许多文学侨民认识到他们流放的时间将会极其漫长，开始在俄罗斯侨民文学的先行者霍达谢维奇的倡导下认真地创造巴黎俄侨文学这一分支。他们认为，侨民文学板块虽不及俄罗斯本土文学这一板块重要，但由二战的纷乱引起的所谓俄罗斯侨民"第二浪潮"又使俄侨文学这一板块得到了加强，虽然其间没有什么重要作家，但却前所未有地扩大了俄侨文学的读者范围。哥伦比亚大学教授马克·拉耶夫所著的《境外俄罗斯》（纽约，1990年）重点论述了定居西欧和美国东海岸的俄侨。荷兰莱顿大学斯拉夫学者扬·保罗·亨利克编撰了俄侨诗人论文集《流亡的缪斯》（慕尼黑，1992年）。1994年美国学者M.拉耶夫在莫斯科的"进步—科学院"出版社出版的《境外俄罗斯：1919—1939年俄侨文化史》中指出，因俄侨社团在地理位置上较为分散，就形成了俄侨诗歌以巴黎之声为主调，以布拉格、柏林及哈尔滨为和声的大合唱。

美国文艺学家、哲学博士伊丽莎白·丽特娜乌尔于1972年撰写了关于苔菲的生平与创作的专著。1994年S.福瑞斯特在《加拿大—斯洛文尼亚论文集》第35卷中发表文章《波莱—俄罗斯—加兹达诺夫》，论述了加兹达诺夫和俄罗斯文学的关系。1995年C.默塞尔出版的《俄罗斯文学的剑桥史》和吉涅耶什发表的论文《加伊托·加兹达诺夫：俄罗斯侨民文学在哈佛》，形成了对俄侨文学的对比研究。1998年密歇根大学的E.萨拉写了学位论文《（法国）侨民文学第一浪潮中的俄罗斯》。1999年威斯康星大学的L.列昂尼德写了学位论文《在法国现代主义语境中的俄罗斯侨民文学：流亡中的文化机制研究（20世纪）》，并于2003年出版。

2001年A.莫克拉在布拉格出版了《俄罗斯侨民文学（1920—1945）》，其中论述了在俄罗斯侨居地布拉格、巴黎和柏林形成的俄侨文学之间的联系。2003年L.里瓦克在专著《在巴黎怎么做——俄罗斯侨民文学和法国现代主义》中对比研究俄罗斯侨民文学第一浪潮年轻一代作家的作品，其中认为加兹达诺夫小说中的记忆诗学有别于普鲁斯特的意识流描写，并且论述了波普拉夫斯基在创作中的超现实主义的冒险，同时认为年轻一代俄侨诗人只是将19世纪的艺术作为一个参考点，但并没有遵循其范例，而是在寻求更简洁而明了的未来文本。2004年安德烈耶夫·卡特里尼出版的《境外俄罗斯：布拉格和俄罗斯人散居地》中论述布拉格及其他俄罗斯人散居地的状况。2006年M.卢比恩斯在纽约《新杂志》的243期发表论加兹达诺夫的文章《〈人类的文学〉或是文学蠢事？》。2011年剑桥大学出版的《剑桥俄罗斯文学手册》分 15 个章节,关注宽泛的、复杂多变的原始材料,从一个新的视角介绍了自白银时代以来的俄罗斯文学和文化的发展状况,该书认为俄罗斯国内的文学和侨民文学自成一体,20 世纪文学发展的历史文化语境对作家个体的影响极大,主要介绍和评论了帕斯捷尔纳克、索尔仁尼琴、布罗茨基、曼德尔什塔姆、布尔加科夫、阿赫玛托娃的创作。

2005 年 12 月 8—10 日在日内瓦大学举行国际研讨会,探讨了两次世界大战期间巴黎的俄侨作家对法国文学的接受状况,自 20 世纪 20 年代中期开始,巴黎的俄侨作家就开始对法国文学生活中的大量事件和自己的法国同行产生了巨大的兴趣,并在俄侨杂志上发表评论。该研讨会上提交的论文集结出版了文集《俄罗斯作家在巴黎——对 1920—1940 年法国文学的看法》(俄罗斯之路出版社,2007 年),在文集中有四篇论文分别讨论了法国俄侨区出版刊物《最新消息》《环节》《新报》的重要作用,因为这些刊物上刊登了大量俄侨作家和批评家的文章和评论。文集中有几位作者分别关注了法国俄侨作家列米佐夫和波普拉夫斯基的超现实主义诗学和作品,还有作者论述第一浪潮的俄侨作家对在法国生活之回忆,有些文章进行了法国俄侨作家间的比较,等等。

(三)法国俄侨区的巴黎俄侨作家研究

1924 至 1940 年,巴黎成为侨民文学第一浪潮中为时最久的文化中心。法国俄侨区对巴黎俄侨作家的研究与其创作的时期是同步的:20 世纪俄侨文学的第一次浪潮中俄侨们在欧洲几大城市筹建了各类文学团体和出版社,并发行了各种报纸杂志,发表了大量的俄侨作家的作品,有些俄侨作家和诗人本身就是批评家,还有些文史学家和哲学家们也在关注巴黎俄侨文学的发展状况和俄侨作家的文学命运。20 世纪二三十年代法国俄侨评论界曾展开关于纳博科夫作品的"俄罗斯性"与"非俄罗斯性"之争。波普拉夫斯基在 1930 年发表《论在侨居国年轻文学的神秘气氛》一文,认为世上最美好的事情就是成为天才并在默默无闻中死去,这给了对两次大战期间"不被关注一代"的现象的概念研究之理由。1933 年霍达谢维奇发表《流亡文学》一文,将俄罗斯文学分为两个部分——苏维埃文学和侨民文学,他结合侨民文学从 20 世纪 20 年代的蓬勃发展,到 30 年代新老一辈俄侨作家生活困难且缺乏读者的举步维艰状况,借用勃洛克临死前对自己文学命运的认知——俄罗斯将像一头傻猪吃掉自己的猪仔一样,进而类推俄侨文学的命运亦是如此:境外俄罗斯人将以同样的方式吃掉境外俄罗斯文学,而俄罗斯作家的命运就是在异国他乡的死亡。1936 年加兹达诺夫发表《论年轻的侨民文学》,作者对俄罗斯侨民文学第一浪潮中的年轻一代侨民的文学命运的担忧,并认为在 16 年间俄侨中没有出现过一位年轻的大作家,虽然他和纳博科夫在当时都被认为是极有天赋的年轻作家。

在巴黎俄侨区创办的重要报刊,因一大批出版商被布尔什维克宣传可以向俄罗斯输送中立的书籍,以及丧失了读者的资金支持,而停刊或是减少周期和发行量:1920 年俄侨报纸有 138 种,著名的报纸有《最新消息》(1920—1940)《共同事业》《复兴》(1925—1940)等。《最新消息》报和《当代纪事》杂志(1920-1940,共出刊 70 期)成为巴黎俄侨区出刊时间最长、发行量最大的报刊,发表过第一代新老侨民作家的主要作品,可以说是功不可没。周刊有《俄罗斯》、《俄罗斯与斯拉夫人》、《时代》、《环》(1923—1928)等;文学杂志有《现代纪事》(1920—1940)、《俄罗斯思想》(1921—1927)、《俄罗斯未来》、《游牧点》、《俄罗斯纪事》(1937—1939)、《新城堡》(1931—1939)、《数目》(1930—1934)、《新航船》(1927—1928)等;大型出版社有当代纪事出版社、复兴出版社、俄罗斯土地出版社、韵律出版社等。《环节》和《最新消息》主要发表自由阵营的作家的文章,《复兴》是俄罗斯民族思想之喉舌。自 20 世纪 20 年代起在巴黎俄侨区有一批慧眼识珠的文学批评家,他们和俄侨作家们一同见证了巴黎俄侨文学的发展历程,并且扩大了俄侨作家们的文学影响力。其中巴黎俄侨区著名的侨民文学评论家有阿达莫维奇(Г. Адамович)、霍达谢维奇(В. Ходасевич)、斯洛尼姆(М. Слоним)、魏德勒(В. Вейдле)、别姆(А. Бем)、皮利斯基(П. Пильский)、比奇利(П. Бицилли)等,这些俄侨批评家之间有时也会就文学问题展开争论,如 1935 年阿达莫维奇和霍达谢维奇之间的著名争论。巴黎的这些报刊在保持俄罗斯古典文学传统和促进俄罗斯与西方的文化交流等方面发挥了极其重要的作用。

在巴黎俄侨区的著名的文学团体和组织有:梅列日科夫斯基夫妇从 1920 年到 1940 年举办的周日读书会,这是巴黎的俄侨精英们的相聚之地,新老与会者们不仅讨论文学、宗教、哲学和对流亡生活的看法,而且时常会发生激烈的争论,在这种贯穿着诗歌朗诵的聚会中他们享受着一种崇高的精神生活。1927 年 2 月 5 日,象征着光明和希望的巴黎"绿灯社"团体开始了第一次文学聚会,到 1939 年 5 月 26 日解散,其间共举行过 52 次会议,会议记录和报告主要发表在《复兴》和《数目》杂志上。经常出席该会议的不仅有布宁夫妇、梅列日科夫斯基夫妇、扎伊采夫、列米佐夫、苔菲、霍达谢维奇等老一代侨民作家,还有年轻作家波普拉夫斯基、瓦尔沙夫斯基、克努特和兹洛宾等,他们经常探讨有关俄罗斯流亡者的精神状态和青年侨民作家地位的问题,发表过颇有见地的文学评论。还有一个俄侨文学组织是"青年作家诗人协会"(1925—1940),每周六青年俄侨作家们会聚集到巴黎的丹法-罗舍罗大街的咖啡馆里朗诵并讨论他们自己的作品,大名鼎鼎的批评家阿达莫维奇和格·伊万诺夫经常光临进行批评指导,这些青年俄侨作家们的作品经常发表在有"俄罗斯帕尔那索斯派"即"巴黎音调"(парижская нота)之称的《数目》杂志上。1928 年巴黎俄侨青年作家的文学团体"游牧点"在斯洛尼姆的倡导下成立,该团体举行了 100 多场晚会,到 20 世纪 30 年代中期以后该团体日渐衰落。1946 年 3 月 16 日,在巴黎举行"俄罗斯作家记者协会"全会,扎伊采夫当选为该协会主席,会议通过了加兹达诺夫和安连科夫提出的"坚决不与苏联作家协会进行合作"的倡议;与此同时,"俄罗斯诗人作家协会"也进行了重组,巴黎的俄侨作家诗人经常聚集在该协会主席马科夫斯基居住的梯尔济特街举行诗歌朗诵会和文学报告。1974 年,在索尔仁尼琴的倡议下,巴黎的俄侨作家弗拉基米尔·马克西莫夫创办了《大陆》这一涵盖文学、政治和宗教内容的综合性季刊杂志,在德国和法国的巴黎创刊,并出版至今。该杂志上既刊载侨民作家描写尖锐社会问题的散文,又发表艺术探索和诗学创新的当代文学作品。1976 年俄罗斯侨民者在巴黎出版了名为《第三次浪潮》文艺丛刊。作家和批评家西尼亚夫斯基和他的妻子1978 年在巴黎创办了《句法》杂志,其宗旨为"政论,批评,争鸣"的该杂志与《大陆》杂志鲜明地对抗,不仅在侨民作家中影响十分显著,而且为西方知识界所赞赏。1984 年苏联艺术理论家、收藏家格列泽在巴黎创办了月刊《射击兵》,该杂志刊登第三次浪潮的侨民作家和诗人的作品,并且在"文学档案"栏目中重印了巴黎俄侨作家吉皮乌斯、列米佐夫等人的作品。以普希金的诗《回声》命名的杂志是第三次侨民文学浪潮中不同寻常的纯粹的文学杂志,该杂志于 1978—1980 年在巴黎发行,致力于将国内俄罗斯本土文学和侨民文学进行衔接。1979 至 1986 年在巴黎出版的《从头到尾》是一本定位为"俄罗斯现代艺术杂志"的插图期刊,使用俄、英、法三种语言介绍和展示在苏联时期不被承认的非正统艺术。巴黎的这些杂志和出版物成了俄罗斯侨民文学的承载者和俄罗斯思想的使者。

早在 1926 年,米留科夫(П. Н. Милюков)就著书《在十字路口徘徊的侨民》描述俄罗斯侨民在法国迷茫彷徨的生活状态。1948 年梅利古诺夫(С. П. Мельгунов)主编的文集《为俄罗斯而战》收录了他和达林(Д. Далин)等人著的《俄罗斯与侨民》。1948 年巴黎的克莱蒙特出版社出版了法文版的论文和资料集《流落异国的人士》讲述了俄罗斯侨民第二浪潮的状况。

批评家、哲学家和政论家对巴黎俄侨作家的研究:他们用不同的方式来解读现代文化所经历的危机,其研究成果的类型有哲理性的批评、社会学的批评、心理分析的批评和随笔性的批评,以及一时兴起的评论和严谨的论著,但通常没有像苏联国内那样的占主流的批评和形式主义的批评,因为在俄侨社会圈里文学批评是目的,而不是手段。

艺术评论家兼诗人马科夫斯基（Щ. К. Моквский, 1877—1962）自 1925 年侨居巴黎开始，不仅参与编辑《现代纪事》《复兴报》《俄罗斯意志》和《北极光》等杂志，而且发表回忆性的随笔《同时代人的肖像》（1955）来描述若干重要俄侨作家和诗人的文学肖像，对其创作以及俄罗斯文学的发展进行精彩的客观评价。1954 年伊瓦斯克（Ю. Иваск）在《新俄罗斯语言》杂志上发表的《关于文学的书写》一文指出，侨民文学最有趣的就是对老一代俄罗斯文学的注释，并且，俄罗斯侨民批评家甚至给一些非小说体裁的杰作以极高的评价。

阿达莫维奇（Г. В. Адамович, 1892—1972）是 20 世纪巴黎俄侨圈内影响极大且论著颇丰的批评家，对文学发展极为敏感的他不仅对新老俄侨作家的文学创作做出及时的评论，而且对苏联文学做出回应，他的国内外兼评的做法甚至被评论家阿米纳多偏激地评价为：“这个阿达莫维奇是有害的，他比眼镜王蛇还毒。”①但从文学批评史的角度来看，阿达莫维奇的评论历时半个世纪，经受住了历史的考验，正如布宁曾经说他是最好的侨民批评家。阿达莫维奇曾评论过布宁、吉皮乌斯、纳博科夫、加兹达诺夫等多位巴黎俄侨作家的作品，如《济娜伊达·吉皮乌斯》《布宁——回忆录》等。他在 1931 年发表的《流亡中的俄罗斯文学》一文中曾表明自己对境外俄罗斯文学的前途不抱乐观态度，并在 1932 年发表的《论侨民文学》得出侨民文学由于缺乏推动文学发展的生活基础，必将走向消解的前瞻性结论。由于阿达莫维奇从加兹达诺夫创作之初直至其去世就一直关注其创作，所以对俄侨界将其比作陀思妥耶夫斯基的说法不予认可，当然也不赞同将纳博科夫比作托尔斯泰的说法，但他承认年轻一代侨民作家起到了自己的作用，同时也指出，他们由于离开俄罗斯时尚且年轻，对俄罗斯的情感较弱，也极难创作出真正俄罗斯化的文学。1954 年阿达莫维奇在其文学批评集《孤独与自由》总结了侨民文学和苏联文学各自的地位与价值，并指出在法国俄侨区存在的两种持截然对立态度的观点均不可取。阿达莫维奇指出，布宁从俄罗斯汲取的精神财富够他用很久，根据霍达谢维奇写于 20 世纪 30 年代的文章《流亡中的文学》可以看出其秉性和创作处在分裂之中，而霍达谢维奇也正确地断言在异国的土地上不是创作的阻碍，并用法国侨民和但丁做引证，他说：“我们这些人，是成年人，记得俄罗斯，没有忘记俄语，——那有什么能妨碍我们在巴黎、上海或在纽约同样好、同样努力并大量地写作，就像我们在莫斯科或是

---

①　Шаховская З. Отрахения. Париж Имка-Пресс. 1975. С. 194.

基辅那样?"①阿达莫维奇指出,当侨民们站在大陆消失的海边会有这种感觉,就算他们能回到祖国,那么也不能再寻回自己曾经的家园,他们不得不重新打量一切并重新学习很多东西,并且,人只有生活在远处,才能更好地审视自己的过往,就像果戈理是在罗马神圣的天空下而不是在俄罗斯写出了《死魂灵》,屠格涅夫在法国波琳娜的庄园写出了自己的作品,赫尔岑在异国能更好地写作并思考改革和社会变革的必要性。阿达莫维奇在自己的《评述集》中有多篇涉及文学、宗教、哲学、历史、文化等诸多方面的论题,尤其关注19世纪以来的俄罗斯文学,谈到俄罗斯文学大师和哲学家的重要作品,论及俄罗斯文化与民族命运时评述了俄侨们在巴黎的境遇和对流亡命运的反思,表达了俄侨们想要返回祖国的愿望,阐述了侨民文学代表人物的成就与局限,等等。

在20世纪俄罗斯侨民文学中影响重大的批评家和文史学家还有马克·斯洛尼姆(Марк Слоним 又译为斯洛宁,1894—1976),20年代他在《俄罗斯意志》上发表一系列对俄罗斯文学全局有着清醒认识的评论文章。如:1924年他发表《活跃的文学与僵死的批评》一文来批判吉皮乌斯在《飞向欧洲》中断言俄罗斯现代文学流到欧洲和贬低高尔基的言论;1927年斯洛尼姆发表《俄罗斯文学十年》一文评述1918至1927年的俄罗斯文坛的状况,肯定这10年间苏联文学取得了突出成就,并指出侨民们不仅不了解国内文学发展的状况,而且在俄侨文学中未有任何文学思潮和流派的出现;他还在其1928年的《文学日记》中再次对此观点进行强调,认为不管侨民作家和诗人们怎样强调,巴黎也不是俄罗斯文学的首都,只是其一个文学重镇而已。20世纪30年代斯洛尼姆在巴黎还写了两部作家专论集《现代俄国作家肖像》(1931)和《苏联作家肖像》(1933),论述俄罗斯文学演进的过程中出现的重要作家和诗人的创作特征。

批评家司徒卢威(Г. П. Струве)侨居巴黎时编辑出版的报纸《复兴》曾是传递俄罗斯民族思想的媒介之王。该报纸文学部的领军人物霍达谢维奇也是特立独行的重要批评家。1984年在巴黎出版的司徒卢威的《俄罗斯流亡文学》一书中认为,"侨民作家在俄罗斯文学宝库中的最大的贡献大概就是将来应该被承认的非艺术文学的各种形式——批评、随笔、哲理散文、高度的政论作品和回忆录文学作品"②。

作家、诗人和文学史家对巴黎俄侨作家的文学研究:弗·霍达谢维奇

---

① Г. Адамович. Оденочество и свобода: Литературнр - критические статьи/ Послесл. И коммент. Л. Аллена. –СПб. :Издательство 《Logos》,1993. С. 11.

② Струве. Г. П. Русская литература в изгнании. Paris:YMCA Press,1984. С. 371.

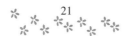

（1896—1939）不仅是巴黎俄侨文学中的重要诗人，而且是一位杰出的文学批评家。他1922年发表《俄罗斯诗歌论集》，书中论述了19世纪以降到其同时代俄罗斯重要诗人的创作以及他们对俄罗斯诗歌发展的独特贡献。1933年他发表了论述俄侨文学命运的重要文章《流亡中的文学》，文中举出但丁、密茨凯维奇等人都曾在国外完成了自己的代表作，并由此论证依靠民族语言和民族精神的民族文学创作在境外同样能出现杰作。不过，他也注意到侨民作家创作的外部环境日益萎缩，而且其作品的数量和质量日益下降，新老俄侨作家的关系不和谐等方面都限制了俄侨文学发展，使俄侨文学必将走上终结的命运。1937年他发表《论西林》一文中写道："艺术家的生活和艺术家意识中接受的生活——就是西林的主题，在某种程度上几乎在其所有的文学作品中都被揭示，开始于《卢仁的防守》。"

著名女诗人玛·茨维塔耶娃（1892—1941）发表了大量的批评文章。涉及侨民文学问题的文章有：1926年她发表《诗人论批评家》一文指出，文学批评家不应对诗人的写作指手画脚，未来才是诗歌的唯一评判者。她的观点虽有正确的一面，但这种近乎挑衅的论点还是引起奥索尔金、阿达莫维奇等评论家们的强烈反应。她在1932年发表的《诗人与时代》和《良心光照下的艺术》中深入思考了诗人担负的时代重任，强调艺术家应怀着理智和良心为善服务，并认为俄罗斯诗人本质上就是侨民，如果诗人和人民之间没有政治家，而只有读者的认可和美学评价的话，诗人的文学命运会更好。在巴黎俄侨区还出版了一些独具特色的随笔、回忆录和作家传记，通过它们，读者不仅能了解当时的文学史实、作家个人生活资料，而且通过作者的评论和叙述也能了解其创作特征和艺术风格。哲学家兼文学评论家费·斯杰蓬（1884—1965）在《现代纪事》等多种侨民期刊上发表涉及哲学、文学和文化方面的评论文章，曾评价过布宁、茨维塔耶娃、维·伊凡诺夫、高尔基、列米佐夫等人的作品。

自20世纪20年代起，有关俄侨作家在境外创作是受俄罗斯文学还是受西欧文学的影响更大一些的争论就在法国俄侨区持续不休，俄侨作家和批评家各自举证，例如：伊瓦斯克（Ю. П. Иваск）注意到在波普拉夫斯基、加兹达诺夫、瓦尔沙夫斯基的作品中有西方的主题，但他还是强调在俄罗斯侨民文学中的西方元素不像许多人认为的那么多。加兹达诺夫本人1970年在"自由"电台的播音节目也谈到这个问题，他认为，俄罗斯侨民文学第一浪潮年轻一代俄侨作家首先是在俄罗斯文学传统中进行写作；他们对托尔斯泰和陀思妥耶夫斯基的感激不是少于，而是多于普鲁斯特。

第二节　中国的巴黎俄侨作家研究

　　自清末民初的"西学东渐"以来,中国的俄苏文学研究已有一个世纪的历程。早在1917年中国学者对曾在巴黎侨居过的屠格涅夫作品的译介就已经开始,现在几乎屠格涅夫所有的作品都有了中译本。20世纪20年代对布宁的研究也已开始,如胡愈之的《都介涅夫》(1920)、黄源的《屠格涅夫生平及其创作》、胡适的《宿命论者的屠格涅夫》、王西彦的《论罗亭》、郑林宽的《伊凡・蒲宁论》等颇有文学见地的文章。20世纪30年代,鲁迅先生在编译俄罗斯小说集《竖琴》的后记中就提到了当时已具有世界声誉的俄罗斯小说大师巴别尔的大名,可惜没有介绍其文学创作。新中国成立后的30年间对俄苏文学的研究呈大起大落之状态是随政治的走向而发生变化,从20世纪50年代的热潮到60年代的迅速降温,直至70年代的批评与鞭笞,这期间对巴黎俄侨作家在俄国的作品尚有些研究,但对其侨居后的作品鲜有介绍。20世纪80年代我国学术界回应了俄罗斯侨民文学在俄罗斯的回归热和研究热,稳步深入地全面展开了从宏观到个案、从经典到动态、从重读到论辩的火热研究,并开始译介一些著名俄侨作家的作品。中国研究者对俄罗斯文学研究的注意力主要集中在小说文论、诗歌、文学史等方面,而小说仍然是人们研究的重点领域。我国对俄罗斯侨民文学的研究分为两种。

　　第一种是有关俄罗斯侨民文学以及巴黎俄侨作家研究的国内外会议,这是一种研究者之间直接的交流和学习,不仅产生了会议论文集,而且会后还有对会议评论的文章,如:薛君智的《记AASTEEL一九八一年年会》(《外国文学研究》,1982/02)。2002年9月23—25日在哈尔滨举办的"俄侨文学国际学术研讨会"是一次具有重大意义的学术会议,与会的有当代俄罗斯著名学者B.阿格诺索夫教授和安娜・扎比亚科女士、牛津大学的M.尼科尔森博士和IO.克鲁奇金教授以及来自克拉斯诺亚尔斯克的历史学教授B.达奇生,还有近五十位国内的专家学者。这次国际学术盛会为20世纪俄罗斯文学语境下的中国研究者提供了具有重要价值的学术信息。2002年南京召开了"当代俄罗斯文学国际学术研讨会"。2002年10月19—22日在北京外国语大学召开了中俄美学者关于俄罗斯文学国际学术研讨会"20世纪世界文化背景中的俄罗斯文学国际研讨会",我国学者与国外学者在俄罗斯文学的研究对象、研究视角和方法上既有明显的共识,也有众多的差异与碰撞。这次会议的学术报告和书面发言在2007年11月结集出版的文集是《20世纪世界文化语境下的俄罗斯文学》,其中涉及巴黎俄侨作家研究的两篇文章:汪剑钊的《地狱里的春天——俄罗斯超现实主义大诗人波普拉夫斯基》(探析了侨民文学中的知识分子特征），周小成的《继承·探索·创新——略论列米佐夫的艺术创作及其风格》；有关在巴黎久居过的屠格涅夫的文章有两篇：任光宣的《屠格涅夫与古华》（比较了中俄两位现实主义作家创作中众多相似的美学特征），王立业的《屠格涅夫心理描写的语言分析》（分两个部分仔细研究了屠格涅夫艺术语言的心理功能）。2002 年 12 月在北京师范大学召开了"俄国文学研究前沿问题与学科建设全国学术研讨会"。2003 年在上海召开了"全球化语境下的俄罗斯语言、文学和翻译国际研讨会"、在北京召开了"俄罗斯文论研究——回顾与前瞻研讨会"和"俄罗斯文学经典重读学术研讨会"。2004 年，分别在黑龙江大学和四川大学召开了"20 世纪俄罗斯文学与古典文学传统研讨会"和"俄罗斯文学年会"。2005 年 3 月中国首届"海峡两岸俄语教学与研究学术研讨会"出版的论文集中涉及巴黎俄侨作家的文章有陈辉的论文《布宁研究新述》、黄玫的《阿赫玛托娃抒情诗中的景与情》等。2008 年 4 月 20 日召开的第二届"中俄关系的历史与现实"国际学术讨论会，戴桂菊的参会论文《俄罗斯东正教境内外教会恢复统一的意义》论及俄国 20 世纪第一代侨民中的思想精英别尔嘉耶夫、布尔加科夫等人的斐然成果及其历史作用。近年来，在我国举行的有关俄罗斯文学的学术会议，几乎都涉及了俄罗斯侨民文学研究，不仅研究了单个的俄罗斯侨民作家的作品，而且进行了作家之间对比和影响研究。如：2011 年 9 月 9 日—11 日北京外国语大学举办的"俄罗斯文学：传统与当代"国际学术研讨会（暨）中国俄罗斯文学研究年会；2012 年 11 月 9 日—11 日举办俄罗斯学研究生国际研讨会：俄罗斯与世界——历史与现代；2012 年 3 月北京师范大学外语学科创建百年纪念系列活动的研究生学术前沿论坛：俄罗斯人文研究——从远古到今天；北京师范大学协办的教育部区域和国别研究培育基地俄罗斯研究中心连续几年举办学术会议，中俄的青年研究者踊跃进行研讨，如：2013 年 9 月 20 日—21 日在北京举办的"传承与发展：中俄青年对话"俄罗斯学研究生国际研讨会；2014 年 9 月 20 日—21 日的"和而不同：中俄青年国家形象与国家认同问题研究"。目前，在中国学术界的老中青三代学者已成为俄罗斯文学研究的中坚力量，研究俄侨文学的学者也取得了丰硕成果。2016 年 12 月 3 日北京举办的首届全国"区域国别研究"博士后论坛和 2017 年 11 月 10—13 日在重庆的西南大学参加"俄罗斯文学与俄罗斯思想"国际学术研讨会及中国外国文学学会俄罗斯文学研究分会 2017 年年会，这两个重要的学术会议中都涉及了巴黎俄侨作家布宁和加兹达诺夫的作品研究。

　　2013 年 12 月 1 日的国内会议"语言与文化研究"上张平的会议论文《布宁——情系俄罗斯文化的旅行者》从地理文化、宗教文化、庄园文化、民俗文化等文化视角诠释布宁的生平和创作。2013 年在黑龙江大学成立的中俄人文协同创新中心于 2014 年 12 月 6—7 日第二届全国"俄罗斯学"博士生论坛,全国从事俄罗斯学研究的在读博士研究生踊跃参会,积极从跨学科的角度展开当代俄罗斯学研究,此次论坛的主题:历史文本及艺术文本中的中国形象和俄罗斯形象。会议中宣读的一些论文涉及巴黎的俄罗斯侨民文学中的俄罗斯形象研究,如《加兹达诺夫小说中的俄罗斯形象》。

第二种是各类期刊和报纸上的介绍与研究文章。如:在《苏联文学(联刊)》(1991 年联刊,从 1992 年第 5 期更名为《俄罗斯文艺》,1994 年正式启用)、《外国文学研究》《译林》《国外文学》《外国文学评论》等国内权威杂志以及一些大学学报上陆续刊载了一批学者颇有分量的有关俄罗斯侨民文学的文章,学者们对俄罗斯文学史的概念、内涵、总框架、研究方法等方面的认同和分歧,形成了百家争鸣的文学盛况。《俄罗斯文艺》自 1992 年起就陆续刊登优秀的巴黎俄侨作家作品的译作,如:梅列日科夫斯基、吉皮乌斯、纳博科夫等人的作品。1997 年《俄罗斯文艺》改为季刊后变成了专业的俄苏文学译介专刊。2005 年该刊的栏目分为俄罗斯作品译介、俄罗斯文学研究、俄罗斯文化研究、文学理论研究、世界文学研究五大板块,不仅有对巴黎俄侨作家作品的译介,也有对其进行深刻评论的文章。

从 20 世纪 80 年代至今,从最权威的中国知网、中国期刊全文数据库搜寻的资料来看,与俄罗斯侨民文学以及巴黎俄侨作家作品相关的文章上千篇,从多个角度进行研究,主要分为四大类。

第一类是从宏观上对 20 世纪侨民文学的整体和部分阶段的简评。如:张捷的《苏联的"回归文学"》(《俄罗斯文艺》,1990/01);芝恩的《反思中的苏联"侨民文学"》(《俄罗斯文艺》,1990/04);冯玉律的《俄国侨民文学的第一次浪潮》(《俄罗斯文艺》,1992/05),周启超的《"二十世纪俄语文学":新的课题,新的视角》(《国外文学》,1993/04)和《二十世纪俄语文学:侨民文学风景》(《国外文学》,1995/02)等,文章中提出"侨民文学""显流文学"和"潜流文学"是构建 20 世纪俄语文学大厦三块基石的文学史框架新构想。于一中的《20 世纪人类文化的特殊景观:俄罗斯侨民文学》(《译林》,1997/03);杨可的《俄苏侨民文学第二浪潮小说初探》(《理论与创作》,1999/02);祖淑珍的《廿世纪俄罗斯侨民文学:回顾与展望》(《北京第二外国语学院学报》,1999/05);单之旭的《俄苏侨民文学第三次浪潮》(《北京大学学报社科版》,1999/01)等,文章中阐述了侨民文学第三次浪潮出现的原因、成员构成、文学主张以及与犹太民族的直接关系。赵秋长的《俄国侨民文学概览》(《俄语学习》,2001/12);汪介之的《20 世纪俄罗斯侨民文学的文化观照》(《南京师范大学文学院学报》,2004/03)等,描述了俄罗斯侨民文学三次浪潮各不相同的形成背景、生存状态和文学成就,揭示其文化意蕴,并分析了政治风云变幻与文学发展的关系。荣洁的《俄罗斯侨民文学》(《中国俄语教学》,2004/02);冯玉文的《俄侨:历史与文学三重映像》(《黑龙江史志》,2005/04);朱达秋的《2001—2005年中国的俄罗斯文学研究》(《四川外语学院学报》,2007/03)等。统计数据显示,中国九种外国文学研究期刊上所发表的论文中,最受关注的前12位作家及其作品中三个在巴黎居住过的作家高尔基、布宁和纳博科夫占第7—9名;而在所有期刊上发表的论文中,最受关注的前10位作家及其作品占第6—8名的是高尔基、纳博科夫和布宁。杜国英,李文戈的《20世纪俄罗斯侨民文学的回顾与反思》[《哈尔滨工业大学学报(社会科学版)》,2008/05];朱红琼的《20世纪俄罗斯侨民文学观照》(《社会科学家》,2010/06);张坤的《论"白银时代"俄罗斯侨民文学与中国文学的关联》[《短篇小说(原创版)》,2013/06];汪海霞的《20世纪俄罗斯侨民作家笔下的福音书主题》(《解放军外国语学院学报》,2013/03);吉林大学的齐文媛2015年撰写的硕士论文《旅法俄国侨民问题研究(1920—1940年)》等,文章中谈到法国的俄侨在异国艰苦的生活条件下,坚持发展俄国传统文化教育和东正教,顽强地进行文化研究和创作,取得了举世瞩目的成就,使法国一度成为俄国侨民的文化中心。

第二类数量众多的评论文章是研究者们从诗学特征、哲学宗教思想、历史文化语境、生态学和比较研究等多个视角对巴黎侨民作家及作品展开研究,其中布宁受到中国论文作者的最多关注,其中发表在《俄罗斯文艺》上的有:刘炜的《现实主义创作艺术的拓展——重读布宁中篇小说〈乡村〉》(《俄罗斯文艺》,2002/01);叶红的《蒲宁与现代主义》(《俄罗斯文艺》,2002/03)和《蒲宁在中国》(《俄罗斯文艺》,2005/01);邱运华等人的《谈〈阿尔谢尼耶夫的一生〉的叙事风格》(《俄罗斯文艺》,2004/01),还有张炜的《蒲宁小说文体解析》(《外国文学研究》,2003/04);管海莹的《布宁小说创作中的民俗象征符号解读》(《外国文学研究》,2005/03);陈辉的《布宁研究新述》(《中国俄语教学》,2005/03);等等。

从多重视角研究纳博科夫的学术论文数量很多:刘佳林的《论纳博科夫的小说主题》(《扬州大学学报》,1997/01)、《纳博科夫与堂吉诃德》(《外国文学评论》,2001/04)和《纳博科夫研究及翻译述评》(《外国文学评论》,2004/02);周启超的《独特的文化身份与"独特的彩色纹理"——双语作家纳博科夫文学世界的跨文化特征》(《外国文学评论》,2003/04);张鹤的《"一条复杂的小蛇"——简析纳博科夫的小说〈普宁〉的叙事结构》(《外国文学研究》,2004/01);张冰的《纳博科夫与白银时代的俄国文化精神》(《外国文学研究》,2005/03);赵君的《"作家的艺术就是他真正的护照"——"异类"流散作家纳博科夫对身份认证的超越》(《中国比较文学》,2009/04)等;2017

年关于纳博科夫的硕士论文有 4 篇,有两篇从纳博科夫的自传、小说文体进行研究,另外两篇是从比较文学和世界文学的视野下研究纳博科夫及其作品。

我国对库普林的译介开始于五四时期,到 20 世纪 80 年代蓝英年、储仲君、蒋路、岚沁等老一辈翻译家对库普林的小说进行了译介,90 年代在报纸杂志上对库普林的评论日渐增多,21 世纪以来出现了李哲的硕士论文《库普林小说的叙事艺术研究》对其进行了相关研究。接着,闫吉青、杜荣和高建华等人对其生平及创作进行了评论,尤其是高建华从比较研究、宗教伦理、诗学、对话、生态学、狂欢化等各个角度研究库普林的小说,发表了一系列文章。如:2012 年高建华发表《生态批评视阈下的库普林小说》(《俄罗斯文艺》,2012/01),文章对库普林小说文本进行生态伦理方面的分析,探讨了其小说中体现的独特自然体验、人对动物的崇拜、人与自然和谐共生的思想以及人与自然关系中体现的人性,文章探讨库普林人道主义的生态伦理观。高建华的《库普林小说〈决斗〉中的对话性》(《俄罗斯文艺》,2014/01),这是在其博士论文《库普林小说研究》的基础上进行深入研究。

中国知网上收录关于什梅廖夫的研究期刊论文有:戴卓萌的《什梅廖夫小说题目的意义》(《中外文化与文论》,2005)和《什梅廖夫小说标题的意义》(《外语学刊》,2013/04),两篇文章都是通过研究《啜不尽的酒杯》《亡者的太阳》《上帝的夏天》《天国之路》等书名来揭示什梅廖夫小说标题的内在语义,思考东正教精神对尘世的拯救。王希悦的两篇论文分别是:《俄罗斯侨民作家:伊万·谢尔盖耶维奇·什梅廖夫》(《俄语学习》,2012/01)和《试析什梅廖夫小说创作中的道路主题》(《西伯利亚研究》,2014/03,与宋庆华合写)。王帅的《天路的历程 精神的归宿——试析什梅廖夫的〈天路〉》(《解放军外国语学院学报》,2013/04),这是其博士论文的浓缩之作。

中国知网上收录关于霍达谢维奇的研究期刊论文仅有四篇,并且仅限于 1998 至 2003 年,其中王立业老师的两篇文章是《妙笔点处尽华章——论霍达谢维奇和他的文学创作》(《俄罗斯文艺》,1998/02)和《霍达谢维奇抒情诗伦理美学因素探源》(《国外文学》,2003/04);恽律的《高尔基和霍达谢维奇》(《俄罗斯文艺》,1998/02);丁国强的《像诗人一样度过一生——读弗·霍达谢维奇〈摇晃的三脚架〉》(《博览群书》,2002/03)。近十余年来学界几乎无人再对霍达谢维奇有所关注。

我国从小说主题方面研究法国俄侨作家作品的文章有:张晶的《20 世纪 20 年代苔菲短篇小说中的孤独与思乡》(《齐齐哈尔大学学报》,2009/11),文章中阐述孤独和思乡成为 20 世纪 20 年代苔菲作品中抒发的主要情感,并且孤独与儿童、思乡与小人物的主题常常交织在一起,成为该时期苔菲的创作特点；汪海霞的《20世纪俄罗斯侨民作家笔下的福音书主题》（《解放军外国语学院学报》，2013/03），结合当代社会生活来重新阐释20世纪俄罗斯侨民作家笔下的福音书主题福，使现代人理解其蕴含的真正福音启示意义，并在信仰中获得力量，更好地指导生活；等等。目前研究巴黎俄侨作家扎伊采夫的文章极少，对他作品的翻译有：1998年南京大学外国语学院的陈静翻译的《俄国鲍·扎伊采夫短篇二则》（《当代外国文学》，1998/03），即《轻松的粮袋》和《归宿旺代》，在文章的最后还简介了扎伊采夫的作品。1998年张冰译了扎伊采夫的作品《死神》（《俄罗斯文艺》，1998/01）。

第三类是研究巴黎俄侨作家的报刊文章：陈郑双的《布宁与他的〈爱情书〉》（《中华新闻报》，2005/03/30）；戴骢的《钟情布宁三十年》（《中华读书报》，2006/08/23）；汪介之的《不能抵挡攻击，就不能证明是经典——我心目中的20世纪俄罗斯文学经典》（《文艺报》，2007/12/15），在文章中作者引用南非作家库切关于经典的定义，将巴黎俄侨作家布宁的《阿尔谢尼耶夫的一生》、曼德尔什塔姆的诗集《诗歌》和茨维塔耶娃的诗作尊称为经典；张柠的《巴别尔：被隐没的短篇小说大师》（《深圳特区报》，2011/12/13）；等等。

第四类是我国的外国文学教材、学者专著、译著以及学位论文中也辟专章专节介绍侨民作家作品。1996年薛君智著《欧美学者论苏俄文学》（社会科学文献出版社）一书采用比较的方法选编欧美学者论俄苏文学的著名成果，书中的一些从俄罗斯侨居欧美的批评家对布宁、茨维塔耶娃以及阿·托尔斯泰等巴黎俄侨作家的作品有比较中肯的评价。1997年李辉凡和张捷的《20世纪俄罗斯文学史》一书将俄罗斯侨民文学纳入了20世纪俄罗斯文学的整体研究之中，不仅描绘出其发展的全景图，而且体现其在复杂的嬗变之中的丰富性和多样性。在该书中还具体分析了不同流派的作家及其作品，从文学创作本身来说明20世纪俄罗斯文学的发展进程，并在上篇中第四章第七节中论述了侨民文学。不过，该著作出版7年后，余一中先生在《博览群书》（2004/09）上著文《20世纪俄罗斯文学史能够这样写吗？——评李辉凡、张捷著〈20世纪俄罗斯文学史〉》对其目录及正文的内容都进行了严肃的批评和指正。2000年张杰、汪介之著《20世纪俄罗斯文学批评史》（译林出版社）一书中宏观描述了20世纪俄罗斯文学批评，在绪论中将其分为"两大板块""三股潮流""三次转移"和"走向多远格局"四个部分进行阐述。不仅提到了巴黎侨民作家梅列日科夫斯基的"新宗教意识"批评，而且在第二编的第十三章的"侨民文学批评"中具体研究了诗人和作家的文学研究。

2001年谭得伶、吴泽霖等著《解冻文学和回归文学》是国内第一部尝试全面系统研究解冻和回归文学的论著。2002年曾繁仁著的《20世纪欧美文学热点问题》一书中的上编亦有专题——苏联"回归文学"述评。刘文飞教授对俄罗斯侨民文学的译介贡献极大;2004年他著的《文学魔方:二十世纪的俄罗斯文学》中的第一章第二节介绍了"本土文学"和"境外文学"之间的相互补充和相互依存的复杂关系。在第三章中不仅阐述了"关于20世纪俄侨文学的两点思考",而且介绍了对《俄罗斯侨民文学史》一书翻译的过程和心得,以及这本书对学界的重要影响。同年出版的刘文飞和陈方的译著《俄罗斯侨民文学史》不仅原作者阿格诺索夫教授对原著进行了重大的修改和翻写,该书对50余位俄罗斯侨民作家及其作品进行了新颖丰富的介绍,每个章节后面都附有可作为研究史料的参考书目,还有刘文飞教授和李英男教授为该专著添写的两个章节,这就使该书的出版成为"中俄两国学者进行学术交流和合作的一次独特尝试"①。2005年刘文飞著《苏联文学反思》,还有他的《布罗茨基传》《伊阿诺斯·或双头鹰》以及译著《俄罗斯文学史》等都涉及了俄侨作家的研究。2005年由戴骢先生主编的《布宁文集》(五卷本)较为完整系统地为我国研究者提供了第一手研究资料。2006年北京大学任光宣教授主编的《俄罗斯文学史》(北京大学出版社)中就有专节介绍巴黎的俄侨作家布宁、纳博科夫等的生平与创作情况。同年,黎皓智的专著《20世纪俄罗斯文学思潮》(北京大学出版社)和郑体武著的《俄罗斯文学简史》(上海外语教育出版社)中也有介绍侨民文学的章节。2006年杨素梅、闫吉青合著《俄罗斯生态文学论》(人民文学出版社)从生态学视角研究了一部分俄侨作家的作品。2007年淼华编著的《20世纪世界文化语境下的俄罗斯文学》(外语教学与研究出版社)。2010年李毓榛所著《俄国文学十六讲》图文并茂地详细介绍了俄罗斯文学的辉煌历史,在第十四章"流亡国外的俄罗斯文学(之一)"和第十五章"流亡国外的俄罗斯文学(之二)"中具体介绍了茨维塔耶娃、布宁、库普林和索尔仁尼琴的作品。2012年由张建华、王宗虎和吴泽霖著的《20世纪俄罗斯文学:思潮与流派(理论篇)》中第10章是由吴泽霖先生执笔的《俄国境外文学》,作者在该章中分历史沿革、代表作家和创作简介、诗学特征三个部分简介了20世纪俄国境外文学的三次浪潮。在代表作家和创作简介这一小节中作者主要介绍了在第一浪潮中老一代作家布宁和青年诗人波普拉夫斯基,在第二浪潮中的首席诗人叶拉金,在第三浪潮中的一面旗帜——索尔仁尼琴。2013年汪介之著的《俄罗斯现代文学史》论述了1891—1950年俄罗斯文学中的主要作家及其创作,并在多个章节中论述了域外俄罗斯文学第一浪潮和第二浪潮中的文学重大事件及重要作家。同时,国内一些有关白银时代文学的著作中也会介绍布宁、梅列日科夫斯基

---

① 弗·阿格诺索夫. 俄罗斯侨民文学史[M]. 刘文飞,陈方,译. 北京:人民文学出版社,2004:738.

夫妇等人的作品。2014 年戴卓萌、郝斌、刘琨著的《俄罗斯文学之存在主义传统》(国家社科基金后期资助项目成果)出版,在第六章中专论了俄侨作家布宁、纳博科夫、加兹达诺夫和什梅廖夫创作中的存在主义世界。

近 20 年来,在国内有一些硕博论文选择以俄罗斯侨民文学和俄侨作家作品为研究对象,其中涉及法国俄侨作家创作整体研究的寥寥无几,大部分是涉及单个巴黎俄侨作家的研究。研究法国俄侨作家创作整体的硕博论文有:2013 年辽宁大学赵婷婷的硕士论文《浅析俄侨文学第一次浪潮新老两代作家的创作》。

硕博论文研究布宁的有 20 多篇,主要是从 21 世纪初兴起,其中从主题学方面研究布宁作品中的有:2002 年苏州大学陈霞的《论伊·阿·布宁作品中的庄园情结》;2005 年内蒙古师范大学赵真的《伊凡·布宁短篇小说集〈幽暗的林间小径〉主题分析》;2007 年河南大学黄秀芳的硕士论文《伊·阿·布宁作品中的怀旧主题》;2007 年兰州大学沈淇春的《俄罗斯侨民作家布宁的"思乡情结"研究》;2013 年哈尔滨师范大学白晶的《布宁俄国时期小说中的乡村主题》;2013 年上海外国语大学夏凡的《蒲宁小说中东西方交融的"双头鹰"特色》;等等。从现实主义、现代主义、叙事学、语言学、神话、宗教等方面研究布宁论文的有 12 篇,并且呈逐年增长的趋势,如:2002 年南京师范大学刘炜的《现实主义艺术的拓展——论布宁小说的创作艺术》;2005 年北京大学王帅的《〈幽暗的林荫道〉中的古希腊神话契机》;2006 年东北师范大学江晨曦的硕士论文《永恒的俄罗斯之恋——论伊凡·蒲宁创作的精神世界》;2006 年首都师范大学刘金红的《布宁小说的散文化特点》;2007 年四川大学张益伟的《用爱的光芒照亮心灵的角落——布宁爱情小说解读》;2009 年内蒙古师范大学彭运潮的《布宁短篇小说的现代主义特征——一种现实主义的突破》;2010 年华东师范大学叶佳佳的《蒲宁过渡时期短篇小说的叙事特征》;2010 年四川外语学院焦静的《论布宁爱情小说中的悲剧性》;2010 年哈尔滨师范大学吴琼的《布宁小说中的普世性思想研究》;2011 年哈尔滨师范大学程靖的《布宁短篇小说的宗教意蕴》;2011 年黑龙江大学杨海涛的《布宁创作中的东方思想元素》;2012 年吉林大学付辉的《布宁短篇小说〈纳塔莉〉中超句统一体研究》;2012 年南京大学刘爱华的《爱情在哪里——布宁晚期爱情小说的叙事分析》;2012 年辽宁大学于秋影的《布宁文学作品中的隐喻弱化研究》。

研究布宁的博士论文仅有几篇:2001 年北京师范大学刘贵友的《伊凡·布宁小说创作研究》;2006 年北京外国语大学柏英的《布宁小说创作的悲剧精神及其诗学体现》;2012 年黑龙江大学刘淑梅的《布宁创作中的庄园主题研究》;2013 年陕西师范大学叶琳的《布宁创作的生态诗学特征》。

研究纳博科夫创作的硕士论文有:2007年山东师范大学王海丽的《〈普宁〉修辞叙事分析》;2007年黑龙江大学侯娜的《论纳博科夫〈天赋〉的创作特点》;2008年兰州大学陈诚的《解读纳博科夫〈文学讲稿〉中的美学世界》;2010年黑龙江大学陈春梅的《纳博科夫的文化身份焦虑》,论文对纳博科夫的文化身份焦虑的解读,从另一个角度体现出作家的文学命运;2011年西南交通大学李兰的《纳博科夫文学讲稿研究》;2011年华中师范大学雷蕾的《纳博科夫长篇小说中的俄国流亡知识分子形象研究》;2013年四川外国语大学周芷卉的《纳博科夫作品中的记忆主题——以小说〈玛申卡〉为例》;2013年江西师范大学黄友鑫的《纳博科夫文学批评研究》;2014年南京理工大学封小林的《论〈洛丽塔〉中的对话模式》等上百篇硕士论文。这些论文从电影改编、电影叙事、伦理叙事、对话模式、童话的戏仿、对位艺术、成长小说、译介和传播、后现代主义、时空体、精神分析、语言效果、人物形象、陌生化、比较研究、哲学角度、美学角度等方面,对纳博科夫的《洛丽塔》进行了多角度的研究和评价。

研究纳博科夫的博士论文有:2003年厦门大学詹树魁的《符拉迪米尔·纳博科夫:从现代主义到后现代主义》;2005年暨南大学赵君的《艺术彼在世界里的审美狂喜——纳博科夫小说美学思想探幽》;2006年华北师范大学王霞的《越界的想象:论纳博科夫文学创作中的越界现象》;2006年华东师范大学肖谊的《论弗拉基米尔·纳博科夫美国小说的元虚构性质》;2007年山东师范大学谭少茹的《纳博科夫文学思想研究》;2008年兰州大学陈诚的《解读纳博科夫〈文学讲稿〉中的美学世界》;2009年上海师范大学邱静娟的《继承与超越——纳博科夫俄语长篇小说与俄罗斯文学传统》;2010年中央民族大学的刘文霞的《"俄罗斯性"与"非俄罗斯性"——论纳博科夫与俄罗斯文学传统》;2011年四川大学王安的《空间叙事理论视阈中的纳博科夫小说研究》;等等。

研究库普林的硕博论文只有3篇:2008年北京师范大学李哲的硕士论文《库普林小说的叙事艺术研究》;2009年东北师范大学高建华的博士论文《库普林小说研究》;2013年黑龙江大学徐明宇的硕士论文《库普林中短篇小说中的人物性格类型及其塑造手法》。

研究什梅廖夫的硕博士论文:2010年上海外国语大学张雅婷的《什梅廖夫作品中的俄罗斯形象》;2011年王帅的博士论文《天路的历程 精神的归宿:论俄罗斯侨民作家И.什梅廖夫》。

研究苔菲的只有4篇硕士论文:2006年浙江大学王小娟的《Н.А.苔菲的创作个性》;2008年黑龙江大学张晶的《苔菲短篇小说创作研究——20世纪20年代》;2011年山东大学杨孝珍的《娜·苔菲创作中的笑》;2012华北

师范大学唐涛的硕士论文《浅析俄侨女作家苔菲的创作及其"笑"的艺术》。

研究茨维塔耶娃的硕博论文共 4 篇,其中博士论文 2 篇:2002 年黑龙江大学荣洁的《茨维塔耶娃创作的主题和诗学特征》;2014 年北京外国语大学于晓莉的《生活与存在:茨维塔耶娃抒情长诗研究》。硕士论文分别是 2012 年吉林大学孙秀娟的《茨维塔耶娃诗歌中的死亡观念》和 2013 年天津师范大学刘新蕾的《论茨维塔耶娃诗歌中的"爱情"及其艺术体现》。

研究加兹达诺夫的有 1 篇博士论文:2014 年北京师范大学杜荣的博士论文《加兹达诺夫小说研究》。

研究阿·托尔斯泰的有 1 篇硕士论文《〈苦难历程〉中的家园母题》,主要探讨该小说中"弃家"和"归家"母题的文化与美学内涵。

目前学界尚无专门研究吉皮乌斯的硕博论文,但专门研究梅列日科夫斯基的有 3 篇硕士论文:2003 年郑州大学耿海英的《象征主义叙事精神——梅列日科夫斯基初探》;2005 年四川大学谢庆庆的《"圣灵的王国"——关于〈基督与反基督〉的阐释》;2010 年华东师范大学和丽伟的《梅列日科夫斯基笔下的反基督——以〈基督与反基督〉三部曲为分析对象》。但在一些研究俄国象征主义诗歌的硕博论文中有对梅列日科夫斯基诗歌的评论。

2004 年华东师范大学郭永胜的博士论文《苏联"持不同政见者运动"研究》中阐述了俄侨作家西尼亚夫斯基和马克西莫夫离开苏联的政治和历史原因,以及西尼亚夫斯基主编的杂志《句法》和马克西莫夫在西德出版的季刊《大陆》。

与此同时,我国一些高校的教师也积极申报各级课题对俄罗斯侨民文学及作家作品进行更深入的研究。如:2005 年黑龙江大学俄语语言文学研究中心刘锟申报的国家社科基金青年项目"梅列日科夫斯基的宗教乌托邦思想";2008 年华东师范大学杨明明申报的国家社科基金青年项目"布宁小说诗学研究";等等。我国对巴黎俄侨作家的作品的译介工作也取得了不菲的成绩,如 2000 年隋然和赵华翻译了霍达谢维奇的《摇晃的三脚架》,等等。

第三节　著书缘由和研究设想

巴黎俄侨作家的创作是俄罗斯文学的宝贵遗产,其内容则折射着俄罗斯侨民作家的文学命运。由于受主流意识形态的遮蔽和影响,巴黎俄侨作家的作品在苏联解体前一直未得到应有的传播和重视。21 世纪,巴黎俄侨作家研究在俄罗斯已如火如荼,而中国接受俄罗斯侨民文学的过程也是受俄罗斯主流文学批评和研究的影响,已经起步,但亦有未进行研究和译介的空白点。我本人的博士论文《加兹达诺夫小说艺术研究》是对巴黎俄侨年轻

一代作家的个案研究,目前国内学界对其知之甚少,更无其作品的译本。在收集博士论文材料的同时,不禁会关注整个巴黎俄侨作家的文学命运,思考和对比其形成的渊源、背景、个体之间的差别、不同侨居阶段的差别,等等。可以说,本书也是我博士论文的深化和拓展。

沃伦和韦勒克继承和发展了俄国形式主义者的见解,在《文学理论》一书中将文学研究分为"内部研究"和"外部研究",对文学规律的研究被认为是内部研究,而从社会历史等角度,包括文学与政治关系研究等在内的研究,则被认为是与文学规律无关的外部研究。他们认为这种起因解释法的研究不能解决对文学艺术作品的描述、分析和评价问题。但政治作为研究文学问题的重要维度之一,用这种"外部研究"的因果法来研究巴黎俄侨作家的文学命运还是极好的分析和评价途径,因为俄罗斯侨民作家及他们作品的回归祖国都深受政治影响,这也反映出,"政治是人类共同体最重要、最有涵括力和覆盖面的现象,也是渗透到文学活动所有环节和全过程的现象,并且在根本的意义上对其他文学语境具有强大的渗透力。从这一角度考察文学现象,具有十分重要的意义"①。文艺和政治的关系是研究文学时无法回避的维度和视角,詹姆逊曾断言:政治视角是构成"一切阅读和一切阐释的绝对视域"②。从这个视角研究巴黎俄侨作家的文学命运也是一种可取的途径。但在文学研究中不可能单纯地界定文学与政治是从属关系还是平行关系,要根据巴黎俄侨作家所处的社会历史和文化语境来合理地定位和描述,以此更好地辩证分析政治和文学之间的召唤与应答关系,也就是一种作家和政治之间的同意、反对、争论及驳斥等对话关系,巴黎俄侨作家的文学命运深受这种对话结果的影响。相对于俄罗斯本土文学来说,巴黎的俄侨文学处于被忽视的微语状态,巴黎俄侨作家更需要特殊的敏锐见识和开阔视野来感应、倾听、捕捉和辨识祖国的政治召唤,归国还是侨居这关乎他们的文学命运,他们会对祖国的政治召唤做出认同性、抵制性、反抗性、逃逸性、漠视性或无动于衷性的应答反应。巴黎俄侨作家总是从审美理想的高度来观照和评判俄罗斯政治的构成因素,对其做出超越性的召唤,引发其做出直接或间接的应答。

同一部作品在不同的阅读和言说语境中会有不同的意义。当我们将巴黎俄侨文学置于跨文化语境和政治维度来考量和言说,就能更好地理解俄侨作品的文学命运;当我们将巴黎俄侨文学置于纯艺术语境中来评价时,就

---

① 张开焱.召唤与应答——文艺与政治关系新论[J].文艺争鸣,2002,(2):37.

② 詹姆逊.政治无意识[M].王逢振,陈永国,译.北京:中国社会科学出版社,1999:8.

能更好地突出它的艺术性。但我们研究巴黎俄侨作家的创作，不仅要研究其作品在其祖国的政治应答和文学反响，更要捕捉作品本身在世界不同文化语境的多声部中所发出的独特声音。在巴黎俄侨区用俄语写作的人也有着不同的文化意识，因为他们身处不同的文化系统中，如：老一代侨民作家、新一代侨民作家和苏联作家。这种划分是由俄罗斯复杂的政治引起的，它反映的不仅仅是复杂的文化史，而且证明了研究每个艺术家具体的创作之路就是为了不丧失他们的凝聚力。当代的审美和宗教环境都在迁移之中，具体的侨民作家的命运可以在侨民文学的文本中加以界定，在此情况下必须对作家的生活和创作进行重新建构。正是个人命运的外在典型性和共性，通过巴黎俄侨作家的艺术表述，将20世纪巴黎俄侨作家的日常生活基地彰显在他们的创作中，使其对写作的探索远比那个形成蒙帕纳斯（Монпарнас）俄语小说圈广泛得到多。经历过侨居时代的巴黎俄侨作家和被独特艺术世界塑造过的巴黎俄侨作家之间是有区别的。

　　巴黎俄侨作家作为历史大动荡中的悲剧事件见证人，其创作必然具有自传性和文化身份焦虑的特点，并且其性格的形成和创作个性受到跨文化语境的深刻影响，表现为巴黎俄侨作家的小说既有文艺性，也有纪实性，其文学命运在整体上受到政治风云的影响，但流亡生活中其自身的选择和读者的接受也起着重要作用。他们的文艺性小说具有审美功能，作品中凸显出其艺术美学的优势，它们是作家试图创建独特的艺术世界而构想的产物；而在他们的纪实性小说中，作为现实见证人的作者本人本着求真务实的美学精神、带着"真实性目标"尝试着对现实进行选择和分析，并将这种非虚构性的文学用艺术的手法进行叙述。理解巴黎俄侨作家的作品时，运用宗教、哲学和伦理学的知识进行分析，具有十分重要的意义，能更透彻地分析其深刻内涵，进而确定作家在自己那个时代的位置。并且，只有在对巴黎俄侨作家的作品做出充分细致的剖析，才能更切合实际地把握这些作家小说艺术的具体特点：主题-结构的组织、叙事形式、艺术形象的类型和建构原则，以及修辞特色等。

　　对当前俄罗斯和世界文学背景下的巴黎俄侨作家的文学命运研究，尚存缺陷之处，主要表现在：第一，国内外的研究虽然日益增多，但整体来说，与巴黎俄侨作家的历史地位还很不相称。并且，我国的巴黎俄侨文学研究话语独立性远远不够。因为当前我国的俄侨文学研究是运用西方评价体系，难免有一些研究者运用简单的拿来主义，生搬硬套西方人的文学研究话语，在具体的研究实践中较少运用自身的文化视角和适当的理论，从而失去了自己的话语特征，不能较好地建构我国的俄侨文学研究的话语体系。第二，对巴黎俄侨作家作品的文本本身的分析重视不够，而且科研成果的数量

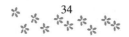

和质量不成正比。现在俄罗斯已形成巴黎俄侨作家研究热,并且世界其他国家对其亦有着越来越多的学术关注,但在中国对许多巴黎俄侨作家的文化认同问题及艺术价值的关注还有不足。主要原因是一些研究者缺乏文学素质和责任心,有的作者甚至是为了完成自己的科研任务而拼凑文章,自己可能并未研读巴黎俄侨作家作品的原著文本和译著文本,当然无法深入分析和透彻领悟文本本身,而只能是人云亦云,停留在肤浅的批评层面。第三,我国的巴黎俄侨文学研究中,对巴黎俄侨作家的研究状况不均衡。对20世纪俄罗斯侨民文学第一浪潮中老一代巴黎俄侨作家的研究较多,而在新一代巴黎俄侨作家中只对少数重点作家的研究成果较多外,对其余作家的研究则乏善可陈,更缺乏对20世纪俄罗斯侨民文学第二和第三浪潮中仍侨居在巴黎的俄侨作家的作品进行认真梳理。第四,巴黎俄侨作家的作品在一些国家出现有半个世纪以上,目前各国对巴黎俄侨作家所受到的文学影响状况的研究较多,而巴黎俄侨作家的作品对这些国家的文学、影视及读者等方面产生影响和接受等方面的研究较为贫乏,缺少系统的归纳和总结。现在中国的CNKI上收录的有关俄侨文学和俄侨作家的相关研究资料有上千余篇,但这些研究论文在质量上仍然是鱼龙混杂,其中不乏雷同文章。而定位在巴黎俄侨作家的文学命运问题的研究又是少之又少,显然国内的研究没有对此给予应有的关注。巴黎俄侨作家在中国的接受和影响状况的研究现状与其在世界的接受和研究热度还不相符。同时,由于"每个时代的人们最关心的莫过于自己所处的当代社会,这是和他们休戚相关的现实,也是他们体验、阅读、思考文学的主要源泉。因此每个时代的读者都会对文学遗产做出新的阐释。这种阐释往往与他们在当代生活中最关切的问题相联系。当然不是随心所欲地阐释,必须基于作家作品这一现象"①。由此,我们可以看到国内关于巴黎俄侨作家的文学命运研究还存在着大量的研究空间:①对国外优秀的关于巴黎俄侨作家的研究资料的翻译;②对巴黎俄侨作家的文学命运问题研究的进一步拓展;③对巴黎俄侨作家用不同语言所写的作品给予足够重视和深入研究。在俄罗斯的历史语境中,政治曾给俄罗斯侨民文学带来过巨大伤害和负面效应,是其产生和发展的重要因素。

因此,如何客观地揭示巴黎俄侨作家的文学作品在20世纪俄罗斯文学多元发展中的贡献,使长期以来没有在我国俄苏文学研究领域得到应有重视的巴黎俄侨作家的文学创作和文学命运之间的关系重新得到应有的更为全面而客观的评价,这无疑是一项有价值、有意义的工作。

本书将巴黎俄侨作家的小说文本作为一个整体来研究,遵循跨民族文

---

① 智量.俄国文学与中国[M].上海:华东师范大学出版社,1991:162.

化的研究理念来对巴黎俄侨作家小说系统的进行分析和阐释,以期揭示出其小说的思想价值和审美价值,及其在世界现代文学发展史上的影响和贡献。由于巴黎俄侨作家的人数众多,时间跨度较长,各个作家的生平、创作和思想各异,所以研究范围的界定,研究对象的选择都让人煞费苦心,这也是本书研究重点和难点的现实意义之所在。

本书研究的主要任务和目标:根据已有的事实材料来系统梳理俄罗斯流亡史中曾在侨居过的有影响的代表作家,在对巴黎俄侨作家的创作文本进行历史和美学观照的基础上,展示巴黎俄侨作家的生活、创作状况和作品内在主题等之间的内在联系,从社会和文化的视角来研究巴黎俄侨文学这一独特历史文化现象,揭示巴黎俄侨作家被边缘化的文学命运。

本书的方法论基础是结合社会历史学、文艺心理学、跨文化、同化和异化等理论,兼顾时代、作家、作品这三个环节来把握分析巴黎俄侨作家的创作个性和作品的文化意蕴,通过对其小说文本的分析,归纳出其文学思想的精髓以及与异域文化碰撞产生的艺术见证,由此透视巴黎俄侨作家的文学观和文学命运,并对其进行本体论的评价,唯有将文本与文学理论相结合,才能进行创新性研究。

本研究的实用价值在于:本研究将巴黎俄侨作家的作品为研究对象,采用宏观把握与微观剖析的方法,将巴黎俄侨作家置于整体时代的格局中来追踪其文学命运的嬗变,既重点分析巴黎俄侨作家如何在注重小说内在技巧的发展,又全面观照巴黎俄侨作家在外部如何成功地使作品拥有读者。本研究的结果可以用于在国内一般人文课程的学校和大学教师对俄罗斯历史和文学的研究和教学,并为我国今后的巴黎俄侨作家文学命运的深入研究起到抛砖引玉的作用。

本章小结

笔者通过本章对俄罗斯侨民文学研究的文献进行梳理,发现巴黎俄侨作家作品的研究发展呈现出多视角、多棱面、多方法、多对话的显著特点。具体表现在以下几个方面:第一,在重读重评俄侨文学作家的经典作品的呼声中,评论家和读者正在克服非此即彼的思维方式,并越来越注重国际学术交流,用历史的、辩证的眼光来分析巴黎俄侨文学资源,重新审视一些俄侨作家的作品,并对其文学命运的脉络走向辩证地进行历史定位。第二,巴黎俄侨文学研究的选题广泛,不仅涵盖了巴黎俄侨作家的作品研究、俄侨文论研究、俄侨文学批评研究、俄侨文学与本土文学的关系研究、俄侨文学史研究等方方面面,而且既有对俄侨研究中的热点问题进行更系统深入的细致把握,又有对非热点的问题展开重新认识和梳理,以及对巴黎俄侨作家作品的大量译介活动。第三,在研究方法和研究角度方面呈现出诸多新方法、新角度,并且研究者在进行学科交叉的研究中显得更加自觉和自信。不但从文化和宗教角度研究俄侨文学已渐成气候,而且呈现相互争鸣的良性批评之局面。第四,各国研究者开始注重认真地梳理俄侨文学与本土文学的关系,并且通过平行研究和影响研究来分析俄侨文学对本国文学乃至本国作家影响的过程及程度,在不断的文学反思中系统梳理彼此间的文学关系。

我们对巴黎俄侨作家的文学命运进行研究时,既要看到其作品中的跨文化色彩,又不能忽视其作品中的俄罗斯性;既要关注巴黎俄侨作家的主体心态和对文化身份认同的焦虑,又要阐明其文学作品的接受和认同的历史过程。

第一章

从俄罗斯到巴黎

俄罗斯的本土文学和侨民文学源于一脉，彼此间是互为依存和相互影响的复杂关系，俄侨作家会有意识或无意识地把本土文学的某些风格融入侨民文学之中，因为每个作家的生活经历都会对其个性的形成有重大的影响，并由此影响到其创作风格。并且，正如哈罗德·布鲁姆（Harold Bloom）所说："一切强有力的文学原创性都具有经典性。"巴黎的俄侨作家取得了重大成就也源于此，但由于他们身处异国，其文学创作必然迥异于祖国的文学创作，这是异国文化造成的一种潜移默化的影响，并且，一些俄侨作家还在自觉地吸收异域的文化，纳入自己的文学创作之中。

第一节　俄侨作家移居巴黎的历史文化渊源

自 16 世纪起，在俄罗斯一直有不同民族的人民由于各种原因而流亡，从 17 世纪中叶至 20 世纪初，被沙皇政府流放的重要俄罗斯作家多达 20 人，在已有四百多年的俄罗斯的流亡文学史中，巴黎的俄侨作家也是人数众多。巴黎是一座充满了历史的真实与表象、神话与魔幻的神奇之城，巴黎的社会文化生活一直吸引着俄罗斯人，几个世纪以来，很多俄罗斯人都怀有巴黎梦，在历史文化背景和存在主义视域之下能更好地阐释巴黎俄侨作家和诗人们的文学命运。

从 19 世纪上半叶开始，沙皇俄国的农奴制危机日益严重，各种形式的农民暴动此起彼伏，阶级矛盾空前尖锐。而法国从 19 世纪初就开始实行以"自由""平等"为核心的移民政策，这种"共和同化模式"成功地为法国广纳移民，有力地促进了国家发展。19 世纪以蒸汽机和铁路为标志的工业革命的完成使 1814 至 1870 年法国的物质文化生活不断进步、日益繁荣。同时，法国的社会文化生活也是焕然一新，在文学艺术领域里渐次崛起了浪漫主义、现实主义和印象主义。法国的社会结构因新生的无产阶级而发生重大变化,欧洲各国的革命派都将法国视为民主的象征、自由的摇篮和革命的圣地,因此,"其他各国的革命派在斗争失败之后纷纷聚到了法国"①。并且,傅立叶等人宣扬的乌托邦的社会宏伟蓝图对一些身陷困境的俄罗斯人来说,无疑是人间天堂的诱惑。

　　1870 年在巴黎革命中诞生的法兰西第三共和国(1870—1940),对法国的政治统治长达 70 年,在此期间法国也经历了各种政治纷争,但其科学技术仍在突飞猛进,物质生活极大地繁荣,思想文化领域也是新派迭出,这些都为法国向现代社会的飞跃储蓄了能量。第一次世界大战中作为战胜国的法国也付出了惨重代价,战争造成法国 10% 的劳动人口死亡或失踪,人口出生率下降,用国外移民补偿人口骤降的现象当然也是个积极的现象。因此,一战后,大量俄罗斯人得以顺利来到法国,侨民现象也是由法国当时的历史造成的。并且,19 世纪的俄国贵族以说法语为时尚,以使用法国货而自豪,这种崇尚法国的情结在普希金、托尔斯泰和屠格涅夫等文学大师的作品中都有所体现,难怪一些俄罗斯人在侨居时会把法国当成首选国家。19 世纪在巴黎侨居过的俄国作家有屠格涅夫(Тургенев И. С.,1818—1883)、赫尔岑(Герцен А. И.,1812—1870)、彼得·克鲁包特金公爵(князь Петр Кропоткин,1842—1921)、玛丽娅·巴什基尔采娃(Мария Башкирцева,1860—1884)等人,这些失去了政治认同的人们,想要自由和不受阻碍地完成民族精神和文学的复兴。克鲁包特金公爵因参加 19 世纪 70 年代的革命运动而逃到国外,在 1886 年以前侨居于瑞士和法国,因为他的无政府主义的宣传和理论而在法国被捕入狱,他的无政府主义宣传读物、法国文学史、俄国文学史和传记《一位革命家的回忆》(1899)都是用法语或英语写成。侨居在巴黎的巴什基尔采娃用法语写的《日记》在 1887 年出版后引起轰动,被译成多国语言,作家运用其超常的自我观察能力来揭示人性。

　　1818 年,伊凡·谢尔盖耶维奇·屠格涅夫出生在莫斯科南面 300 多公里外的奥廖尔庄园,从小热爱俄罗斯内地的田园风光,喜欢在大自然中寻找他缺乏的母爱之抚慰。他的一生是充满女性化和爱情的一生,他认为,哪怕是书籍和世界上的任何东西在其心里都不能替代女人。1844 年夏天,屠格涅夫第一次到法国旅行,开始了对恋人波琳娜·加西亚(Полина Гарсиа)长达 40 年的"爱情-友谊"式的真情追随,身陷温柔乡里的他过着"梦里不知身是客"的侨居生活。1847 年,屠格涅夫追随波琳娜到法国生活,开始写作《猎人笔记》,该作品塑造的农民形象和描绘的乡村美景不仅具有极高的文学价

---

① 　陈海文.法国史[M].北京:人民出版社,2004:301.

值,而且农奴问题引发的社会效果显著。1857 年 1 月 21 日,托尔斯泰第一次来到巴黎,成了屠格涅夫的邻居。脾气忽冷忽热的托尔斯泰对待屠格涅夫的态度也是如此,并且对其评论之语也是前后矛盾。这两位文学泰斗虽然彼此惜才,却无法心连心地相处。被屠格涅夫深爱的巴黎却不符合托尔斯泰的道德结构,而托尔斯泰极为看中的美学在屠格涅夫眼里却是毫无价值的东西,两人有太多的不同。令人感动的是,在屠格涅夫弥留之际,波琳娜不离不弃地守在他身旁,他用法语和俄语口述一个俄罗斯贵族的故事,波琳娜执笔帮他写下这篇《结局》,为他的一生以及他们的爱情画上了一个圆满的句号。屠格涅夫被称为最法国化的俄罗斯作家。

1861 年屠格涅夫发表小说《父与子》,小说中作家满怀欣赏塑造的男性英雄巴扎罗夫(Базаров),却遭到了年长激进派的强烈声讨,而年轻的激进派将这个虚无主义者奉为追随的典范,不管怎样,这个小说遭受口诛笔伐深深地伤了屠格涅夫这位文坛大师的抱负之心,悲观的他选择远离祖国的是非中心,在国外远眺俄罗斯。屠格涅夫一直在国外进行着自己的文学创作,1867 年他发表了长篇小说《烟》来揭露农奴制改革的有名无实。1876 年又发表了长篇小说《处女地》,作者以渐进论的观点去反映当时民粹派发动的"到民间去"的社会活动,并把社会发展的希望寄托在改良主义者沙罗明这类主人公身上。这两部小说体现出作者因长期侨居国外而对俄国的现实日渐产生隔膜,因而对 19 世纪 70 年代的革命运动的描写缺乏真实感。

屠格涅夫在俄法文学的译介和交流中也是功不可没:他第一个请人将普希金、果戈理和莱蒙托夫的作品译成法语,并且把莫泊桑、都德、左拉以及龚古尔兄弟的作品介绍给俄罗斯读者。他是首位获得欧洲声誉的俄国作家,其作品被译成法语和德语,使俄国文学在欧洲展现了自己的风采。他在巴黎文学界过得如鱼得水,结识了左拉、莫泊桑、都德、龚古尔、福楼拜、梅里美和一些年轻作家,这些年轻的自然主义作家视其为文学导师,有关他的评论被亨利·詹姆斯收进一部法国小说家论集。他还参加了巴黎举行的"国际文学大会",当选为大会副主席。同时,他还资助侨居国外的俄国民粹派著名人物拉夫罗夫及克鲁包特金等人创办刊物《前进》。可以说,屠格涅夫为俄罗斯文学走向世界立下了汗马功劳。

俄国哲学家、作家和革命家亚历山大·伊凡诺维奇·赫尔岑(Александр Иванович Герцен,1812—1870),1812 年 4 月 6 日生于莫斯科古老而富裕的官僚贵族雅可夫列夫家。赫尔岑从小受到良好的教育,因少年时代深受十二月党人的思想影响,1825 年 12 月彼得堡的革命党人起义被沙皇血腥镇压这件事,使他与最好的少年朋友奥加廖夫在莫斯科麻雀山秘密起誓,坚决反对沙皇的专制制度。赫尔岑与奥加廖夫、屠格涅夫保持了终身的友谊。赫尔岑在与批评家别林斯基、哲学家恰达耶夫、作家屠格涅夫、历史学家格拉诺夫斯基等人的交往中，思维变得更为敏锐，文笔更显犀利，在《祖国纪事》和《现代人》杂志上发表了许多重要著作，如长篇哲学论文《科学浅尝》《论自然研究的信》，中篇小说《克鲁波夫医生》《偷东西的喜鹊》，长篇小说《谁之罪？》。这些作品显示了他卓越的艺术手法，深刻丰富的文学思想，立场鲜明但无说教之感。

1847 年 1 月 27 日，赫尔岑携全家离开俄罗斯去法国巴黎，成了一位政治流亡者，他选择了离开祖国就不再后悔。在巴黎他会见了来自俄罗斯的老朋友巴枯宁、安年科夫、屠格涅夫等人，还有来巴黎治病的别林斯基。赫尔岑偕夫人在法国和意大利的游历被他录入《法意书简》（1847—1852）。1848 年 6 月法国爆发革命，赫尔岑目睹了巴黎工人武装起义中巴黎街头的无产者高唱马塞曲，誓死保卫共和国的情形。在 6 月 24—26 日进行的激烈巷战中，赫尔岑与群众一起高呼"共和国万岁"，但工人起义被大资产阶级和保皇党人镇压而失败了，巴黎街头到处是被毁的房屋和自卫军枪毙工人的恐怖现场。赫尔岑的家受到巴黎警方搜查，外国流亡者接连被捕，接到俄政府的密探汇报的沙皇下诏令赫尔岑回国。巴黎工人起义失败让赫尔岑深受打击，他原本希望巴黎革命的成功能为俄国指明斗争道路的幻想破灭了，他的失望情绪和为欧洲命运的担忧都体现在《寄自彼岸》（1847—1850）一书中，这也导致他选择离开令他失望的巴黎，居住到瑞士。

1869 年赫尔岑又携家眷移居巴黎，他从积极参与 1870 年马克思和恩格斯领导的第一国际活动的工人阶级身上看到了未来社会的曙光。1870 年 1 月 21 日赫尔岑卒于巴黎，结束了他杰出作家和伟大思想家的一生。

在 20 世纪发生了三次大规模的俄罗斯人的侨民浪潮。第一次世界大战即将结束时，蒙帕纳斯区的新餐厅、酒吧和咖啡馆纷纷开张，但大部分的俄罗斯侨民都会远离在帕尔那索斯或变色龙举行文学艺术讨论会，因为贫困，他们只能在破旧的旅馆吃住，或是到洛东达咖啡馆吃饭。大部分的俄罗斯侨民都不住在巴黎市中心，只有生活较为宽裕的梅列日科夫斯基夫妇住在第十六区博内上校路二十号的较为宜人的住宅里。在 20 世纪 20 至 30 年代，巴黎艺术的国际化变得极为显著，在巴黎的俄罗斯侨民有 30 多万人，俄罗斯侨民文学第一浪潮的文学成就因为布宁、库普林、梅列日科夫斯基等诸多的文学家汇集而最为显赫，巴黎在这一时期成了俄侨文学的首都，此浪潮结束于第二次世界大战的爆发。

第二次世界大战引发的俄侨难民潮，据不完全统计，到 1952 年仅在欧洲就有 45 万人之多，而在美国的俄侨人数则超过 50 万，这也形成了 20 世纪 40 至 50 年代的俄罗斯侨民文学第二浪潮，它是俄罗斯文学史中承上启下的阶段和不可或缺的一环，但不及第一浪潮的巴黎俄侨作家的成就。这一浪潮中的俄侨作家主要集中在德国（慕尼黑及周边地区）和美国，他们具有完全一致的批判态度，其主要文学成就集中于诗歌和小说，但几乎所有这一浪潮的俄侨作家的民族主题都转向哲学的深入思考和表达。

苏美两极世界进行的文化冷战引发了俄罗斯侨民文学的第三浪潮，在该浪潮中的俄侨作家主要侨居在欧美等国。但在后两次浪潮中亦有曾在巴黎侨居过的俄罗斯作家。

法国人弗拉基米尔·费多洛夫斯基著的《巴黎与圣彼得堡三百年罗曼史》中描述的一些巴黎场景也是俄侨作家加兹达诺夫多部小说的故事发生地，如："布洛涅区有一座森林与跑马场。通过两旁有树木和草坪的大马路走进里面。比扬古镇上有雷诺汽车厂，在一条肮脏、不起眼的商业街两旁是俄罗斯人的穷酒店。……在比扬古有一个小旅店，曾在莫斯科著名夜店出过风头的女歌手普拉斯科维娅·加弗里洛芙娜，就在那里悲惨地结束了自己的生涯。"①1927年后，由于法国经济危机，再加上苏联大使馆禁止苏联侨民和所谓的无国籍之人来往，使一些俄罗斯侨民者的生活雪上加霜。当时，一部分俄罗斯侨民者等待着重返祖国，如阿·托尔斯泰1927年后回国，1935年又到巴黎，他写道："在蒙帕那斯……没有一个活人，只有各种红蓝色广告牌与荧光灯组成的鬼火下的几个鬼魂。……生的欢乐已经死亡。"②但另一部分明白自己不可能回国的侨民作家，就开始在法国成家立业，加兹达诺夫就是其中之一。俄侨小说家同时也是重要侨民杂志的编者罗曼·古尔曾写道："俄罗斯一直和我们生活在一起，活在我们的身上，活在我们的血液里，活在我们的心理中，活在我们的内心结构中，活在我们对世界的看法中。无论我们是否愿意，似乎是在无意识之中，我们的工作和写作全部都是为了它，为了俄罗斯，甚至在一个作家公开否认这一点的时候，他也仍然是在为她而写作。"③并且巴黎的俄侨作家继承了19世纪俄罗斯知识分子关于艺术责任的丰厚遗产，他们认为只有文学才能提供关于人类和人生的完整解答，作为真理见证者的俄罗斯作家更是担负崇高的义务。20世纪80年代中期以来，巴黎俄侨作家及其作品陆续回归自己魂牵梦绕的俄罗斯。

---

① 费多洛夫斯基.巴黎与圣彼得堡三百年罗曼史[M].马振骋,译.上海:东方出版社,2009:146.

② 费多洛夫斯基.巴黎与圣彼得堡三百年罗曼史[M].马振骋,译.上海:东方出版社,2009:164.

③ 罗曼·古尔.我带走了俄罗斯//流亡文选(第3卷)[M].纽约:桥梁出版社,1989:166.

第二节　巴黎俄侨作家文学命运的类型特征

　　人的存在和自由选择不仅造就了个体的本质,而且形成了社会结构的自由本质。个人是社会历史的产物,是一切社会关系的总和。个人总是生活在特定的社会环境中,因此,各种社会文化现象总要在他身上打下独特的烙印,使其个体性本质包含着历史的、阶级的、时代的、民族的、性别的,甚至整个人类的特征和层面的普遍性。巴黎俄侨作家的文学命运主要体现为其文学创作和个体生活的状况。俄侨文学几次浪潮中巴黎俄侨作家的文学命运都不相同,其发展也没有统一的进程,但每次浪潮中他们的文学命运会因为其精神血统和时代背景而呈现出一些类型学的特征。

　　第一,从20世纪的世界文学的整体坐标上更加清楚地阐释巴黎俄侨文学。例如:美国著名学者马克·拉耶夫基于俄罗斯侨民在第一浪潮中几乎保全了俄罗斯社会的所有特征,而将俄罗斯流亡界称之为"伟大的俄罗斯侨民界"。置身其中的俄侨诗人和批评家吉皮乌斯也认为俄罗斯流亡界其实就是一个微型的俄罗斯,因为俄侨们在这里继续着俄罗斯的文化、科研、宗教、艺术等一系列活动。在文学领域,老一代巴黎俄侨作家仍旧将自己视为祖国民族文化的承载者和继承者,将俄罗斯理念在自己的作品中传承,不过表现的程度有所不同,并且,随着侨居的时光推移,异国的文化也日渐在其作品中闪现。巴黎俄侨文学批评家Г.阿达莫维奇和В.霍达谢维奇对此亦有真知灼见。阿达莫维奇在《论侨民文学》一文中认为,由于俄侨文学没有发展的统一过程,没有统一的、哪怕是统领的主题;就其整体来说,没有任何规律性。并且在俄侨文学进程中存在着零散的、相互矛盾的流派、完全不同的倾向,以及每个独立作家意识中独立的世界和圈子。霍达谢维奇在《流放文学》一文中谈到"大多数老一辈作家奠定了我们侨民文学的基础,他们有过使命感,并保持至今。……任何一种文学都具有延续自己生存的特点,对此别无他法,只能保持永恒的内在运动。……周期性地更换形式和思想不仅是文学操持生命力的特征,也是必不可少的条件。"[①]

　　第二,巴黎作家文学命运与时代洪流息息相关。在20世纪法国政府对俄国侨民的宏观政策影响着巴黎俄侨作家的微观生活。巴黎俄侨中的知识分子居多,无论生活是否艰辛,他们的政治和文化活动仍十分活跃。巴黎俄侨作家在异国为生计奔波,常常受到不公平对待,但他们仍然有着自己的政

---

　　① 弗·霍达谢维奇.摇晃的三脚架[M].隋然,赵华,译.北京:东方出版社,2000:266-267.

治和文化追求。虽然他们中的一些人仇视苏维埃政权，但仍然牵挂自己的祖国，认真思考与苏维埃政府的关系，为祖国的发展道路献计献策，提出并积极宣传许多观点和主张。大多数巴黎俄侨作家面临着社会生活和文学生活的压力，历史将他们抛进时代洪流和陌生的异域世界，使其文学命运发生裂变，生存的特殊境遇和独特的内心世界促使其文学创作任务的改变，并与西欧的存在主义思想之出发点不谋而合，就像巴黎俄侨作家波普拉夫斯基对俄侨作家的文学创作的清醒认识："那些失去了家园、失去了信仰的父辈们或对信仰产生怀疑的人，所有那些不想接受这来自外部现实生活的人，都极其希望东西最简单而主要的东西，即生活之目的和死亡之意义。"①巴黎俄侨作家的文学命运和生存状态随着时间的推移也发生了相应的变化，他们跋涉千万里，他们看山看水看世间万物，知情知趣尝世间百味。研究巴黎俄侨作家的文学命运需要结合其创作的历史文化和宗教哲学之特征。

第三，一些参加过俄罗斯国内战争的巴黎俄侨作家相似的生活经历，使他们的作品中有类似的主题，对生与死的思考，对战争的反思，对爱情的描述和揭示，对祖国命运的担忧和期望。而大多数巴黎俄侨作家的命运也正如戴骢在《蒲宁文集》的译后记中所说："一个流亡作家所能过的生活，从总体上来说，是无奈、孤独和贫困的，尽管蒲宁获得了诺贝尔文学奖，也难以从根本上改变这个局面。"②巴黎俄侨作家加兹达诺夫指出："我曾多次听到苏联读者对俄罗斯境外文学的评论：他们赞扬侨民小说家们的某些'风格的高雅'，但反对其内容：没有一个现实的主题。"③加兹达诺夫既不认可这所谓的"风格的高雅"，也不认可读者提出的作家要写现实题材的内容，他认为那是记者而不是作家的责任。青年一代侨民作家的文学陷入"是生存还是毁灭"的矛盾之中，一些想成为作家的人，没有激发出自己对文学情不自禁地热情和尊重，也没有赋予被他们所抛弃的语言以特殊的含义。在他们看来，写作不再是职责，而是职业。巴黎的俄侨作家从事各种各样的职业，正如加兹达诺夫在小说《夜路》中列举的一些侨民们干过的工作："……拉皮条，算命，殡葬，收烟头，帕斯捷诺夫斯基学院的劳动，在索邦上课，开音乐会和文学会，贩卖唱片及乳制品……"④这种生存方式也充分显示了在侨民文学第一次浪

---

① Семенова С. Русская поэзия и проза 1920 – 1930 – х годов. М. , ИМЛИ РАН, Наследие, 2001. C508.

② 蒲宁. 蒲宁文集(3)[M]. 戴骢, 译. 合肥: 安徽文艺出版社, 1999:331.

③ Критика Русского Зарубежья(Часть вторая)// сост. Е. А. Дмитриевой. —М. : Олимп, 1998. C. 267.

④ Газданов Г. И. // Гайто Газданов. Собр. соч. : в 3 т. – М. : Согласие, 1999. Т. 1. C. 600.

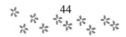

潮初期的侨民作家糟糕的生存和创作条件。如果他们和俄罗斯人结婚就过着俄罗斯人的世界,而小部分人和法国人结婚,当然生活会发生一些变化,但俄侨们一般很难被同化,而且他们中的一些人也不想被同化,其血缘没被破坏,他们热爱自己的俄罗斯气质,在其文学作品中他们塑造了各类俄侨的形象,其中不乏他们自己的生活和思想之体现。

第四,巴黎俄侨作家的文学命运是外在流亡与内在流亡的双重表现,这一特征渗透其小说之中,并且,他们的思想通常受到俄罗斯文化和法国文化的双重因素的影响,在其文学创作中体现了这一鲜明特色:小说的背景及描述融入了法国文化的多种元素。由于文化是物质、知识与精神所构成的整个生活方式,俄侨作家在侨居国外难免和俄罗斯国内的物质及文化生活有一些脱节,但他们都忠实于俄罗斯古典文学的传统和艺术原则,他们在国内所接受的文化与侨民生活使他们以自己独特的方式诠释心中的俄罗斯情结,这在其作品中都有深刻的体现——独特的创作风格和复杂的艺术灵魂。他们的作品都体现出一种强烈的"寻根"意识。长期在异邦土地上生活的特殊环境,使他们都有对俄罗斯的深深怀念之情,因此,库普林的中篇小说《士官生》,带有回首往事的自传性色彩,布宁的《阿尔谢尼耶夫的一生》,回忆因素、对祖国的怀念之情和失去家园的孤独感融合起来,加兹达诺夫的《在克莱尔身旁的一个夜晚》用意识流的手法叙述了巴黎俄侨主人公的流亡生活之旅。这些作品喊出了第一代巴黎侨民们的心声,也在对往昔生活的深情回忆中抒发了天涯游子的去国苦和思乡愁。俄侨文学第三浪潮中的巴黎俄侨作家西尼亚夫斯基也论述过侨民生活的特点:"要知道,我们刚移民到西方,处于孤立的局面,并备受孤独的煎熬。尤其是俄罗斯人,他们已习惯于人与人之间更加亲密的友好交往,而这种我们在西方生活中难以见到。自然,我们要寻找有共同言语的人,寻找适合自己的交际环境。"①但巴黎俄侨作家在俄罗斯不同的生活经历和感悟使他们在这一时期的作品所抒发的情感焦点已有所不同。

巴黎侨民作家具有其共性:首先,他们的特殊的文化身份和置身于其中的文化环境,使的文学活动具有侨民文学所特有的某种"边缘性",使他们的生活视野、创作素材、感受方式等更具独特性,在其作品中或多或少有作家自己的影像,他们在侨居国基本处于边缘化的社会地位,他们孤独而自由,对祖国的眷恋和内心的伤痛使他们更加关注人类的存在状态和发展方向,他们继承了"俄罗斯民族性格中那些静思默想、对生与死和上帝进行思考

---

① 西尼亚夫斯基.笑话里的笑话[M].薛君智,译.北京:中国文联出版社,2001:342.

……而这些问题，则成了俄罗斯侨民作家大部分作品的中心"①。作为侨民作家，他们失去了和自己的民族生活、文化及语言的密切联系，但他们中的大多数人，哪怕在改变了生活环境和国籍以后，还是很难改变俄罗斯文化熏陶出来的文学意识和文学风格。而在境外，"……当（其）精神文化储备不再得到必要的、经常性的补充时，侨民作家的才能和灵感受到了生活给养的限制。在难以积累新的创作素材，又无法寻得新的表述方式的情况下，侨民作家的创作往往不可避免地走向衰竭"②。一些巴黎俄侨作家在国外侨居的遭遇和创作特点恰恰印证了这些特点。其次，巴黎俄侨作家的作品中都有一种怀旧情结，他们将怀旧诉诸作品来表现，将艺术符号当作怀旧书写的媒体。他们的文学命运的改变使其产生怀旧的书写，正如赵静蓉在《怀旧——永恒的文化乡愁》一书中所说："人类必须曾经经历过或正在经历某种突然中断、剧烈分裂或显著变化的生活经验，才有可能生长出怀旧的情绪，而怀旧就是现代人思乡恋旧的情感表征，它以不满现实为直接驱动，以寻求自我的统一连续性为矢的，它正是现代人为弥补生活的不连续性而自行采取的一种自我防御机制。"③怀旧是俄侨作家探寻和保存记忆的摸索过程，是记忆碎片形成独特而鲜明的个体感知过程，是在远离精神家园之时挽留和守护根底的艺术尝试，是俄侨作家从此在的现实中脱离物质性和庸俗性，完成其自我精神上超越性归乡。

总而言之，对于巴黎俄侨作家来说，离开祖国，他们除了有巨大的损失，也赢得了巨大的收获——自由，这一点是不容否定的。并且，他们的流亡环境也和其祖国的文学环境不同，虽然缺少读者群，但也没有必要一味迎合外国读者，他们清楚地知道，不可能迎合所有的人。流亡文学的社会秩序只是一个极具形象意义的词汇，没有任何社会压迫，也没有审查和制裁。巴黎俄侨作家随心所欲地写他们想要写的东西。当然，也不能否认社会媒体的道德压力的重要性，它在侨居地也存在，在任何情况下，在世界各地都是无处不在。但巴黎俄侨作家们认为，他们还是获得了比在祖国更多更宝贵的写作自由。

① 弗·阿格诺索夫.俄罗斯侨民文学史[M].刘文飞，陈方，译.北京：人民文学出版社，2004：100.

② 汪介之.20世纪俄罗斯侨民文学的文化观照[J].南京师范大学文学院学报，2004（1）：37.

③ 赵静蓉.怀旧——永恒的文化乡愁[M].北京：商务印书馆，2009：2.

本章小结

巴黎俄侨作家的文学命运是由他们的边缘人地位决定的，正如追寻着齐美尔对"异乡人"的阐述而最早提出"边缘人"概念的 R. E. 帕克的《人类的迁徙与边缘人》所指出的那样，俄罗斯侨民与当地人的交往很快产生了一种新型的文化混血儿，具有这种新型人格的边缘人具有的特征是他们"与两种文化生活及传统截然不同的人群密切地居住和生活在一起；即便他被允许，他也绝对不愿很快地与他的过去和传统割裂；因为种族偏见之故，他也不能很快地被其正置身其中并努力寻求一个社会位置的新社会所接受。他是两种文化与两个社会的边缘人，而这两种文化和两个社会绝不会完全渗透和融合在一起"①。巧合的是，"俄国历史上的历次移民潮都与生活在那里的犹太民族有着直接的关系"②，以至于一些西方评论家甚至将其与犹太移民潮混为一谈。巴黎的俄侨作家就是这种具有典型意义和历史意义的边缘人，体现了复杂社会中的俄侨现象和文化接触。一些具有悲剧文学命运的俄侨作家既不愿放弃旧的价值观，又不能充分掌握适应侨居国新环境的技能和规则。一些巴黎的俄侨作家虽能很快适应侨居国的生活环境，但在其内心仍然无法忘却已逝去的俄罗斯的一切，将其体现在自己的作品中，塑造了一系列具有典型社会特征的人物和主题，并且随着他们侨居时间的变化，其艺术风格也有所改变。

巴黎俄侨作家中有些人是被迫的边缘化，也就是受政治原因的影响而被主流或权威所排斥与挤压，被迫地屈居边缘地带，甚至侨居国外，而正如阿格诺索夫所言："在一开始，他们中间没有一个人想到过成为侨民。"③但国内形势和时代发展也让他们中有些人自觉地边缘化，为了坚守自己内心的自由和艺术上的追求，不愿曲意迎合主流的他们就宁愿在边缘地带，是他们的自我选择，因为"自觉的边缘化是一个作家自己能控制的因素，实际上是他们首创精神的表现，是对建立艺术独立性的诉求"④。也是他们追求独特的主题和风格的策略。

---

① Park. R. E. Human Migration and Marginal man. The American Journal of Sociology. 1982:891–892.

② 单之旭. 俄罗斯侨民文学的第三次浪潮[J]. 北京大学学报,1999(12):164.

③ 弗·阿格诺索夫. 俄罗斯侨民文学史[M]. 刘文飞,陈方,译. 北京:人民文学出版社,2004:644.

④ 程殿梅. 流亡人生的边缘书写:多甫拉托夫小说研究[M]. 北京:中国社会科学出版社,2011:59.

第二章

1920—1940年巴黎俄侨老一代作家的文学命运

    风云变幻的20世纪是一个充满矛盾和革命斗争的动荡时代,这在一定程度上决定着文学的变化和创新,因为文学一直是审美地反映生活和时代的一面镜子。20世纪的文学格局中批判现实主义文学、无产阶级文学和现代主义文学并立而存,形成了一道色彩斑斓的文学景观。侨民文学是俄罗斯20世纪重要的文学现象,是研究整个20世纪俄罗斯文学的关键因素。

    20年代上半期爆发的关于侨民文学的争议延续至今,其争论的核心问题:首先是争论20世纪俄罗斯侨民文学是否是19世纪俄罗斯文学伟大传统的唯一继承人之权利;其次是苏维埃文学和俄罗斯侨民文学两者之间哪一个更强大并且更有权得到主导作用;再次是这两个文学流是否有可能合并;等等。这些争论引起学界对20世纪俄罗斯文学史以及苏联社会历史的反思与重新评价,也引发人们对巴黎的、俄罗斯侨民作家地位的重新思考。

    1917年十月革命后,一大批包括著名作家在内的俄国文化界人士由于政治上不理解社会主义革命,惧怕无产阶级专政时期采取的所谓"红色恐怖"行动,以及无法接受无产阶级文化派及"拉普"推行的一些文化措施,并且知识阶层不仅地位下降,而且言论和出版自由受到限制等原因。在各种因素的相互作用和制约下,他们做出这样一个艰难的离家别国的决定:当他们随着江河奔腾并远离祖国海岸时,他们还紧握着过去的坚固航线。

    这使得俄罗斯历史上最大规模的侨民潮开始,俄罗斯侨民在异国形成了庞大的"俄罗斯侨民界"(российское зарубежье),这一现象被称为俄罗斯侨民历史上的"第一次浪潮",知识分子是俄罗斯侨民中的中流砥柱。在这一次侨民潮中有很多俄罗斯的文学精英,作为俄罗斯民族文化的承载者和继承者,强大的智力潜能隐藏在俄罗斯侨民之中,他们的作品中充满了对俄罗斯的眷念,渗透着俄罗斯主题和侨民生活本身的主题。一些侨民文学作品虽然具有深邃的人生哲理、高超新颖的艺术手法,但是并没有在读者中形成长期而广泛的影响。如何从文学史的角度更全面系统而深入地对巴黎侨民作家的文学作品和文学命运做出整体的理论把握，就变得尤为迫切。

巴黎和布拉格、柏林、君士坦丁堡、纽约、哈尔滨等地一样，也是俄国侨民文化的中心之一。巴黎的俄侨作家有许多是从君士坦丁堡辗转而来，这是因为"君士坦丁堡就是后来在布拉格、柏林、巴黎和哈尔滨形成的那种伟大的俄罗斯侨民界的雏形"①。1921 至 1923 年，一批俄罗斯知识分子把柏林作为他们的文化中心。1923 年之后，俄罗斯侨民文学的重镇从柏林转到巴黎。在巴黎被德国纳粹军队占领之前，它一直是境外俄罗斯文化的首都，也是俄罗斯侨民知识界的汇聚之地。巴黎的俄侨界是个微型的俄罗斯世界，绝大部分俄侨日渐融入法国社会，并希望作为社会的全权成员加入新的现实中，在巴黎的各行各业都有俄罗斯侨民的身影，他们在巴黎创办了各类学校，筹建了文学团体和出版社，发行了自己的报刊。在巴黎汇集了不同流派的、著名的俄国作家和文学批评家，如：Г. 阿达莫维奇，M. 阿尔丹诺夫，M. 阿尔齐巴舍夫，A. 阿姆菲捷阿特罗夫，A. 阿威尔琴科，Л. 安德烈耶夫，K. 巴尔蒙特，M. 茨维塔耶娃，И. 布宁，O. 德莫夫，Г. 格列比翁什科夫，B. 霍达谢维奇，Д. 梅列日科夫斯基，З. 吉皮乌斯，A. 卡缅斯基，A. 列米佐夫，A. 库普林，H. 明斯基，И. 纳日温，涅米罗维奇–丹钦柯，И. 什梅廖夫，И. 苏尔古乔夫，H. 苔菲，阿·托尔斯泰，C. 乔尔内，E. 奇科夫斯基，B. 伊凡诺夫，C. 尤什克维奇，Б. 扎伊采夫，E. 扎米亚京等人。这些老一代的侨民作家和新一代的侨民作家在广泛的出版系统中发表自己的作品，最有影响的、70 卷的大型文学杂志《当代纪事》几乎刊载了当时著名侨民作家的全部作品，一些侨民诗人和文学批评家为了维持生计也需要转向文化随笔的写作，如阿达莫维奇的《孤独与自由》等。这些巴黎俄侨作家在异域的艰难困苦中仍旧创作了令人瞩目的、被茨维塔耶娃称为"喀尔巴阡的俄罗斯"的巴黎俄侨文学。在巴黎的俄侨作家中杰出的代表作家布宁、梅列日科夫斯基与吉皮乌斯夫妇及讽刺女作家台菲等人将自己视为俄罗斯文化的继承者，捍卫普希金、托尔斯泰的创作风格和新现实主义的创作传统，美学取向上偏爱纯粹的俄罗斯语言。年轻一代的巴黎俄侨作家们则倾向于吸收西方现代主义文学的新鲜经验，在继承俄罗斯优秀的文学传统的同时，还不断地追求创新探索，积极在欧美文学的新浪潮中乘风破浪而行，他们中的一些作家也取得了令人瞩目的文学成就，并且"侨民文学第一浪潮的几乎所有主要代表作家和诗人，如布宁、济·吉皮乌斯、列米佐夫、霍达谢维奇、格·伊万诺夫、茨维塔耶娃、扎伊采

---

①　弗·阿格诺索夫. 俄罗斯侨民文学史［M］. 刘文飞，陈方，译. 北京：人民文学出版社，2004：10.

夫等，均留下了各自的文学批评遗产"①。当然，这一特征也出现在第二、三浪潮的俄罗斯侨民作家的创作中。很多巴黎的俄侨作家都写了具有很高的文学价值和文学史意义的回忆录，这对复原不同时期作家的文学生活和文学命运的原貌有极大的考证价值。在 20 世纪 80 年代之后，当巴黎俄侨作家的作品回归祖国后，得到了俄罗斯读者的普遍认可。

艺术家、作家和知识分子在反法西斯运动中发挥了重要作用，高尔基也有侨居的经历。1932 年法国共产党创建了改革艺术家和作家联合会（AEAR），1935 年在巴黎举办了第一届保护文化协会，将知名的左翼知识分子和作家联合在一起，并修建了一系列的文化活动场所，进行抗争法西斯的活动。法国占领区涌动着新的文化潮流，存在主义哲学伴随着萨特的《存在与虚无》和加缪话剧的上演而兴盛起来。

第一节 侨居巴黎未归的俄侨作家

（一）情系俄国文化的旅行者——布宁

20 世纪一些曾在俄罗斯享有崇高社会地位的作家因各自的原因离开祖国，很多人本以为只是暂别而已，哪曾想却是在饱尝了客居他乡的精神和物质之苦后，最终客死异乡。但伊万·阿列克赛维奇·布宁（Иван Алексеевич Бунин，1870—1953）却在侨居巴黎后取得了更加辉煌的成就。布宁在《阿尔谢尼耶夫的一生》中通过主人公曾对文学与命运进行过哲性思考，如"应该从哪儿开始写我的生活"，"我的生活到底是什么"，并得出这样的结论："所有人的命运都是偶然形成的，都取决于他们周围人的命运……生活就是一种永恒的等待。"由此可以看出，布宁在自己生活的病态可怜的时代，怀抱着一种热切的希望来等待，希望自己成为幸福的人。

布宁的创作、生活和个性在俄罗斯文学史中极其特别，他在自己的作品中留下了自己的创作天赋和艺术方法的直接证据。布宁是侨居法国的俄罗斯著名诗人、小说家，在时间上是最后一位俄罗斯文学经典作家。十月革命前在俄罗斯，布宁用现实主义的创作方法写出的一些在他一生中最重要的作品，对十月革命前的俄国文学的发展曾起到良好的作用。流亡法国坚持用俄语写作，坚持对文学的忠诚，在艰难的生活中保持创造的激情，其作品向我们展示了另一种精神生活范式——虽漂泊异乡，但其精神缆绳始终没有脱离俄罗斯民族文化的海岸。俄罗斯是其创作的源泉，是其永恒的精神家园。

---

① 张杰，汪介之. 20 世纪俄罗斯批评史［M］. 江苏：译林出版社，2000：319.

1. 流亡意识的根源

布宁出生在俄罗斯中部奥勒尔省的一个古老但没落的贵族家庭,其童年和少年时光都是在祖传的庄园里度过。奥廖尔草原地处俄罗斯中部地区,那里风光秀丽如画,是一个有着深厚文化底蕴的地方,莱蒙托夫、屠格涅夫、列斯科夫、列夫·托尔斯泰等大批优秀的俄罗斯作家不是在那儿出生,就是在那儿生活过,布宁从这些文坛巨匠身上"获得了丰富的精神和艺术滋养,创造出独具一格的抒情叙事风格"①。美丽的自然景色给他留下了十分深刻的印象,并对他以后的文学创作产生了影响,他是俄罗斯贵族文化的最好代表,并且将欧洲的文化修养和俄罗斯民族生活的诗性集于一身,他是法国化的俄罗斯贵族和本民族精英的融合体,这也确定了他的世界观的双重性和精神活动的独特性。他非常熟悉并热爱俄罗斯的大自然,这使他的视觉和色彩感受丰富而敏锐,对自然景观进行了典范的描写和真挚而富有哲理的抒情。并且,他很熟悉农民的生活和秉性,在自己的作品中对其进行了逼真的刻画,也描绘了贵族庄园没落的真实景象,揭示出俄罗斯贵族庄园的精神腾飞和愚昧无知的相反相成的矛盾性。"流浪的歌手"布宁早年生活艰辛,曾游历多个国家,但他是终身情系俄罗斯文化的旅行者。布宁从小酷爱文学,崇拜普希金、莱蒙托夫等俄国古典诗人,他的文学脉络属于契诃夫、托尔斯泰、屠格涅夫和冈察洛夫一派,并深受法国 19 世纪末叶高蹈派的影响。布宁是契诃夫的追随者,曾长时间和他交好。契诃夫甚至校正过他的短篇小说,他曾建议布宁要尽可能写得短些。同时,布宁和高尔基、库普林、拉赫玛尼诺夫、阿·托尔斯泰等作家保持了持久的友谊。布宁的艺术遗产被伊里宁(И·Ильнин)认为是地主庄园对俄罗斯文化"最后的馈赠",他的创作与 18 和 19 世纪的俄罗斯贵族文化和哲学紧密相连。布宁的作品在苏联回归文学的第一浪潮中就率先返回祖国,深受读者喜爱。

布宁幼年爱听母亲念普希金的诗,茹科夫斯基和普希金的肖像画始终挂在家里,他从小就接受了良好的艺术品位的培养。他 8 岁学写诗,17 岁首次发表诗作,从此便以诗人身份登上俄国文坛。18 岁离开日趋没落的庄园,开始靠创作谋生。布宁在 1891 年出版了他的第一本抒情诗集《1887—1891年诗集》,诗集中反映出了他最喜爱的题材——歌颂大自然。自此以后,布宁始终没有离开过这个题材,后来变化的只是在作品中更多地充实进了爱情描写和哲理内容。布宁非常熟悉并热爱俄罗斯中部地区的乡村,熟悉那儿的庄园、田野和森林,他目睹了俄国农民的贫困和地主贵族的没落,这有助他去理解俄罗斯农民的性格和生活。乡村题材是他早期散文的核心,也

---

① 李明滨. 俄罗斯二十世纪非主潮文学[M]. 山西:北岳文艺出版社,1998:46.

是他一生从事诗歌创作的不竭源泉。1894 年他去了莫斯科，此行使他结识了列夫·托尔斯泰，并迷恋上托尔斯泰主义。次年，他被介绍认识了安东·契诃夫；后来他结识了马克西姆·高尔基，并跟一些象征派重要诗人来往甚密，布宁在继承传统的基础上，成为白银时期新一代现实主义作家的代表。契诃夫是最早预言布宁将有非凡文学前程的人之一，他的预言很快得到了证实。布宁在旅行与流亡中的诸多作品中表达其对永恒生命的歌颂，对完美爱情的追求，书写了人类精神流浪的永恒主题。

2. 流亡前的文学创作

布宁的创作始于诗歌，但其文学创作的主要成就则是中短篇小说。布宁自 1887 年开始发表诗歌，他在诗歌中赞美辽阔的森林原野、讴歌散发清香的乡村自然风光，文笔生动细腻地抒发自己心中的感受和联想，可以说，从艺术活动和艺术方法中产生了他的所有作品。1897 年布宁发表第一部短篇小说集《在天涯》，得到评论界关注。布宁在初期创作的主题丰富多样，塑造的人物形象而迥异。

1892 年布宁发表的《田间》和 1900 年的《安东诺夫苹果》中通过诗意绵延的乡村画面抒发了布宁对当时贵族阶层的情感和认知。1901 年布宁出版了诗集《落叶时节》（获俄国科学院颁发的普希金奖金）。他分别于 1903 年、1909 年和 1915 年获得普希金奖金，并在 1909 年有幸被选为俄罗斯科学院荣誉院士。俄罗斯这片美丽的土地孕育了这位天才作家，作家也深爱着这片故土，深爱着自己的祖国，并用写作来表达自己对祖国的热爱以及对祖国与人民命运的担忧。1905 年后，布宁用了数年的时间周游世界，其足迹几乎遍及整个欧洲，还到过非洲和亚洲的一些国家。他这种行万里路的旅行使他不仅了解到世界各地的民风民俗，欣赏到优美的自然景色，还触动他写了很多描述异国风土人情和神话故事的诗歌，如《海神》《该隐》《太阳庙》《游隼》，等等。布宁还翻译过拜伦的神秘剧以及《海华沙之歌》的全译本。

布宁对周围世界的感知通过他的艺术活动体现在其作品中，他也描写了人性的本性中黑暗的一面，暴露人性本初的优柔寡断、意志薄弱，由此也产生了布宁作品的悲剧结尾。在布宁那里没有意志坚强的主人公，没有精神追求的主人公，没有天使般纯洁的爱情，只有本能的生活和情感，只有他鲜明地描绘的那个物质情感世界中的创世主。

1900 年布宁发表了文笔优美且充满乡愁气息的短篇小说《安东诺夫卡苹果》，小说描写的内容是作家最熟悉的农村生活，小说的雅致语言和印象主义色彩奠定了布宁小说的风格与感伤基调，形成了怀旧和乡村生活两大主题，并且注重传达处于衰微的贵族之家的人物情感的细微变化，因此，布宁也被称为屠格涅夫的追随者。

布宁用现实主义创作方法写农村题材的小说与高尔基的引导、关注和鼓励是分不开的,高尔基称其为现代俄罗斯最杰出的语言学家,他的这类描写严峻真实的作品对十月革命前的俄国文学的发展曾起了良好的作用。布宁在离开俄罗斯之前创作了以中篇小说《乡村》(1910)为代表的一些小说:如 1911 至 1914 年他以农村题材写作的《恶魔荒原》、《欢乐的庭院》、《树皮鞋》、《夜话》(1911)、《好生活》(1912)、《春天的夜晚》(1913)等短篇小说,并将其短篇小说结集出版为《苏霍多尔》(1912)、《哭泣的约翰》(1913)、《生活的杯盏》(1914);写于同一时期且描写同一地点的作品《集市前夕》《乡村》和《苏霍多尔》,三部小说中凸显了色彩的力量、充满动感和紧张情节的场面,其中《集市前夕》犹如题词,将《乡村》和《苏霍多尔》连接成一个深刻的内在统一体,展示出具有同一神韵的、充满乡土气息的俄罗斯,这类作品确立了对俄罗斯农民的新的批判态度。

　　布宁继承和发展了俄罗斯现实主义的传统,其小说不仅有揭示俄国生活的贫穷与野蛮、俄罗斯精神的黑暗与光明、俄罗斯人身上无意识的和多神教的自然本性的主题,而且技艺高超的结构和独特的叙事视角,作品中充满着对旧贵族衰败命运和俄罗斯消亡传统的怀旧。布宁经过这些年的练笔,其小说题材日渐多样化,其现实主义创作方法也日臻完善,1914 年他被誉为与高尔基、阿·托尔斯泰并驾齐驱的重要作家,也被西方评论家视为俄国文学中最后一位极具特色的文体作家,他善于从浩如烟海的词汇中为自己的小说挑选最为生动且最富魅力的字眼,使自己所描绘的小说情节因为这些词汇而具有神秘的联系和无形的魅力。他的语言虽然朴素,但是纯洁而生动。"革命前的十年,他创作的杰出作品有:中篇小说《乡村》和《干谷》,短篇小说《兄弟》《旧金山来的先生》《阿强的梦》等。这时他的世界观与创作的重要原则已经完全定型,风格也日臻完美。"①布宁曾一次又一次地到俄罗斯各地旅行,也出国游历,广泛接触人类的文明、历代的智慧和自然的美景,思索着哲学、宗教和道德等各方面的问题,这都成了他创作的源泉。正是运用这些素材,他创作出了许多不同题材、不同思想的作品。他一再变换工作,当过校对员、统计员、图书管理员,还在书店当过营业员。跟社会的大量接触和交往丰富了他的印象,使他很快地扩大了自己的创作题材,使其作品的主人公包罗万象。

　　布宁的作品具有空前的完整性和极高的艺术水平,这不仅在于他忠实于俄罗斯古典文学的传统和艺术原则,更因为他以自己独特的方式诠释着

---

　　①　符·维·阿格诺索夫.20 世纪俄罗斯文学[M].凌建侯,黄玫,柳若梅,等译.北京:中国人民大学出版社,2003:120.

自己的爱国主义情怀——对俄罗斯的"爱屋及乌"爱,这在他的优秀作品中都有深刻的体现:1905 年革命期间出现的大范围动荡显然加深了布宁在探索俄国农村社会关系时的沮丧心情,此后他的作品显示了对衰败和混乱的高度关切。《乡村》可以说是 1905 年革命前后俄国农村生活的真实写照,是展示整个俄罗斯的社会画卷。小说情节并不复杂,布宁通过科拉索夫兄弟——季洪及其弟库济马两人的所见所感,展现了一个肮脏、愚昧、野蛮、落后的俄罗斯乡村。从而揭示俄罗斯乡村日趋没落的重重危机,展示出俄国乡村令人忧心忡忡的贫困衰败景象。这部小说一经问世,就引起了巨大反响,褒贬不一。支持他的学者认为,布宁在这部小说中"真实地描绘了日趋没落和贫困的农村,慷慨激昂地揭露了农村生活的丑陋面"①。小说浓缩了整个俄罗斯社会的真实状况,展示了俄国农村乃至整个俄国社会危机深重的环境。由于布宁出身于一个古老衰败的贵族家庭,从小受俄罗斯贵族文化的熏陶,因此在他的小说中流露出了对贵族地主庄园衰败、破落的"爱之愈深,痛之愈深"之情。但他是一位清醒的批判现实主义作家,在《乡村》的整个描述过程都浸透着布宁对俄罗斯人民的命运的沉痛忧虑,浸透着布宁对整个俄罗斯的热爱及对其命运的担忧。他的批判锋芒深入触及了俄罗斯民族全部问题,表达了其对俄国现实和俄罗斯民族命运的高度关注和深沉的忧国忧民的爱。《乡村》体现了布宁独特的创作风格和复杂的艺术灵魂。高尔基给予了《乡村》极高的评价:"《乡村》是一种推动力,它迫使摇摇欲坠的俄国社会开始考虑的已经不是庄稼汉的问题,而是俄国是否存在的问题。"小说中真实地展现了俄罗斯人独特的精神特征,探及俄罗斯人心灵的阴暗面及闪光点。可以说,20 世纪初的十年是布宁文学命运的新阶段。

第一次世界大战爆发前的十多年是布宁满怀希望而展现创作才华的幸福时期,其小说充满哲理性的抒情,并在淡化的情节中突显深刻的戏剧性。"一战"后,布宁再次游历欧洲和东方各国,后来将其见闻写成了异域和都市题材的短篇小说《弟兄们》(1914)、《卡基米尔·斯塔尼斯拉沃维奇》(1915)、《强格的梦》(1916)、《窃贼的耳朵》(1916)和《来自旧金山的先生》(1916)。每个作家都有自己独特的创作手法、对现实的认识和观点。布宁揭示了人身上自发的本性中的黑暗一面,主人公的个性主要表现在精神之中并通过精神来表现,他们处在黑暗中并且向黑暗深入,他也是描写外在认识的艺术大师。布宁没有意志坚定的主人公,他们总是跟着自己的本能而具有意志松懈的轻松,如《轻轻的呼吸》;一些主人公具有极度的厌恶感,如《马尔多夫斯基·萨拉凡》;一些主人公命中注定的死亡,如《骑兵少尉叶拉

① 布宁.布宁短篇小说选[C].莫斯科:文学出版社,1955:7.

金的事业》；一些主人公处在凶狠和愚昧的痉挛中，如《伊格纳特》。

布宁所处的特殊时代和他的特殊经历造就了他的文学命运和艺术作品的综合性特色，他的深刻独特的艺术活动产生了他的小说的形象，形成了他的视觉、听觉、嗅觉、触觉和想象的空间，并通过它们来描写慷慨、无穷、真理和彻底。布宁极少描写善于独立思考的主人公，尤其是在他的作品中没有哲学概括，只有一些片段的哲理思考，因为他主要是艺术地审视人性深处的无理智性，用巴赫金的话来说，就是在审视作者和主人公的关系时，布宁没有整体的作者观点，并且他鲜明生动描写的激情却并不是感觉，而是具体体现在肉体方面，这些主人公占很大比重。如他的短篇小说《欢乐的庭院》《窃贼的耳朵》《夜话》《可怕的故事》《骑兵少尉叶拉金的事业》，等等。爱情的主题在布宁早期小说创作中比重较小，但有一系列至今广为流传的作品，如《秋》《小小说》《整夜的霞光》《轻盈的气息》《中暑》《伊达》等。

3. 流亡后的文学命运

第一次世界大战期间，布宁出于对他祖国命运的担忧而郁郁寡欢。一战给俄罗斯乡村带来的破败景象使布宁的世界观在1916年发生了重大转折，并且认为"战争改变了一切……应该重新评价人类以往的世界观了"[①]。战争使他感到心力交瘁和极度绝望，因此，其文学创作一直毫无进展，并且在其后近4年时间里布宁只创作了近10部短篇小说。可见，社会环境对作家的创作起着至关重要的影响。由于想脱离当时的文学创作环境，1918年布宁离开了莫斯科，自愿流亡国外，经辗转于1920年来到法国巴黎，开始了自己长达30余年的侨民生涯。侨居国外成了布宁一生的转折点。在国外侨居的第一年，布宁埋头反复阅读托尔斯泰的作品，由于情绪起伏不定，创作活动恢复得非常缓慢，而且基调十分悲观。因为他意识到自己已经丧失了祖国和人民。但布宁和许多被迫离开俄国的人不同，他并不认为作家离开祖国就不能全力创作。布宁曾认为自己不一定终生都写俄罗斯题材，他可以写侨居国外后另一种生活，但事实上，每当回忆在俄罗斯的幸福往事，使他感到远离祖国的无限悲痛和惆怅，更使他感到俄罗斯在他生命中任何国家都无法替代的分量。他内心离不开祖国，俄罗斯是他生命和创作的源泉。布宁在写作中探索到了一种从感情上跟祖国联系的独特方式——写爱情与死亡主题的作品，在作品中他诠释了自己流落他乡后的心境。他创作的小说《疯狂的作家》(1921)、《遥远的事情》(1922)、《最后一个春天》(1923)对过去的革命和战争进行反思，表达其对同胞的思念、对俄罗斯的深爱之情。

① Бабореко А. К. И. А. Бунин. Материалы для биограыии，М.，Художественная литература. 1983，С. 211.

布宁始终认为自己的才华应该归功于俄罗斯,归功于故乡奥廖尔,归功于那里的大自然。认为自己在情感上跟祖国、跟故乡密不可分,只能从中吸取意志和力量。然而,作为一名流亡者,布宁比任何人都更深刻地感受到了脱离祖国的苦痛,这种痛苦我们在他的许多作品中都能品味到某种明显的思乡特征。布宁的流亡是外在与内在的双重流亡,这一表现渗透于其小说中,其思想受到早年俄罗斯文化和流亡时期异国文化的双重因素的影响。

刚在国外侨居的时候,布宁意识到自己已经丧失了祖国,其创作活动低迷且基调十分悲观。1920 年布宁在巴黎发表了他在侨居时期的第一本书《旧金山来的绅士》,这本书的内容仅比他在 1916 年在莫斯科出版的《旧金山来的绅士:1915—1916 年作品集》多两首诗。自 20 世纪 20 年代中期开始,布宁的小说更多地讲述了爱情往往与死亡相交织,并且多以悲剧终结,这一时期的小说背景及语言描述融入了异国文化的多种元素,这不仅体现了布宁流亡时期的感情变化,对侨民主人公的塑造也显示了其俄罗斯情结,这些使得爱情和死亡的主题延伸出新的内涵。中篇小说《米佳的爱情》(1925)、《叶拉金骑兵少尉案件》(1925)、《中暑》(1927)是布宁后期创作中较有代表性的作品,这些中短篇爱情小说中萦绕的情调低沉悲观,充满绝望和幻灭色彩,在一定程度上反映了作者侨居国外的惆怅、忧郁和悲伤的情绪。并且,布宁总是怀着一种同情的思想对待其小说中男主人公和一些身份卑微的女主人公之间的情感,并在多个小说中用"只是一种强烈的怜悯和柔情"来解释,如在《娜达莉》中"我"和娜达莉讲述自己与农夫之女加莉的感情;如《三个卢布》中的"我"对那个刚中学毕业,父母双亡,因饥饿无助,为三个卢布而出卖处子之身的"她"的情感。

布宁侨居法国时期,爱情成了他作品的主要题材,爱与死的命运冲突成为小说的情节动机,这一时期他的小说文笔更臻凝练,心理描写细腻,景物刻画传神,篇幅更趋精短。如果把这些作品跟他早期的作品相比较,则很容易发现,布宁对爱情的描写有明显的改变,他更侧重于刻画内心世界。这一时期布宁改写了他在 20 世纪初的一些小说发表在侨民杂志《最新消息》上,不过纳博科夫对这些小说已不太感兴趣,他也日渐不愿再当勤勉拜读布宁作品的学生。

布宁在法国度过了整整 33 年,几乎占他全部创作生涯的一半。有趣的是,如果革命前他的许多短篇小说包含"国外"素材,那么在侨居国外期间,几乎所有作品都是写俄罗斯的,其中涉及很多巴黎俄侨的命运描写,有一类巴黎俄侨的命运相似,如短篇小说《报复》中的男主人公是命运,"无非是同许多俄侨的经历一样:彼得堡,在战功赫赫的团队中服役,然后是战争,革命,君士坦丁堡……到了巴黎之后……"①这一时期的布宁作品虽写得颇具匠心,但似乎是从记忆中掏出一些先前没有用尽的细节。这也从一个侧面反映了作者的精神缆绳一直情系俄罗斯。在国外生活得贫困潦倒的情况下,布宁继续从事文学创作,以此来抒发自己的爱国情怀、寄托对祖国的一片深情。此时的俄罗斯犹如他的永恒的恋人,贯穿其生命与创作始终,布宁的俄罗斯情结令世人为之震撼。1918年他发表了一篇具有寓意的小说精品《离去》。布宁作为俄罗斯贵族的最后一位作家,其创作被十月革命分割成两个部分,在侨居前布宁已在俄国红极一时,他一直坚持自己的创作原则,并在巴黎侨居时期达到了新的创作高峰,成为俄国侨民文学第一浪潮中最出色的作家。在1921年发表《耶利哥的玫瑰》,布宁的创作个性中诗意的抒情风格受到关注,他的小说犹如散文中的诗。在侨居时期布宁写的爱情小说,在欲望三角理论的基础上构建小说情节,贯穿着肉体爱情与女性死亡相互关联的现代主义文学艺术主题:如《素昧平生的友人》《在巴黎》《三个卢布》《海因里希》《娜塔莉》等小说。布宁在巴黎出版的几部关注人之生存状态的短篇小说集是《米佳的爱情》(1925)、《中暑》(1925)、《鸟儿的情影》(1931)、《上帝之树》(1931)等。其中,《米佳的爱情》《初恋》《耶利哥玫瑰》都是将诗歌和短篇小说融于一说的作品集,这种构成有别于布宁同时代作家的著作,也说明了其才思广博且叙事高超。

布宁不仅继承了19世纪俄罗斯文学的光荣传统,而且开辟了一条可持续发展的文学道路。他在侨居国外期间完成了自己最重要的创作——具有自传色彩的长篇小说《阿尔谢尼耶夫的一生》(1927—1933),这也是一部具有成熟的存在主义思想的长篇小说,是布宁的亲身经历和艺术虚构的完美结合,评论家称它既"有点儿像哲理性的长诗,亦有点儿像交响乐式的图画"②,加上爱情宝典般的短篇小说集《幽暗的林间小径》(1937—1943),使布宁成为一位同时代人心目中活着的经典作家——当之无愧的俄罗斯文学中的最后一位经典作家,他能为自己的每一篇小说从浩如烟海的俄语词汇中准确地挑出最生动、最有力的词汇,这种能力根植于他对祖国语言的丰富知识和精深的理解。他不仅师承了托尔斯泰等的现实主义传统,还形成了自己独特的艺术风格——既有继承又不乏创新,"善于正确无误地使用方

---

① 蒲宁.蒲宁文集(3)[M].戴骢,译.合肥:安徽文艺出版社,1999:430.

② Бунин И. А. Собрание сочинении:В 9 т. Москва:Издательство《Художественная литература》,Т.6,1966,С.306.

言,这使得他的作品具有凡俗的美"①。《阿尔谢尼耶夫的一生》是一部史诗般令人叹为观止的作品,是布宁1925年的短篇小说《远方》的拓展本,这部小说用第一人称叙述,讲述了主人公阿列克谢·阿尔谢尼耶夫童年、少年和青年时代的生活经历,主人公对周围生活非常敏感,探索着人生的意义,也探索着自己这一生的使命。作品不仅表达主人公对俄罗斯大自然、故乡、亲人、爱情等的感触,而且融入了关于俄罗斯命运的思考,在一定程度上跳出了布宁的个人感情和单纯的怀旧情结。《阿尔谢尼耶夫的一生》使布宁于1933年"由于其严谨的艺术才能使俄罗斯古典传统在散文中得以继承"而获诺贝尔文学奖,成为第一个获诺贝尔文学奖的俄罗斯作家,在五位主要用俄语写作的诺贝尔文学奖获奖者中有三位侨民作家(布宁、索尔仁尼琴和布罗茨基),布宁是唯一的一位巴黎俄侨作家。他也被认为是"伟大的俄罗斯文学古典传统中的最后一位大师",他的文学地位正如诺贝尔颁奖授词中所说:"伊万·布宁已在俄国文学史上已为自己确立了重要的地位,而且,长期以来,他无疑是一位举世公认的大作家。他继承了19世纪文学辉煌时期的文学传统,开辟了一条持续发展的道路……"②他是处在批判现实主义和现代主义文学阶段之间的作家,曾激烈批判过诸多现代主义的诗歌流派和诗人,他的文学创作秉承传统又进行革新,因此被称为"仿古革新者"(霍达谢维奇语),也被高尔基视为同时代人中最杰出的作家。1934年彼得波罗利斯书馆将布宁的作品结集出版,这是人们对布宁过去作品的重新审视、总结和评述,证明其作品经受住了时间和读者的考验。

布宁侨居国外的惆怅、忧郁和悲伤的情绪使爱情主题成了其20世纪三四十年代的作品的主要题材。侨居巴黎的跨文化特征鲜明地体现在布宁的小说中,布宁的多篇小说中都以巴黎为背景,其中一篇小说直接命名为《在巴黎》(1940),在该小说中布宁感同身受地描写了流亡异国的俄罗斯人的苦难历程和孤独情怀,小说的主人公男女主人公没有名字,自始至终就用"他"和"她"指代,作者的用意是由此而展现千千万万因战争而流亡到巴黎的俄罗斯侨民的生存状态。男女主人公相识于巴黎的一个潮湿的深秋之夜,在一家中等的俄国餐厅里。男主人公只有四十岁,外表干净俊朗,身材修长挺直,但眼神忧郁,言谈举止表明他是一个饱经忧患的俄国人。女主人公是这家餐厅的女服务员,虽然她是俄国人,但每天都在用悦耳流利的法语招呼客人,布宁只三言两语地用外貌描写就点明了她过去和现在的生活状态:"她

① 管海莹.蒲宁小说创作中的民俗象征符号解读;俄罗斯语言文化研究论文集[C].上海:上海外语教育出版社,2005:367.
② 陈映真.诺贝尔文学奖全集[M].台北:远景出版社,2003:11.

的手白嫩异常,十指纤纤。连衣裙虽然已经旧了,但显然是由上等的服装店裁制的。"①当他在点菜时,说了一句饱含深意的法国谚语"水会败坏酒,就如大车会损坏道路,女人会伤害心灵一样"。她的回答则是彬彬有礼但冷若冰霜,他注意到她的言谈举止谦逊而庄重,并且,她脚上穿的鞋子十分考究。这让他怀疑她可能有一个年老而富有的男友。但当他们在一个巴黎的雨夜约会时,随着男主人公一连几天与她的进一步交流,得知她的丈夫曾参加过白党运动,流亡后在南斯拉夫做工,而她也猜出参加过一战和国内战争的男主人公曾经是一位将军。他平静地说那是过去的事情了,而他现在在为好几家外国出版社写他参加过的几次战争的战争史。他刚流亡到君士坦丁堡时,妻子就跟一个年轻富有的希腊人私奔了。他来到法国之初,也曾在普罗旺斯租了一个农场,但最终以失败告终,他离开那里到巴黎的主要原因是感觉实在太孤单了。两个寂寞的人相约去看电影,那个阴雨绵绵的晚上,她画着精致的妆容,穿着黑色晚礼服,洒脱自如地赴约,由此也可以看出她曾经在俄罗斯过着优雅的上流社会的生活。她谈到自己租住的嘈杂简陋的小旅馆:"……夜里,特别是雨天,真是说不尽的凄凉悲愁。打开窗子,到处看不到一个人影,完全是一座死城,天晓得在楼下什么地方才有一盏街灯淋在雨水之中……"②这是她眼中的夜巴黎形象,完全颠覆了人们意识中巴黎的不夜城形象。当她得知他在寂寞时就翻阅《俄罗斯画报》杂志上的求偶和求爱之类的启事,并且他自己煮咖啡和做早饭时,她不禁心生怜惜,紧握这个她认为是可怜人的手,两颗孤独的心逐渐靠近。两人在看完电影后,接着冒雨乘车去咖啡馆吃喝聊天,谈到各自在巴黎的幽会经历。两人不想很快就各奔东西,一起乘坐一个俄罗斯人开的夜间出租车,来到他位于偏僻胡同的小公寓。布宁在描述他的餐厅时,专门强调在枝形吊灯上只有一个灯泡孤寂地亮着,这种生活状态使同为天涯沦落人的他们很快就同居了。历经沧桑的他时常担心天有不测风云,人有旦夕祸福,为了有备无患,就用她的名义在里昂租了个保险箱放入他一生的全部积蓄。而他居然在复活节的第三个晚上,在巴黎的地铁车厢里猝死。布宁不去描写天长地久的爱情,而是通过甜蜜爱情的戛然而止来揭示男女主人公的悲剧命运。在小说中,布宁一直用环境来反衬主人公的命运,两人相识相爱于淫雨霏霏的日子,而当男主人公安葬那天,当她穿着丧服从墓地回来时,则是"春光明媚,在巴黎柔和的天空中,有几朵春日的浮云飘过,万物都说明是青春常在的,——但也说明了

---

① 蒲宁.蒲宁文集(3)[M].戴骢,译.合肥:安徽文艺出版社,1999:331.

② 蒲宁.蒲宁文集(3)[M].戴骢,译.合肥:安徽文艺出版社,1999:336.

她的生活却已经到了尽头"①。她和他的爱情犹如过眼云烟，两人已青春不再。当她回到公寓看到他早年的一件夏衣时，颓然坐地痛哭起来，请求上苍怜悯她。小说就此结束，女主人公的命运如何，只有上帝知道。然而，所爱的人已逝去，上帝都没有挽救她的爱情，又如何会拯救她的未来。小说的结尾暗示了她的爱情和命运的双重悲剧是显而易见的，这是爱情与死亡的绝唱。

短篇小说《加丽娅·甘斯卡娅》（1940）的开篇，就是一个画家和一个老海员在巴黎的一家咖啡馆里讨论春光旖旎的巴黎，当然还有身着春装的、诱人的巴黎妇人。画家从他艺术家的视角认为，在他的黄金时代的巴黎比满街汽车的巴黎更美丽。但那个老海员却由巴黎的春天联想到敖德萨的明媚春光，以及在杰里巴索夫大街上穿着五光十色的春装的俄罗斯女人们。画家也由此想到敖德萨的春天，并说自己总是把这两个地方的春天相混淆，在两种画面交替出现之时，他想起来自己在敖德萨的情人加丽娅·甘斯卡娅。接着，他给老海员讲述了他与加丽娅相识相爱的一系列趣事。在小说中运用了具有俄罗斯特色的比喻，把小时候的加丽娅比作白杨树苗，把长成漂亮大姑娘的加丽娅比作一棵挺秀的白杨。当画家对缺乏母爱的加丽娅第一次产生了怜悯之情，没有占有她的身体，却突然一年的时间不见她时，老海员评价他说："你可是个不地道的莫泊桑。"②但他的理由是怕自己第二次失却这种怜悯之心。当他和加丽娅再次相遇，两人发展为炽热的情人关系，但最终因为画家想去意大利，没有直接地提前告诉加丽娅这一决定，深陷爱情的加丽娅与他争吵之后就回家服毒自杀，而毒药是她那个自称为达·芬奇的不入流的画家父亲曾经向其客人们展示的。从小遭母亲遗弃的加丽娅因为不愿再遭到情人抛弃而一死百了，但她的情人却不明白她为何想不开而自杀，他当时也因此事想一枪把自己结果掉，并差一点儿发了疯。因此，加丽娅成了他一生最美好的回忆，同时也是他一生最沉重的罪孽。这一作品亦是以不幸为结局，但是男女主人公都强烈地爱过，虽然这种爱情只是短暂地在他们的生命中燃烧过，也足以影响其一生，这也正是在现实中追求不到的爱情理想之体现。

在小说《娜达莉》（1941）中布宁以男主人公为焦点，辐射状地引出了三种爱情，在叙事主人公"我"和娜达莉的爱情中缠绕着"我"和表姐索尼娅的偷情，以及与农民之女加莉的怜悯和柔情。这三个女性的身份地位截然不同，布宁将其肖像、语言、动作和性格都描写得各具特色、栩栩如生。小说中

① 蒲宁.蒲宁文集(3)[M].戴骢，译.合肥：安徽文艺出版社，1999：342.
② 蒲宁.蒲宁文集(3)[M].戴骢，译.合肥：安徽文艺出版社，1999：350.

与巴黎相关的联系是家道中落的娜达莉会说法语,还有就是"我"在大学毕业后的来年开春去巴黎住了4个月,娜达莉和"我"谈到此事时,也非常渴望自己能去巴黎,但她未能成行。因为同年12月,她由于难产与世长辞了。两人的爱情戛然而止,这种一句话的突兀结尾让读者不禁进一步思考女主人公的死亡和存在之苦,这样,小说的艺术效果就变得十分明显。这是布宁惯用的一种小说结尾方式。

　　短篇小说《寒秋》(1944)中跳跃式地描写了女主人公"我"在未婚夫战死沙场后的三十年间的沧桑生活,"我"是一个俄侨,在小说中没有名字,而"我"的未婚夫在小说中一直用"他"指代,这可以指代与他们同时代并有着相似经历的一类人。小说开始于"他"那年6月来到"我"在俄罗斯的庄园做客,接着得知"一战"爆发,德国向俄国宣战。"他"9月份上前线时与"我"共度了终生难忘的一晚,两人在散步时背了费特的关于秋天的诗句,彼此倾诉甜蜜的爱情,但又为战争中"他"可能遭遇的死亡而担心哭泣。一个月后,"他"的死讯传来。布宁仅用这两句承前启后的句子:"——死,这是多么不可思议的字眼呀!自从那时起已经过去了整整三十个年头。"①就简洁地将小说的叙述转为倒叙,这是布宁的一种巧妙的叙事方式。接着,"我"就简单追忆了在父母双亡后的1918年起,"我"这个伯爵小姐如何艰难度日,嫁为人妻,流亡君士坦丁堡的途中丈夫病死,后来,带着继孙女辗转来到巴黎,这个小女孩在巴黎成长为一个十足的法国女人,对"我"却无情无义,任由"我"在尼斯过着饥寒交迫的生活。而"我"却时常怀念和"他"共度的那个寒秋的夜晚,并且认为"这就是我一生中所拥有的全部东西,而其余的不过是一场多余的梦。我相信,热忱地相信:他正在那个世界的什么地方等候着我——还像那个晚上那么年轻,还像那个晚上那样爱我。"②"我"将这昙花一现的爱情视为自己在人间已享受的欢乐,并且渴望快点去"他"那里相聚。这篇小说揭示了战争造成的女主人公的生活悲剧和爱情悲剧,仅存的爱情回忆则成了她流亡生活中唯一的"含泪的微笑"。

　　布宁的小说叙述简洁,巧用形容词使其作品体现出表达细腻和修饰反复的特点,并且流亡生活的忧伤情绪犹如深秋时节引发的淡淡忧愁飘散在字里行间。他的日记集《该死的日子》(1935)和《回忆录》(1950)真实地记录了自己痛苦而忧郁的侨居生活。布宁的哲理性随笔《托尔斯泰的解脱》(1937)和《回忆录》向读者展现了他视域里的俄国诸多著名作家和诗人的生平和创作。布宁在国外的生活可谓举步维艰,但其仍然深恋着俄罗斯。正

①　蒲宁.蒲宁文集(3)[M].戴骢,译.合肥:安徽文艺出版社,1999:413.
②　蒲宁.蒲宁文集(3)[M].戴骢,译.合肥:安徽文艺出版社,1999:415.

如他的短篇小说《寒冷的秋天》的主人公在临终前说道："回想起自己走过的一生，我常常自问我这一生中有什么可让我刻骨铭心的呢？答案是只有那个寒冷的秋夜让我魂牵梦萦。它就是我的一切，其他的不过是过眼云烟。"小说的女主人公对其未婚夫的至死不渝的爱的表白，隐含了布宁深切的爱国思乡之情。这也正是布宁一生对俄罗斯刻骨铭、心魂牵梦萦的爱。布宁在他的最后一部作品——在他逝世那天也未停笔——出版于 1955 年的《论契诃夫》一书中有这么一段话："鸟儿已纷纷飞往俄罗斯！牵引他们的是浓浓的乡愁和对祖国的挚爱；如果诗人们知晓，成千上万的鸟儿会因此而命丧黄泉，不计其数的鸟儿冻死途中，如果诗人们知晓它们回到故里后会在三四月份经历怎样的苦楚，那么他们定会为这些生灵大唱赞歌……"布宁把自己比作历经千辛万苦也要回到俄罗斯的小鸟，这段话真实地表现了他热爱自己的祖国，渴望回到祖国怀抱的执着情结。

　　布宁至死都怀念自己的祖国，对此始终难以释怀。"布宁离开了他唯一心爱的国家，但只是肉体上的离开。他这个人，自尊心特强，为人严正，至死都怀念俄国，愁肠百结，在巴黎和格腊斯的异乡之夜，曾悄悄为她流过不少眼泪。这是一个自愿流亡国外的人的泪水。"①可以说，"他一生都以其非常伟大、温柔、坚贞不渝的爱情献给祖国，献给俄罗斯"②。他曾在与友人的谈话中流露出了对自己的不满，认为自己未能很好地利用自己的天赋。当友人赞扬他已誉满全球之时，他还是感慨，要是在自己的国家，在俄罗斯他会更好。正如雷蒙·威廉斯在谈文化的意义中所说："文化是物质、知识与精神所构成的整个生活方式。"③布宁侨居国外，难免会和俄罗斯国内的物质及文化生活有一些脱节，但他在国内所接受的文化与他心中的俄罗斯情结使他的作品成了一份侨民文学瑰宝，这是他倾注毕生精力为祖国歌颂祈祷的明证。布宁举世瞩目之才华和悠悠报国之情引起世人对他重新定位并予以高度评价。他是一个纯粹的俄罗斯人，是一位卓越的俄罗斯作家和诗人，他不仅被称为 A. H. 阿尔汉格尔斯基称为"最后的古典主义者"，而且被 Л. 多尔戈波洛夫称为"迷茫一代"文学的先声。著名的布宁研究专家 O. H. 米哈伊洛夫在《布宁》一书中详细考察并分析了布宁与俄罗斯古典文学传统的关

　　① 伊万·蒲宁.阿尔谢尼耶夫的一生[M].章其，译.武汉：长江文艺出版社，1984：3.

　　② 伊万·蒲宁.阿尔谢尼耶夫的一生[M].章其，译.武汉：长江文艺出版社，1984：22.

　　③ 朱立元.当代西方文艺理论(增补版)[M].上海：华东师范大学出版社，2005：443.

系,并为布宁的作品回归俄罗斯做了大量的工作。

布宁除了用作品抒发自己的情怀之外,还以自己的实际行动证明着自己忧国忧民的思想。第二次世界大战期间,虽然他在德国占领法国期间的困厄处境中,没有以任何方式同纳粹军队或当权者合作。身处异乡的布宁时刻关注着祖国人民的命运。他坚韧地面对新的战乱、破坏和饥荒,在作品中则表达了乐观的信念。同时他对苏联政府的有力举措大加赞赏,爱国思乡之情更加强烈。尽管作家当时穷困潦倒,但他依旧捍卫着自己作为一个俄罗斯人的尊严,坚决拒绝德国占领军许以厚金邀他办报的请求。还冒着生命危险掩护过受希特勒追捕的犹太记者,秘密收听苏联电台的广播,鼓励苏联战俘参加法国游击队,抗击法西斯,报仇雪耻。他热切地注视着苏德战场的形势,为苏联红军的胜利而欢欣鼓舞。他的这些表现重新赢得了人们对他的尊重。

布宁在其流亡生涯中始终用俄语写作,这使其稿费收入十分有限,晚年时他所获得的诺贝尔奖的奖金渐渐告罄,而最使他伤心的是,在异国他乡没有人需要他的作品。由于疾病缠身和生活拮据,伊万·布宁的暮年暗淡无光;同时,思乡之情使他忧郁不堪,萌发了归国之念。侨居国外的布宁始终是一个无国籍的俄国人,他一心向往着俄罗斯,1941 年写给老朋友捷列晓夫的信中,布宁说自己非常想回祖国,这一时期渐渐老迈的布宁无论精神上,还是经济上都极其不顺。他在战争期间坚守着自己的爱国主义立场,战后苏联政府给已失去国籍的俄罗斯侨民恢复国籍的规定和布宁在巴黎与西蒙诺夫的会面,更加坚定了他回国的决心,但种种原因使其最终未能成行。1953 年纽约契诃夫出版社出版了布宁的小说集《犹太地之春,耶利哥的玫瑰》,其篇名是取自布宁曾经的两个小说的名字。

由于年迈,在与呼吸器官疾病做了最后的搏斗之后,83 岁的布宁于 1953 年在巴黎的寓所逝世,被安葬在巴黎近郊的俄国侨民公墓,结束了他长达六十七年的文学生涯。但遗憾的是,他最终未能圆自己的回国梦。他的生命虽然到此结束,但他的文学命运却在持久地延伸,他的卓越而神秘的才能得到了举世公认,他的文学作品成为世界文学名著而世代流传。1954 年纽约的出版社出版了布宁生前所编辑的最后一个小说集《绞索耳和其他小说》。布宁在流亡的状态中坚持用俄语写作,坚持对文学的忠诚,在艰难的生活中保持创造的激情,其作品向我们展示了另一种精神生活范式,虽漂泊异乡,但其精神缆绳始终没有脱离俄罗斯民族文化的海岸。

(二)最俄国化的俄侨作家——什梅廖夫

现实主义作家伊万·谢尔盖耶维奇·什梅廖夫（Иван Сергеевич Щмелёв,1873—1950）1873 年 10 月 3 日出生在莫斯科的一个建筑承包商家庭,是著名的俄国作家、政论家和东正教思想家,俄罗斯文学的保守基督教流派的代表。什梅廖夫成长于笃信东正教的家庭环境,他曾回忆说:"家里除了福音书,我看不到其他任何书。"①什梅廖夫家周围的各种手工业者的语言对他的创作影响深远,这成了他阅读的第一部生活辞海,他曾说:"我家的宅院是我人生的第一所最重要的学校,它充满智慧,激发了我无数的思想灵感。"②神圣罗斯的形象也成了他创作中的中心形象,通过这个形象他向自己的读者揭示了被基督教世界观普照的普通人物的世界,他甚至被文学评论家 И.伊里因定义为特殊类型的精神作家,因为他的创作不仅具有审美的意义,而且具有精神道德和精神增透的意义,他在建构自己的艺术行为方面比较接近陀思妥耶夫斯基,因此,其创作特性也像陀思妥耶夫斯基的这种创作一样,能引导人们经历痛苦而获得神性的真理、精神的愉悦和存在意义的精神启示。

1884 年,什梅廖夫进入莫斯科第六中学,在那时他开始对戏剧及音乐产生兴趣,并且他的语文老师费达尔·弗拉基米罗维奇·茨维塔耶夫对其文学创作进行了启蒙和有益的引导。什梅廖夫认为作家是世上和人间最伟大的职业,他对此深怀敬畏之心,他写了《森林之晨》《森林的雷雨》《俄罗斯之冬》《普希金的秋天》等描写大自然的作文。他的文学功底让他特别擅长栩栩如生地讲故事,因此获得"罗马演说家"的绰号。在文学练笔之初,他曾模仿乌斯宾斯基的《小亭子》写了一篇感伤题材的小故事《警察谢缅》,但遭遇了杂志社的退稿。不过,他没有气馁,最终在中学毕业之际,灵感突现一挥而就写成了短篇小说《在磨盘旁》,文章于 1895 年刊登在《俄罗斯批评》杂志上,这第一篇文章的发表,更加鼓舞了什梅廖夫的创作热情。

1895 年什梅廖夫与新婚妻子游历东正教圣地——瓦拉姆岛,写下随笔集《在瓦拉姆的峭壁上》(1897)。1898 年莫斯科大学法律系毕业后一年的军队生活和在外省八年的工作经历,丰富了有着悲悯之心的什梅廖夫的创作视野,让他了解莫斯科以外的社会生活,他许多中篇小说和故事的原型都源于这一时期的见闻。在他早期的作品中什梅廖夫不仅发展了俄罗斯文学中描写受苦受难的"小人物"的传统,而且赋予其获得灵魂,体现出他对社会的黑暗面和上层社会的深刻批判,他对待世界的这种充满痛苦的态度是通

---

① Олег Михайлов. Об Иване Шмелёве // Шмелёв И. С. Избранные сочинения:В2 -х т. Т. 1. Повестии Солнце мёртвых〔С〕/ Вступ. статья О. Михайлова. – М.: Литература,1999. С. 7.

② 符·维·阿格诺索夫.20 世纪俄罗斯文学[M].凌建侯,黄玫,柳若梅,等译. 北京:中国人民大学出版社,2001:334.

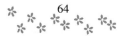

过他的艺术行为表现出来,并且是艺术中最高的感染力表达的最高形式。1905 年至 1907 年俄国革命中,什梅廖夫写了中篇小说《崩溃》(1906)、《急事》(1907)、《伊万·库兹米奇》(1907)、《乌克列依金公民》(1909)、《在洞中》(1909)、《苍天之下》(1910)、《蜜糖》(1911)、《一个来自饭店的人》(1911),等等。这些作品的主人公都是什梅廖夫刻画的小人物形象,体现出他继承和发展了俄罗斯文学中的小人物主题。其中 1907 年发表的《伊万·库奇齐米奇》让他一举成名,他开始成为一个职业作家,也是莫斯科文学社团"星期三"的成员,结识了同为该小组成员的契诃夫、高尔基、安德烈耶夫等人。宗教哲学的语境是创建和分析什梅廖夫文学作品的重要基础,"在俄罗斯侨民作家中,伊万·谢尔盖耶维奇·什梅廖夫是最典型的俄罗斯作家。他充满激情的内心无时不在思挂着俄罗斯,并为她的种种不幸忧心如焚"①。什梅廖夫被视为一个正统的东正教作家。1912 年,什梅廖夫成为"莫斯科作家图书出版社"创始成员之一,此后其创作活动多与该出版社相关。

　　什梅廖夫在十月革命之前已经出版了 8 卷本文集,在侨居前他已是发表过 53 部作品且闻名于世的作家,也被巴利蒙特认为是最俄国化的一位作家,读者和批评家们已将什梅廖夫与陀思妥耶夫斯基相提并论地进行研究。他的中篇小说《一个来自饭店的人》给什梅廖夫带来很大声誉,被翻译成多国文字。小说通过上等饭店的服务员斯科洛霍多夫的命运遭遇和所见所闻,描绘了形形色色在餐厅就餐走出饭店之人,揭露了弱肉强食的社会现状以及虚假而伪善的人际关系。小说中好心的老商人对他进行了宣教,说没有上帝他活不下去,因为好心人的心里都有上帝赐予的力量。值得一提的是,什梅廖夫夫妇在克里木寻找儿子时,在饥肠辘辘的时候,一个好心的饭店跑堂认出什梅廖夫是该小说的作者,给了他面包充饥,这多少让他在困苦的情况下因自己作家的身份而有了些许的安慰。小说《墙》(1912)描绘了旧式贵族日益衰败的生活,以及新兴资产阶级之间的尔虞我诈和对底层民众的各类欺压。《胆怯的寂静》(1912)描写了和谐的大自然与贵族庄园庸俗的日常生活的对立,揭示了随着庄园的没落与贵族的蜕化,贵族阶层必然消亡的这一不可违逆的社会发展趋势。《豺狼的嚎叫》(1913)描写蛮荒地带的林中居民过着宗法式的淳朴生活,性格纯朴、孔武有力的他们也难逃那些像城里的灯火一样多的豺狼的侵扰。《葡萄园》(1913)描绘了厨子、烧茶炊的人和女招待年复一年地在采摘时节赶赴克里米亚应聘采摘葡萄的工作,而过了采摘季节,又返乡过着与大自然为伴的日子,他们心中的爱与善让其知足常

①　Гребенщиков Г. Памяти Ивана Сергеевича Шмелева［А］. В. А. Маевский. Сб. статей и воспоминаний［С］. Мюнхен,1956. С. 31.

乐,使其生活过得有意义。什梅廖夫描写多彩的生活本身流变的作品《旋转木马》(1916),小说中叙述的是一些人物在看似简单、不断更替变化中流逝的命运,"旋转木马"隐喻着从太阳冉冉升起到徐徐日落的时日更替。

什梅廖夫创作的一个重要特点是萦绕在字里行间对俄罗斯的未来以及人民的生活之情愁,他相信民众中蕴藏的巨大精神力量和道德信仰,并对俄罗斯人及其尘世的意义进行深入思考,"在这方面,小说的标题隐含着深刻的思想,对作品起着提纲挈领的作用"①。例如,在小说《不竭之杯》(1918)中讲述了才华横溢的青年农奴圣像画家伊利亚·沙罗诺夫的悲剧命运,地位卑微的沙罗诺夫深深爱慕自己的女主人阿娜斯塔霞,并以她为原型创作了圣母画像,他将尘世中经历唯一的、不可企及的爱情化为一种创作灵感,引申为一种非尘世的圣母之爱。这部小说的标题具有象征意义,它取自于教会史上一幅真实的圣像画之名,小说的标题既映射出伊利亚·沙罗诺夫悲苦生活中对女主人无尽的相思之苦,又蕴含着主人公对圣母无限的爱。画家最后孤独地病死在自己的陋室之中,慰藉他的灵魂的只有上帝的不竭之爱。这深刻揭示出小说标题中"不竭的"双重意义,一方面,尘世犹如一酒杯,里面装有永恒的上帝恩赐的各种苦难;另一方面,尘世中的小人物必然经历不竭的身心磨炼,怀着对上帝的不竭之爱,走完自己的苦难历程。主人公与其女主人之间横亘的距离,犹如尘世和天国之间始终存在的那条不可逾越的界线。主人公的死亡则预示着天国永远不会降临人间。

经历过战争的什梅廖夫在自己的多篇作品中描写过人在战争中的存在状态,如:短篇小说《隐匿的面容》(1917)被作者视为《启示录》中上帝对所犯下的罪孽惩罚的开始,小说通过几位从前线返家休假的军官之口让读者了解战争和历史巨变的临近,通过其富有哲理的描述,让读者深切感受到福音书的思想,深思"谁从战争中获益"的这个问题。什梅廖夫借助舍麦托夫大尉之口,探索道德哲学的精华所在,以及事物和事件特有的意义,号召人们用身心去接近隐匿的生活面容,理解存在的意义,并进行精神道德的自我完善。小说《严酷时日》(1917)是一部札记集,主要描写人民在战争年代经受的苦难。小说《事情如此》(1919)主要讲述了一个住在军医院的疯上校的悲惨故事。小说《他人的血》(1919)主要描写一个俄罗斯士兵成为战俘的故事。

1923年什梅廖夫从柏林移居巴黎,侨居时期主要在《复兴》《最新消息》《俄罗斯画报》《现代札记》等出版物上发表文章。什梅廖夫侨居国外的第一本书是反映俄罗斯内战的《亡者的太阳》(1925年),这是一部优秀的史诗般

---

① 戴卓萌.什梅廖夫小说标题的意义[J].外语学刊,2013(4):135.

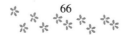

的作品,它在巴黎的刊物《窗》上发表后,很快被译成多种文字。这部小说以什梅廖夫在克里木的印象为情节基础,用第一人称叙述了"人民、国家、历史和宇宙的命运,涉及了巨大体验时代阳光下的一切。甚至可以说,这就是《启示录》中所言的神的世界和恶魔的冲突"①。故事叙述者和一头叫作塔玛尔卡的漂亮母牛生活在一起,这头浑身雪白有火红斑点的母牛是家庭支柱。小说中的动物们都有包含意义的名字,什梅廖夫借助这些动物的命运和对十几位各行各业的人物形象的塑造,控诉内战耗尽了人们的一切,甚至给人们带来残酷而血淋淋的死亡,这些人物都是圣徒和受难者:著名教授伊万·米哈伊洛维奇是什梅廖夫详尽叙述的一个典型的知识分子形象,获得科学院奖章的他在饥寒交迫的情况下乞讨活命,劈烧家具取暖,却不舍得烧掉自己满满四大箱的罗蒙洛索夫作品和抄写的大量语文历史方面的卡片,虽然厨娘们都能从他身上嗅出死亡的味道,但他还是想要竭尽全力将自己的书写完。什梅廖夫塑造的震慑人心的知识分子形象还有:在生命最后一刻仍在进行哲学思考和写作《俄国知识分子颂》的医生——米哈伊尔·瓦西里耶维奇·伊格纳季耶夫;曾经躲过三次死亡,但最终被枪毙的诗人鲍里斯·希什金。这部小说揭示战争是一部生命死亡的历史,无论是人,还是动植物,都以一些离奇的悲惨方式死掉了,宁静美丽的小城只是视觉的欺骗,犹如乡村墓地的死亡寂静,曾经让人欢乐的一切都已死去,世界的完整性遭到毁灭性的破坏,曾经是人类生命和欢乐之源的太阳烤焦了一切,变成了亡者的太阳,形成了地狱、死亡和末日三大轮回圈,体现了一种生命无意义轮回之思想,什梅廖夫将其原因归为人类对上帝的背离而遭受的惩罚。同时,标题中亡者的太阳也预示着亡者的希望和死者的复活,小说中不止一次地强调信仰不同的各民族的头顶之上高悬着同一个太阳,什梅廖夫还塑造了多位信守教规的人物形象,小说中表达了什梅廖夫对社会变革和个人命运的关系的深刻思考,因为革命没有带来文化高峰,没有让劳动人民吃饱穿暖,反而使和谐的社会变得混乱。什梅廖夫在小说中对各色人等的语言进行哲学的思考,语体风格多样,小说中充满了生动而多彩的细节描写,清晰地体现了作者的人道主义情怀和时代的悲剧性。

　　《石器时代》(1924)表现了什梅廖夫对俄罗斯革命的不理解。《一位老妇人的故事》(1925)中通过象征手法塑造了一位象征祖国母亲形象的农妇玛尔法·彼加乔娃凄惨死亡的命运,她是一个信守教规者和劳动者,不愿从被枪毙的主人家中牵走母牛,在到处都是一排排死人的情况下,为了给患病

---

①　弗·阿格诺索夫.俄罗斯侨民文学史[M].刘文飞,陈方,译.北京:人民文学出版社,2004:141.

的儿媳以及年幼的 3 个孙子寻找食物，不惜冒着生命危险用布料去交换面粉，在换得面粉的归途中，为了保护面粉与小偷、恶人、巡逻队抗争搏斗，却被指责为投机倒把，不但被人夺走了面粉，最终还导致了其死亡。什梅廖夫通过这一形象的塑造来考问在特定历史阶段中人的灵魂与道德，将日常生活文本转化为存在文本，展现人们的日常生活和精神灵魂的倾塌，受难的俄罗斯和俄罗斯人因摧毁了自古以来的信念而遭受了上帝的惩罚。老妇人寻找面粉的过程也是一种朝圣的历程，《俄罗斯之歌》（1926）是什梅廖夫对俄罗斯的缅怀，对古老的莫斯科的颂扬，小说叙述了俄罗斯守旧的宗法制主题，通过宗教节庆的画面描绘了从罗斯时期流传下来的多种宗教仪式，不仅有文学价值，而且有文化价值。小说《来到巴黎》（1929）讲述了那些被驱逐至境外的俄罗斯侨民们的不幸命运，什梅廖夫的流亡命运，使其对主人公的命运感同身受，小说中萦绕着浓郁的悲痛之情。小说《来自莫斯科的保姆》（1936）中亦渗透着这一悲悯情怀。女主人公达丽娅·斯杰帕诺夫娜受到 20 世纪重大历史事件之影响而流亡异域他乡。朴实善良的她笃信宗教，这让她获得了内心的平静和精神的健康，并使她能够清醒地评价国家和人民发生的一切不幸事件，她相信因果报应，认为俄罗斯苦难的意义在于它是净化和拯救俄罗斯的必要惩罚途径。

20 世纪 30 年代初，什梅廖夫（1931）曾和布宁、梅列日科夫斯基（1865—1941）一起被提名为诺贝尔文学奖候选人。并且，什梅廖夫和布宁一样，其成熟完善的作品是侨居时期创作出来。"在俄罗斯侨民作家中，伊万·谢尔盖耶维奇·什梅廖夫是最典型的俄罗斯作家。他充满激情的内心无时不在思挂着俄罗斯，并为她的种种不幸忧心如焚。"①什梅廖夫的 20 多部对俄罗斯进行描写的作品使其获得了"俄罗斯风俗画大师"的美名。什梅廖夫和布宁的作品中显著的特征就是对精神道德和哲学宗教层面的领悟，这是其受到许多世纪的俄罗斯历史的民族传统的影响，同时，也与其接受的东正教、自己的世界观和独特的个性密不可分。具有自传性质的《朝圣》（1931—1948）、《神的禧年》（1933—1948）和未竟的作品《天国之路》（1937—1948）是什梅廖夫具有代表性的作品，这些作品都涉及了宗法制俄罗斯的日常生活。巴黎俄侨作家中论及朝圣这个主题的有不少，什梅廖夫的《朝圣》通过对俄罗斯神圣的日常生活描写，透视朝圣者的心理及其灵魂拯救，由此阐释在俄罗斯的发展过程中的个人命运。《朝圣》主要是关于一个内心纯洁和谐的小男孩游历的故事，在沿途小男孩遇到各类人等，有好心帮他的信守教规

---

① Гребенщиков Г. Памяти Ивана Сергеевича Шмелева［А］. В. А. Маевский. Сб. статей и воспоминий［С］. Мюнхен. 1956. С. 31.

者、受难者、疯癫者和劳动者。小说的风格是明显的抒情性,通过主人公的遭遇表达了什梅廖夫明显的感动之情。《神的禧年》是一部描写俄罗斯基督徒心灵的史诗,分为"欢乐"、"节日"、"悲伤"三个部分,禧年就是基督教中人类获救的时间。小说的名字源于《圣经》的"路加福音"中基督引用其先驱的话:"报告神悦纳的禧年。"小说的第一部分开始于大斋期的礼拜一,结束于斋期的最后一个礼拜日。小说的第一部分和第二部分的事件都是历时一年的周期,第三部分打破了这个叙述时间的周期,时间只从五月持续到冬天,这种时间周期的打破照应着小说结尾几章中弥漫的忧伤氛围。这种时间结构体现了生活循环往复并向前发展的基督教思想,信教的人们每年都要不断地体验《福音书》上的事件,并在其中发现新的意义。在第一部分"欢乐"中,小男孩接受了上帝的恩赐,也就是接受了上帝创造的世界。小说通过这个善良纯洁的孩童视角来观察和理解世界,小说立体呈现了由贵族、农民、商人、小市民等各个阶层构成的充满诗意而鲜活的莫斯科生活,一家家各具特色的琳琅满目的商铺,一件件富有俄罗斯民族特色的商品,东正教各大主要节日的欢庆景象,庄严肃穆的克里姆林宫,茂密的森林,鸟儿的欢唱,皑皑的白雪。这种美好景象的描绘与战后满目疮痍的俄罗斯构成强烈的视觉对比。对什梅廖夫这个漂泊异国他乡的作家来说,记忆中美妙的俄罗斯景象也是与寂寥的侨居之地构成对比。小说中的年少的主人公则由此感受到人、动物和自然之间的和谐统一,戈尔金老人对小男孩说上帝明天将要降临,三位一体将走遍人间,小男孩甚至能感受到上帝就在他们的院子里,不是《旧约》中严厉的上帝,而是俄罗斯人的善良温情的上帝,这一信念让小男孩摆脱了对诱惑者和死亡的恐惧,通过展示小男孩的人生道路,揭示了俄罗斯民族性格及俄罗斯精神的形成过程。并且,这种世间万物皆为一体的主题一直延伸到小说的第二部分"节日"之中,并且基督的元素在人们的日常物质生活中得到升华,自然界的万物因与好人结合而生机勃勃,小说叙述者的父亲谢尔盖·伊万诺维奇是一个受人喜爱的真正基督徒,虽然是个承包商,但他善待老人和乞丐,关爱工人,与他们一起流汗干活,在他过命名日的时候,还得到工人一个写了"献给好主人"的巨大面包,喀山教堂还为此破例为他这个勇敢宽容、内外兼修的基督徒敲了钟。在小说的第三部分"悲伤"中传达了什梅廖夫关于基督教文化中复活和永恒生活必定存在的重要思想。对于叙述者的小男孩来说,父亲的死结束了他对生活欢乐的认识,各类食物和自然现象也在他眼前随之失色,他认为是自己在生活中有很多罪孽,上帝因此而不可怜他,不让奇迹出现。忠实的教徒米哈伊尔·戈尔金从向小男孩解释了罪孽的实质,认为上帝的仁慈通常是避开死亡而面对生活的,但还有一种仁慈是面对虔诚结局的,只是尘世生活的终结,逝者和生者是统一的，人们会在天国相遇。什梅廖夫在小说中描写了一系列形象立体的信守教规者，虽然他们个性迥异、社会地位高低不同，但他们对信仰和教会无比忠诚，属于同一民族类型的俄罗斯信教者。小说三个部分的紧密相扣是俄罗斯的过去、现在和未来相统一的证明，昔日美好的受到上帝庇佑的俄罗斯一直活在人们的心里，尘世生活和未来的俄罗斯必将由孩子们来延续和发展，什梅廖夫将往昔的俄罗斯理想化。

1935年，什梅廖夫在自传体特写《老瓦拉姆》（1935）和他1897年发表的《在瓦拉姆的峭壁上》遥相辉映，这次是作者对自己结婚旅行时前往瓦拉姆岛游历的昔日美好回忆，作品中依旧描绘俄罗斯东正教修道院的宗教生活，充满了神圣庄严的氛围。

什梅廖夫未竟的作品有《士兵行》（1930年）和《外国人》（1938年），这反映了作为一个俄侨作家，由于政治历史原因和侨居生活受限，不可能写出接地气的且深刻反映俄罗斯当代现实生活的作品，以及精准反映外国人的作品。什梅廖夫未竟的大型长篇小说《天国之路》（1948）由于作家的离世，其第三部没有完成，小说的前两部描绘了基督教的世界观，主人公与恶及诱惑做斗争，颂扬其虔诚信仰的心灵等，小说体现了尘世神性行业使崇高的精神价值在尘世中得以实现，并将尘世之爱与对天国之追求交融并存。也许是因为在异国他乡的漂泊生活，行将老去的什梅廖夫将这部小说写得过于伤感，导致评论家们认为其价值逊于其侨居后的其他长篇作品。

1950年6月24日，什梅廖夫这位虔诚的朝圣者因心脏病死于去巴黎郊外圣母修道院的路上。什梅廖夫的一生经历了中年丧子丧妻、几次战争，宗教家庭氛围给了他终生的影响，他是以日常生活为题材的作家，他的作品细致描绘了普通人的生活习俗，书写其宗教信仰、宗教习俗和礼仪内容，阐述自己的战争观以及对相煎太急的俄罗斯内战之批判，这些无不体现出什梅廖夫对俄罗斯民族精神、宗教意识和文化传统的深入关注和探索，他无愧于"最富有俄罗斯特性的作家"的美誉。

1989年，他的小说《亡者的太阳》首先刊登在《伏尔加》杂志上，同年，《什梅廖夫选集》和《什梅廖夫两卷集》在莫斯科出版。1991年由莫斯科的西徐亚人出版社刊发《亡者的太阳》的单行本，他的《天国之路》亦在该年出版，并且，自这一年开始，关于什梅廖夫生平和创作的评论和回忆录等如雨后春笋般地出现在俄罗斯大地。

（三）俄罗斯民族性格的阐释者——扎伊采夫

鲍里斯·康斯坦丁诺维奇·扎伊采夫（Борис Константинович Зайцев，1881—1972）是20世纪俄罗斯著名的作家和政论家。他的出生日恰好是俄罗斯伟大作家陀思妥耶夫斯基的去世日——1881年1月29日，他也走上了俄罗斯文学之路。并且,他是最后一位与契诃夫有过交往的作家,并为其立传。对扎伊采夫来说,俄罗斯现实主义文学传统留存下来的都是最好的。扎伊采夫的童年是父母关爱的环境下自由自在地成长,11岁之前他接受的是家庭教育。他的父亲是个工程师,他家有崇高的道德氛围,父亲经常带着小鲍里斯去采矿厂工作。由于扎伊采夫童年的大部分时间都是在俄罗斯中部卡卢加附近的一个家庭庄园里度过,他学会了如何观察并诗意地描写自然,如何与亲戚交流。尽管扎伊采夫的家庭是他的福祉,但他也由此看到了贵族阶层的另一种生活:严密制定的工厂生产,农民逐渐减少的冷清的庄园田地。这一切都在他后来的作品中得到体现,这种环境影响了扎伊采夫个性的形成。他在大学时期修过工科和法律,但这些专业他并不感兴趣。1899年,扎伊采夫因参与莫斯科技术学院的学生骚乱被驱逐出教育机构。后来,扎伊采夫去了意大利,在那里他为古董和艺术着迷,从事他终生最爱的文学创作。扎伊采夫创作和个性中有着和谐的平衡,他总是从容不迫,外表整洁干净,笑容纯净而善良,这是岁月在扎伊采夫身上的沉淀。他那宁静而神圣且犹如圣像般的面容,给他同时代的人留下了深刻的影响。

1900年扎伊采夫在雅尔塔遇见了契诃夫,他对契诃夫的敬仰持续了一生,契诃夫已然注意到这个年轻作家的写作天才。1901年初,扎伊采夫将《无趣的故事》的手稿寄给契诃夫和科罗连科。在这一年,扎伊采夫遇见了Л.安德列耶夫,在其文学生涯开始时就一直得到安德列耶夫的帮助。同年,扎伊采夫在《信使》杂志上发表了短篇小说《在路上》,这让读者接触到了一个独具特色的散文家。1902年,在Л.安德列耶夫的介绍下,扎伊采夫进入莫斯科"星期三"文学小组,由此结识了Н.捷列绍夫、В.魏列萨耶夫、И.布宁等作家,他成为莫斯科文艺圈的一员。1904年至1906年他在《真相》杂志当记者,并在该杂志上发表小说《梦》和《夜幕》。自1907年以来他成为俄罗斯文学爱好者协会的会员。扎伊采夫和布宁是在1906年相识,其友谊一直持续到他们侨居巴黎时期,虽然两人在有些时候会因为观点不同而产生激烈的争执,但他们一般都会很快和解。1912年在莫斯科的"作家出版社"成立之时,扎伊采夫、捷列绍夫、布宁、什梅廖夫等人出席。

扎伊采夫早期的创作是从印象主义起步的,擅长用散文表达出纯诗歌的感受,短篇小说《在路上》《静悄悄的黎明》和《克罗尼德神甫》是这类作品最优秀的代表作,小说中流露的是作者最为天然和自我的情感,什梅廖夫因此而被誉为"写散文的诗人"。在其后期的创作中他不仅关注自然主题,而且关注人的主题,并尝试着进行心理描写。而在《神话》和《流放》中的宗教主题已具有基督教精神。

扎伊采夫在彼得堡蔷薇出版社出版了自己的第一部短篇小说集(1906)

之后，很快就接二连三地出了六本短篇小说集和一部长篇小说《边疆》（1913）。他的一套八卷本选集（1916—1919）也在莫斯科的作家出版社出版。

1912 年扎伊采夫结婚了，很快他的女儿娜塔莉亚就出生了。第一次世界大战期间，鲍里斯·扎伊采夫从亚历山德罗夫军校毕业。二月革命结束后，他被提拔为军官。但是，由于肺炎，他没有上前线。他和妻女在庄园度过了那段战争时光。1916 年 12 月，他进入亚历山德罗夫军校，1917 年 3 月晋升为军官。1917 年在莫斯科出版的《谈战争》的小册子中，他写到了德国的侵略性，主张把战争理念贯彻到胜利的结束。战后，扎伊采夫和家人一起返回莫斯科，1922 年他当选为全俄作家协会莫斯科分会的主席。从十月革命到 1922 年是令他身心俱伤的悲惨岁月，家人一个个被害，自己也因和俄侨作家米哈伊尔·奥索尔金等文化活动家组织"助饥会"而进了卢比扬卡监狱，并且 1922 年初还差点死于斑疹伤寒。由于病情严重，他决定出国治疗。这年七月他和妻子维拉·阿列克谢耶夫娜一起离开祖国，先侨居柏林，接着又去意大利，他成了一名流亡作家。正是从这个时候开始了他在境外的工作，并且他已经受到别尔嘉耶夫和索洛维约夫的哲学观点的强烈影响，这极大地改变了他的创作方向。如果说，早期的扎伊采夫的作品与泛神论和异教有关，那么现在其作品已经清楚地描绘了基督教的倾向。例如，短篇小说《金色的花纹》《神话》和一系列描写圣人生活的散文。

扎伊采夫夫妇从 1924 年起定居巴黎，在巴黎生活了近半个世纪，他们一生都过着简朴无争的如信徒般的生活。扎伊采夫携手终生挚爱的妻子游览过许多地方，信仰相同的夫妻俩还一起瞻仰和朝拜了许多修道院，扎伊采夫的一生都和修道院密不可分。扎伊采夫曾在妻子去世后，发表了《维拉的故事》和《另一个维拉》来纪念自己的妻子，他的妻子也是他的另一个信仰。

1925 年 10 月，他成为里加杂志《钟声》的编辑，1927 年他在巴黎的《复兴报》上发表他的作品。1927 年春天，为了纪念阿索斯山的一次旅行而发表了同名游记《阿索斯》。1925 年至 1929 年扎伊采夫开始在《复兴报》和《日子》发表日记体札记《流浪者》的第一部分，这些札记是记录法国的生活。此外，扎伊采夫选择研究了屠格涅夫、契诃夫、茹科夫斯基的资料，随后发表关于他们的传记文学。扎伊采夫在法国各地多次旅行，这些旅行反映关于法国城市格拉斯、尼斯、阿维尼翁等的散文之中，扎伊采夫的生活和创作日益和法国的生活相融合。

在 1940 年德国占领法国的时候，扎伊采夫的所有出版都停止了。在战争的其余时间，关于作家的创作在报刊上也销声匿迹。扎伊采夫本人远离政治和战争，德国战败后，他的作品又重返古老的宗教和哲学主题，并于

1945 年出版了中篇小说《大卫王》。1947 年，鲍里斯·扎伊采夫开始在巴黎的报纸《俄罗斯思想》工作。

扎伊采夫在俄罗斯侨民文学界威望极高，他善良温纯的个性和信徒般的信仰，加上他曾在俄罗斯出版社的经验，使许多俄侨出版社都希望与他合作，他的人缘极好，又结交了各流派的作家和文化活动家，自 1947 年俄罗斯作家协会主席，一直担任该职至其去世，他经常被举荐出面协调巴黎俄侨界一些纷争。在二战期间他拒绝与投靠德国人的杂志社合作，他会热情地招待从祖国来的志同道合的作家们，收到祖国同胞的来信也让他非常兴奋。1957 年，他的妻子中风，扎伊采夫对她不离不弃。1959 年，他开始与鲍里斯·帕斯捷尔纳克通信，同时与慕尼黑年鉴《桥》合作。

扎伊采夫的创作分为两个主要阶段：移民前和移民后。这不是因为作家的住所已经发生了变化，而是因为他作品的语义定位发生了根本性的变化。第一个时期扎伊采夫更多地关注异教徒和泛神论的体裁，他描述了革命的黑暗需要人们的灵魂的保持；在第二个时期，他全力关注基督教主题。而扎伊采夫最著名的作品得益于其第二阶段的具体关注。并且，扎伊采夫一生中最为富有成效的创作是在移民。

扎伊采夫的基督教主题作品广为人知：1925 年扎伊采夫发表了两本圣徒传《神人阿里克赛》和《圣谢尔基·拉多涅日斯基》。在这些作品中扎伊采夫提出了他关于圣人生活的观点。在扎伊采夫侨居时期已经出版了约三十本书，杂志上出现了八百多篇作品。这主要是由于扎伊采夫把所有的努力集中在文学活动上。除了撰写小说，他还从事新闻和翻译工作。也是在 20 世纪 50 年代，他成为新约俄译委员会成员。

扎伊采夫著有充满神秘诗意的超凡脱俗的小说，如：《短篇小说集》（1906）、长篇小说《边疆》（1913）、中篇小说《蓝色的星星》（1918）、短篇小说《奇异的旅程》（1925）、长篇小说《金色的花纹》（1926）、自传体四部曲《格列布的旅行》（1934—1953）等，作者在小说中擅长营造氛围，讲述爱情、真理和谎言，描绘人与自己周围一切的联系和奇异感受，抒发粉色的柔情和深刻的宗教感。其中，描写俄罗斯知识分子命运的长篇小说有《金色的花纹》和《帕西亚的房子》（1935 年），反映革命事变的中篇小说《奇异的旅程》和《安娜》（1929）。扎伊采夫对俄国经典作家茹科夫斯基、普希金、丘特切夫、果戈理等人极为尊敬和爱戴，这促使他写了一系列艺术家传记，如：《屠格涅夫的一生》《茹科夫斯基》和《契诃夫》。

扎伊采夫的自传体四部曲《格列勃的旅程》是其对逝水年华的追忆，描述了俄罗斯世纪之交出生的男人的童年和青春。小说主人公接受"福音书"、依照"福音书"精神生活的经历，主人公意识到他与圣洁伟大的烈士格列布的联系,有笑亦有泪,再现了一代人的精神成长史,展示了一个普通人变成圣人的例子。扎伊采夫塑造了一个更生动活泼的圣人形象,而不是在其他生活中描述它,从而使简单的读者更容易理解。小说中也流淌着一股淡淡的讽刺之味。可以说,在这个作品中体现了作者的宗教追求,作者理解一个人如何通过循序渐进的精神转变而获得圣洁。扎伊采夫本人像他的英雄一样,在实现真正的圣洁的道路上经历了几个阶段,《格列勃的旅程》由《朝霞》(1937)、《寂静》(1948)、《青春》(1950)和《生命树》(1953)构成,扎伊采夫在《朝霞》描写了主人公格列勃无忧无虑的童年生活,由于他的家庭对宗教的态度相对冷漠,使他对宗教并未产生浓厚的兴趣和热情,宗教对他而言,不过是节日的仪式而已。对宗教信仰的冷漠被扎伊采夫视为20世纪初知识分子的精神匮乏之特征。《寂静》描写了主人公格列勃的中学生活,《青春》描写了主人公格列勃的大学生活。格列勃经历了俄罗斯革命和战争,这使他对人生和社会有了更为深刻的体会和理解,这种苦难与不幸进而使他开始接受福音书信仰,并遵循"福音书"中的恭顺和忍耐精神来对待自己所遇的一切人和事。《生命树》中描述了主人公格列勃一家被迫离开祖国,历经各种磨难,身心备受折磨,这时候,福音书成了他们疗治肉体和精神伤痛的良药,从中汲取克服困难的力量。成为作家的格列勃积极地写作,坚持不懈把自己的信仰传递给下一代,福音书信仰在异国他乡也被俄侨世代承袭。格列勃极大地影响了从未进过教堂的岳父,使岳父在革命后开始信仰宗教,并在临终前将福音书留给自己的女儿,还告诫她说,"一切尽在这本小书中,生活在继续,旧的世界崩塌,新的世界又被建立,我们虽然不明白这一切,但我们会活下去,并会相爱,会有苦难,亦会有死亡,会互相折磨,亦会互相撕咬。但这本小书将会长存,并永放光明,"①岳父的遗言概括了全书的宗旨:宗教信仰能给苦难的人们带来光明和谐,引导信徒战胜一切苦难。叶夫多基娅·米哈伊洛夫娜也是坚定地信仰宗教精神的可怜人,福音书的谦顺忍耐和爱的精神支撑她不但没有被失去儿子的痛苦打倒,而且还积极投身救助穷苦人和残疾人的活动之中,这是她寻找到立足于充满苦难的世界的唯一方法。和她一样,格列勃的母亲也最终转向对福音书的信仰,这凸显了在福音书精神照耀下的普通俄罗斯人的宗教生活。

扎伊采夫有自己的原则,在生活的最后一个阶段,他突然执拗地开始像法国人那样在名词后面接形容词,他这是受到法语语风的影响或是模仿壮士歌的风格。当朋友们指出这样不符合标准的俄罗斯语风时,他却沉默不

---

① Зайцев Б. К. Путешествие Глеба. Собрание сочинений в 5 томах [M]. Том 4. М. :Русская книга,1999:529.

语。扎伊采夫认为自己很多成熟的作品都是在流亡时期写成的,而他这一时期的创作主题主要是过去的生活和当代的生活。

在他的小说《轻松的粮袋》中,通过叙事主人公上校之口讲述了在法国巴黎的一些俄侨搬运工的生活状况,他有着上校级军官所特有的黑色的、状如双翼般的大胡子。在短篇小说的开头直接就是他接着其他人讲述的马赛印象说起,他对马赛的印象不是陶醉般地观赏马赛的海滨景致和享受美食,而是在当货运装卸工的沉重记忆,当时他曾经累得吐过血,他认为是在上帝帮助下他才挺了过来。在马赛的货运站有一支俄国人拼凑成的一个不小的装卸队,这些人形形色色,在流亡法国前曾是军官、法院的职员、教师、大学生等,可在流亡后却像苦役犯似的干活儿,但他们却不能死,因为有家庭需要养活,他们有上帝在心中。扎伊采夫通过在复活节前发生的一件事来宣扬"既然上帝给予了生命,上帝就会给我们面包的"。小说中的时间,如春天和复活节都有着深刻的寓意,上校说在复活节的前一周是身处异国的俄侨们最难熬的时期,他们会情不自禁地想起在俄罗斯的时光,并与当下的生活进行对比:"我们那刚长出嫩叶的可爱的小白桦、解冻后的春汛、专为复活节烤制的大甜面包和甜奶渣糕,还有俄罗斯的春天,春天的空气……这儿的空气,可能是由于大海的缘故更加甜蜜、温柔,就连大海在这些日子里也带有一种特别的淡紫色,当夜里在大海的上空闪耀着白色的和瓦蓝色的灯光时,那当然显得非常美丽,但毕竟不如……"①作者将俄罗斯描述成具有柔和而明亮色彩的抒情画,想要表达的是"金窝银窝不如自家的狗窝"。复活节前夕有个法国人让他们搬卸整整一列车从敖德萨运来的俄罗斯小麦,抚摸着这些来自祖国的粮食,让他们犹如和俄罗斯在一起,这些吃过甘苦、饱经风霜的人都忍不住落泪,"我们都围拢过去……大家都把手伸向麦子……有一个人跪了下来,把手伸进粮袋抚摩起来……我们大家都悄然无声。每个人都摘帽子,只是一个劲地深情地抚弄着麦粒,把它们从一只手上倒到另一只手上,而麦粒,跟您说,真是金灿灿的。这是温馨的琥珀般的籽粒。一个库班哥萨克径直扑倒在地上,把鼻子紧紧地贴在这些麦子上,眼睛里涌出了泪水,他一个劲地闻着、嗅着,怎么也闻不够……'上帝啊',他叫喊起来,'圣母啊,这可是我们库班的麦子呀……'他甚至哽咽得说不出话来"②。后来,当他们搬运起这些俄罗斯的麦子,用他们自己已经不怎么有贵族派头的脊背扛起它们,却觉得轻松了,因为这是他们祖国母亲的土地上产的麦子。这些不管在故土上受了多少苦难,也不管心头有多少怒气、怨恨和惊吓的游子,

---

① 陈静. 俄国鲍·扎伊采夫短篇二则[J]. 当代外国文学,1988(8):125.
② 陈静. 俄国鲍·扎伊采夫短篇二则[J]. 当代外国文学,1988(8):126.

此时真心实意地原谅了祖国母亲。这件事之后他们全身心轻松起来,振奋起来,他们感觉自己受到了上帝的天使的庇护,他那圣洁的羽毛飘落到他们身上,他们的侨居生活也日渐稳定。小说的最后一句话是上校祈求上帝保佑马赛。这篇短小精悍的小说《轻松的粮袋》真实地揭示了俄侨们的生活和情感,在小说人物身上体现出俄罗斯民族性格中的博爱精神,同时也体现出扎伊采夫深受基督教的影响。

目前,在中国对扎伊采夫的研究仅寥寥数篇,早在1998年,在《当代外国文学》和《俄罗斯文艺》上分别刊登了陈静翻译的《俄国鲍里斯·扎伊采夫短篇二则》和张冰翻译的短篇小说《死神》,但没有这些短文的相关评论。短篇小说《死神》的首尾紧扣主题,在开篇讲述了巴维尔·安东内奇在小花园里尽情地呼吸着四月的甜美空气,但他深知死神已经来临,他将平静地迎接其来临。小说接着叙述了病重的他挨到了五月,深感自己快要见上帝了,日益担忧他的情人和私生女在其死后无依无靠,希望妻子与她们和解,他恳求妻子娜捷日达·瓦西里耶夫娜的怜悯和自我牺牲,因为他在活着的时候痛苦,所以想要在见上帝的时候能心无旁骛。他的妻子一直在夜以继日、忠心耿耿地照顾他病弱的身体,这时候,医生的诊疗也让他备受折磨。当他在花园轻抚着紫色的丁香,闻着清新的花香,痛苦地回想起自己从没找到过象征着幸福的五瓣丁香。他在想到上帝的时候,甚至忘记了自己的生活、同志、敌人,他一直都坚信上帝是存在的,认为美丽的丁香和甜美的爱情正是上帝的证明和化身。他想起了他爱过的女人和自己最奇妙而非凡的爱情,在心里祈求上帝让他快点摆脱自己不幸而病痛的生活。为此,他写信给儿子安德烈,请求儿子帮助劝解母亲。但他到死也没能见到自己的儿子。星期四那天,在修道院低沉的安魂曲声中他被安葬了,他的妻子和早晨抵达的儿子安德烈参加了葬礼,教堂里的烛光缭绕中生命在轮回,他的情人也来教堂送他最后一程。安德烈想到了父亲的爱情,母亲的痛苦,尚未谋面的同父异母的妹妹。一个星期后,安德烈让母亲读了那封父亲写给他的信,他想让母亲了解父亲的临终愿望:使其亲人不被抛弃。娜捷日达·瓦西里耶夫娜在丈夫的墓前见到了前来送花悼念的娜塔莎,两人在教堂待到天黑,最终在上帝的感召下,娜捷日达·瓦西里耶夫娜原谅了丈夫的情人和私生女,完成了丈夫的遗愿,同时也解除了痛苦的心魔,最终平静而孤独地死去。小说的结尾极为简洁:娜捷日达·瓦西里耶夫娜没有见到儿子,也没有见到托里娅伊诺娃。一星期后,她死了。短篇小说《死神》贯穿了扎伊采夫的宗教思想,小说寓情于景,小说中的几个时间清晰地展现每个主人公的思想感情的变化,透过短短两个月中死神的两次降临,展示基督徒巴维尔·安东内奇的生前死后的爱情和亲情的转变。

1964 年,扎伊采夫出版了短篇小说《岁月之河》,这是他创作之路上最后发表的作品。之后,扎伊采夫发表了有相同标题的一系列故事。

1972 年扎伊采夫在巴黎去世,享年 91 岁。巴黎的圣亚历山大·涅夫斯基为其举行了安魂弥撒仪式,他的文学命运如灵柩上覆盖的鲜花般散发着芬芳。

(四)对祖国爱恨交织——梅列日科夫斯基夫妇

德米特里·谢尔盖耶维奇·梅列日科夫斯基(Дмитрий Сергеевич Мережковский,1865—1941)被认为是俄国象征的思想家,他和妻子季娜伊达·尼古拉耶夫娜·吉皮乌斯(Зинаида Никалаевна Гиппиус,1869—1945)志同道合,相濡以沫地共度一生,两人共同的理想是"渴望精神和肉体的统一,古希腊罗马文明和基督教的统一,渴望第三王国在人间的建立(即'千年王国说')"①。两人的结合产生了俄罗斯文学史上最原始的和创造性的婚姻关系之一。

1. 吉皮乌斯的文学命运

吉皮乌斯的家族属俄罗斯化的德国贵族,吉皮乌斯从小受到跨文化语境的潜移默化的影响,她的祖母只会用法语书写,并且只让用法语称呼她。在她生活的 19 世纪七八十年代的俄罗斯几乎没给她身上打下什么时代烙印,因为她总是沉湎于自己的时空之中,思考着本体和现象的永恒问题,走在逻辑之路上,就像她在 70 岁时思考的问题是她 7 岁时已在思考但不能言明的问题。她少时多病,7 岁时开始写诗,11 岁时就崇尚灵感,写诗时喜欢一气呵成,戏称自己写的诗"堕落",并且自己对此还很"虔诚",在这一时期这个练笔写诗的女孩情绪敏感,认为自己从童年起就一直受到死亡和爱的伤害,认为"爱总是被死亡征服和吸纳",尤其是 1881 年在她父亲去世之后,她极其悲伤。她的文学才华遗传自其英才早逝的父亲,在他生前,她已知道了果戈理和屠格涅夫,他死后留下许多自娱自乐、从不发表的文学材料,他自己写诗,还翻译了奥地利诗人莱瑙和英国诗人拜伦的作品。书籍和写作一直伴随着吉皮乌斯的生活,在莫斯科的三年间,特别是最后一年,她重新阅读了所有的俄罗斯文学作品,特别沉迷于陀思妥耶夫斯基的作品。当时对她的文学情怀影响很大并且让她很感激的有两个人:一个是她的舅舅,另一个是她的老师尼古拉·彼得诺维奇。在雅尔塔的时光,不仅满足了吉皮乌斯对旅游的热爱,也让她有机会练习自己最喜欢的骑马和写作,她当时写了各种诗歌。

---

① 弗·阿格诺索夫:俄罗斯侨民文学史[M].刘文飞,陈方,译.北京:人民文学出版社,2004:6。

1888 年,19 岁的吉皮乌斯在博尔若米(第比利斯附近的避暑胜地)见到了梅列日科夫斯基。当时,他已出版了一本诗集。吉皮乌斯还未发表的诗虽然已被朋友们传诵,但她自己认为它们还是有些嫩涩。同年,吉皮乌斯的诗第一次发表在《北方信使》上。1889 年 8 月,梅列日可夫斯基和吉皮乌斯结婚,婚后他们先去了莫斯科,后到圣彼得堡,之后的岁月里他们从未分开过,两人的结合给吉皮乌斯渐渐形成的内心活动以理性和巨大的刺激,使她更加自由地徜徉在巨大的智力空间。两人婚后达成心照不宣的共识——妻子写散文,丈夫写诗歌。但后来梅列日科夫斯基打破了此界限,他想要写一本散文,自此,两人的写作体裁就全凭自己的兴趣。在丈夫的引荐下,吉皮乌斯在圣彼得堡认识了很多知名作家,第一个结识的是普列谢耶夫(А. Н. Плещеев),他让吉皮乌斯倾倒的是,他在一次回访中带去了《北方先驱报》的编辑部存稿。之后她又出席公开讲座和文艺晚会,结识了许多在俄罗斯文学界重要影响的诗人、编辑、评论家。特立独行的吉皮乌斯曾迷恋男装、男性化名、诗歌中的男性抒情主人公"我"和熏香卷烟。在 1891 至 1892 年吉皮乌斯时时遭受喉咙痛和咽炎的折磨,为了改善症状并防止结核病的复发,同时收集写作素材,她和丈夫到欧洲南部进行了难忘的旅行。在旅行中他们结识了俄国作家契诃夫(А. П. Чехов)和俄国新闻工作者兼出版者苏沃林(А. С. Суворин)。在第二次旅行时在法国的尼斯夫妻俩结识的德米特里·菲洛索佛夫(Дмитрий Философов)后来成为他们忠实的旅伴和最亲密的合作者。1892 年吉皮乌斯发表了短篇小说《在莫斯科》和《两颗心》,评论家们认为她在此一时期的长篇小说,如《没有护身符》《赢家》《微浪》,比她自己认为的要严肃的多,她在揭示人和事件本身的双重性、天使和魔鬼的本源,并将生活视为不可抵达的精神生活的再现,《新百科辞典》认为吉皮乌斯早期的作品是在受到"拉斯金、尼采、梅特林克和当时其他政治思想家的思想的明显影响下写成的"①。但这些发表在《北方信使》和《欧洲信使》上的小说后来能让吉皮乌斯自己回忆起标题的只有《微浪》,但让她高兴的是小说的发表缓解了家庭经济的拮据状态,也能为丈夫提供写作的一些支持。因为夫妻俩这些年的文学成就大增,但是财政状况不容乐观,常常食不果腹,1894 年吉皮乌斯甚至连医生开的酸奶都喝不起了。吉皮乌斯在自传中认为,他们在圣彼得堡的文学活动、文学圈的生活、相互交往二十多年的作家——这一切都可以作为一个回忆录主题。吉皮乌斯的诗作一经发表就引起了比她的小说更具鲜明的争议,其诗歌尽显其张扬的个性,如:在《歌唱》

---

① Русские писатели 20 века. Библиографический словарь. Т. 2. Москва. Просвещение. Стр. 352(1998). Проверено 13 октября 2010.

和《献词》中的诗行"我需要的东西，这个世上没有（Мне нужно то，чего нет на свете…）"和"我爱自己，就像爱上帝（Люблю я себя，как Бога）"，这种不顾世俗的酣畅淋漓的宣泄，跟她的外表及个性都很相符，正如白银时代的作家马列维奇对 30 岁的吉皮乌斯的深刻印象，已结婚 10 年的她还扎着小姑娘似的发辫，喜欢眯着眼，高昂着头，浑身上下都流露着带有挑衅般的与众不同，喜欢唱反调，头脑敏锐的她对任何事物都自信地判断，坦率评论而丝毫不去顾及常规。她的某些举止和言行特征一直到巴黎都未改变。吉皮乌斯的小说比较照顾大众审美口味，但她的诗是为自己而作，她的诗被认为是现代人灵魂的体现，她有时认为自己像个祷告者，并认为"人类心灵自然而且必不可少的需要通常就是祷告。上帝带着这种需求创造了我们。每一个人，意识到或没有意识到它，都有祷告的欲望。诗歌通常，其中包括诗体，是言语的音乐——这只是祷告在我们心灵中接受的形式之一。诗歌正如巴拉丁斯基（Е. А. Баратынский）对它的定义——是一种此刻充满的情感。"①

后来她彻底接受了丈夫的思想，特别是他的俄国象征主义的文艺思想。夫妻俩在流亡前已创作了大量的作品。

在 1919 年年底，她和丈夫到了俄罗斯南方，1920 年越过波兰国界，一路辗转，于 1920 年 10 月 20 日来到法国。在巴黎邦尼上校林荫道 11 号的住宅里他们举办的"周日读书会"文学沙龙和文学团体"绿灯社"（Зеленая лампа），它们保持了俄罗斯知识分子对崇高精神生活的一贯追求之特质，成为在当时极其有名的巴黎俄侨作家的文化生活中心，让身处异国他乡的俄侨们在面对流亡生活的空洞、疲乏和无助时，能继续保持对自由和祖国的清晰概念。吉皮乌斯在当时就不无夸张地认为：俄国现代文学以它的主要作家为代表，正在从俄罗斯流向欧洲。

1925 年吉皮乌斯在布拉格出版的《生动的面孔》，收集了自己以随笔形式发表在各种杂志和文集的文学回忆材料。它不仅是最有价值的回忆材料，而且具有出色的文学意义：材料中的人物被刻画得栩栩如生，活灵活现，而事件则被表现得淋漓尽致，可触可及，就像小说一样引人入胜。同时，吉皮乌斯尽量将自己作为中立的历史见证者来描述各种人物和事件，并且从自己的角度进行评价。但这些材料毕竟是回忆，一些琐碎的细节难免有出入的时候，吉皮乌斯在自己不能确定的地方，常用"我怕不准确""好像""不记得了"等相对客观的字眼。回忆录中的吉皮乌斯通过自己的文笔，也为读者塑造了她自身的形象。通过这部具有文学回忆录性质的文学材料，读者

---

① Гиппиус З. Н. Необходимое о стихах // Гиппиус З. Н. Стихотворения. Живые лица. – М. :Художественная　литература,1991. – С. 24.

可以真实地了解一些吉皮乌斯参与的各类事件、文学小组的活动和聚会，能更好地了解一些作家的文学命运。

吉皮乌斯是俄罗斯诗人，小说家，剧作家，文学评论家，俄罗斯文化的"白银时代"的杰出代表之一。她对苏维埃政权的诅咒和对自己心中的俄罗斯帝国的爱，也体现在《这样拥有》（"Так есть"）。

Если гаснет свет — я ничего не вижу. 如果灯光熄灭——我什么也没看到。

Если человек зверь — я его ненавижу. 如果一个人是禽兽——我恨他。

Если человек хуже зверя — я его убиваю. 如果一个人比禽兽还坏——我杀了他。

Если кончена моя Россия — я умираю. 如果我的俄罗斯完了，——我将死去。

吉皮乌斯和梅列日科夫斯基都以诗作登上文坛，但也创作小说、散文和文学批评等。吉皮乌斯还在她的多首诗作中论述了革命、战争、死亡、希望和基督之爱，她的小说集有：《新人们》（1896）、《镜子》（1898）、《第三本小说集》（1902）、《红剑》（1906）、《白字黑字》（1908）、《月球上的蚂蚁》（1912）；她的"思想小说"有《鬼玩意》（1911）和《浪漫王子》（1912）；她写的两卷本的回忆录《活着的面影》（1925）中鲜明地刻画了世纪之交的大量俄罗斯作家的文学肖像。

梅列日科夫斯基在文学批评文集《永恒的侣伴》（1912）中强调，"职业文学家与读者结合的必要性就在于用美改变生活的广义象征的思想的体现，二者完成营造'文化宽容'的氛围。……文学分析的基本对象是文化解体时代艺术分析的特别现象，意识或认知的类型和文本是同类的特别现象。……作家内在面貌的特征直接反映在他所创造的文本之中"①。在丈夫死后，她开始撰写回忆录《德米特里·梅列日科夫斯基》，但其生前未能完成，该回忆录在1951年出版。夫妻俩在俄罗斯和巴黎迥然不同的生活丰富了他们的创作内容，引发了他们对俄罗斯和基督教的更深层面的理解，梅列日科夫斯基希望团结20世纪的众人来建造方舟以拯救受苦受难的人类，但他的这种人道主义的呐喊在当时并未在巴黎侨民界产生多少共鸣，甚至还受到一些俄侨评论家的严厉批评。

2. 梅列日科夫斯基的文学创作

1893年，梅列日科夫斯基发表被视为俄国象征主义宣言的文章《论当代俄国文学衰落之原因并论其新流派》，文中阐释了具有哲学意味和宗教色彩

---

① 王立业. 梅列日科夫斯基文学批评中的屠格涅夫[J]. 外国文学,2009(6):66.

的俄国象征主义理论,还界定了俄罗斯知识阶层的现代主义的新思想倾向,为人们对其接受做了心理上的准备。梅列日科夫斯基一方面高度评价了 19 世纪的若干经典作家;另一方面,认为从整体意义上说,19 世纪的俄罗斯文学是零碎而断裂的、不严整且不完备的文学,并在此基础之上提出了新的艺术原则,为俄罗斯文学"白银"世纪的到来奠定了理论基础。

梅列日科夫斯基的《基督和反基督》(1895—1905)三部曲包括《诸神之死:叛教者尤里安》(1896)、《诸神的复活:列奥纳多·达·芬奇》(1901)和《反基督:彼得和阿列克塞》(1905),三部小说贯穿着基督和反基督的斗争的共同的主题,是梅列日科夫斯基象征主义历史小说创作的顶峰。小说中的反基督(敌基督)意指进行改革而削弱宗教的权力,进而加强皇权的彼得大帝,其改革触犯了教会和广大劳动人民的切身利益和生活习俗,因此他被赋予了反基督的形象:"救救吧,帮帮吧,维护吧!难道你没看见吗?教会在毁灭,信仰在毁灭,整个基督教在毁灭!处处无法无天,圣地已经一片荒凉,反基督已经要来了。"①在小说中彼得这个反基督不仅残酷迫害教徒,更是杀害自己亲儿子和射击军的刽子手,彼得的改革及其残暴和反基督的行径使俄罗斯的圣彼得堡遭到了上帝的洪水惩罚:"洪水冲进了舞厅,一扇护窗板哗啦一声掉下来,玻璃碎片洒落满地,大水咆哮着向窗户里面涌来。这时一股强大的气流从地窖里冲出,只听轰隆一声,如放炮一般,地板被鼓起来,破裂了……大家乱成一团,拥挤,跌倒,……男人叫骂,女人号哭。"②从彼得反基督的形象化身可以看出,梅列日科夫斯基受到了弗·谢·索罗维约夫为代表的"宗教复兴"思想的影响,反映了俄罗斯社会历经彼得一世西化改革之后,俄罗斯传统文化与西方文化的矛盾日益尖锐,尤其是 20 世纪初俄罗斯沙皇统治动荡不安、岌岌可危,官方教会则极度腐化堕落,而俄罗斯的文化精英们则一如既往执着地坚守俄罗斯的宗教性传统。

梅列日科夫斯基夫妻俩密切关注 20 世纪人的人格分裂,这促使其在 1903 至 1904 年创建了"宗教哲学会"(Религиозно - философские собрания),其目的是团结神职人员和知识分子来创建全球新教会。但十月革命的严酷氛围让他们感觉到窒息和失语,这也是夫妻俩选择自我流亡法国的主要原因,因此,在侨居巴黎初期,夫妻俩无论在巴黎的公开演讲中,还是在创作中都用激烈的言辞谈论十月革命的破坏力和让他们感受到的那种

---

① 德·梅列日科夫斯基. 基督与反基督三部曲之三《反基督:彼得和阿列克塞》[M]. 刁绍华,赵静男,译. 哈尔滨:北方文艺出版社,2009:513.

② 德·梅列日科夫斯基. 基督与反基督三部曲之三《反基督:彼得和阿列克塞》[M]. 刁绍华,赵静男,译. 哈尔滨:北方文艺出版社,2009:177.

无形的俄罗斯恐惧。不过，对比夫妻俩的日记，梅列日科夫斯基的言论比吉皮乌斯的话语更为理智和抽象些，他从宗教的角度谈论俄罗斯的弥赛亚主义，认为在其他民族停止拯救世界之时，正是俄罗斯进行再生行动的开始。梅列日科夫斯基毕生都想通过哲学和文学来论证人类历史上不同时代且不同民族宗教经验相统一的思想，他试图表现思想的纯文化部分，并在小说中将基督教中的尖锐的东西与多神教中尖锐的东西相融合，他将诸神死亡的阴影远远地延伸至基督教的未来，观察并揭示基都教的阴影如何笼罩着基督徒的心灵，在描写与历史逆向发展进程中自己以前的主人公的原始形象，如他在革命前的作品《基督和敌基督》三部曲，侨居巴黎时期发表的两部长篇小说《诸神的诞生》（1926）和《救世主》（1928），以及他的一系列散文作品：《三个秘密：埃及与巴比伦》（1925）、《拿破仑》（1929）、《西方的秘密：大西洋——欧洲》（1930）、《未知的耶稣》（1932）。梅列日科夫斯基致力于在各种历史现象中揭示直接或间接的相似之处，将其隐含在小说中，正如他的小说中相似的结尾形式一样，例如，他的三部曲小说的结尾是："看，这就是主——耶稣！"而《救世主》的结尾是："看，他来了！"在《未知的耶稣》这书中他在分析大量历史文化材料的基础上试图全面而详细地向世界展现"未知的"基督之神性，探讨哲学和神学问题。梅列日科夫斯基写出了力图展现俄罗斯中世纪的生活景象和语言风貌的历史哲理小说。因此，"现代欧洲把梅列日科夫斯基当作新大西洲（новая Атлантида，注：古希腊传说中大西洋的大岛，后因地震沉没），一切都更加背离唯一可能的、扎根于宗教的事件，而这也必定要很快灭亡"①。梅列日科夫斯基的反苏之作就是在这个意义上把无神论的布尔什维克的俄罗斯看作最大的危险，并把它视为世界的最大威胁。

俄侨宗教哲学家不仅批评了吉皮乌斯的日记，而且批评梅列日科夫斯基创作艺术上的贫乏和宗教上的荒谬。从梅列日科夫斯基在俄罗斯发表小说开始就已经有若干人在对其进行批评，如 Н. 米哈伊诺夫、А. 阿姆菲捷阿特罗夫、А. 沃伦斯基、П. 克鲁泡特金等批评家认为他的小说在大量运用史实的同时，又在很多地方违背史实。无疑，这些批评家忽略了梅列日科夫斯基是在写小说，而不是在编历史教科书，并且梅列日科夫斯基是要在历史事件的背后寻找象征意义的观点和对同时代人生存内涵的宗教启示。梅列日科夫斯基遭遇的这种文学命运是和他当时所处的国情和意识形态分不开的，无论哪个时代的批评家和作家都会受到自己世界观和创作观的局限，当

---

① Коростелева О. А, Мельикова Н. Г. Критика русского зарубежья：В 2ч.. М.，2002. С. 6.

然就会产生仁者见仁智者见智的评论。H·别尔别罗娃甚至在《我的着重号》一书中认为梅列日科夫斯基流亡时期的作品都死亡了,因为对美学不感兴趣的他未能实现自己追求的新艺术。但梅列日科夫斯基在侨居巴黎时期仍然在孜孜不倦地运用哲学和文学来论证其第三王国和世界新教会的理想,而贯穿在其所有著作的核心就是揭示圣三位一体运动之思想。无论在梅列日科夫斯基生活的时代,还是在现代,依然有大量的评论家对其创作做出符合其时代的公正评价。

梅列日科夫斯基本人作为批评家也对俄罗斯的文学先驱们进行过主观的评价,这种评价基于批评家自身的文化心理和审美形态的改变。梅列日科夫斯基曾持续关注屠格涅夫的创作,并在自己的著作《论现代俄国文学衰落的原因及其新流派》(1893)和《永恒的伴侣》(1897),及其文章《文化的敌人》、《纪念屠格涅夫》(1893)、《屠格涅夫》(1909)中,诠释出两个不同的屠格涅夫——"一个屠格涅夫为迫切的政治主题,为俄罗斯特定时期的现实生活中的典型形象写下了弥足珍贵的长篇小说,另一个屠格涅夫的主要功绩却在于他是一大批半幻想半现实的短篇小说、印象主义散文诗的作者。"①梅列日科夫斯基对屠格涅夫的评论有其精辟之处,但其中也包含着偏激与主观的看法,以至于引起他的同时代人别尔嘉耶夫的指责,但特立独行的他对此置之不理,依旧我行我素。

梅列日科夫斯基在《但丁》中揭示流亡生活的悲剧性,他认为流亡之苦就是永恒的地狱之苦,会引起流亡者对祖国反常的爱与恨。但流亡者离开祖国,绝不是不爱自己的祖国,这种爱与恨交织的情感早在吉皮乌斯的诗《如果》(1918)中已反映出来"如果我的俄罗斯灭亡了,我也将死去",梅列日科夫斯基也曾宣言,"我们不是流亡者,而是使者"。

(五)幽默和讽刺作家——苔菲

苔菲(Тэффи)的原名叫作娜杰日达·亚历山德罗夫娜·洛赫维茨卡娅(Надежда Александровна Лохвицкая,1872—1952),她于 1872 年 4 月 24 日出生在圣彼得堡的一个显赫的贵族家庭,是个俄法混血的上流社会之人,其母是一位熟知俄罗斯文学及西欧文学的法国人。苔菲出生在圣彼得堡天气多变的春天,她认为自己的性格正如圣彼得堡的春天:一会儿艳阳高照,一会儿风雨压城——有又哭又笑的两面性。

苔菲的作家命运令人惊讶:她是个非常有天赋的作家,其作品可谓字字珠玑,并且能用纯正的俄罗斯语言塑造丰富多彩的人物话语和无拘无束的

---

① 王立业.中外文化与文论(第12辑)[M].成都:四川大学出版社,2005:102.

轻松氛围，她笑对人生，在作品中密切关注现实生活，她的文学生涯在俄罗斯文学史上描绘了浓墨重彩的篇章。她的创作曾得到众多文学大家的喜爱，如 В. Г. 拉斯普金、И. А. 布宁、Б. К. 扎伊采夫、Ф. К. 索洛古勃、Л. Н. 安德烈耶夫、А. И. 库普林、Д. С. 梅列日科夫斯基，等等。有的评论家甚至说，从她的一个句子中就能透出她的文学天赋和她的文化个性元素。在《俄罗斯境外文学史》中将苔菲的文学地位推崇至"幽默作家和讽刺作家之最"，她的创作是俄罗斯文学中独一无二的现象。她从童年就喜欢阅读普希金、托尔斯泰、陀思妥耶夫斯基、屠格涅夫、巴尔蒙特等俄罗斯文学大师的经典作品。在文学界，苔菲曾经与罗赞诺夫交好，与拉斯普金关系甚是密切。

1. 侨居前的文学成就——俄罗斯幽默文学的一颗珍珠

1901 年苔菲开始了自己的文学创作，她用本名在她《北方》杂志上发表了自己的第一首诗，但未获得好评。1905 年的俄国革命激发了苔菲的创作热情，她为此而写下了一些革命诗歌。苔菲一生中出版过三部诗集，但她却以署笔名为"苔菲"的话剧《妇女问题》而广为人知，可见其文学命运的戏剧性。1910 年苔菲的两卷本的《幽默小说选》（1910）的问世使她成为俄罗斯最畅销的作家之一，其作品刊登一度在圣彼得堡最大和最知名的报纸和杂志上，如《讽刺周刊》。她的诗集《七盏灯火》（1910）引起文学界的广泛关注，褒贬不一。阿克梅派诗人古米廖夫（Н. С. Гумилёв）对该诗集语言、基调以及作者的创作态度给予了全面的肯定和赞扬。但勃留索夫（В. Я. Брюсов）则认为："苔菲女士在诗的形象、修饰语和艺术手法等方面借鉴了很多诗人的经验，从海涅到布洛克，从勒孔特到巴尔蒙特……苔菲女士将七颗宝石称为'七盏灯火'……，苔菲女士的项链就是赝品钻石做成的。"[1]不管怎样，这部诗集让苔菲在文学界崭露头角。而她的两卷本《幽默小说选》所表现出的纯俄罗斯式的幽默则真正使其名声大振，成为俄罗斯最畅销的作家之一。在那个作家诗人们纷纷以张扬个性、建构生活为旗帜的时代，苔菲的幽默天赋得到了充分的发挥和张扬。

在苔菲侨居巴黎之前，她就以讽刺作家和幽默作家的头衔而闻名整个俄罗斯，被誉为"俄罗斯幽默文学的一颗珍珠"。她流亡前较出名的作品有《即便如此》（1912）、《八幅彩画》（1913）、《旋转木马》（1913）、《无火之烟》（1914）、《彩画与独白》（1915）、《死兽》（1916），等等。苔菲延承了契诃夫的创作传统，用幽默而讽刺的叙事来展现人世间的千奇百态和人性中的粗鄙，用夸张的手法塑造出嬉笑怒骂、形态各异的人物形象，《死兽》是她在这一时

① 俄罗斯科学院高尔基世界文学研究所. 俄罗斯白银时代文学史 II［M］. 谷雨，王亚民，编译. 兰州：敦煌文艺出版社，2006：171.

期最优秀的作品。苔菲用欢快而犀利的笔调极力勾画日常生活中滑稽与戏谑的小市民形象,她"把小市民作为批判对象,对其生活中充斥的谎言、空虚、琐碎、虚伪、懒惰、愚昧、贪婪、鄙俗……放大了展现在读者面前,让人们如照镜子一般反观自己的生活,从而顿悟自己是如何如处鲍鱼之肆久而不闻其臭的"①。苔菲的作品得到尼古拉二世的青睐,并为俄国各阶层人民所喜爱,左琴科认为,其作品是旅游必备的愉悦身心之读物,不过他也指出,"苔菲的短篇小说表面上确实可笑,而实质上则充满忧郁的悲伤情调"②。遗憾的是,现代的很多读者对苔菲并不熟悉,因为她在 20 世纪 20 年代就侨居俄罗斯境外,从那时起她的名字就被苏联的一些读者日渐遗忘。在她的作品被广泛地再版之前,有很多年在有关俄罗斯文学史的书籍和出版物中也鲜有她的名字出现。不过,伴随着俄侨文学的回归浪潮,有关她的创作和生平的文学评论日益增多。

2. "含泪的微笑"——苔菲在巴黎痛并快乐着的侨居生活

1920 年苔菲因飓风事件而阴差阳错地从敖德萨来到巴黎,本想着很快就能回国的她却至死都未能返回俄罗斯。她曾嫁给一个波兰人,有两个女儿,但婚姻不顺。她在巴黎组织了文学沙龙,并在巴黎的侨民杂志上继续发表自己的各类作品,如:诗歌、小品文、小说、剧本和回忆录等,其中尤以反映普通俄侨的遭遇和心理状态的短篇小说创作见长。1920 年 4 月 27 日的《最新消息报》(第 1 期)刊登了苔菲的自传体短篇小说《怎么办?》在巴黎的俄侨中引起了极大的轰动,以至于"该怎么办?"在那一时期成为俄侨界的一句口头禅。小说这样开头:"一个流亡将军来到协和广场,他环顾四周,看看天空、广场、楼房,又望一眼五颜六色、喧哗嘈杂的人流,揉揉鼻子,感慨地说:'先生们,这一切,毫无疑问,好得很! 甚至妙极了。可我……该怎么办呢?做什么好呢?'"③苔菲高度准确地描绘出当时巴黎俄侨们孤独彷徨、对未来迷茫无措的悲戚状态,他们的内心无法融入异国他乡的繁华,这也成为她侨居国外期间创作的核心主题,通过老无所依的主人公的社会生活和精神生活来反映巴黎俄侨的生存之道。"怎么办?"这是处在生活十字路口的人们都会思考的一个问题,被列宁誉为"未来风暴中的年轻舵手"的车尼雪夫斯基

---

① 张冰,荣洁.初探俄罗斯侨民女作家苔菲和她的创作[J].世界文学,2004(01):76.

② Зощенко М. М. Тэффи［А］. Ежегодник Рукописного отдела Пушкинского Дома на 1972 год［С］. Л.：Наука,1974. С. 142.

③ Агеносов В. В. Литература русского зарубежья（1918—1996）. М.：Терра. Спорт. 1998. С. 373.

早在 19 世纪 60 年代就写了《怎么办?》一书,这本书对中俄的革命青年都产生过重要的影响,因十月革命影响而流亡的苔菲也写了这本生活的教科书《怎么办?》,苔菲的"这哀叹高度凝练地概括了俄国侨民在异国他乡孤立无助、无可奈何的处境,而这,也恰恰成为苔菲侨居国外期间创作的核心主题。"①这个小说成了苔菲第二阶段创作之标志,是作者与自己的文学命运抗争之体现,她在沉思自己文学创作之出路。

苔菲在侨居巴黎之后,在异乡的边缘化生活使她的文学思想更为深刻,她的创作风格和创作内容也发生了相应的变化,孤独和思乡的主题让她的短篇小说中贯穿着那种令人忧郁的讽刺和含泪的微笑,这让巴黎俄侨圈的读者产生心灵的共鸣,但她不会将自己的思想强加于读者,而是让读者通过对小说的深入阅读来认识生活的真谛。苔菲的作品深受读者欢迎,在俄侨圈大量出版,她在侨居初期出版的小说集有:《快步》(1923)、《代替政治》(1926)、《灵巧的手》(1926)、《生活与衣领》(1926)、《爸爸》(1926)、《没有的事》(1927)、《巴黎故事》(1927)、《在异乡》(1927)、《甜蜜的回忆》(1927)、《死亡探戈》(1927),等等。当苔菲这一时期的小说在她的祖国出版后,一些俄罗斯学者站在不同的政治立场来抨击其小说中的俄侨人物,苔菲得知后非常不满,在巴黎的《复兴报》上撰文《小偷们请注意!》(1928)予以强烈的回击,这一行为也改变了她在苏联的文学命运:自 1928 年起,苔菲的作品日渐淡出俄罗斯文坛和读者的视野,俄罗斯国内学者对苔菲作品的公开研究也就此中断了。

苔菲的小说中涉及对俄侨爱情悲剧的描写,充满了对人物的同情,如《玛拉·杰米阿》中人老珠黄的女歌手玛丽娅·尼古拉耶夫娜·杰米亚诺娃被男高音维尔耶所抛弃,在异国的小镇上苦苦等待情人,孤独的她只能向上帝倾诉柔情和悲痛,苔菲采用内心独白的叙事方式来叙述孤寂的女主人公情感丰富的内心世界。同样采用这种叙事方式的短篇小说还有《月光》(1928)、《库卡》、《咖啡馆》、《三种真理》、《马尔吉达》、《科洛布科医生》,等等。这种叙事方式非常适合用来描述那些将痛苦深埋在内心的俄侨主人公们,通过外部繁华而美好的景物的动态描写反衬寂寥的人物,更能突出主人公的形象特征。

侨居巴黎的苔菲对俄罗斯的思念感情从这些小说中鲜明地体现出来,如《乡愁》中的第一人称主人公"我"见到的那些曾经饥寒交迫的俄侨们在巴黎过上了平静的生活之后,但他们的思乡之情与日俱增,他们的目光日渐黯

---

① 张冰,荣洁.苔菲和她的创作[M].//金亚娜.俄语语言文学研究.北京:人民文学出版社,2003:98.

淡,心情消沉,身体疲惫,感觉自己没有了信仰、期待和向往。曾经害怕布尔什维克式死亡的他们,现在只关心从祖国传来的消息,但在异国却是用这种无望的死亡之心来战胜死亡,其悲哀可想而知。在短篇小说《小城》中对比描写了犹如城中城的俄侨界与首都巴黎,小城中的俄侨和巴黎首都居民之间的文化观照,小城中故步自封的俄侨从来不与首都居民主动交往,也不享用其文化成果,也极少去参观其博物馆和画廊。而首都的居民在俄侨们到来之初倒是对其风俗习惯颇有兴趣,但时间久了也视而不见、听而不闻。俄侨们睹物思情,将周围没有田野、没有森林,也没有山谷的塞纳河想象成为他们的涅瓦河,展现了爱和温情的主题。而在《汽笛》《甜蜜的回忆保姆讲的故事》《塔》等短篇小说中同样是在抒发俄侨们对祖国的眷念和文化的传承,这种集体无意识的行为无不让读者为之动容,因为境外目睹的一切,如《塔》中埃菲尔铁塔一样,皆能唤起俄侨们对故乡的各种回忆,对历史动荡中俄罗斯民族未来的担忧,成为连接俄侨痛苦的灵魂与祖国之间的纽带。

苔菲仔细观察和深刻思考过法国俄侨界的俄侨儿童的生存状态,他们在跨文化的社会环境下成长,受到俄罗斯家庭的小环境和法国社会的大环境之潜移默化的影响,她笔下刻画的儿童形象自成一个画廊,作品中悲喜剧相间,忧愁和滑稽因素杂糅,情节和事件典型概括。在短篇小说《儿童》、《我的小朋友》《外币》和《印第安人》中指出了俄侨儿童的成长教育和传承俄罗斯文化的重要问题,因为不仅儿童和成人观察世界的视角不同,而且那些年幼的俄侨甚至在记忆中就没有俄罗斯的形象,俄罗斯民族的精神文化在法国学校的教育下受到了强烈的冲击,也造成了他们的精神困惑。就像《印第安人》中11岁的谢格尔的亲身感受:除了家庭亲朋讲述的记忆中关于俄罗斯的东西,他自己对俄罗斯其他的人和事全无概念,民族自豪感当然就无从谈起。

苔菲以幽默短篇小说而闻名于世,其小说结构紧凑,行文简洁,妙语连珠,在涉及一些严肃的题材时,只在小说开始的时候让读者感到幽默发笑,这一点和契诃夫冷静而微妙的幽默较为相似,但随着情节的发展读者就不再发笑,而开始从作者深入挖掘的系列"傻瓜"和"类人"的人物形象中思考生活的真谛。苔菲是一位极为细极敏锐的心理学家,她一生都保持着对人和事的兴趣,具有敏锐的观察力,具有出色的心理分析能力,善于在平凡琐事之中发现人们言行中滑稽有趣的东西,采用简洁凝练的语言将其栩栩如生地刻画来,对每个词语及标点符号的字斟句酌都力求达到幽默讽刺的效果,并对自己的祖国俄罗斯及自己的同胞俄罗斯人的生活和性格进行溯本求源的分析,从小说人物的喜怒哀乐中揭示生活的本质,在其幽默作品中透露着人文主义精神。在一些文学和语言学的著作中关注到了苔菲写作风格的独特性，别巴克（Е. А. Певак）这样写道："在苔菲的小说中最清晰地出现了复活的 1910 年的描述倾向，证明了艺术和生活之间中断关系的恢复。"①持有这种观点的学者还有尼古拉耶夫（Д. Д. Николаев）、巴兵科（Л. Г. Бабенко）和卡扎林（Ю. В. Казарин）等人。

在 20 世纪 20 年代苔菲离开俄罗斯后，由于她在十月革命期间时常发表反对布尔什维克的小品文，她的名字在俄罗斯被刻意遗忘，在许多关于俄罗斯文学史的书籍和出版物中不再出现她的名字。但同样是因为政治的需要，1946 年斯大林曾经下令让访问巴黎的爱伦堡与西蒙诺夫说服苔菲与布宁回国，但她写了一篇小品文《欢迎光临，苔菲同志》进行严词拒绝。不愿成为政治牺牲品的她，最终毅然决然地选择将尸骨留在异国他乡。

苔菲是一位杰出的幽默讽刺作家和细腻深刻的诗人，侨居生活亦使她成为一个思想深刻的俄侨作家，她创作了不少对布尔什维克极尽嘲讽的小说和杂文，以笑抗恶是其作品的重要特征。苔菲在 20 世纪 30 年代以后的作品集有《回忆录》（1931）、《六月之书》（1931）、《惊险小说》（1931）、《女巫》（1936）、《关于温柔》（1938）、《曲折线》（1939）、《有关爱情的一切》（1946）、《人间彩虹》（1952）。1952 年 10 月 5 日饱受疾病折磨的苔菲死于巴黎的"俄罗斯之家"。

20 世纪 70 年代出版的《20 世纪初俄罗斯讽刺文学》（1977）中收录了关于苔菲作品的评论文章，时隔半个世纪之后，苔菲之名又重回祖国文坛，不过入选的作品都是那些符合当时俄罗斯意识形态的文章，是一些关于俄罗斯革命前和巴黎俄侨日常生活的讽刺短篇小说。1989 年列宁格勒（今圣彼得堡）的苏联国立文学出版社出版的短篇小说集《游子怀乡》，编选了苔菲从 1910 年到 1945 年创作的近 60 个短篇小说，并邀请曾于 1972 年撰写苔菲生平与创作的美国文艺学家伊丽莎白·丽特娜乌尔为其作序。20 世纪 90 年代初，苔菲的作品重返俄罗斯读者的视野，却未受到应有的关注。不过，通过俄罗斯的一些学者对苔菲文学遗产的持续研究和传播，现在苔菲之名在俄罗斯大地重现光芒。这些学者共同努力呈现给读者一部力作《Н. А. 苔菲的创作与 20 世纪上半期俄罗斯文学之进程》（1999），文集中不仅论证了苔菲的天才，而且全方位深入地分析了她的诗、个性和创作之间的关系问题。一些学者还关注到苔菲的幽默散文和 20 世纪俄罗斯美学思想新趋势之间的关系。目前，国内外学者对苔菲的研究已涉及其生平履历、创作成果、作品主题、幽默讽刺艺术和创作特色概述等各个领域。

---

① Тэффи Н. А. Гурон. – М. : Астрель, 2012. C. 51.

（六）俄国侨民中最后的绅士——阿尔达诺夫

阿尔达诺夫（Марк Александрович Алданов）是马克·亚历山大诺维奇·兰道（Марк Александрович Ландау, 1886—1957）的笔名，1886 年 10 月 26 日（11 月 7 日），他出生在基辅的一个知识分子和富裕的犹太制糖商的家庭里，毕业于基辅大学的物理数学系和法律系，聪明刻苦的他还掌握好几种语言。他是一个散文家、政论家、历史题材的随笔作家、哲学家和化学家，同时，也是一个人道主义者。阿尔达诺夫主要用俄语写历史小说、哲学、散文、随笔等。

1915 至 1957 年是他创作的主要时期。阿尔达诺夫的创作可以分为三个时期：流亡前（1915—1918）；第一个流亡期间（1918—1940）；第二个流亡期间（1940—1957）。

在流亡前，阿尔达诺夫 1910 年在基辅大学拿到了双学位，还用俄语和法语写过一系列的化学著作，但才兼文雅的他却是以一个文艺学家和随笔作家的身份登上文坛。阿尔达诺夫曾对欧洲历史产生兴趣，做了大量的研究并到西欧工作，见到了一些时代的证人和政客，尤其是欧仁妮皇后。他还到北非和中东地区进行了参观。在"一战"前他曾到过巴黎，然后回到俄罗斯，主要从事化学方面的工作。1915 年用比较论证了让他顶礼膜拜的文学泰斗列夫·托尔斯泰创作中的现实主义手法的力量，出版了文学批评作品《托尔斯泰和罗兰》第一卷，引起了文学界对他的关注。从阿尔达诺夫的构思来看，这部作品应该侧重于比较两个作家，但第一卷主要论з了托尔斯泰，第二卷的手稿才是主要评论罗兰（革命和内战期间手稿曾丢失）。在侨居时期阿尔达诺夫将第一卷的篇名修改为《托尔斯泰之谜》，他进行托尔斯泰的研究不是偶然的，尽管两人有实质性的哲学分歧，但他终身崇拜托尔斯泰的创作和个性，并在创作自己的历史小说时受到托尔斯泰的诸多影响。在 1917 至 1918 年，阿尔达诺夫发表的《哈米吉多顿》是"化学家"和"作家"之间就社会、政治和哲学主题的对话。这里已经全面概述了他创作的主要特点：根据广泛的历史经验，对政府活动、战争、人类的道德进步持怀疑态度的讽刺，承认在历史长河中简单事件的作用尤为重要。可以说，阿尔达诺夫一生都在书写关于俄罗斯在欧洲历史中的地位的问题，其历史题材的著作涉及的时间跨度为 1762 年至 1952 年，也就是从彼得三世时期一直到斯大林当政时期，其中涉及的历史名人众多。他的这些有时间延续性，且贯穿着统一思想的鸿篇巨制还构成了三部曲或四部曲。

1919 年，阿尔达诺夫参加人民社会党后被该党送到国外，从此再未返回俄罗斯。1919 年 3 月，阿尔达诺夫离开敖德萨，借道君士坦丁堡来到巴黎。自 20 世纪 20 年代起，阿尔达诺夫成为在法国和美国的几个共济会组织的会员,也是其中几个组织的创始成员之一。1925 年,阿尔达诺夫离开了生活两年的柏林,和妻子塔季雅娜·马尔科夫娜·扎伊采娃(Татьяна Марковна Зайцева)来到巴黎,一直生活到第二次世界大战前夕。战前阿尔达诺夫写了八部长篇小说、多个中篇和政论文章。在流亡期间,他作为一个历史小说家,出版了有法国大革命和拿破仑战争史组成的四部曲小说《思想家:法国大革命和拿破仑时代四部曲》:《热月九日》、《魔鬼桥》、《阴谋》(1926)、《圣赫勒拿,一个小岛》(1921)。其中,《圣赫勒拿,一个小岛》是他的第一部中篇小说,主要描写了拿破仑最后的岁月,通过一些普通主人公的命运来折射历史,也从拿破仑命运的突然转换来说明无论是一个人还是国家都难逃盛极必衰的规律。在小说中拿破仑临死之前反思自己的一生时,认为偶然性在其命运中占有极其重要的作用,而自己在中学时曾在地理练习本上所写的那句未完的"圣赫勒拿,一个小岛……",在冥冥之中就注定了拿破仑死于这个小岛的机缘巧合。这种命运的嘲弄也是阿尔达诺夫认为的人类存在的一种基本力量。从微小事件发展到历史大事必将经历几次的反复,而无论是渺小的人或是伟大的人最终都将被抛入历史的洪流消失不见,那些假借神圣或文明之名义而行使剥夺人类自由的专政都不应当存在,无论什么情况下都不能牺牲个性自由和人道主义来换取所谓的人民意志。

接着,阿尔达诺夫发表了三部曲,时间跨度为第一次世界大战和俄国革命前夕直至流亡期间:《密钥》(1929)、《逃亡》(1932)和《洞穴》(1934—1936)。在阿尔达诺夫的小说中,除了复杂的组织情节和虚构的历史人物的鲜明特色,还有历史和哲学的论述——主要通过经验丰富的发表议论的人物之口说出,因为这样能更好地解释历史的悲剧性。历史就是由一连串的偶然事件构成,而历史的发展需要那些行为果敢、有自我牺牲精神、有头脑、有崇高的道德原则的人。借主人公布劳恩之口说,俄罗斯的灭亡就是因为没有出现五六个像这样的人。

阿尔达诺夫关注到俄侨作家加兹达诺夫的创作,是因为他的那篇《论年轻的俄罗斯侨民文学》的文章,从中可以看到加兹达诺夫对境外年轻一代俄侨作家的同情和对巴黎俄侨文学前途之担忧,这种音调虽然在俄侨中暂时很弱,但必将变得强劲有力。因为俄侨作家在流亡前属于知识分子,但在流亡后,为了养家糊口而从事各种体力劳动,导致他们的无法避免的文化衰落和读者缺失,造成 20 世纪 30 年代一部分巴黎俄侨作家们的悲惨生活境况。这一时期,侨居国外的阿尔达诺夫依然作为一个化学家在辛勤工作。

阿尔达诺夫最有名的是他刊登在《最新消息》上的历史随笔,致力描述法国大革命的活动和事件,以及同时代的政治家。在他的特写《马拉之浴》(1932,又译:《马拉之死》)中不仅采用了法国的档案馆中的翔实资料,还从伟大的法国大革命中提取作品的细节,其中不乏时事典故,他不喜欢对历史进行不负责任的重复写作,并且认为,世界的历史就是一部罪恶的历史,而罪犯中有十分之一没有被揭露,且五分之四的罪犯没有受到处罚。他在这部作品文本中关注的主题是在政治和其他冲突以及历史时代自身转折中的暗杀、恐怖分子类型、叛徒、女性的悖论,等等。阿尔达诺夫对历史形势和历史人物命运的主观看法是以一种可持续的方式形成的。《马拉之浴》的艺术逻辑主要是演绎,"实现了阿尔达诺夫艺术世界的共同的历史哲学建构:案例在历史上的作用、俄罗斯和欧洲的历史和时代之进程的相似性和频率、历史的秘密权,以及自称是人类命运使者的人物有关的历史讽刺"①。在《马拉之浴》中用恐怖分子制造的政治刺杀活动的悲剧发生地作为小说的标题,而不是像阿尔达诺夫早期的特写用小说人物来作为小说篇名,如《米尔巴赫伯爵的谋杀案》《乌里茨基的谋杀案》。阿尔达诺夫的这部小说的题目并非原创,因为早在勒诺特尔(Ж. Ленотр)的作品《在伟大革命时期的巴黎日常生活》(1895)中就有一章名为《马拉之浴》。阿尔达诺夫搜寻的正是马拉遇害的同一个浴室的痕迹,并且认为这个悲剧主人公的故事如此奇怪,其遭遇如此神奇,情不自禁地想为他写几行。阿尔达诺夫遵循着同样的叙事逻辑,重要的是要保证马拉和他的刺客夏洛特·科迪洗澡在浴室空间里的真实性,马拉的蜡像遮住了浴缸的底部,在那里可以看到血迹。此处的浴缸俨然成了聚集恐怖暗杀和法国整个历史的悲剧悖论。阿尔达诺夫在小说的第一部分的结尾点明其创作意图:"可以这么说吧,浴缸让我感兴趣的不是其本身,而是其作为一个符号:作为历史崇拜的象征,非常接近那已经在俄罗斯肆虐八年的历史崇拜。"②在不同的章节中阿尔达诺夫通过对比都得出了新结论,两次革命的情节有机地相互补充,阿尔达诺夫将 18 世纪的事件投射到新近发生的事件中,并在两者之间找到一个稳定的关系。类似的类比贯穿在特写的九个部分,每个部分都致力于某个角色或他的命运情节。小说文本的构成不是遵循章节位置的相对明确排列的逻辑,而在阿尔达诺夫思想的这种反复无常的运动中,人们可以看到其缺乏人物、情境、细节的层次。阿尔达诺夫想要表达马拉和杀他的凶手在其心理困惑和人类悲剧中似乎是平等的。因此,特写的情节是通过交替来体现这两个主要人物。阿尔达诺夫塑

① Страшок Н. М. Очерки-портреты М. Алданова как отражение особенностей историософской концепции писателя // Література в контексті культури. № 22. 2013. Т. 1. URL: http: //mirlit. dp. ua/index. php/LC/article/ view/11/10 (дата обращения: 13. 06. 2015).

② Алданов М. А. Очерки. М. : Новости, 1995. С. 158.

造的人物是在欧洲史上一系列政治人物中独一无二的。马拉的命运在欧洲和俄罗斯政治史方面的类比使其成了阿尔达诺夫塑造的代表人物。阿尔达诺夫想要表达的是大众意识所创造的历史神话是危险的,历史事件的可重复性和相似类型是人类发展的普遍原则。《马拉之浴》与其他的文本甚至是法国政治史相关,体现出阿尔达诺夫政治人物命运的持续关注和反思。

1940 年巴黎沦陷后,阿尔达诺夫搬到美国,给报纸《俄罗斯新词》和《新报》供稿,文章类型从散文转到主要涉及第二次世界大战的当代题材的政治小说。阿尔达诺夫堪称一流的文学作品《果酒》曾刊登在《俄罗斯纪事》杂志上。

阿尔达诺夫还发表了关于米开朗琪罗、罗蒙诺索夫、贝多芬、拜伦等人的中篇小说,其剧本《布仑希尔特线》迈进了侨民剧院,并经常为杂志《现代札记》撰文。巴黎俄侨作家霍达谢维奇、阿达莫维奇、纳博科夫、布宁对其作品进行了积极的评价。

布宁称他为"俄国侨民中最后的绅士",并且九次推荐阿尔达诺夫为诺贝尔奖的候选人。阿尔达诺夫和妻子做了很多慈善工作,自 20 世纪 20 年代末起,阿尔达诺夫成为法国和美国的共济会和一些群体的创始成员之一。据作家安德烈·谢兑赫的回忆,在巴黎时的阿尔达诺夫外貌很优雅,具有一种真正的贵族气质,总是用一双忧郁的眼睛专注地望着自己的谈话对象。虽然后来随着年龄的增长,阿尔达诺夫外在的体貌变得年老体弱,但他内在精神上的贵族味愈发的纯真,并且思想严谨而逻辑性强。俄侨文学评论家阿达莫维奇也认为阿尔达诺夫是一个正直真诚、心胸宽广、举止优雅、语言文明、头脑清醒的忧郁绅士。

1947 年阿尔达诺夫和妻子再次移居巴黎,直至 1957 年 2 月 25 日,阿尔达诺夫在巴黎的尼斯逝世。他在巴黎又写了七部长篇小说和多篇精彩的短篇小说,成绩斐然。阿尔达诺夫后期的主要作品是他的哲学巨著代表作《乌尔姆之夜晚——案例哲学》(1953),采用的是阿尔达诺夫的两个密友之间的哲学对话的写作形式,讨论了道德问题、公众监督对政客行为的永恒价值、笛卡尔的哲学原理,以及一些政治问题。在短篇小说《元帅》中他预测了 7 月 20 日的情节。他在战争后返回法国,采用其早先的风格写了两个伟大的小说:一个是关于 19 世纪 70 年代后期的革命运动和亚历山大二世遇刺的小说《源》(1950),另一个是关于俄国革命的小说《自杀》。描写这类死亡故事的作品有《夜在终端》《孔雀羽毛》《精神错乱》,等等。还有短篇小说《麦克风》《十四号房间》《格列塔》,等等。这些作品不再是他曾经特有的情节充满激烈冲突的写作风格,但讨论了相同的哲学和历史问题。

阿尔达诺夫主要的长篇和中篇小说是:《第十交响曲》(1931)、《瞭望台的躯干雕塑像》(1936)、《战士墓:智慧的故事》(1938)、《对了潘趣酒的伏特加:所有五个幸福的故事》(1938)、《结束的开始》(1943)、《源头》(有关亚历山大二世和民意党人的历史小说)(1950)、《如你所愿地生活》(1952)、《死亡的故事》(1952)、《布拉德》(1955)、《自杀》(1956),等等。其中,长篇小说《源头》和《自杀》是阿尔达诺夫最具艺术价值的长篇小说。阿尔达诺夫借助小说主人公将历史事件组合成对历史的不同描述,凸显对历史阐述的多样可能性和个人在历史进程中的被动性及渺小无奈,阿尔达诺夫借助历史文本的建构来探寻人的精神世界以及对历史的个性化体悟,其中必然带有其个人观念之痕迹,正如法国文论家卢波米尔·道勒齐尔所说,"历史小说作家可以自由地将某些历史事实包括在他的虚构世界里,将另一些历史事实排除出去。"①阿尔达诺夫对历史的文本建构都是其审美体验和独立自由意志的结晶。

　　1952 至 1956 年,阿尔达诺夫参与了纽约的"契诃夫出版社"准备活动方案的工作。阿尔达诺夫在法国和美国的俄侨界都享有盛誉,1956 年 11 月,西方文化界和俄侨文学界为阿尔达诺夫举办了隆重的七十寿诞庆祝活动,他幽默地将其称为自己的追悼会彩排,并对人们在其真正追悼会上的悼词深感好奇。自 1987 年开始,他的著作开始在祖国出版。2007 年,《新周刊》设立"马克·阿尔达诺夫文学奖",授予那些在俄罗斯联邦境外的俄语作家写的年度最佳小说。

(七)其他长眠在巴黎的俄侨作家

　　除了上述的俄侨作家,1920—1940 年曾在巴黎生活过的著名作家、评论家和诗人还有很多,最终长眠于此之人也不少,他们追求自由和不受阻碍地完成民族精神和文学的复兴。

　　叶夫盖尼·伊万诺维奇·扎米亚金(Евгений Иванович Замятин,1884—1937)是一位俄罗斯小说家,是 20 世纪 20 年代在苏联与高尔基齐名的文学导师,他超前的文学表现手法对后世的影响很大。他曾积极参与推翻旧制度的俄国十月革命,成为建立苏联的一名积极的斗士。但苏联成立之后,他不满新制度中存在的种种弊端,挥笔写下了一系列针砭时弊的作品,如他的代表作《我们》(1921)是一部融科幻与社会讽刺于一体的长篇小说,运用了象征、荒诞、幻想、意识流等手段,体现出性不仅是政治手段,而且是反抗工具,该小说被称为反乌托邦小说,它受到苏联当局的封禁,虽是用俄语写就,但只能被译成英语出版。扎米亚金在这部小说中不仅关注苏联

---

①　戴卫·赫尔曼.新叙事学[M].马海良,译.北京:北京大学出版社,2002:189.

当时的社会背景，而且体现了福柯的这一观点——任何现代权力体制的运作都不能脱离性态，小说中反集权政治的社会讽刺性给他带来流亡法国，并客死巴黎的悲惨命运。

扎米亚金的作品《我们》和《洞窟》（1920）等均可归入科幻小说之列，1994年《我们》获普罗米修斯奖的"名人堂"奖，该奖是表彰具有自由主义精神的幻想小说大奖。扎米亚金虽然侨居巴黎数年，但他本人不愿承认自己是侨民作家，因为他在苏联还有自己付房租的住处，而且有苏联护照。从扎米亚金的生平和创作来看，他是一位典型的表现主义作家，也是一个跨文化的作家，且文学命运跌宕起伏。

弗拉季斯拉夫·费里奇阿诺维奇·霍达谢维奇（Владислав Фелицианович Ходасевич，1886—1939）是一位天才诗人，作家，著名文学评论家，翻译家。流亡改变了霍达谢维奇的性格，使其学会用沉默和玩笑去面对生活中的悲剧话题。

1886年5月28日，霍达谢维奇出生于莫斯科，他3岁学会阅读，6岁就写出了自己的第一首诗歌，早熟的他很小就感受到死亡的恐惧，这是其命运中总是伴随着悲剧的体验。自1905年3月他首次发表诗作以来，就不断在各类诗刊和杂志上发表诗歌和评论。1908年他出版了诗集《青春》，接着出版了诗集《幸福的小屋》（1914）、《种子的道路》（1920）、《沉重的竖琴》（1922）、《谣曲》（1922）和《诗集》（1927）。其中，《种子的道路》是借用福音书中关于种子的比喻；《沉重的竖琴》中的一个基本主题就是寻根主题，经受革命震荡的诗人想在俄罗斯黄金时代的文学中寻找文化之根；《谣曲》则是关于拉撒路的寓言的重新阐释，具有鲜明的宗教色彩。高尔基和吉皮乌斯对他的诗歌评价极高，1922年秋天，霍达谢维奇同高尔基、别雷等作家计划办一份超党派的大型刊物《闲谈》，该杂志不仅发表苏联作家的作品，还发表侨民作家的作品，并邀请世界知名作家撰稿。1922年出版《俄罗斯诗歌研究文集》，他在创作的同时，还进行大量的翻译和编辑工作。

1922年霍达谢维奇移居罗马，1925年之后侨居巴黎，直至1939年7月4日去世。对于自己的流亡生涯的复杂心情，在他的诗作《镜子前》（1924）中有清晰的表述，他认为自己是因过错而迷失了生活的脚步，毕竟没有豹子扑来，将他赶上巴黎的阁楼。他的最后一本出版的诗集是《欧洲之夜》（1927），也许是评论家斯维亚托波尔克和格·伊万诺夫等人的尖锐批评让他颇受伤害，更重要的原因也许如他在自己小说中的解释——他曾认为诗歌是国家大事的一部分，但他已无法将两者融合，整个社会都不需他的创作。此后他就放弃了写诗，自1920年末他转向小说创作，著有长篇小说《杰尔查文》（1931），中篇小说《瓦西里·特拉夫尼科夫的一生》（1937），论著《论普希金》(1937)以及回忆录《大墓地》(1937)等。

霍达谢维奇作为一个多产并且创作形式多样化的俄侨作家,越来越受到研究者和读者的关注,高尔基和吉皮乌斯认为他是当代俄罗斯最优秀的作家,但斯维亚托波尔克和格·伊万诺夫却认为其是无灵感且不被人喜爱,不能与普希金和勃洛克等诗人相提并论。他认为自己如果早出生 10 年就可能成为"白银时代"中的颓废派分子和象征主义者,但由于自己处于文学重要流派的更迭之中,所以自己和茨维塔耶娃一样,靠不上任何文学流派。霍达谢维奇注重文艺理论研究,他的文学观公正客观且富有个性,他的文思敏捷,文笔犀利。知识渊博的他在进行文学评论时旁征博引,嘲讽委婉但不失力度及风度。他褒扬象征主义不仅提出诗歌的新任务,又为其开辟了新的权利和自由,使诗歌中的主题得到新启示,形象得以改造。他主张文学内在生命以周期性爆发的形式进行,而文学的精神是一种永恒爆发和永恒更新的精神。

霍达谢维奇认为文学的形式和内容不可分割,不仅反对形式主义,同时,他也反对内容至上,并与未来主义对抗了 20 多年,他的文学评论见解独特且文笔犀利。

格奥尔基·维克多洛维奇·阿达莫维奇(1892—1972)是著名的俄侨诗人和文学批评家,他曾主持巴黎的俄侨文学周刊《环节》(1923—1972)中的《文学漫谈》栏目,当 1928 年该周刊停刊后,他转任到《最新消息》(1920—1940)的文学部。他的文学报告《亚历山大·勃洛克的命运》(1928)和《文学的总结》(1929)在"绿灯社"的会议上引发了文学讨论,激起很大的反响。

阿达莫维奇的诗歌集《在西方》是其诗歌成就的巅峰,在运用简洁而严整的诗歌语言,采用悄声细语且欲说还休的创作技巧,使其诗歌具有隐秘性和戏剧性之显著特征。1935 年,他和霍达谢维奇之间开始了一场著名的关于俄罗斯诗歌的目的和意义之争。两人都承认诗歌遭遇了时代危机,但他们对其形成危机之原因产生了分歧,阿达莫维奇认为是个性与社会的分离导致了诗歌之危机,诗人应直面自己的内心,并且进行诚实而深刻的自省和正确的分析,推崇莱蒙托夫式的不和谐的创作方式,因为"流亡中的生活和文学大体上不允许作家保持和谐,而是促使他去寻找各种新的表现手法,以传导出二十世纪的悲剧因素"①。阿达莫维奇和诗人格·伊万诺夫交情甚好,在这场有名的经院之争中,格·伊万诺夫力挺阿达莫维奇,并且,两人还共同推荐奥楚普(1894—1958)任《数目》(1930—1934)杂志的主编。1937

---

① 弗·阿格诺索夫.俄罗斯侨民文学史[M].刘文飞,陈方,译.北京:人民文学出版社,2004:25.

年6月阿达莫维奇成了《俄罗斯纪事》的杂志编辑。

康斯坦丁·德米特里耶维奇·巴尔蒙特（Константин Дмитриевич Бальмонт，1867—1942），诗人、评论家和翻译家，曾先后旅居法国、英国、比利时、德国等国家，并在1906至1913年居住巴黎期间，因对祖国的怀念而开始关注民族文化传统，并在回国后将自己谈欧洲和俄国诗歌的讲演稿整理集结成《峰巅》（1904）出版。巴尔蒙特不接受十月革命，1920年举家迁往法国，在巴黎大学授课，并在巴黎的俄国侨民报刊《现代纪事》和《最新消息报》上撰稿，对俄罗斯的深切怀念成为其创作的基本主题，作为俄国象征主义第一浪潮的重要代表之一，他的艺术成就不容忽视，不过他的好作品主要是在俄罗斯完成的，在侨居时期，他的作品已不再具有曾经的艺术感召力。

米哈伊尔·安德烈耶维奇·奥索尔金（Михаил Андреевич Осоргин，1878—1942），真实姓氏是伊林，是旧俄贵族后裔，记者、俄侨作家，也是最著名和最积极的俄侨共济会会员之一。他认为自己在侨居时期的作品是俄罗斯生活提供的生命材料，而他对俄罗斯生活的回忆一直保持着足够的警醒。作为共济会会员，奥索尔金不仅在日常生活中注重自由的精神追求，认为自由重于生命千万倍，而且在写作中亦是不能只着眼于眼前的事件，而是要深入到精神层面进行探索，进而创造一种非同寻常的真实性。

1878年，奥索尔金出生在一个具有氏族声望但并不富裕的贵族家庭里，自小在卡马河畔长大，爱上了俄罗斯的那条河与那片森林，它们时常出现在他流亡的梦里和作品中，让其魂牵梦绕。1896年，当时还是中学生的他用笔名M.佩尔米亚克在《大众杂志》发表了短篇小说《父亲》后，就自认是作家了。他毕业于莫斯科大学法律系，上大学时由于参加学生风潮而被流放，1902年写了《工人的事故赔偿》。1914年奥索尔金在意大利参加了共济会，后来在巴黎参加了重新组建的莫斯科共济会分会，他最偏爱自己的中篇小说《共济会会员》。1916年他从自愿流放地意大利回到俄罗斯，全身心投入自己的文学之旅，在自己创办的"莫斯科作家协会"（Московский Союз писателей）和"记者协会"（Союз журналистов）上谈论和抨击革命。奥索尔金观感了20世纪初俄国革命造成的赤贫、饥饿和恐怖，同时，也看到了民众之间的相互帮助和接济，民众的自我牺牲和意识觉醒，他注重揭示人的普遍生存的精神基础，阐释在革命、战争、流亡中的忠诚与背叛。由他提议在莫斯科创办的作家书店不仅解决了众多知识分子的温饱，而且成为其精神中心。他还与一些知名的作家以及文化活动家一起参与了全俄救助饥民委员会，并受此事件的影响，于1921年8月被捕。

1922年奥索尔金被苏联当局驱逐出境到德国，1923年从意大利来到法国，并一直侨居于此。他敢爱敢恨的反抗性格让俄侨界的同胞们对他是又

敬又恨，因为作为一个众所周知的绅士，他从不接受任何形式的接济和捐助，具有怜悯而博爱胸怀的他还把自己的印数四万册的长篇小说《西伏采夫·弗拉热克》(1928,1929)的稿费分给了比自己更贫困的作家，但与此同时，他多次嘲讽那些参加白卫运动且仍旧认不清历史潮流而不承认新政权的俄侨们。他曾强调，自己哪怕感到痛苦也会听天由命地接受俄罗斯新政权，就像接受自己的命运一样，而企图复辟哪怕会成功，对俄罗斯都是最大的不幸，他认为俄罗斯人民是祖国的希望所在。他在1937年以前总是使用自己的苏联护照，希望自己的作品能在祖国发表，因为他认为俄侨文学和本土文学属于一个统一的文学进程，并且喜爱读高尔基和马雅可夫斯基等苏联作家的作品，还热衷读苏联报纸并发表自己无政府主义的言论，甚至他在俄侨圈有"布尔什维克分子"的封号。但由于他的那封讽刺苏维埃政权的《致莫斯科一位老朋友的信》(1936)和《相见》及《四季》等书中的言论，使视自由为生存的最高意义的他无法得到苏维埃政权的赏识。

奥索尔金是被强制出境的，而他本意则不愿出国，他认为侨居境外的任何地方都没有家的感觉，虽然他的优秀小说及随笔侨居国外写的，但小说的素材全部源于俄罗斯的生活，共出版了11本书，例如：长篇小说《西伏采夫·弗拉热克》、《姐妹的故事》(1931)、《终结之书》(1935)、《历史的证人》(1937)，中篇小说《共济会会员》(1937)，短篇小说集《由于一只小白盒》等。他借助回忆性作品《姐妹的故事》中的叙述者指出，这部长篇小说是由过去的点点滴滴形成的一部回忆手稿，用回忆形式展开的文学叙事是巴黎俄侨作家喜爱且常用的一种叙事形式。奥索尔金认为，只有深入主人公精神层面的叙事才能创造一种非同寻常的真实性，使人们更好地认清什么是现实。奥索尔金唯一一本未在俄罗斯境外出版的书是《老书虫札记》，这部书中的那些妙趣横生的文章，具有很高的学术价值和时代意义。奥索尔金的优秀作品《童年》曾发表在《俄罗斯纪事》杂志上。

奥索尔金经历的革命和流亡让他深刻体会到日常生活中人们的尊严和体面的精神追求是如何被革命破坏的，在这一点上，他和自己的好友俄侨作家加兹达诺夫的观点是一致的。奥索尔金的世界观对其作品的构架和创作素材的取舍有直接的影响，如在长篇小说《西伏采夫·弗拉热克》中运用象征、比喻和对比等手法描述了世界大战带来的灾难，在小说的开头和结尾都出现燕子的形象——燕子秋去春来的自然生存法则，预示着大自然伟大力量的必然胜利，人类的生存法则也应遵循着大自然永恒的法则。奥索尔金将自己的哲学思考赋予自己的主人公塔妮娅和阿斯塔菲耶夫身上，让阿斯塔菲耶夫在追求塔妮娅的爱情道路上逐渐战胜教条主义和虚无主义，成为勇于与恶斗争而获取内心自由的人道主义者。与阿斯塔菲耶夫对应的另外两个主人公是契卡侦查员勃里克曼和契卡刽子手扎瓦里申，曾经有着理想和自由追求的他们在革命中逐渐退化为恶棍和凶手，他们不仅血液腐败了，精神也处在恐惧和分裂的状态之中。奥索尔金在小说中也谴责了契卡刽子手扎瓦里申的妻子安娜·克里莫夫娜，她整日大吃大喝，犹如小母猪一般浑浑噩噩而活，只关注物质生活，对丈夫的死亡也无动于衷。与她对立的是那些关爱他人和尘世之爱的普通民众，如：工程师普罗塔索夫、作曲家艾杜阿尔德·利沃维奇等人。

　　作为一名共济会会员，奥索尔金对 20 世纪俄国革命的观感是"经受了生活的全部艰辛和惊人事件——赤贫、饥饿和恐慌，我们也看到了赋予生活以深刻意义的其他东西：心灵的契合、自我牺牲、相互帮助、相互接济、早先沉睡的意识的逐渐觉醒"①。奥索尔金对革命、自由、平等、独立等俄罗斯革命意识的消解是通过自己的文学叙事来达到的。奥索尔金虽然不信教，但喜欢宗教仪式中存在的美和等级，并于 1938 年成了"北方之星"共济会分会里受人敬仰的大师。在中篇小说《共济会会员》中主人公是俄侨叶戈尔·叶戈罗维奇·捷焦金，在革命前捷焦金是喀山一个邮局的小官，没什么社会地位，革命中他和妻儿辗转来到巴黎，仍旧过着平淡生活，但在偶然参加了一次共济会分会的会议时，仪式中的三声锤击声惊醒了他，让他反省曾经碌碌无为的生活，并开始像工匠雕砌石头一样雕琢自己，而不是仅仅满足于仪式和形式。捷焦金被自己的同事称为"神圣傻瓜的变体"，因为他试图帮助自己的一个恶棍同事，在他的天真言语和行为中有着梅什金公爵的某些特征，而他笨拙而善良的行为中显示出他真诚地想要给人们具体帮助的高尚精神。奥索尔金呼吁人们来爱这个一身丑角装束但心灵纯洁的主人公。奥索尔金在捷焦金身上体现出他的存在主义思想，捷焦金敬畏大自然，甘愿做大自然的奴隶，并想要和大自然永远融为一体。捷焦金还崇尚由人的灵魂建造的真正圣殿，他法国化的妻子玛丽安娜和儿子乔治平淡的日常生活和他丰富的内心世界形成了鲜明对比。在小说中，奥索尔金运用梦幻、幻象的手法激活主人公的想象力，运用神话和象征使普通事物崇高化，使主人公的幻想物质化。捷焦金可以说是奥索尔金本人的形象和精神化身。

　　奥索尔金的多个短篇小说的结尾都浸着一抹淡淡的忧伤，其中出色的短篇小说有《父亲》《由于一只小白盒》《一个天生的瞎子》《柳希恩》《卖报人弗朗索瓦》《幻想者》《关于爱情》《命运》《匿名者》《纪念日》《一件空洞但沉重的事件》《仇杀》，等等。

　　1942 年 11 月 27 日奥索尔金在法国去世，这个具有造反精神的俄侨界

---

① 陈彦. 谁是米哈伊尔·奥索尔金？［J］. 书城，2011(05)：98.

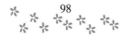

最后一个莫希干人,被安葬在《在法国静静的一隅》中所描述的沙勃里,而他的文学创作和文学命运可以用他自己的《人之物》中的话语来概括:"美的东西和不可重复的东西将成为圣物。书页将变黄,将像那些干枯的、珍藏在记忆中的玫瑰花瓣一样。但是,文字的芬芳将永远留驻。"①

格奥尔基·弗拉基米尔·伊万诺夫(Георий Владимирович Иванов, 1894 — 1958)的童年是在俄罗斯和波兰边境的斯图坚基庄园度过,热爱俄罗斯和谐的大自然,受到俄罗斯音乐和艺术的熏陶,其早期诗歌有和谐的旋律感。他于 1922 年离开俄罗斯,起先侨居于意大利的罗马和帕维亚。1923年,伊万诺夫移居法国巴黎,被评论家认为"是一名比法国人超前多年的俄罗斯存在主义诗人",他也被吉皮乌斯赞誉为"第一流亡诗人"。

伊万诺夫的早期创作由于受到未来派的影响,其诗风夸张华丽,后来诗风变得较为节制而严谨,重视展现对象的具体性及客观性,遂成为阿克梅派的重要代表诗人。诗人在侨居巴黎时期,虽然物质生活贫乏,但精神生活充沛,他力图打破艺术的幻象,揭示生活的真理和荒诞性,因此,其流亡时期的作品中体现出一种存在主义的悲剧感,以精美的艺术形式展现人类生存之悲剧性。他的童年是在富裕的斯图坚基庄园度过的,在慈父柔母的关怀下自由自在地幸福成长。伊万诺夫在诗歌中喜欢引经据典,使其成为自己诗歌中的哲学载体,他在诗歌中对戏仿的使用则为后现代的诗歌手法奠定了基础。他的主要诗集有《游向齐捷拉岛》(1937,其副标题为《诗歌》)、《寻石南》(1916)、《花园》(1921)、《玫瑰》(1931,该诗呼应了《花园》)、《原子衰变》(1938)、《没有相似的肖像》(1950)、《1943—1958 诗集》(1958)和《死后发表的日记》等。

伊万诺夫自小就迷恋古老的神话,不仅将父亲庄园池塘里的小岛称为齐捷拉岛,而且在诗集《游向齐捷拉岛》的开篇就通过抒情主人公之口,表达了自己憧憬那些古老的神话。在诗集中描绘了空洞而可怕的世界中的各种现象,并将思想、感情和希望等焚烧殆尽。伊万诺夫在诗集里运用了大量神话和《圣经》中的名字,他的诗有精巧的韵脚,并且有对未来悲剧精神的预测。他对一些文化活动家勃洛克、古米廖夫、曼德尔施塔姆、索洛古勃、普罗宁等人的回忆美文收录在《彼得堡之冬》一书中,这是一本具有艺术哲学理念的回忆录但该书中只有四分之一的内容为真实,其余的内容是作者艺术加工而成,究其原因,作者也曾指明:"一些脸庞,会面,交谈,——它们突然

---

① 弗·阿格诺索夫. 俄罗斯侨民文学史[M]. 刘文飞,陈方,译. 北京:人民文学出版社,2004:216.

浮现在记忆里,没有关联,没有次序。时而是完全模糊的,时而又像照片般的清晰。"①这本回忆录通过对一系列知名人物的剖析,真实地体现出伊万诺夫对艺术的探索方向。

流亡的悲剧使伊万诺夫对世界产生了悲剧性的看法,使其诗歌具有了不同于其早期创作的精神张力,他追忆自己早期的作品,将其作为自己新的世界观的对立面,并将记忆中的人和事进行艺术沉淀。他对俄罗斯和自由的态度,正如其诗歌《好啊,没有了沙皇……》的结尾所写:"没有俄罗斯,也没有世界,/ 没有了爱情,也没有屈辱,/在蓝色的天空王国里,/自由的心儿在不停地飞舞。"②离开了俄罗斯,伊万诺夫心里的殿堂轰然倒塌,他不仅关注俄罗斯主题,而且关注俄罗斯人流亡生活的主题,而将其侨居的巴黎视为死寂的欧洲洞穴,并探讨死亡的寻常性和普遍性,将自杀看成悲剧生活中个性自由的体现。伊万诺夫在生命的最后时光仍在写关于俄罗斯和爱情的诗歌。

第二节　从巴黎归国的俄侨作家

20世纪20年代初,列宁推行的新经济政策使苏维埃俄国的经济状况迅速好转,并且社会文化生活也变得日渐宽松活跃。俄国国内的工作重心向经济与文化建设转变的风向,引导一些俄侨政治家和作家开始扭转自己的路标,他们想要与俄共捐弃前嫌,重返祖国共建宏图大业,复兴俄罗斯。响应"路标转换派"运动的阿·托尔斯泰、什克洛夫斯基等一部分侨民作家返回俄罗斯,但在列宁逝世后,苏联国内政策的复杂化使一些归国侨民的文学命运迥异。

(一)悲剧精神的爱国者——库普林

亚历山大·伊万诺维奇·库普林(Александр Иванович Куприн,1870—1938)是19世纪末20世纪初得到人民认可的俄国批判现实主义的杰出代表作家,其文学命运之独特性令人很感兴趣,他是一位具有强烈的社会责任感和人类使命感的巴黎俄侨作家,其灵魂能经受住时代的考验。库普林在祖国颇为顺畅的文学命运因为流亡而急转直下,因为在侨居法国之前就已被视为当代俄罗斯文学的翘楚,是一个非常受欢迎的作家,曾得到契诃

---

① 弗·阿格诺索夫.俄罗斯侨民文学史[M].刘文飞,陈方,译.北京:人民文学出版社,2004:326.

② 弗·阿格诺索夫.俄罗斯侨民文学史[M].刘文飞,陈方,译.北京:人民文学出版社,2004:331.

夫、托尔斯泰和高尔基等人的赏识和高度评价,托尔斯泰认为库普林作品中没有虚假的东西,他曾不止一次地说过库普林在高尔基和安德烈耶夫之上,并且特别青睐库普林的短篇小说《在马戏团》和《夜岗》。而库普林侨居巴黎后,虽然在俄侨圈里他依然受到布宁、纳博科夫、奥索尔金等俄侨作家的好评。但文学评论家对库普林的文学命运来说,可谓"成也萧何败也萧何"。当然对库普林作品的各种文学评价是基于评论家个人的好恶和欣赏的水平,但让人不可思议的是同一个评论家在不同时期甚至会对他的作品做出前后不一的评论,例如:1924 年格·阿达莫维奇在《环报》上发表《论库普林》一文中认为库普林的作品过于单纯,非常缺乏才气,但他在 1938 年 11 月的《最新消息报》上发表《库普林》一文中则说库普林的语言自然、无拘无束、古朴风雅,有着某种贵族风格的潇洒,并且他还推崇库普林的小说《决斗》,将自己曾经的恶评一举推翻,可惜的是,库普林已于同年 8 月病逝于苏联,这种死后的文学追捧只有后来者可见了,无法改变库普林在巴黎侨居时期的悲剧命运,因为"他作品的命运取决于批评家的评价"[①],虽然读者对他的爱戴和喜爱甚至超过了他同时代的许多作家。

　　库普林的个人命运较为坎坷,他有"小人物歌手"的美誉,其创作继承了19 世纪俄罗斯伟大的现实主义作家列夫·托尔斯泰、陀思妥耶夫斯基、屠格涅夫及契诃夫的影响,也曾一度与高尔基并誉于俄罗斯文坛。库普林作品中充满着强烈的人道主义精神,从人性的角度给予小人物满腔的同情,深刻揭露种种非人道的社会现象。而在"小人物"群中,处于社会底层的女性往往承载着更多的苦难。库普林的母亲柳波芙·阿列克谢耶夫娜·库普林娜对他一生的影响巨大,无论在性格、生活还是创作方面。库普林有来自母亲方面的鞑靼血统,其家族的谱系可以追溯到金帐汗国,"这个家族有着豪放、狂暴、自由不羁的性格,酷爱骏马、猎犬和打猎,世代承袭着'金帐汗国式的火爆性格'"[②]。他自己很为此骄傲,甚至在公开场合或去朋友家都穿着鞑靼人的传统服饰。库普林在自己的作品中塑造了一系列性格迥异、形象鲜明的女性群像,其中的母亲形象也因所处的社会地位不同而形象各异,而有几篇作品中的母亲形象直接源于他自己的母亲对他的影响,如在其作品《生命的河流》(1906)、《神圣的谎言》(1914)、《士官生》(1928—1933)等中的那类守寡、寄人篱下、为子女的生活和前程忍辱负重的坚强的善良的令人同情的母亲。

---

　　①　亚·库普林. 士官生[M]. 张巴喜,译. 北京:新星出版社,2007:14-15.

　　②　俄罗斯科学院高尔基世界文学研究所. 俄罗斯白银时代文学史(1890—1912):第 2 卷[M]. 谷羽,王亚民,高莽,译. 兰州:敦煌文艺出版社,2006:2.

不管生活多么残酷，库普林一直都在寻求那种使人内心完善并给人以幸福的力量。1874 年库普林随母亲来到莫斯科，7 岁时，被经济拮据的母亲送到未成年孤儿学校，生平第一次穿上了制服，帆布的上衣和裤子，但那里的一切，从一开始就让他感觉精神备受摧残，压抑而痛苦，从那里逃离，在莫斯科游荡两昼夜，最后还是负荆请罪般地回到寄宿学校。童年和青年时期的库普林在一定程度上充分体现了他作为艺术家的显著特征，尽管在武备学校过得很郁闷，但就是在那里库普林产生了对文学的热爱，开始了自己的练笔。巴乌斯托夫斯基说："库普林的几乎全部作品都带有自传性质。他小说中所有幻想家和所有热爱生活的人，就是他自己，就是库普林，一个完整、胸怀坦荡的人，一个从不伪装自己、从不装腔作势、从不空洞说教的人。这种屈辱、痛苦的童年经历在库普林的记忆中留下了难以平复的印记。他的一生都包含在他的中短篇小说之中。……所有感受都是作家自己耳闻目睹并且亲身经历过的现实。"①

　　1888 年 9 月他进入莫斯科第三亚历山大士官学校，那时的他已由长相平常、个子矮小不匀称的武备学校学员成长为一个健壮的、身材灵活的士官生，这个热爱舞蹈的年轻人充满激情地爱上自己的每一个华尔兹的舞伴，并且在那里库普林发表了自己的文学处女作。库普林和俄国诗人帕利明（Л. И. Пальмин）结识后，在《俄罗斯讽刺专页》（*Русский сатирический листок*）上发表了短篇小说《最后的初次登台》（"Последний дебют"），读者从小说对立性的题目就能感受到主人公必然会有悲剧性的结局。1890 年库普林从莫斯科亚历山大军事专科学校毕业后就在波多利斯克省的步兵团服役，四年的军队生活让他对外省军队生活中的一切了如指掌，后来在自己的多部作品中对其进行了游刃有余的描述，这也成为他军旅题材小说的主题，如：《查讯》（亦译为《夜勤》，1898）、《行军》（1901）、《大学生—龙骑兵》（随笔）、《决斗》（1905）、《士官生》（1928—1932），等等。托尔斯泰的小说《塞瓦斯托波尔战役》和《哥萨特》对其写战争小说的影响很大。并且，托尔斯泰认为他是伟大的艺术家、真正的天才。其中小说《决斗》给库普林带来了极高的文学声誉，当时常被人用来抨击沙皇军队，小说中塑造了饱受庸俗生活伤害的一位年轻而敏感的罗马绍夫少尉形象。库普林《决斗》中的男主人公罗马绍夫的有关童年的白日梦的出现，是因为他感觉到了现实存在与理想的落差：军队生活的苦闷与无法排遣的情感压抑；得不到满足且无法实现的甜美爱情与身边混杂的虚假的爱情；那些来自生命的激情与现实冷酷的冲突；那些

---

　　① 帕乌斯托夫斯. 文学肖像［M］. 陈方，陈刚政，译. 北京：人民文学出版社，2002：110.

由抉择产生的困惑与矛盾,全都成为其梦境形成之源。

1894 年,库普林申请退役并获得批准,之后他就留在基辅,在那里的市报和省报上发表了很多短篇小说、特写和札记。1896 年,库普林将他在工厂时的所见所闻写成他的第一个大部头作品——一部反映资本主义暴行和知识分子精神状态的中篇小说《莫洛赫》,小说中揭示了资本家和被剥削的劳动人民之间的矛盾,库普林也察觉到资本主义生产的一种最新形式,讽刺工业世界繁盛的"火神"、压榨人民血汗的新主人,怀疑资产阶级的进步论,这也体现出库普林观察社会的明锐目光和敢于质疑的无畏精神。该小说也体现了库普林简洁且没有过多修饰语的语言风格。库普林追随着托尔斯泰,同时,受到契诃夫和屠格涅夫不小的影响,他的一些小说有历史基础,特别是他的短篇小说《独臂要塞司令》中塑造的人物形象极为出色,不仅具有文艺价值,而且具有现实价值,深受读者的喜爱。

通常文学界将库普林在 1896 年之前的创作时段称为他创作的第一个阶段,这一阶段以短篇小说为主,探讨的多为爱情、家庭、伦理、道德等主题,如《别人的面包》(1896);将 1897 年至 1901 年的创作时段认为是库普林创作的第二个阶段,这一时期他不仅写反映军营生活的作品,而且更为关注社会底层"小人物"苦难生活和命运,写出一系列揭露现实生活的作品,如《神医》(1897)、《儿童花园》(1897)、《娜塔西卡》(1897)、《奥列霞》(又译《阿列霞》,1898)等;从 1902 年至 1919 年的第三阶段可以说是库普林创作的繁荣时期,尤其是长篇小说《决斗》使其成为享有很高声誉的俄国作家。这一阶段随着库普林生活阅历的增长和在 1905 年革命中的历练,他的民主主义和人道主义思想也日渐发展,其作品对当时社会的批判力度日益增强,开始肯定社会小人物的反抗和战斗精神。同时,其文艺思想也日趋提高,在寓言《艺术》和短篇小说《梦》中他主张文学艺术应该为争取自由解放之斗争服务,要反映真实,提升人的审美水平。库普林在这一时期的文学创作和政治表现不仅引起沙皇政府对其警惕,而且使一些文艺评论家开始将其与高尔基相提并论。

库普林的《奥列霞》是俄国文学中继托尔斯泰的《哥萨克》之后又一篇歌颂"自然之女"的作品。女主人公奥列霞是库普林小说中第一个浪漫主义的女性形象。她和被称为"伊里诺夫女巫"的外婆生活在波列西野边界地区偏僻森林里的一间鸡脚小屋里,除了一年几次去购买日用品外,几乎过着与世隔绝的生活,美丽单纯的奥列霞和森林里的一切有生命的动植物成了好朋友,深爱着美丽的大自然并能感知大自然神秘的力量。但是,愚昧的村民把一切自然灾害的发生都推到她们身上而怪罪她们,当局也时不时对她们进行恐吓、掠夺和迫害。身为医生的男主人公伊凡在一次打猎中迷路,无意中走进了她们的鸡脚小屋。奥列霞以稳重而自尊的态度对待伊凡，伊凡被奥列霞的美丽、纯洁而独特且自由不羁的天性，以及虽不识字却带着祖传迷信的智慧所迷恋，时常去会见她。伊凡和奥列霞的爱情从美丽的春天开始，随着其感情与日俱增，短暂的分离使两人感到，"分别对于爱情就像风对于火一样：微不足道的爱情会熄灭掉，而伟大的爱情则越烧越旺"。夏夜月下林中的幽会是他们爱情的辉煌时光。库普林将月光下的景色与当时男女主人公的美好情感完美地融为一体。敏感而具有天生分寸感的奥列霞与伊凡的爱情也"始终没有被任何一个污浊的比喻和任何一个下流的瞬间玷污过"①。奥列霞无私的爱情纯洁得就像林区的月光一样皎洁。为了能和伊万长厮守，融入伊万的生活，奥列霞鼓起巨大的勇气，试着改变自己的信仰而走进当地的东正教堂，却惨遭村民的侮辱和殴打。高度自尊的奥列霞甚至不愿让伊凡看到她被打伤的面容，对他也没有任何怨言。大自然似乎在可怜奥列霞，感受她的痛苦，让一场骤然而至的暴风雨和冰雹毁坏了那些村民的庄稼。这也迫使奥列霞和外婆再次流浪他乡，远离了她可望而不可即的爱情。当伊凡策马去通知奥列霞和外婆，村民要再次对她们报复时，鸡脚小屋已是人去屋空。奥列霞和伊凡的诗意爱情就被残酷的现实给拆散了。奥列霞的思想观念中有"敬畏生命""敬畏大自然"和人只是自然界的一部分、众生平等的意识，所以她能热爱大自然中的动植物，反对伊凡的打猎行为。这也是自然与文明的和谐与冲突的本质体现。

库普林作为新一代批判现实主义作家，他不仅继承了19世纪老一辈批判现实主义的文学传统，而且表现了自己独特的创作个性和艺术才能，提出"做生活的创作者"这一文艺理念，写了《现实主义作家十要》，并且自己也一直积极实践这一理论。库普林的作品反映出现实主义的在世纪之交的重要审美地位，正如俄罗斯侨民文学家费奥多托弗所说："'现实主义'毕竟是现代诸多艺术流派的基础。尽管许多现代派作家从不同角度否定它，但是他们不能不承认这是事实。"②库普林在成为职业作家之前曾从事近20种工作，他对这些都很感兴趣，对社会各阶层人民的深入接触也为他的创作提供了素材。他在作品中讴歌英雄和勇敢的根本特征，极其关心他人的痛苦，密切关注社会底层的处于弱势而遭受欺凌与侮辱的小人物，通过细腻的心理描写而思考人生的困苦，颂扬自然的、粗犷而健康的生活，"库普林对大自然

---

① 库普林.阿列霞(库普林文集)[M].杨骅,译.上海:上海译文出版社,2002:338.
② 费奥多托夫.为艺术而奋斗[J].文学问题,1990(2):215.

的爱虔诚而平静,十分富于感染力,从中可以感觉得到他的天分所传达出来的力量。"①他创作了一系列脍炙人口的作品,如:《莫洛赫》、《奥列霞》、《决斗》、《亚玛街》(又译《火坑》)、《里斯特立冈》、《萍水相逢的人》、《画家的毁灭》、《黑色的闪电》、《石榴石手镯》,当之无愧地入选俄罗斯文学的精品小说之列。这些作品题材广泛,他用现实主义和自然主义的手法揭露沙皇军人的腐败堕落;资本主义社会的残酷及罪恶;哥萨克少女的纯真爱情;小职员的爱情悲剧;小人物丰富多彩的内心世界;等等。布宁对库普林的评价甚高,说他能在五分钟内给基辅小报写篇东西,如果需要,也能写篇精品之作,"紧要的是库普林的才能中包含一种很大的本事,即善于投合时尚,依样画葫芦,且不止片言片语,而要大得多,不只是外在的,而且是内在的。……但军事小说就另一回事了,我越往下读,就越频繁地打心底赞叹:棒极了!……总之,我已不再想到欠缺之处,我只是击节叹赏小说的优点之多:行文是那么挥洒自如,那么遒劲有力,描述是那么丝丝入扣,丰富多彩的语言又是那么精确,无一赘语……"②这也从另一个方面说明,库普林身上绽放的另一种才能,能使其作品吸引当时读者的眼球,并且能从经典及时尚文学中汲取营养。库普林小说叙事的这一特点体现在自己的首部杰作《决斗》中,男主人公罗马绍夫用他者的语调来表达自己的思想和情绪的用法几近十处之多,这是库普林对陀思妥耶夫斯基复调小说中常用的对话体的表现方法的借鉴和发展。

　　1919 年春天,当国内外武装力量和苏维埃政权发动了大举进攻之时,对现实充满了疑虑的库普林蛰居家中,坐看残酷的暴力斗争。但到了 1919 年10 月 16 日,白军占领了库普林居住的小城加特奇纳,和俄侨作家加兹达诺夫一样,不能审视时局的库普林在白军头目克拉斯诺夫将军的请求下,主编白军军报《涅瓦河畔》,开始为白军效力。短短十多天的时间改写了他的人生,白军溃败,必然造成他离家去国的命运。库普林携妻带女于 1920 年 7 月4 日到达巴黎,开始了自己流亡法国的侨居生活。库普林侨居巴黎 17 年间,身心受到极大的刺激,因其生性豪放真诚,喜欢与社会底层的各色人等交往,因此,他的作品中有各式各样的人物。脱离祖国之后,他的创作灵感日趋枯竭,多写回忆录性的自传性作品。布宁曾在回忆录里谈到在巴黎与库普林相遇的情形:借酒浇愁,身患重病,消瘦疲惫且走路摇摇晃晃的库普林见到布宁,拥抱着他痛哭流涕。后来,库普林还给布宁写了信,但笔迹歪斜,

---

①　帕乌斯托夫斯基.文学肖像[M].陈方,陈刚政,译.北京:人民文学出版社,2002:128.

②　伊凡·蒲宁.蒲宁散文选[M].戴骢,译.天津:百花文艺出版社,1994:230-236.

字体大小不一,犹如孩子写的一般。从那次见面直至库普林离开巴黎,布宁都没再去见他,怕再度伤心——为库普林,也为自己流落异乡的境遇。1920—1922 年库普林在巴黎担任《祖国》杂志主编,同时为《共同事业报》撰稿。1927 年出版其《最新中短篇集》,其后还出版了一些作品集。他在侨居法国期间写过几篇反映法国生活的中短篇小说,如《扎涅塔》,但主要还是回忆性作品《时间之轮》和《士官生》等。

自传性长篇小说《士官生》是库普林流亡国外期间最重要的作品,小说取材于其青少年时代在俄罗斯亲身经历的军校生活,追忆了在俄罗斯的日常生活印象和自己的人生经历,寄托着自己对祖国的情怀,有浓重的感伤情调和怀旧情结,反映出他对侨居生活的痛苦感受和深刻思索。库普林在小说中总是不间断地对自己的经历进行重新思考,他的世界观及对艺术的价值判断体系也随之发生深刻而系统的转变。1928 至 1932 年,疾病缠身、日益衰老的库普林在《士官生》中怀着满腔的柔情回忆了自己的青年时代,表达了自己对生活及对祖国的热爱,在字里行间已没有了那种在《生命的河流》中的对生活及对母亲的责难,也没有了在《神圣的谎言》中的那种令人心酸的母子情怀,在《士官生》中洋溢着日常生活的欢乐主旋律。虽然在其第一部的第一个短篇《米哈伊尔神父》中亚历山德罗夫的屈辱遭遇(莫名受到诬陷和不公正的惩罚)和《神圣的谎言》的谢苗纽塔及《生命的河流》中的大学生屈辱遭遇相似,但由于库普林的世界观已发生改变,看待同一件事情的视角也有所改变,同时,他已经能更加客观地看待自己和母亲的关系,感受深沉的母爱! 因为童年和青年情结是一种心理效应,随年龄的增长和环境的变化而流动着、改变着。库普林在中年和老年回顾自己的童年和青年经历,其感受和印象很不一样,这种情结作为一种生活体验更倾向于库普林主观的心理变异,使他在自己一生的创作中不断地吸收这一永不枯竭的成长源泉。

在《士官生》中库普林虽然使用的是第三人称的叙事手法,但所表达的对青年时期的感受却是库普林自己写作时的真实感受,如亚历山德罗夫暑假返校后,在校园行走的感觉——"那些地方他成千上万次跑过踏过,也将在记忆中铭刻数十年,直到生命尽头,而如今,它们已在他心中散发着难以名状的甜蜜、苦楚和温柔的忧郁了"①。小说开头的这句话也定下了这部自传体长篇小说回忆性的叙事格调。男主人公亚历山德罗夫有着遗传于母亲的鞑靼人的表情特征和粗野狂放、桀骜不驯的性格。他因为受到亚布鲁金斯基大尉的粗暴且不公正的处罚,青春的冲动使十七岁的他坚决要求退学,

---

① 亚·库普林.士官生[M].张巴喜,译.北京:新星出版社,2007:217.

但没有他的监护人同意是不行的。他母亲亚历山德罗娃来到学校,单凭母亲轻轻的干咳声和细碎的脚步声,亚历山德罗夫就认出了那是他奉如神明的妈妈。但就此事,他和母亲一见面就有分歧,最后还是米哈伊尔神父用"妈妈"这个神圣的词来现身说法,最终平息了他的冲动和怒火,为了母亲能感到幸福,他决定继续上完军校。库普林通过神父之口,表达出对其母亲的评价,"你妈妈——一个无比优秀的妈妈"①。主人公亚历山德罗夫和母亲之间的关系非常独特:他们彼此无比相爱,但两人也一样以亚洲人的方式争吵,显得冷酷、固执、暴躁。而在他们分开的时候,又能相互理解。而这一点是有别于《神圣的谎言》的谢苗纽塔及《生命的河流》中的大学生与各自母亲的相处方式,但对母亲的爱和《神圣的谎言》的谢苗纽塔对母亲的爱有相同之处。亚历山德罗夫在自己第一次拿到《最后的首场演出》的十卢布(在当时是个大数目)稿费时,就用六卢布给妈妈买了一双软山羊皮皮鞋,因为他妈妈经常幻想能有一双这样的鞋。但母亲脚小,也是因为嫌贵,就去那家商店换了双缎纹面的鞋,拿回五卢布的差价。这五卢布母亲一直舍不得花,直到第二年,当亚历山德罗夫约会需要钱时,母亲又把它送给了儿子。这个连六卢布的鞋都舍不得穿的母亲,却舍得花钱为儿子雇补课老师。无私的母爱、感人的母子之情无时不飘荡在《土官生》的旋律中。库普林晚年塑造的母亲形象是其在特定的生活环境和不同心境中的美好形象,经过岁月的洗礼和生活的历练,年轻时的是非恩怨已如过眼烟云,在脑海中和字里行间沉淀的记忆都绽放着珍珠般的光泽。

库普林侨居国外也是贫病交加,原本他就对伏特加情有独钟,他认为这有助于自己小说情节的构思,在侨居后则是借酒浇愁愁更愁。在库普林的作品中没有引申层次,当他侨居巴黎时,他还在笔耕不辍,依旧是体现流光溢彩俄罗斯语言的大师。

库普林在 1937 年回到苏联,受到读者欢迎的同时已被当局监视,于1938 年病逝,总算是落叶归根吧。这一时期的他无异于被关进笼子受人操纵命运的动物。

库普林逝世的消息受到阿达莫维奇的关注,他在《最新消息》(1938-9-1)上撰文评论:"库普林在我们这里曾经非常受人喜爱——现在依旧;甚至他同时代的人都没人超过他的。"他认为虽然库普林将自己的才华掩藏到地下,但他生前的遗作证明了他已是个文学大家。2009 年在克里木的巴拉克拉瓦村建了第一个库普林的纪念像。

---

① 　亚·库普林.士官生[M].张巴喜,译.北京:新星出版社,2007:225.

(二)文学为无产阶级保卫世界文化的强大武器——阿·托尔斯泰

阿列克赛·尼古拉耶维奇·托尔斯泰(Алексей Николаевич Толстой，1883—1945)有过短暂的侨居法国的生活，但他没有被法国文化同化，坚守俄罗斯的文化传统，作为新浪漫主义者，最终在祖国得到了文学殊荣。

阿·托尔斯泰出生于萨马拉省尼古拉耶夫斯克市(即现在的普加乔夫市)，其父尼古拉·托尔斯泰伯爵是世袭贵族，由于其骄横跋扈且胡作非为，不仅被开除出禁卫军骠骑兵团，而且被剥夺了在莫斯科和圣彼得堡的居住权，其妻子阿历克桑德拉·列昂季耶芙娜·托尔斯泰娅也难以忍受他，在1882年不顾亲人反对和舆论压力，她怀着还未出生的阿·托尔斯泰和自己倾心的情人鲍斯特罗斯生活在一起，心甘情愿地在索斯诺夫卡庄园过着淡泊名利的乡村生活，幸福地进行文学创作和抚育儿子。阿·托尔斯泰的美好童年是在大自然的怀抱中度过的，他在母亲和继父的影响下，从小就善于观察，并热爱创作。

阿·托尔斯泰创作生涯长达38年，且成果丰硕：10部长篇小说、14部中篇小说、近百个短篇小说，上百篇政论及文艺评论，20多部戏剧和电影剧本，2部诗集、2部特写和随笔集，还有1部童话集，并且他还收集整理了俄罗斯民间故事集，改编过大量的外国剧本。阅历丰富的阿·托尔斯泰不仅多才多艺，而且创作视野宽阔，见解独特，语言造诣颇深，其作品《彼得大帝》《伊凡雷帝》《苦难的历程》等被各国读者喜爱，也为他赢得了极大的世界声誉。

1907年，阿·托尔斯泰出版了第一本诗集《抒情集》，1908年他客居巴黎，准备出版其诗集，1909年回国。1910年，他在《阿波罗》杂志上发表中篇小说《在屠格涅夫庄园的一周》，同年还发表了第二本诗集《蓝色河流后面》和童话集《喜鹊的故事》，其短篇小说集《在伏尔加河左岸》(1910)中体现的批判现实主义特征得到高尔基的赞赏，他也是继高尔基之后苏联文学界的泰斗。接着，他发表了长篇小说《怪人》(1911)和《跛老爷》(1912)。

第一次世界大战爆发后，他于1914年8月以《俄罗斯新闻》派遣的战地记者的身份赴西南战线采访，并于1915年2月赴高加索战线采访，1916年他还赴英国和法国实地考察了西方战线，这些实践经验使他开阔了视野，丰富了其创作素材。自1916年阿·托尔斯泰的剧本《魔鬼》初次上演，到他离开俄罗斯前，他的剧本《黑暗的势力》(1917)、《射击》(1918)和《丹东之死》(1918)都给观众和读者留下了深刻印象。其间，他还发表了多篇中短篇小说。

1918年秋，阿·托尔斯泰全家搭乘"高加索号"轮船离开敖德萨，从君士坦丁堡辗转至巴黎，开始了自己的侨居生活。在巴黎侨居期间，阿·托尔斯泰依旧笔耕不辍，达到了新的创作高峰，写出一系列杰作，1919年开始创作长篇小说《苦难的历程》的第一部《两姐妹》(1921 年在《当代纪事》发表),发表中篇小说《基尼塔的童年》(1920)、《混乱时代纪事》(1922)和科幻小说《阿爱里塔》(1922)。1921 年秋,阿·托尔斯泰离开巴黎到了柏林。在 1922 年 4 月阿·托尔斯泰在《前夜》报上发表《致恰依科夫斯基的公开信》,明确声明自己与白俄侨民社会决裂,承认苏维埃政府才是唯一捍卫俄罗斯人民自由和国家独立的现实力量。苏联《消息报》全文转载了这封信,宽容地接纳了这位迷途知返者。1923 年 8 月,阿·托尔斯泰携全家返回俄罗斯,这次归国成了他文学生命再创辉煌的转折点。

阿·托尔斯泰在侨居期间遍尝生活的艰辛,关注祖国发生的重大变化,认为一个热爱祖国的真正艺术家必须同自己的国家和人民战斗在一起,他后来指出:"侨居国外的这段生活是我一生中最不好过的一个时期。在那里我才明白,做一个受人鄙视的人,一个脱离了祖国的人,一个无足轻重、无所作为的人,一个在任何情况下都不为人所需要的人,是意味着什么。"①他在回国后不仅发表了揭露资本主义社会的作品《海市蜃楼》(1924),而且以真实的历史事实为基础写了对批判侨民者进行嘲笑和抨击的作品《涅夫佐罗夫的奇遇》(又名《伊比库斯》)和《乌金》(再版时易名《侨民者》)。阿·托尔斯泰在总结自己的生平中强调了十月革命对其文学命运的重要影响:作为一个艺术家,十月革命给了阿·托尔斯泰一切,因为"十月革命以前,我不知道为谁写作。现在,我感觉到了我所需要的那种生龙活虎的读者。……现在我已经毫不含糊地把文学看成是无产阶级保卫世界文化的强大武器了。我将尽我所能,为这一斗争贡献出自己的力量。我心中的这种明确认识,是我进行创作的强大推动力"②阿·托尔斯泰返回祖国后其才华得到了充分发挥,不仅成为苏联的著名作家和科学院院士,而且多次获得斯大林奖金和列宁勋章。

(三)孤独行吟的诗人——茨维塔耶娃

早在 20 世纪初,玛琳娜·伊万诺夫娜·茨维塔耶娃(Марина Ивановна Цветаева,1892—1941)的诗歌才华就受到勃留索夫、古米廖夫、爱伦堡、阿达莫维奇、斯洛宁、霍达谢维奇等人的关注,并对其诗歌创作给予了准确而精彩的评价。茨维塔耶娃的诗歌主题与其日常生活紧密相关,她充满激情和动感地用最浓缩的语义表达自己的情感和爱欲,用自己的逻辑和浪漫情怀将俄罗斯民间诗歌发扬光大。茨维塔耶娃是诗人、散文作家和翻译家,她是20 世纪最伟大的诗人之一。她的作品类型有类型:诗歌、诗体散文和回忆

---

① 　曹靖华.俄苏文学史(第二卷)[C].郑州:河南教育出版社,1992:290.

② 　阿·托尔斯泰.论文学[M].北京:人民文学出版社,1980:226.

录。中国对茨维塔耶娃的研究从 20 世纪 90 年代起，无论在数量和质量上都突飞猛进。2012 年，广西师范大学出版社用醒目而精准的书名出版了茨维塔耶娃的作品：《致一百年以后的你：茨维塔耶娃诗选》《刀尖上的舞蹈：茨维塔耶娃散文选》和《火焰的喷泉：茨维塔耶娃书信选》，这些作品有利于我国读者深入理解茨维塔耶娃的创作精髓。

　　茨维塔耶娃创作观的形成不仅与当时欧洲和俄罗斯的社会文化背景有关，而且与时代的精神需要有着千丝万缕的联系。同时，家庭环境的影响也是一个不容忽视的重要原因。茨维塔耶娃 1892 年 10 月 8 日（旧历 9 月 26 日）出生于莫斯科，当时正是教会庆祝使徒约翰（基督教中的使徒之一）诞生日，茨维塔耶娃在自己 1916 年的诗里提到过这种巧合：

"Красною кистью	用串串的红果
Рябина зажглась.	点燃花楸树。
Падали листья.	叶子飘落，
Я родилась.	我出生了。
Спорили сотни	数以百计的
Колоколов.	钟声。
День был субботний：	那天是星期六：
Иоанн Богослов.	约翰·博戈斯洛夫。"①

茨维塔耶娃成长在一个有艺术氛围的家庭，她的父亲不仅是欧洲语言学家，而且曾是基辅大学和莫斯科大学的艺术史教授，并担任过鲁缅采夫博物馆馆长一职，去世时还把自己一生所购的珍贵藏书都捐赠给该博物馆。她的母亲是钢琴家，是尼古拉·鲁宾斯坦（Николай Рубинштейн）的学生。她从母亲那里遗传了诗歌和音乐的天赋，但她母亲希望她成为音乐家。她 6 岁时就开始用俄语、法语和德语写诗。茨维塔耶娃的童年在莫斯科和塔鲁萨度过，她是在家里接触的古典俄罗斯文学和外国文学。她的父亲工作繁忙、母亲早逝，使得疏于管教的她养成了为所欲为的性格，追求自由和心灵知己，正所谓"性格决定命运"，孤独与茨维塔耶娃如影随形。茨维塔耶娃 16 岁时发表诗作，并在两年后自费出版自己的第一部诗集《黄昏纪念册》

---

　　① Цветаева, М. И. Собр. соч.： в 7 т. / сост., подгот. текста и коммент. А. Саакянц и Л. Мнухина. -М.： Эллис Лак, 1994–1995. -Т. 1： Стихотворения 1906–1920. - Т. 2： Стихотворения 1921 – 1941. - Т. 3： Поэмы. Драматические произведения. - Т. 4： Воспоминания. Записи. Интервью. - Т. 5： Автобиографическая проза. Эссе. Критические статьи. – Т. 6–7： Письма 1905–1941.

（1910），内容涵盖了她中学时期的大部分作品，突出了它的日记倾向。诗集
引起了当时俄国诗坛的关注和称赞。这一年，茨维塔耶娃进行了一次巴黎
之行，主要是到索邦大学听关于古法兰西文学的简短演讲。同年，茨维塔耶
娃撰写了她的第一篇评论文章《布留索夫的诗歌中的魔术》（1910）。两年后
的她又出版了第二部诗集《魔幻彩灯》（1912）。茨维塔耶娃初期的创作活动
与莫斯科象征主义者的圈子有关。在与布鲁索夫和诗人埃利斯（莱夫·科
比林斯基）见面之后，茨维塔耶娃参与了他们圈子的活动和出版社的工作。
茨维塔耶娃的早期创作明显受到尼古拉·涅克拉索夫、瓦列里·布留索夫
和马克西米利·沃洛申的影响。

　　茨维塔耶娃酷爱诗人们描写的变幻莫测的大海，她的名字、性格、丰富
的心灵，诗的力量与深度以及人生际遇无不与大海息息相关。1911 年她与
丈夫谢尔盖·雅科夫列维奇·埃夫隆也是在大海边结识，大海见证了她的
爱情，亦是她的文学命运转变的起点，1912 年他们结婚。因为其丈夫参加白
卫军运动，茨维塔耶娃在爱屋及乌的情感驱使下作诗为白军谱写安魂曲，并
夫唱妇随地离开俄罗斯，侨居国外十多年，她是诗坛的独行侠，无论是在国
内还是国外，她都不参加诗人行会，哪怕是处境何其艰难，亦忠贞于自己的
秉性和原则，也造就了她孤独的悲剧人生。茨维塔耶娃是一个随心而为的
双性恋，这一点从她 1914 年至 1916 年对女诗人兼翻译索菲亚·帕诺克的爱
恋结束后，又重回丈夫身边就能说明。而她的诗歌也是随心而起，随情
而动。

　　早在茨维塔耶娃 20 岁时，她似乎就在《我的诗，写得如此早》中预言了
自己未来的文学命运，虽然此时默默无闻，诗作不被人理解和赏识，但世人
总有一天会发现自己的才华，而自己的诗必然会被欣赏：

Моим стихам, написанным так рано,	我的诗，写得如此早，
Что и не знала я, что я— поэт,	浑然不觉，我已是诗人，
Сорвавшимся, как брызги из фонтана,	我的诗犹如飞溅的喷泉水珠，
Как искры из ракет,	犹如绽放的绚烂焰火，
Ворвавшимся, как маленькие черти,	我的诗犹如小鬼闯进，
В святилище, где сон и фимиам,	充满梦幻和神香的圣殿，
Моим стихам о юности и смерти,	我的诗咏唱青春和死亡，
—Нечитанным стихам! —	——不被欣赏的诗！ —
Разбросанным в пыли по магазинам	散落在书店的尘埃里！
（Где их никто не брал и не берет!）	（在那里它们一直无人问津！）
Моим стихам, как драгоценным винам,	但我的诗，犹如珍贵的美酒，
Настанет свой черед.	定有自己的启封之时。

茨维塔耶娃在流亡前写了一系列组诗，在《莫斯科吟》（1916）中将莫斯科视为自己的诗歌之源。在献给勃洛克、阿赫马托娃和曼德尔施塔姆的诗歌中，茨维塔耶娃用充满激情的语调对其进行歌颂。在《少女诗集》里涉及了孤独的主题。在诗集《里程集1》（1916）里茨维塔耶娃对生命、爱情和死亡等进行了哲理思考和艺术探索。进而在诗集《里程集2》（1917—1920）中茨维塔耶娃深化了孤独的主题，抒发了思夫之情和生活维艰，突出了对前途和命运的担忧。

在1917年至1922年的内战期间，茨维塔耶娃过得很艰难。1917年，她生下女儿伊琳娜，但年仅3岁的女儿因饥饿死在莫斯科地区的一个避难所。她的丈夫谢尔盖·雅科夫列维奇·埃夫隆在白卫军队伍里服役。她的孤独也触发了她创作的灵感，真实体现其思想的诗集《天鹅营》运用一种超空间性的叙事，将各时代的俄罗斯人，各类士兵以及生者和死者都置于各自的存在空间，但都由"三位一体的主，俄罗斯国旗、国歌和大地"来连接其空间并且消融其界限。在1918—1919年茨维塔耶娃写了一些浪漫的戏剧，如：《沙皇少女》《在红马上》等。1920年4月，茨维塔耶娃结识了谢尔盖·沃尔肯斯基亲王。

1922年至1939年是茨维塔耶娃的侨居时期。1922年5月茨维塔耶娃离开俄罗斯，自喻比狗还要忠诚的她要到柏林投奔丈夫，然后经由柏林到布拉格，她的曾是白军军官的丈夫进入了布拉格大学学习。茨维塔耶娃侨居国外的言行举止充分体现了她桀骜不驯的个性。1924年，茨维塔耶娃出版了神话故事集《好汉》，深受普希金影响的她运用抒情歌曲的写作手法来写作神话故事，这是一个大胆的创举，而她对该写作方法的独特运用，获得了评论家霍达谢维奇的高度好评，认为其神话故事令人神往，不仅美妙动人，而且在当时人们普遍赞誉苏维埃文学且认为俄侨文学行将灭亡的情况下，具有深远的意义，并且认为当时的苏维埃诗坛无一作品能与之媲美，她在这一年里发表了歌颂爱情与艺术、生与死的主题的长诗《青年人》《山岳之诗》和《末日之诗》。

1925年11月1日，茨维塔耶娃辗转来到法国。在境外的日子里茨维塔耶娃怀念俄罗斯、反思俄罗斯革命，她认为战争让其读懂了俄罗斯和俄罗斯的历史，追悼那些奋起反抗的战争英雄们，甚至写了组诗《莫斯科诗篇》来歌颂不可征服的莫斯科，与其流亡前赞美莫斯科的诗歌遥相辉映。1925年11月—1926年，可以说是茨维塔耶娃在法国星光灿烂的一年。1925年，茨维塔耶娃在法国发表了抒情讽刺故事诗《捕鼠者》，调侃讽刺了自私无耻的小市民心理。1926年，她用拟人的手法写了长诗《阶梯之诗》，揭示了资本主义社会的贫富差异，传达了诗人对侨居生活的深切感受，表达了诗人的人道主义思想。在侨居期间,茨维塔耶娃与帕斯捷尔纳克一直保持通信。在1926年5月,在帕斯捷尔纳克的倡议下,茨维塔耶娃开始与居住在瑞士的奥地利诗人里尔克通信,一直到他去世的那年结束。在此期间,茨维塔耶娃参与了《路标》杂志(巴黎,1926—1928),出版自己的一些作品来纪念里尔克。1928年在巴黎出版了茨维塔耶娃的最后一本诗歌集《俄罗斯之后》,其中包括她在1922年至1925年的诗歌。

巴黎俄侨界对茨维塔耶娃的疏远是因为其丈夫的政治立场。因为在20世纪30年代初茨维塔耶娃的丈夫提交申请获得苏联护照,为了让亲苏组织"回归联盟"(Союз возвращение)原谅其曾经参加过白军的行为,而参与了对托洛茨基的儿子列夫·塞多夫的阴谋活动,最后,被视为"莫斯科间谍"的埃夫隆被迫逃离法国。这一事件对茨维塔耶娃造成了极坏的影响,极大地缩小了她的朋友圈,使她处在一种"失道寡助"的侨居状态。但她仍旧不愿抛弃丈夫,因为她的人生信条就是不能在患难中抛弃一个人。她仁义地不抛弃自己的丈夫,但命运却在无情地一步步将她抛进死亡的深渊。她也曾申明自己的侨居很失败,并且她认为自己不是流亡者,在精神上她与俄罗斯同在。20世纪30年代,茨维塔耶娃一家生活在难以想象的贫困之中,唯一的收入来自她的写作。她的丈夫因病不能工作,她的女儿用挣的一些小钱缝了个帽子,她还有个未成年的小儿子。一家四口靠这笔钱生活,她甚至在回忆录中说,她的家人正在慢慢地死于饥饿。好心的莎乐美·安德罗尼科娃在经济上给予了她帮助。

1930年,茨维塔耶娃写了组诗《致马雅可夫斯基》追悼马雅可夫斯基之死,他的自杀让茨维塔耶娃感到震惊,这也在一定程度上影响了她后来的自杀行为。

茨维塔耶娃在诗歌上有恃才自傲的资本,她自己选择了一种独立不羁的生活方式,这使她在创作手法上大胆创新,她披露感情时更加热烈奔放。在《致安娜·安捷斯科娃》的信中,她曾写道:"我的圈子是宇宙圈(亦即灵魂圈)和人、人性的孤独和离别构成的人的圈子。"①她理想中的生活是像莱蒙托夫那样走遍高加索,悄然而行,不惊动山冈,也不惊动海浪。她追求一种离群索居、回归自我内心的自由生活,而这种想要自己清爽惬意地独自行走的花园注定是世间难觅,现实中的她被残酷地抛进历史的洪流,她幻想的在星空下继续颠簸的独木舟,让她用尽浑身解数也久久不能靠岸。并且,战争已让她的头脑疲惫昏倦,但桀骜不驯的她虽然自知生不逢时,也依旧想要奋

---

① 茨维塔耶娃. 茨维塔耶娃文集·书信集[M]. 汪剑昭,译. 北京:东方出版社,2003:186.

力拼搏,超越时间和岁月。

但在流亡环境下茨维塔耶娃的诗歌没得到认可,获得成功的反倒是她的散文,并在她 1930 年的创作中占了重头,她写了《侨居让我成了小说家……》,在这一时期发表的作品有回忆马克西米利·沃洛申的作品《活着的人论活着的人》(1933)、回忆安德烈·别雷的《被俘虏的灵魂》(1934)、回忆米哈伊尔·库兹明的《异界之夜》(1936);还有自传体作品有《老皮缅的房子》(1934)、《长满常青藤的塔》;回忆母亲的作品《母亲和音乐》(1935);《我的普希金》(1937)、《索尼娅的故事》(1938),等等。茨维塔耶娃歌颂俄罗斯诗人的诗歌有《致普希金》、《悼念叶赛宁》、《致马雅可夫斯基》等。

茨维塔耶娃的性格是其诗歌绽放异彩的助力,但也是造成其悲剧命运的一个重要因素,她在诗中曾表达过自己的观点,如果时代和诗人们不能想到她这个诗人,她则任凭他人呼风唤雨也无所顾忌,因为她的时代已成为她的劫难、灾星、宿敌和地狱,她已和时代远离。爱伦堡对她的这种局外人的处事态度和毅然决然的性格做了恰如其分的评析:"孤独,确切地说,离群索居,符咒一样一生都缠绕着她。而且,她不禁把这个符咒极力推荐给他人——自己也把它作为最高的幸福。在任何环境里她都觉得自己是一个流亡者,一个置身社会之外的人。"[1]她的俄罗斯情结让其在法国的贫民窟里如孤儿般的内心孤苦伶仃。

茨维塔耶娃曾流亡国外 17 年之久,她在境外写的最后的作品是《致捷克》,诗中充满了对这个接纳数以万计俄侨的国家的爱戴,以及对战争造成的悲剧性感受。她深感境外无人需要其作品,最终心力交瘁,于 1939 年携儿子返回苏联,但其生存状况在祖国当时的政治环境下令人堪忧,在精神上和体力上承受沉重的负荷:在此期间,茨维塔耶娃几乎没有写诗,因为诗作不能发表,只能靠大量翻译来维系生计,没有住房的她也只能寄人篱下。作品无法出版,丈夫和女儿被捕,母子关系紧张,孤独感昼夜萦绕,这些生存压力让她不堪承受。而向作家协会申请住房和当洗碗工的要求,被深受斯大林宠信的作协领导人法捷耶夫的残忍拒绝,成了压垮她的最后一根稻草。1941 年 8 月 31 日,茨维塔耶娃自杀前给可能会处理她遗体的人留下三封遗书:疏散人员、阿瑟耶夫和儿子莫尔,她拜托疏散人员善待她的儿子;委托阿瑟耶夫让她儿子能好好生活和学习;对儿子说抱歉并嘱托儿子好好活着。然后茨维塔耶娃上吊自杀了,年仅 48 岁,这个能与阿赫马托娃媲美的俄罗斯天才女诗人香消玉殒。她曾经不可征服的个性使其在残酷的现实面前,选择了宁可玉碎不为瓦全的命运结局。而她一生悲惨的遭遇主要是其丈夫的

---

① 乌兰汗.苏联女诗人抒情选[M].桂林:漓江出版社,1986:43.

政治身份在当时的时代背景下造成的,当然,也与其个人的性格和选择有极大的关系。当然,当时苏联的文化官僚们看人下菜碟的行为,也在一定程度上促进了处于弱势、从国外漂泊归来的她的自杀进程。

茨维塔耶娃于 1941 年 9 月 2 日被埋葬在叶拉布加的彼得罗巴甫洛夫斯克公墓(Петропавловское кладбище)。令人唏嘘的是,一代名诗人的坟墓的确切位置竟无人知晓,在这个墓地的南侧石墙附近有四个在 1941 年安葬的未知坟墓。1960 年,诗人阿纳斯塔西娅的姐姐在墓地中埋葬茨维塔耶娃的这一侧竖立了带铭文的十字架。1970 年在此处建立了花岗岩墓碑。21 世纪初,在花岗岩墓碑的位置镶嵌了瓷砖和吊链。在东正教中,自杀者是被禁止进行安魂弥撒的,但在特定情况下它可能被允许,在茨维塔耶娃逝世 50 周年时,莫斯科圣母升天大教堂的主教阿列克谢二世将他的祝福给了茨维塔耶娃的安魂祈祷。

茨维塔耶娃的文学命运一直绵延至今,在世界文坛亦开花结果。并且,至今仍被世人用各种艺术形式进行诠释和演绎:在一些名人纪录片中仍涉及对茨维塔耶娃的回忆。俄罗斯诗人的创作中仍有茨维塔耶娃的形象,如卓雅·亚先科(Зоя Ященко)的诗《玛琳娜》,该诗还被配成了音乐,1996 年发行了带有歌曲《玛琳娜》的专辑《白卫军》和《护身符》。涉及茨维塔耶娃的电影有:1990 年《人各有时》上映;2004 年安德烈·奥西波夫的电影《玛琳娜的激情》获得了"尼卡"奖的最佳纪录片奖"金骑士"奖;2005 年科扎科夫(М. Козаков)执导的故事片《邪恶的魅力》叙述了 20 世纪 30 年代初在巴黎的俄罗斯侨民的生活。在电影中,玛琳娜·茨维塔耶娃在巴黎的生活被触及。导演德米特里·托马什波斯基(Дмитрияй Томашпольский)2007 年根据安娜·阿赫玛托娃未完成的剧本《序幕》(或译《梦中梦》),拍摄四集俄罗斯电影《皓月当空》和他在 2011 年导演的电影《马雅可夫斯基:两天》中有涉及茨维塔耶娃的戏份。2013 年由玛琳娜·米古诺娃(Марина Мигунова)执导的电影《镜子》涵盖了茨维塔耶娃的青年时期、侨居年代和回到斯大林领导的俄罗斯时代的生活。茨维塔耶娃文学和艺术博物馆、纪念馆和纪念碑在俄罗斯亦有多处,这是其文学命运延绵后世的光辉见证。

本章小结

在俄侨文学第一浪潮的老一辈中的一些俄侨作家认为,他们不是被流放,而是被派出执行保持和继承俄罗斯文化的使命,他们对年轻一代俄侨作家们进行了思想鼓舞和艺术指导,具有导师的作用。成名后侨居巴黎的俄罗斯作家在第一浪潮中的人数众多,俄罗斯经典文学传统是他们创作的根基，俄罗斯文化已深深融入他们的血液，这体现在他们的创作中潜移默化地浸透着俄罗斯经典作家的影响。而他们不仅对第一浪潮中年轻一代的巴黎俄侨作家产生了重要影响，而且曼德里斯塔姆、茨维塔耶娃、巴别尔等人的作品也是对第二和第三浪潮中的侨民作家们产生了重要影响。在俄侨文学第一浪潮老一代巴黎俄侨作家的作品中思乡和爱情的主题，当然，作品主题和人物形象上的某种类型学上的共性，绝不会抹杀每个作家的作品中深刻的个性特征。

然而"大多数老一辈的文学家们不发掘自身的新东西，排斥自身以外的任何新意，正像我已经说过的，毫不关心文学的整体运动，对是否有接班人，有什么样的接班人这类问题根本不感兴趣"[①]。也就是，他们对文学的整体命运和对初学者的个体命运也是漠不关心，当然，有部分原因是他们对自己的文学命运都已自顾不暇，甚至是很迷茫。

但在俄罗斯境外，1920—1940年的老一辈巴黎俄侨作家们缺少作为听众和消费者的读者，他们依靠创作获得资金生存的条件日益恶劣，他们的生活捉襟见肘，而贫困的俄侨读者也面临着精神饥饿和肉体饥饿的双重痛苦。他们处于边缘性的文学命运从整体来说具有坎坷的悲剧色彩，但对俄罗斯文学以及世界文学来说，其文学创作的贡献巨大。

附：库普林作品赏析

A. 论《决斗》中罂粟花般的女性——舒萝奇卡

库普林写于1905年的长篇小说《决斗》是俄罗斯文学中的一颗明珠，奠定了他在俄罗斯文学史上的地位。以往的读者和评论家总是集中关注小说中的男主人公们，尤其是对罗马绍夫有过深刻且中肯的评价。但笔者认为，该小说中的女主人公舒萝奇卡的地位和作用更是不可或缺——她的形象贯穿小说始终，并且小说中的几个重要的男主人公的命运与其紧密相连。这个犹如罂粟花般的女性——舒萝奇卡的所谓"爱情"毁了纳赞斯基的生活，使其变成了酒鬼；也毁了舒萝奇卡的丈夫的生活，使其充当了舒萝奇卡试图走出偏僻的驻防小城、爬上上流社会的工具；更毁了单纯善良的罗马绍夫，使罗马绍夫在与她丈夫的决斗中身亡。总之，每一个迷恋上舒萝奇卡的男人都有吸食鸦片般的反应，轻者伤身伤神，重者身亡。

在古希腊神话中，集美丽与罪恶于一身的罂粟花，是赠予亡灵的礼物。

---

① 弗·霍达谢维奇.摇晃的三脚架[M].隋然，赵华，译.北京：东方出版社，2000：270.

似罂粟花般的爱情如此妖艳让人着迷,但须知罂粟花语是"死亡之恋",罂粟寓意是:这个人真毒辣。舒萝奇卡集妖艳与毒辣于一身,这在《决斗》中有入木三分的刻画,小说中"决斗"不仅仅存在于俄罗斯军人之间,同时也存在于舒萝奇卡和其情人们之间,更存在于舒萝奇卡的丈夫和情人们之间。

在俄罗斯文学中读者们经常能看到"决斗"这个词,决斗的野蛮性、刺激性和俄国贵族的尚武精神不谋而合,不仅作品中的人物会参加决斗,如:普希金的《叶甫盖尼·奥涅金》中奥涅金和另一个贵族青年连斯基的决斗,《别尔金小说集》中的决斗"骑士"们;莱蒙托夫的《当代英雄》中毕乔林与准尉格鲁什尼茨基的决斗;屠格涅夫的《父与子》中有巴扎罗夫与贵族巴维尔的决斗;托尔斯泰《战争与和平》中有彼埃尔和多罗霍夫的决斗;契诃夫的《爱决斗的人》……而且俄罗斯经典作家中也不乏决斗而死之人,如:普希金、莱蒙托夫等;托尔斯泰和屠格涅夫之间也差点进行决斗。战争和决斗的题材在文学作品中经久不衰,并深受读者喜爱,犹如对诱人的罂粟花的迷恋。这是因为人们喜欢人类打猎或战斗的故事。很多文学家希望将这些情景在文学中进行描述。决斗的最高宗旨应是维护神圣的个人尊严。不仅男性对决斗有共同的认知,女性对决斗也有自己独特的见解。《决斗》中的女主人公舒萝奇卡随丈夫尼古拉耶夫生活在军队,她对当时的军队及军人的所作所为了然于心,甚至在陪丈夫两次考军事学院的复习中对军事知识掌握得比他还好。当然,她对俄罗斯军人之间的决斗更有自己独到的见解。有一次和其情人罗马绍夫少尉谈到报纸上有关军官决斗的消息,那场决斗的条件是:决斗双方距离十五步,决斗至重伤,只要决斗双方仍然站着,射击就继续。决斗而死的是一个和罗马绍夫同样年轻的少尉,是被侮辱的,他没有侮辱别人,结果挨了三枪,当晚就痛苦地死了;并且当时观看决斗的有全团的军官及军官太太,树丛里还架着照相机。这就违背决斗的宗旨。舒萝奇卡质疑这是屠杀,"把决斗弄成这种血淋淋的闹剧,这到底是为什么? 是谁需要这么做?"①她提醒罗马绍夫说,这仅仅是刚刚准许决斗的初期。并认为那些反对军官决斗的好心人是可鄙的自由主义的懦夫。当罗马绍夫说她太残忍了,她却不能苟同,说自己连爬到脖子上的小甲虫都不忍心弄疼它。她质问:"军官派什么用场? 打仗用的。打仗最需要什么? 勇敢,自豪,能视死如归。在和平时期,这些品质在哪里表现得最充分? 在决斗场上。"②她认为法国军官血液里有荣誉观念,德国军官有正直、规矩、守纪律的品质,他们不需要决斗。需要决斗的是俄国军官,有了决斗就可以杜绝在俄国军官中出现

①　库普林.决斗(库普林文集)[M].朱志顺,译.上海:上海译文出版社,2002:39.
②　库普林.决斗(库普林文集)[M].朱志顺,译.上海:上海译文出版社,2002:40.

阿尔恰科夫那样的赌棍、纳赞斯基那样狂饮无度的醉鬼，以及不拘礼节的交谊和狎昵无度的嘲笑。舒萝奇卡极力反对军官们用决斗来寻求刺激，打发无聊的军旅光阴。

舒萝奇卡认为，军官应是规矩端庄的典范，当军官中出现不良现象时可以用决斗来解决。她所提到的狂饮无度的醉鬼纳赞斯基正是她曾经的情人。她的丈夫和情人们都是军官，如果他们之间出现矛盾而决斗，在她看来是正常而必然的事情。库普林在小说中写舒萝奇卡的决斗观点，这一叙事情节实在是妙不可言，既为纳赞斯基这个人物的出场做了铺垫，也为她后来施展计谋促使罗马绍夫与其丈夫尼古拉耶夫决斗埋下了伏笔。

舒萝奇卡是个双面性格的人，如果情人对她俯首是瞻，她对其温柔似水；如果情人违背她的意志，她则想将其置于死地而后快。舒萝奇卡和情人们之间的"决斗"不是真枪真刀的"决斗"，而是男女之间情商的"决斗"。舒萝奇卡通过女性特有的方式，用外貌、交谈、肢体语言、衣着打扮、写信、计谋等，在与情人们的"决斗"中取得了决定性的胜利。舒萝奇卡让自己的生命如罂粟花般的绽放，魅力四射。

纳赞斯基在小说中第一次出现，就是通过舒萝奇卡的叙述，她给纳赞斯基的定位是——一个狂饮无度的酒鬼。在她和罗马绍夫争论有关军官决斗的事情后，还特别叮嘱他：与其和纳赞斯基一起狂饮滥喝，还不如到她家里坐坐。舒萝奇卡的这番话是别有用心，她为何如此讨厌纳赞斯基呢？此时不仅是读者，罗马绍夫也很好奇。在走出了舒萝奇卡家，罗马绍夫为了故意气气她，就径直去找了纳赞斯基，由此也就揭开了纳赞斯基因迷恋罂粟花般的舒萝奇卡而变成酒鬼的缘由。

当纳赞斯基得知罗马绍夫去过舒萝奇卡家时突然变得眉飞色舞、兴致勃勃，想要知道罗马绍夫是不是经常去她那里，后来又谈起了别人认为他得了狂饮病，但他认为自己很幸福，并且时常在思考自己的生活、哲学、聚会、性格、书籍、女人（特别是思考女人、女人的爱情）。他对自己和舒萝奇卡的爱情总结是神秘、欢乐并痛苦着。舒萝奇卡是因为他爱喝酒而不再爱他，而他自己说，他爱喝酒可能是因为舒萝奇卡不再爱他，而他至今仍然在爱她，事实上他们之间总共才见面十至十五次。纳赞斯基迷恋舒萝奇卡罂粟花般的性格，给她的评价是除了她自己，她大概从来没有爱过任何人。她有极强的权利欲和骄横凶狠的傲气；与此同时，她又那样善良可爱，极具女人味。后来他给罗马绍夫看了舒萝奇卡给他写的唯一的一封信，信的末尾与他永别，并称她在想象中吻其额头，就像吻一个死者，因为对她来说，他已经死了。舒萝奇卡的无情使他成了一个身心俱伤的酒鬼，一个生活的失败者。但看了这封信激起了罗马绍夫的复杂感情，既有对纳赞斯基的嫉妒，又有对尼古拉耶夫的幸灾乐祸的同情,还有对甜蜜诱人的爱情的期望。

舒萝奇卡与罗马绍夫的爱情"决斗"贯穿在小说的始终。罗马绍夫一直在和自己的另一个"我"做斗争,年方二十的他幻想在军队中建功立业,企图摆脱舒萝奇卡那罂粟花般的诱惑,但由于当时俄国军官们钩心斗角、纸醉金迷、百无聊赖、寻欢作乐的丑恶现实,粉碎了他的梦想,让他在一次次备感羞愧的后悔中,又一次次被舒萝奇卡诱惑,最终屈死在舒萝奇卡设计的决斗圈套中。托尔斯泰曾说:"库普林在懦弱的罗马绍夫身上倾注了自己的感情。新作家运用了老题材,这是对军队生活的新认识。"①舒萝奇卡是生长在军队绿营旁的一朵妖艳的罂粟花,她的存在彻底改变了罗马绍夫的军队生活。

舒萝奇卡聪明、理智、美丽、温柔、热情,强烈地吸引着罗马绍夫! 后来罗马绍夫在苦闷空虚时就找纳赞斯基聊天,这也是他对舒萝奇卡另一种方式的情感反抗。

舒萝奇卡在罗马绍夫被关禁闭时,又热情地给他送白面包和甜美的苹果馅饼,这又燃起了罗马绍夫对她的爱情火苗。在俱乐部的舞会上,嫉妒使彼得松太太破口大骂舒萝奇卡,这让罗马绍夫断然决定和彼得松太太断绝不正当关系。异常气愤的彼得松太太扬言要把舒萝奇卡和罗马绍夫的关系告诉舒萝奇卡的丈夫,后来证实彼得松太太确实写了匿名信。

舒萝奇卡和罗马绍夫有着共同的命名日,她写信约他去野餐共庆。罗马绍夫欣喜若狂,难以抗拒其温柔可爱的魅力,不惜向拉法利斯基中校借钱赴约,这个夜晚妩媚迷人的舒萝奇卡让他激情冲动,但舒萝奇卡非常理智,说虽然他们有相同的好恶、思想、梦和愿望,也能心有灵犀一点通,但她知道罗马绍夫不能为自己争得显赫的名誉和地位,所以她只能像拒绝纳赞斯基一样拒绝他,并且因为匿名信的事不让他再去自己家了。罗马绍夫一下子从幸福的巅峰跌到了悲愁的谷底。

在罗马绍夫和尼古拉耶夫决斗的前一天晚上,舒萝奇卡到罗马绍夫的住处告诉他:她虽不爱自己的丈夫,但她花了心血要让他考上军事学院,这是她热衷的重大事业,她不想就此成为泡影。又强调,他俩必须决斗,这样能维护彼此的自尊,如果罗马绍夫拒绝决斗,他会丢掉尊严;而她丈夫也因名誉污点没法参加考试。按决斗的要求是她丈夫先开枪。虽然罗马绍夫已感觉到某种无形的、神秘丑恶且滑溜溜的东西在他们之间爬行,使他愤恨且心泛凉气,但还是答应了她的请求。舒萝奇卡又强调说她一切都安排好了,他们必须相互射击,但谁都不能打伤对方。之后,明知决斗结果的舒萝奇卡

---

①　Олег Михайлов. Жизнь Куприна Мне нельзя без России. М. ,Центрполиграф,2001,C. 8.

委身于罗马绍夫。第二天决斗中罗马绍夫中枪身亡,没有还击。舒萝奇卡达到了自己的目的。

在《决斗》中舒萝奇卡的丈夫尼古拉耶夫不能容忍舒萝奇卡和情人们的关系。尼古拉耶夫对舒萝奇卡的婚前情人纳赞斯基的厌恶和仇恨更甚于对他的妻子,但他们之间没有正面冲突,并且纳赞斯基也从不到舒萝奇卡家去,但在尼古拉耶夫心里,可以说已和纳赞斯基"决斗"过不止一次了:尼古拉耶夫吃醋时还是经常拿纳赞斯基的事来折磨妻子。尼古拉耶夫因匿名信中说了罗马绍夫和他妻子的不堪入耳的坏话,从而嫉恨罗马绍夫,这就为他们的决斗埋下了导火索,也是尼古拉耶夫在决斗中毫不手软地置罗马绍夫于死地的主要原因。舒萝奇卡深知丈夫的性格和心理,却坚决要罗马绍夫参加决斗,其自私,冷酷,狠毒的个性令人不寒而栗。

舒萝奇卡和情人及丈夫之间的悲欢离合的"决斗"关系,反映了20世纪初在俄罗斯社会中人与人、人与环境、人与社会的关系失去了稳定性。这几个人物身上都缺少某种最为重要的东西,他们得不到梦寐以求的精神和谐与人格完整。舒萝奇卡试图以女性的"决斗"方式改变她身边的男性,使他们具备向上的精神,但是无济于事。这个犹如罂粟花般的具有双面性格的女性最终为了在丈夫身上倾注的自己梦寐以求的理想不破灭,以"决斗"的方式让情人们在她的生活中消失。

B. 存在与选择——评库普林的中篇小说《扎涅塔》

中篇小说《扎涅塔》(1932—1933,又译《热涅达》)是库普林侨居法国时期的佳作中的名篇。小说处处闪烁着库普林存在主义美学思想的光辉,《扎涅塔》中的语言比库普林才华全盛时期的作品语言更为澄净、抒情,真实地体现了库普林对自然及鲜活生命的敏感和热爱之情,对"小人物"由于存在与选择而造就的不同命运的深切关注。

存在主义的出发点和基础是人的存在,存在与选择所包含的诸多层面的问题和矛盾的实质是人的存在状态和存在意义。"小说审视的不是现实,而是存在。而存在并非是已经发生的,存在属于人类可能性的领域,所有人类可能成为的,所有人类做得出来的。小说家画出存在地图,从而发现这样或那样一种人类可能性。"[①]在库普林的小说《扎涅塔》中,库普林通过对侨居在法国的俄国老教授西蒙诺夫、"四条街公主"扎涅塔、流浪黑猫"星期五"及他们周围的人的选择行为,挖掘其背后蕴含的生存意义,体现了库普林对人与自然、人与动物、人与人、人与社会等关系的存在主题的理性思考。

---

① 米兰·昆德拉. 小说的艺术[M]. 上海:上海译文出版社,2004:54.

在《扎涅塔》中，景物描写虽然着墨不多，但其却是一种重要的叙事手段，是作品主人公故事发生的背景及主人公情绪的载体，同时也贯穿于小说的始终。在小说的第一句库普林就将故事叙事框架的地点定格在"巴黎的西南角，绿意盎然的帕西区，距离布隆涅森林几步远"①。与此宜人的大自然对比，贫困的西蒙诺夫教授的住所是位于六层屋顶的一间酷似棺材的阁楼，仅有一扇小窗，家具简单而破旧。教授过得像修士一样清苦，自己动手打理日常生活。但就是这样，教授热爱自然的天性仍在绽放——窗台上的几只大木箱里总是生长着珍奇绚烂的花木。教授偶尔会亲自用小毛刷给它们授粉。教授每次去街区买东西，总是热情地和店主及顾客打招呼，总会有这样的开场白："天气可真好！""好雨呀！"

教授热衷于古老的习俗和传统，如"月明，天净，霞红——意味着明天会有大风"。他把这些视为丰富而朴素的日常生活中的坚定信念。教授每天早晨用公鸡打鸣，乌鸦轻啼，头班列车呼叫，工厂号声鸣叫等来计算起床时间。然后等待偌大的巴黎城像被电流推动起来似的，挣脱清晨的束缚，开始了充满各种机器声的喧嚣的一天。教授对此瞬间景象的描述是"启示录中的野兽发怒了"。自然界与资本文明的对立鲜明。教授做事做人一直遵循自己的自然天性，他在自己从事的各个领域成就非凡，被称为科学界的唐·璜。但他因没有职业上的功利心，因自己的率真和自尊，而没有成为科学巨子。然而这并没有改变他在年老孤寂时对自然的热爱。当他在阳光下欣赏博大的自然的创造物——蜘蛛网时，同样观看蛛网的女报贩的女儿小扎涅塔牵住了他的手，选择他作为可以信赖的朋友。他们友情发展的基础是对自然的热爱，他们的忘年交是小说的一条主叙事线索。

库普林在小说中赋予了大自然同人一样的情感：教授因别人怀疑他对小姑娘的纯洁情感而异常愤怒，吼道："仅此而已。滚吧！"摇摇摆摆、纷纷扬扬的枝叶也低声附和。当老朋友因此事劝他时，他气愤地大喝道："算了吧，陈词滥调。"颤动的叶子也跟着他吼叫："陈词滥调，陈词滥调！"风雨欲来之时，"风越来越凝重，越来越强劲。……整个自然界都怀着阴沉沉的期待。逼近的暴风雨让教授感到痛苦"。在这里，自然界存在的风暴、社会中流言蜚语的风暴都等待着教授做出抉择。最后还是大自然给他以行动的指示：当浑身湿透的教授在暴风雨中艰难前行时，雨中迷路的小扎涅塔温暖的小手再次握住了他的手指，一腔柔情的西蒙诺夫教授将她安全地送到了她妈妈的报亭。

西蒙诺夫教授和黑猫"星期五"的结识也源于大自然的风暴。当风和日

① 亚·库普林.士官生[M].张巴喜，译.北京：新星出版社，2007：437.

丽时,它在大自然中尽情地享受美妙的时光。每逢天气变恶劣时它就会回到教授的身边,大自然成了他们相聚的纽带。库普林在中篇小说《扎涅塔》中将人与动物的生命活动掺杂着叙述,使二者交织着成为小说的另一条并列的叙事线索。作品在开头、中间和结尾处都以不同的叙事方法讲述西蒙诺夫教授与黑猫"星期五"相依为命的关系,这样不仅使作品首尾呼应、结构严谨,而且揭示了人与动物的密切关系以及在情感和生存上的相互依赖。教授和黑猫"星期五"的友情开始于两年前的冬天,一个阴雨绵绵的黄昏。可以说是猫主动选择了教授。在伤饿交加之时,黑猫对教授宽容地接纳,教授对黑猫高兴地施与。有时教授和黑猫之间会久久地相互对视,通常是人首先退却,但在暴风雨来临之前,人就稍占上风,黑猫会可怜巴巴地用鼻子蹭着教授的膝盖,哀鸣。教授羡慕黑猫的生活过得热火朝天、野性十足,身上能容纳不计其数殊死拼杀的伤痕,它知晓并能去做教授根本无法企及的上千种事情。在小说的结尾,扎涅塔随妈妈突然离去,阴沉的天气让教授彻底崩溃,在罕见的大雨倾盆而下时,饥饿受伤的黑猫又来找教授了。教授冒着大雨去给它买碎牛肉和牛奶,此时,人与动物在物质和精神上都是相依相偎的关系。

在小说中,库普林还提到了诸多动物:公鸡、乌鸦、蜘蛛、苍蝇、跳蚤、鲟鱼、黄雀、牧羊犬、母山羊、大狼狗、马等。还有动物玩具,如小狐犬、蝴蝶犬、鸭子、甲虫、蜻蜓、蜜蜂和其他在弹簧驱使下自行运动的动物。在小说中库普林也常用动物做比喻,如,形容小扎涅塔美丽的小嘴"略带羊羔嘴唇的轮廓";当她的小手被教授抓住而想要挣脱时,"猴爪一样的小指头突然全部都动起来,它们变得就像长着很多只脚的螃蟹或大甲虫";她"多像一只无忧无虑、活泼好动的小兽呀"。在教授看来,小扎涅塔的魅力,是"那种交织在扎涅塔身上的人的、狗儿的、马儿的和猫咪的可爱之处"。小扎涅塔的母亲这样昵称她——"哦,我的小鸡仔,哦,我的小兔子,哦,我亲爱的小母鸡"。

动物是生态环境中不可或缺的一环,只有热爱生活,热爱动物的人,才能充满感情地去关注它们。库普林在其作品中总是提倡关爱动物,弘扬人道主义精神,在更深层次上体现人类关怀自己的存在和发展,改善动物处境的同时也完善了人的精神需求,正如西蒙诺夫教授善待黑猫"星期五"一样。

西蒙诺夫和妻子的婚姻悲剧证明了人对自己的选择是负有责任的,但人的悲剧在于人总是竭尽全力地证明自己的选择是对的。人对自己的选择和创造既是自由的又是自我负责的。西蒙诺夫教授与人相处时,远不如与大自然,与动物相处时和谐自然,因为人与人相处总有太多的功利面,而他却没有功利心,所作所为皆为自然情怀使然。在小说中,人与人之间关系的交往有几个叙事层面。

（1）教授与妻子儿女的关系

西蒙诺夫教授娶了个被称为"天才的畜生"的著名教授、大学系主任、科学院院士的平庸而任性的女儿利季娅。她在父亲追名逐利的思想和行为的影响下具有冷酷的务实作风，喜欢虚名，追逐一切流行的东西。对家庭、丈夫和子女缺乏应有的责任感。她因为她爸爸看好西蒙诺夫的才华而嫁给他，但他们之间自然本性的差别很快在婚后显现出来。他们的两个女儿更是接受其母亲的影响而成为典型的拜金主义者。西蒙诺夫的思想言行和她们格格不入，也从不巴结或听从岳父。离婚时最让他恼火和郁闷不堪的是：根据至圣教公会的裁定，他的两个女儿必须留给其母亲来教育。这样，他就与那个家庭所有的一切都断裂了。

（2）教授与扎涅塔的关系

西蒙诺夫教授在扎涅塔身上看到了他所喜爱的美好品质：快乐、善良、真诚、单纯、充满爱心……而这些是他希望自己的女儿能拥有而她们却不具有的东西。他把自己潜在的父爱全都转移到这个小姑娘身上，时刻关注她，当看到她的玩具都是从垃圾堆里拾来的时候，倾其所有为她买玩具却不让她知道。教授虽为扎涅塔跟随妈妈的离开而痛苦，却发自内心地真诚地祝福她能拥有幸福的童年生活。

（3）教授与画家朋友的关系

教授与一个上了年龄的画家偶尔在清晨或黄昏一起散步，他们之间的友谊可谓"君子之交淡如水"。画家在别人对教授流言蜚语的时候规劝他，在教授穷困时不取佣金且不辞劳苦地卖名画，而教授自己并不知此画的价值。

（4）教授与街区人们的关系

教授在他生活的不大的街区颇为有名，且与街区各种交往的人关系融洽，虽然他俄国式的处事风格和这些法国人还有些相异之处。在和人们的交往中教授很独立、很轻松、也很受厚待，这让他感到惬意。

西蒙诺夫教授的社会关系分为两个部分：在俄国国内的社会关系和侨居法国的社会关系。在小说中，教授在法国的社会关系面仅限于巴黎西南角的帕西区，所结交的人也仅限于和他日常生活息息相关的一些人。而他在俄国的社会关系都是通过自己的回忆，以插叙的手法表现出来的。两种社会关系的对比，将教授的社会生活环境，及其所处的阶级，所接受的不同民族的思想和文化等，一一展现。也使读者能更深刻地理解作品中的各种人物的生活方式、思想行为，以及那个时代的社会潮流（包括政治、经济、思想、文化、宗教各个方面）。西蒙诺夫教授的形象以及小说《扎涅塔》的其他人物形象的塑造体现了库普林作为现实主义作家所崇尚的观点："人的优秀品质并不取决于社会等级，也不取决于天生的生理和心理素质，而是由他发达的个性、深刻的自我意识决定的。"①并且，这些"外表平平的小人物形象，他们都是突然在自身找到了力量，达到精神的巨大进步，并在困难的外部环境中求得自己的尊严"。

总之，通过阅读库普林作品中所涉及的俄国和法国各个阶层中的人的社会关系，读者们更能理解：社会发展的趋势影响了个人选择的价值取向，而每个人的存在和选择也或多或少地推动或阻碍了当时社会的发展，每个人都应在社会活动中关注自然以及自身精神的存在和发展。库普林通过小说中不同的人物的思想和行为充分地表达了自己深刻的存在主义的美学思想，他本人也是一个在俄罗斯文学界富有特色的俄侨作家。

---

① 符·维·阿格诺索夫.20 世纪俄罗斯文学[M].凌建侯，黄玫，柳若梅，等译.北京：中国人民大学出版社,2001:15.

第三章

1920—1940 年巴黎俄侨年轻一代作家的文学命运

　　20 世纪侨居后成名的巴黎俄侨作家在第一浪潮中属于年轻一代的侨民,他们的文学命运也受到了十月革命的影响。侨居巴黎后成名的俄侨作家的作品与成名后侨居巴黎的作家相比,无论是在创作上,还是对侨居生活的感受上,都有着极大的区别,正如他们作品中的一些主人公的感受:一些人在异国他乡始终不能找到自我,不能融入侨居国的环境,一直生活在对过去念念不忘的痛苦之中,正如费多托夫(Г. Федотов)在 1942 年撰文所言,"巴黎年轻一代侨民感觉……人间更像是地狱……"①;而一些人却在思念俄罗斯的同时,在侨居国找到了展现自己的舞台,日渐感受到生活中快乐的力量,并将侨居国视为自己的第二祖国,竭力捍卫侨居国的领土完整。正如别尔别罗娃(Н. Берберова)对侨民作家的阐释:"那些十六岁就离开的人,如波普拉夫斯基,——几乎没有带走任何东西。那些二十岁离开的人——带走的东西足够了,也就是说,来得及阅读、了解,有时还仔细思考俄罗斯的一些东西——别雷和克柳切夫斯基,赫列布尼科夫和什克洛夫斯基,曼德尔什塔姆和托洛茨基。"②巴黎俄侨作家的作品中有其共性的东西,他们因经受了离家别国的磨难,就更加关注自我灵魂和存在的意义,试图用宗教信仰来化解社会矛盾和自己灵魂的痛苦。正如俄罗斯文学史家阿格诺索夫(В. В. Агеносов)教授曾指出的那样:"……对于苏维埃文学来说,俄罗斯民族性格中那些静思默想、对生与死和上帝进行思考这样一些层面却几乎是完全未

---

　　①　Федотов Г. О Парижской поэзии. Перепечат. : Вопросы литературы, М. ,1990. № 2. С. 237.

　　②　Берберова. Н. Курсив мой. В кн. : Б. Поплавский в оценке воспоминаниях современников. Санкт- Петербург. 1993. С. 14.

被触动……而这些问题，却成了俄罗斯侨民作家大部分作品的中心。"①这些特点从各个时期侨居巴黎未归和从巴黎归国的俄侨作家作品的对比中就能窥得一二。并且，由于我们不可能彻底地转述一个人，所以研究作家命运特点，最好是将一些零散的印象成功地连接起来，这些印象不仅是通过仔细地阅读，而且包括感觉和想象参与其中的那部分创作。"文化媒介、环境常常在作家创作命运中成为决定性的东西。"②

第一节　侨居巴黎未归的俄侨作家

加兹达诺夫和波普拉夫斯基是 20 世纪巴黎俄侨作家中"未被关注一代"的代表人物，他们有一些类似的流亡经历，并都逝于巴黎，但因其性格和生存环境等诸多方面的差异，其文学命运则迥异。

（一）巴黎出租车司机作家——加兹达诺夫

加伊托·加兹达诺夫（1903—1971）是法国俄侨文学第一浪潮中独具一格的杰出作家，在本节中不是孤立的，而是在比较的语境下对其文学命运进行研究。首先考虑加兹达诺夫的创作经验，然后分析其创作中折射的既富哲理又富道德的审美观，主要是和他同时代的俄侨作家的文学命运进行比较研究，如：布宁、纳博科夫、波普拉夫斯基等曾侨居巴黎的俄侨作家。加兹达诺夫生在历史大动荡时期，时代造就了他颇为坎坷和传奇的一生，他经历过两次世界大战，参加了俄罗斯国内战争和二战中法国的"抵抗运动"，深切体验过法国遭遇两次经济危机时的民生困苦。

加兹达诺夫作为一个俄罗斯人，在法国侨居近半个世纪，作为一个俄侨作家，他不仅具有 20 世纪俄罗斯侨民的综合性特征，而且在俄罗斯和西欧的混合文化空间、在最复杂的接受文化信息过程中还有其独特的书写方式。加兹达诺夫小说诗学品质的形成与他的生活经历、所接受的俄罗斯及法国的文化、文学、宗教、哲学等方面的影响有着紧密的联系。

加兹达诺夫出生于 20 世纪初，经历了沙皇统治末期与苏维埃政权诞生之间动荡的历史交替时代，饱受了社会巨变之苦，但"在暴风骤雨的历史时期，艺术的命运与社会历史的联系往往更加深刻，并更加贯彻始终"③。俄国

---

①　弗·阿格诺索夫. 俄罗斯侨民文学史［M］. 刘文飞，陈方，译. 北京：人民文学出版社，2004：100.

②　Цховребов Н. Д. Гайто Газданов：Очерк жизни и творчства. –Владикавказ：ИР，1998. С. 12.

③　俄罗斯科学院高尔基世界文学研究所. 俄罗斯白银时代文学史［M］. 谷羽，王亚民，译. 甘肃：敦煌文艺出版社，2006：5.

社会生活中出现的形形色色的复杂问题必将对俄国文学的发展及文学家的世界观、审美取向和创作方法产生着巨大和深远的影响。俄国文学家在研究社会关系和人们丰富多彩的内心世界的过程时,崇尚创作的精神,产生了大量的艺术发现,并且将自己创作革新的特性体现在创作种类和体裁、文艺作品的结构和情节、人物的塑造及文学语言等方面,这不仅给俄罗斯文学融入了新的主题和思想,而且极大地扩展了现实主义的范围,并体现出越来越多的批判性质,进而产生了心理描写的新方法。世纪之交的俄国的政治、经济、科学、哲学思想领域的蓬勃发展构成了"白银时代"文学发展的社会背景。"白银时代是俄罗斯文化史上由近代向现代转换的大时代,也是一个创作大繁荣的时代。这种转换与繁荣的原因和动力之一,在于俄罗斯本土文化传统和西方文化的撞击、磨合与融汇,其结果则是造成了那个时代人文科学和艺术各领域精神文化创造的密集型高涨。这一文化现象是两种异质文化发生碰撞之后产生新质文化的一个生动范例。"①这一俄国的"文艺复兴时期"形成了一个艺术发现和新思想层出不穷的时代。在百家争鸣、百花齐放的俄罗斯文学中,老一代传统现实主义创作依旧引人注目,新一代批判现实主义与之并列绽放。俄罗斯的这些优秀作家对祖国都怀有崇高的敬意和忠诚之心,从他们的创作中可以发现最为丰富的历史经验和精神食粮。"从古希腊艺术到当代的文学创作,整个世界的艺术都在俄罗斯作家的心中,并为他们的创作思维方式提供了大量的营养。"②这些特征也体现在加兹达诺夫的小说诗学特点之中。俄罗斯的新现实主义、立体主义和象征主义等文学流派对加兹达诺夫的创作有较大影响。

身处俄罗斯和西欧文化语境交点上的加兹达诺夫,其小说艺术具有自身的独特性,那种尝试着将加兹达诺夫归入受某个确定的俄罗斯或西欧作家,甚至是某个确定的流派和传统之影响而形成自己小说艺术风格和诗学特征的观点,毫无疑问,是极为牵强的。因为加兹达诺夫和其他任何作家都不可能完全相同,虽然他自身也具有 20 世纪俄侨文学第一浪潮新一代侨民作家的共性,但他的创作是在侨居期间才开始,其个性最充分体现在他那加兹达诺夫式的文学特点中。

1. 从圣彼得堡到巴黎的移居之旅

加兹达诺夫是一个古老的奥赛梯族后裔,1903 年 11 月 23 日出生于圣

---

① 汪介之.白银时代:西方文化与俄罗斯文化的融汇[J].南京师范大学学报(社会科学版),2007(02):138.

② 格奥尔吉耶娃.俄罗斯文化史——历史与现代[M].焦东建,董茉莉,译.北京:商务印书馆,2006:439.

彼得堡。他的父亲伊万·谢尔盖耶维奇·加兹达诺夫是极有教养的林务官,喜欢哲学和旅行,1906 至 1911 年间曾带着全家去西伯利亚、白俄罗斯、斯摩棱斯克、特维尔省以及乌克兰等地旅游和生活,这让加兹达诺夫亲身体会到山河之壮美。他母亲维拉·尼古拉耶夫娜·阿巴车耶娃酷爱文学,经常徜徉在俄罗斯文学的海洋里。父母的爱好极大地影响了年幼的加兹达诺夫,他四五岁时就对书籍痴迷,家人有时不得不把书藏起来。对俄罗斯文学的喜爱和对生活的切身体验及深入思考成了加兹达诺夫文学创作的源泉。童年时期加兹达诺夫白天和两个姐姐快乐地玩耍、阅读,晚上听爸爸讲远洋航行冒险的故事,这种温馨的感觉让他终生难忘。加兹达诺夫每年夏天到弗拉季高加索看望自己的祖父母,在那个远离喧嚣的闹市、淳朴民风且有原始生态美景的地方,他尽情地享受大自然之美。

　　1905 至 1911 年,加兹达诺夫的两个姐姐和父亲的相继去世让其母亲深受打击,很长时间里她将自己几乎完全封闭在房间里,只和文学作品中的人物分享自己的悲切情感,对加兹达诺夫疏于照管。童年的经历对加兹达诺夫的个性形成、一生的文学创作和审美经验都产生了重要且持续的影响,童年、旅行、远航、冒险、死亡等主题经常出现在他的作品中。

　　从 1912 至 1919 年,加兹达诺夫在波尔塔瓦中等武备学校学习,尚未毕业且未满 16 岁的他就以一个普通列兵的身份参加了白军,走向了高加索战场。1919—1920 年加兹达诺夫在弗兰格尔军队的铁甲列车上服役,亲身经历了战争的残酷,目睹了大量的死亡,这引起他对战争、死亡主题和人的存在意义的哲学思考,并将其逼真地描述和深刻地阐释在他的具有高度自传色彩的多部小说里。

　　1920 年 11 月,加兹达诺夫随着溃败的白军部队从塞瓦斯托波尔撤退到君士坦丁堡,开始了自己的流亡生活,这段体验被他写入短篇小说《在岛上》,并且塞瓦斯托波尔和土耳其也出现在他的多部小说里。1921 年加兹达诺夫住在盖利博卢的兵营里。1922 年 2 月他在堂姐的资助下读完中学,1923 年 11 月移居巴黎。从童年的美好到离开俄罗斯的那种痛苦的、依依不舍的、对未来又充满憧憬的复杂心情,被他详细而逼真地描述在长篇小说《在克莱尔身旁的一个夜晚》里。从 1923 年起加兹达诺夫开始了自己的法国侨民生涯。为了生存,他做过码头搬运工、机车清洗工,教法国人学俄语、教俄国人学法语。1925—1926 年,他因失业也曾露宿街头,像流浪汉似的在巴黎地铁站过夜。1926 年,他在"雪铁龙"汽车厂当钻工,后因听力受损而辞工。这一年他还参加了巴黎的俄罗斯文学生活,并在布拉格的杂志《用自己的方式》上发表了自己的第一个短篇小说《未来旅馆》。

　　自 20 世纪 20 年代末起,加兹达诺夫的短篇小说开始在杂志《用自己的方式》和《俄罗斯意志》上发表。1927—1930年他连续发表短篇《三次失败的故事》《黑桃8协会》《布拉克同志》等八部短篇小说,这很快引起了著名的俄侨批评家的关注,如:Г.阿达莫维奇和М.斯洛尼姆等人。

加兹达诺夫自1928年开始做巴黎夜间出租车司机,一直干到1952年(二战时期因巴黎不需要出租车而停开过一段时间),这让他有机会与社会各阶层的人接触,这种生活体验成为他创作的素材和源泉。具有真诚的历史责任感和社会责任感的加兹达诺夫将目光投向社会底层各种"小人物"的生存境况和精神状态,不断地在作品中挖掘人类存在的意义。他将文学和自己的工作紧密联系起来,也就是将"为灵魂"和"为生存"两种情况协调起来,用自己独特的文笔在小说《夜路》中记录下很多在白天看不到,也想象不到的巴黎底层人群的夜生活和法国俄侨令人寒心的生存状态。

1928年12月加兹达诺夫加入巴黎的作家和记者协会。1928—1931年,加兹达诺夫在生活条件异常艰苦的情况下,依然坚持在索邦大学的历史语文系学习,主攻文学史、社会学和经济学。他还经常参加文学团体"游牧点"关于苏维埃文学和境外文学结合起来的文学讨论和法俄艺术工作室的会议,作过一些论俄罗斯经典作家布宁、马雅可夫斯基、罗赞诺夫、列米佐夫等人的文学报告。他号召俄侨作家同行们,既要掌握欧洲文化,同时也不能失去与俄罗斯传统的联系。这些活动为其文学创作打下了坚实的理论基础和文学素养,在创作中他使用了不同的文学艺术原则:"……在加兹达诺夫的概念中能找到别尔嘉耶夫哲学观点或卡西尔的'符号形式哲学',事实上,毫不夸张地说,这些哲学家的基本表达在作家作品的某些方面是非常相似的。"①

1929年12月,加兹达诺夫在巴黎出版第一部小说《在克莱尔身旁的一个夜晚》(Вечер у Клэр),这部小说得到高尔基和俄罗斯侨民批评家的高度赞赏,他的写作才能被认可,从那时起,他的作品开始在最有权威、最有分量的侨民杂志《当代纪事》上发表,与布宁、梅列日可夫斯基、阿尔达诺夫、纳博科夫等人的作品并驾齐驱。

1932年春,在М.奥索尔金的影响下加兹达诺夫加入了俄罗斯共济会组织"北方之星",并做过有关文学的报告。加兹达诺夫持续一生对共济会的热情和付出使他在1961年成为共济会的名誉会长。

1934至1935年他的第二部长篇小说《一次旅行的故事》在《现代札记》上连载。1935年7月,加兹达诺夫因留在苏联的母亲病重而给高尔基写信,

---

① Диенеш Л. Гайто Газданов: жизнь и творчество (Перев. с англ. Т. Салбиева). Владикавказ, 1995. С. 85.

请他帮助回国，并且他认为自己的读者在自己的祖国，但1936年高尔基的去世使其返回祖国的希望落空，这给他留下了终身的遗憾。同年，加兹达诺夫在《现代札记》上发表《论年轻的侨民文学》一文，引起侨民界的激烈论战。在这一年加兹达诺夫与法伊娜·德米特里耶夫娜·加乌里舍娃闪婚。

1939年加兹达诺夫的长篇小说《飞行》首次发表在期刊《现代札记》上，但因二战爆发而停止发表。1941年8月11日加兹达诺夫完成该小说，1952年在纽约的契诃夫出版社发行的该小说版本被公认是规范的。

在巴黎沦陷时期的1942至1945年，加兹达诺夫和妻子坚守巴黎，参加抵抗运动，并和朋友阿·列文茨基一起办地下报纸《抵抗》，还参与对很多人的拯救，他也被同时代人称作"英雄的加伊托·加兹达诺夫"。就这一经历被加兹达诺夫写入1946年用法语出版的唯一一部纪实小说《在法兰西的土地上》(完成于1945年5月19日，1995年被译成俄文，在《同意》杂志上发表)，加兹达诺夫在书中深入思考了俄罗斯性格的苏联变体。1947年斯洛尼姆在《文学纪事》(俄罗斯卷)和托瓦里茨·马克在《在法国的俄罗斯志愿者、游击队员和抵抗者公报》撰文肯定地回应了这本书。在法国危难之时，加兹达诺夫投身于抵抗德国法西斯之行为体现了他是个有社会良知的公民，而他的文学精神和处事态度在文学力量的驱使下，使他能够在不同时期书写反映时代发展的文学作品。俄罗斯在加兹达诺夫心中永远是神圣的，是他创作的源泉，也是他寻根的动力、生存的力量。加兹达诺夫不仅对俄罗斯经典作家进行评论，还用现实举措对俄罗斯侨民文学进行革新。

在此前后，加兹达诺夫还发表了大量的短篇小说。在这些作品中追叙了俄罗斯侨民生活的全景。空间的转移形成了加兹达诺夫对自己的文化身份的困惑，这是构成其书写现代性的动力。"二战"后他又出版了几部长篇小说，如:《亚历山大·沃尔夫的幽灵》(首次出版在《新周刊》上，它有三个版本:第一个注明的日期是1944年5月，第二个的日期是1946年10月，第三个的最后的日期在1947年);《佛的归来》(第一个版本注明的日期是1948年7月，第二个版本是1949年4月，该版成了最终版本)，第一版小说是发表在《新报》(1949,1950)，《朝圣者》(1953—1954)，《醒来》(1965—1966)以及《埃维利娜和她的朋友们》(1968—1971，这是加兹达诺夫生前的最后一个出版物)。在其后期的作品中，主人公不再是俄罗斯侨民，而主要是法国人，这也说明了加兹达诺夫越来越融入法国的生活，这也是他有别于那些在俄国成名后又侨居法国的作家的独特之处。据M.奥索尔金所讲，虽然加兹达诺夫对苏联不亲近，但他从不愿听别人讲有关俄罗斯和俄罗斯人的坏话。当巴黎的俄罗斯作家记者协会决定开除一些获得苏联国籍的作家(如列米佐夫等)时，他就和布宁退出了该协会。

1952 年纽约的契诃夫出版社邀请加兹达诺夫当其编辑,但在纽约旅行之后,他不喜欢美国,因此就拒绝了此邀请。1953 年 1 月到 1971 年,加兹达诺夫一直为"自由"电台俄语部工作,并用格奥尔吉·切尔卡索夫的艺名演播《作家日记》《在书的世界》等节目。

　　1971 年 12 月 5 日加兹达诺夫死于肺癌,这颗俄罗斯侨民文学史上的闪亮的星星陨落,被安葬在巴黎近郊的圣热涅维-德-布阿的俄罗斯侨民墓地,这是许多著名的俄罗斯作家长眠之圣地。加兹达诺夫的一生都和俄罗斯血脉相连,死后亦如此。К. 楚科夫斯基曾说,俄罗斯的作家应该活得长久些。他是在惋惜很多杰出的作家寿命不长,加兹达诺夫也是如此,他 68 岁就去世了,如果他能活到 95 岁,那么就一定能带着他的作品载誉而归,受到俄罗斯读者的欢迎。

　　2. 俄罗斯文化的传承与别样诠释

　　俄罗斯的文化和哲学是形成加兹达诺夫世界观的最初源泉,身为俄罗斯民族文化的承载者和继承人,其创作中一直贯穿着逝去的俄罗斯主题,充满着对拒绝自己儿女的俄罗斯的眷念。正如著名小说家和俄罗斯流亡杂志的编辑罗曼·古尔(Роман Гуль,1896—1986)曾深有体会地写道"俄罗斯一直和我们生活在一起,生活在我们的身上——在我们的血液里,在我们的心理中,在我们内心结构中,在我们对世界的看法中。无论我们是否愿意,似乎是在无意识之中,我们的工作和写作全都是为了她,为了俄罗斯。"①研究加兹达诺夫首先要研究他和俄罗斯文化自身的关系。因为植根于文化之上的文学,是文化的载体和文本镜像,优秀的文学作品中都蕴含着深厚的文化。俄罗斯经典文学极大地影响了加兹达诺夫的文学思想和创作,总是体现在其小说中,虽不是哲学家,但深受俄罗斯哲学思想影响的他,对生活,对人性及人的存在有着独到的体悟和见解,他的小说融汇了某些哲学、美学的和道德的综合概念,其创作有自己的审美倾向,有现实主义和象征意义的创意合成。虽然加兹达诺夫小说的诗学品质是由多种文化共同作用而成,但俄罗斯文化是其本源。加兹达诺夫首先是古典现实主义小说传统的主要继承人,继续着俄罗斯文学的发展线索,就是普希金、托尔斯泰、屠格涅夫、契诃夫、布宁等人传承的那条线。在加兹达诺夫小说的艺术品格和精神气质中弥漫着俄罗斯文学特有的理想主义情结、人道主义关怀、苦难意识和宗教情怀,因此,他被评论界誉为托尔斯泰、屠格涅夫、陀思妥耶夫斯基、果戈理、契诃夫的追随者;高尔基曾对他的创作给予极高的评价。在加兹达诺夫小

---

　　① 弗·阿格诺索夫. 俄罗斯侨民文学史[M]. 刘文飞,陈方,译. 北京:人民文学出版社,2004:4-5.

说的行文之间所提到的俄罗斯作家数量之多,令人惊奇。

在加兹达诺夫的小说里情节和主人公意识的片断性反映着20世纪中人类自身意识已发生了断裂,失去其完整性,"并且所有这一新的文学特征确立在托尔斯泰为俄国文学(不仅仅是为俄罗斯文学)所开创的艺术空间之上。在这一空间上出现了几乎所有契诃夫的无故事情节的短篇小说和剧本;在这个坐标系中有布宁的《阿尔尼耶夫的一生》和他明显地对'情节和外部影响'的忽视①。这一论点体现出加兹达诺夫的作品与俄罗斯经典文学作品产生的互文关系,他前期的作品明显具有这种特征,即"明显的经典小说,有新的忧伤内容,有那20世纪的'阿尔扎马斯的恐惧',有一切信仰和价值的丧失,同时有空虚的精神胜利法,以及最终战胜这些破坏性的意图"②。在加兹达诺夫的用第一人称叙述的短篇小说《第三种生活》中对此有着清楚的描述:在法国侨居生涯的第一个冬天,夜里三点左右,在某条街上,从黄昏开始的雨一直未停,路灯的光忽大忽小,所有的窗户都漆黑紧闭,两边是寂静无声的墙。没来由就进入这条街的"我"没有几步就丧失了意识。但这不是昏迷,不是梦,不是短暂的遗忘;而这,可能就像临死前的那种无尽的精神鸿沟;既无身体的疼痛,也没留下任何疾病的后遗症。但当"我"又迈步前行时,"我"的感觉和思想却有了质的变化,突然摆脱了长久以来的癫狂,看清楚了构成自己生活的一切。就从这个寒夜开始,"我"觉得自己的欲望都消失了:不再关心住房、饮食、声誉和金钱,是不是流浪汉等问题,"我"开始步入"第三种生活"。③

这种观点和经历过"阿尔扎马斯之夜"的托尔斯泰的《战争与和平》中安德烈公爵在战场上受伤醒来时,看着头顶那巨大而永恒的天空,思考着尘世与上天、人的心灵与命运之间存在关系的永恒意义,有着同源的关系,只不过加兹达诺夫使用的是20世纪的语言,想要体现的是这种永恒的存在关系在20世纪被残酷现实无情地击散。在托尔斯泰的创作中使加兹达诺夫最受触动的是,托尔斯泰对力量的欣赏,对描写对象的确切了解和理解,对普遍接受的社会生活形式中包含的虚伪、做作和违反人性内核的'存在主义式的'敏锐感觉。虽然加兹达诺夫的创作明显受到列夫·托尔斯泰的艺术风格的启迪,但他并不盲目地对其崇拜。

---

① Г. Адамович. Иллюстрированная Россия. 1930. 8 марта. № 17. С. 22.

② Л. Диенеш. Писатель со странным именем//Г. Газданов. Собрание сочинений. В 3-х т. Том первый. М.:Согласие,1999. С. 9.

③ Газданов Г. И. // Гайто Газданов. Собр. соч.:в 5 т. под общей ред. Т. Н. Красавченко. М.:Эллис Лак,2009. Т. 2. С. 371.

 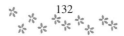

加兹达诺夫身上有某种非常健康的、正面的、乐观的高尚气质。天性善良的加兹达诺夫乐于接近人民、潜心深入了解且同情底层民众的悲苦,反思知识分子的社会责任感问题,由此在其作品中产生对人生、对不合理的社会现象、对生与死等的独特见解,使其作品中怀疑、讽刺、嘲笑的效果更强烈,使那糟糕的侨民生活经验更具艺术感染力。加兹达诺夫与列夫·托尔斯泰一样在自己的作品中对生活在社会底层的不幸之"小人物"给予深切的同情,对给他们带来苦难命运的社会给予无情的揭露和深刻的谴责。加兹达诺夫的人道主义思想和博爱精神贯穿在他的小说创作之中,其后期关于生活命运的小说《醒来》像托尔斯泰的晚期小说一样,说教的特征较为显著,体现了加兹达诺夫的人道主义思想与列夫·托尔斯泰创作中的良心、同情、爱的内在联系。

　　西方批评家经常将加兹达诺夫与陀思妥耶夫斯基相比较,原因在于两人作品中的心理分析、对人的存在问题的思考以及"在充满许多未必真实的巧合的犯罪情节背后,隐藏着哲理化的潜文本"①。在加兹达诺夫的《亚历山大·沃尔夫的幽灵》和陀思妥耶夫斯基的《罪与罚》中都有侦探小说的情节和冒险主题,同时,他们对人物的内心生活极为敏感和关注。陀思妥耶夫斯基对生活的悲剧一面怀有强烈兴趣,并对内在心理的紧张性特别偏爱,总是将其主人公置于极端的社会境遇中,且为日常的、时下的社会问题所迫,进而做出给自己和周围人带来毁灭性后果的决定和行为。加兹达诺夫的创作既继承了陀思妥耶夫斯基描写人的复杂心理世界的技巧、描写精神疾病和生活的阴暗面,又采用新现实主义的表现手法,更加注意刻画人的灵魂和内心世界,描写人与人之间的各种关系,淋漓尽致地揭露人和命运的抗争,以及人的理想与现实社会环境的对立和矛盾,揭示异变的社会环境是人性扭曲和人性异化的根源。加兹达诺夫小说的主人公"我"也不止一次承认自己丧失了时间概念和严格的时间先后顺序的连贯性,而整个世界中事件的所有未完结的顺序都在每个具体的人物的心灵之中完结,而所有相似生活神奇的连贯性都在人物具体命运的巨大转折中确立。

　　加兹达诺夫和陀思妥耶夫斯基的创作中相似的基本特征是都贯穿着精神上的紧张,密切关注社会和个别人物在发展中的危机状态。在他们笔下,"生活的每一步都孕育着尖锐的、意想不到的巨变和大动荡的各种可能性,在日常生活的表象下面潜藏着隐秘的地下室,这种力量随时都准备迸发出

---

　　① 弗·阿格诺索夫.俄罗斯侨民文学史[M].刘文飞,陈方,译.北京:人民文学出版社,2004:420.

来,并且正在不断地迸发出来"①。加兹达诺夫的《夜路》和陀思妥耶夫斯基的《死屋手记》有直接的巧合。最明显地表现为主人公名字的匹配:陀思妥耶夫斯基笔下的主人公为安东·瓦西里耶夫和库利科夫;加兹达诺夫笔下的主人公之一也被命名瓦西里耶夫,书中还有一个最引人注目的主人公名叫阿里斯塔尔赫·亚历山德诺维奇·库利科夫。此外,陀思妥耶夫斯基的书里塑造了某个奥尔洛夫,加兹达诺夫塑造了卡佳·奥尔洛娃。这一连串的巧合不能视作偶然,特别是与这些相同名字主人公相联系的主题有部分重合。例如,陀思妥耶夫斯基塑造的库利科夫是盗马贼的艺术形象,加兹达诺夫塑造的库利科夫沉迷于肆无忌惮的慷慨,就像偷自己的东西一样。《死屋手记》中的戈梁奇科夫在请愿事件发生后与彼得罗夫进行了一次了不起的谈话,这次谈话让他明白了普通苦役犯的世界和贵族苦役犯的世界之间的那条鸿沟。《夜路》中能反复观察到有关世界的差异和不能融合的同样主题,只是场所变换成20世纪的工厂里,叙事主人公认为工人的整个一生都是在小型工厂中受监禁的条件下度过,因而反对这种不能容忍的存在,因为那个时期他所遇到的不同的人,几乎都被不可逾越的距离分开,"而他们却住在同一个城市,同一个国家,说着几乎相同的语言,但彼此间相距甚远,就像爱斯基摩和澳大利亚一样。我记得我无法向我的工友们解释明白,我去上大学的这件事,他们可能也不明白"②。加兹达诺夫倾向于用生物学的遗传性来解释这种差异和无法掩盖的鸿沟,"我知道,我所感觉的苦役般的监禁,对他们来说是正常的状况,在他们眼里,世界构建得与我眼中的世界不同;他们的所有反应都由此而发生变化,就如同第三或第四代受过驯化的动物常有的反应——就如同,当然,我也会有的反应,如果我曾在一家工厂干了15 或 20 年"③。在《夜路》的艺术世界中知识分子和工人之间的这种不可调和的矛盾仍然如故。加兹达诺夫和陀思妥耶夫斯基的作品在其他方面亦有相似性:两人都仔细观察和分析社会底层人物,几乎他们所有的主人公都有其真实的人物原型。另一重合的细节是他们对人物话语的关注:陀思妥耶夫斯基的这种关注的证据是他所谓的"西伯利亚记事本",在它里面记录着囚犯的话语;而加兹达诺夫总想让自己的"边缘化人物"用地道的行话来进行对话。

---

① 格·米·弗里德连杰尔.陀思妥耶夫斯基与世界文学[M].施元,译.上海:上海译文出版社,1997:2.

② Газданов Г. И. // Гайто Газданов. Собр. соч. : в 3 т. –М. : Согласие, 1996. Т. 2. С486.

③ Газданов Г. И. // Гайто Газданов. Собр. соч. : в 3 т. –М. : Согласие, 1996. Т. 2. С. 487.

加兹达诺夫是俄罗斯伟大现实主义传统的承传者,其创作也体现出陀思妥耶夫斯基的"最高意义的现实主义",但加兹达诺夫对传统的继承也有自己的原则,"当提到列夫·托尔斯泰时,他总是怀着深深的崇敬……他对陀思妥耶夫斯基也有如此高的崇敬,但却附带着条件……"①。文如其人的加兹达诺夫在其作品中的表现也是如此。

　　加兹达诺夫创作中人道主义思想和简洁精练文风的形成无疑也受到契诃夫的深刻影响。契诃夫认为,读者的要求是严格的,作品不应有丝毫含混的地方,文学艺术应按着生活的本来面目描写生活,其任务是无条件的、直率的真实。在创作思想、小说主题和艺术手法上加兹达诺夫与契诃夫无疑有许多共性,如对普通、渺小、善良的底层人的生活苦难和不幸的关注,描写普通人的心灵活动及孤独的存在状态,并透过这些日常生活表现人生悲剧的同时,以诗意的抒情方式表现人类的乐观主义,抒情笔调和哲理话语使其小说产生感人至深的艺术效果。加兹达诺夫独特的创作特点是现实主义小说体裁与几种修辞格调相结合,现实生活的准确描绘与诗意的浪漫主义相结合,忠实于老一辈文学传统的同时,在各种新艺术思潮流派的影响下常常表现出风格和格调的多样性。

　　加兹达诺夫和契诃夫的短篇小说中对自然描写往往是作为故事发展或小说主人公情绪的载体,以此来体现对人的个性及命运的忧虑和思考,而且小说中各个主人公"都试图过上真正的生活,但通常又总是得不到梦寐以求的精神和谐。无论是爱情,无论是献身科学,或是沉迷社会理想,抑或是对上帝的信仰,这些在从前曾是追求人格完整的可靠手段,如今对主人公却都无济于事。世界在主人公眼里丧失了统一的中心,它远远不具备完整的秩序,所以任何一个世界体系都不能囊括这个世界"②。加兹达诺夫小说创作中的这一特征深化了他描写处于现实社会底层人受压迫的主题,体现了他同情被侮辱、被损害者的人道主义思想,可以说,加兹达诺夫的小说是考察法国俄侨社会圈的实录和缩影,他批判和否定现实中的丑陋和不公正,其创作范围涉及诸多人物形象,各阶层的生活都在他的创作中得到了真实而深刻的反映。

　　20 世纪很多俄罗斯侨民作家及文学评论家对加兹达诺夫进行过善意而

---

　　①　Возвращение Гайто Газданова: научная конференция, посвященная 95 – летию со дня рождения: материалы и исследования // сост. М. А. Васильевой. М. : Русский путь,2000. Вып. 1. С. 295.

　　②　符·维·阿格诺索夫.20 世纪俄罗斯文学[M].凌建候、黄玫、柳若梅、等译.北京:中国人民大学出版社,2001:16.

高度的评价，如：布宁赞扬他对文体技巧的掌握，易流动的语言，意想不到的
准确修饰语。这些特点也是布宁作品的风格特征——人物的性格刻画极为
细微，语言的可塑性。1934 年阿达莫维奇称加兹达诺夫为布宁的"追随者和
唯一的学生"①。但加兹达诺夫认为自己和布宁在本质和形式方面有不同之
处：布宁属于 19 世纪，而他属于 20 世纪，经历过 20 世纪的历史大动荡，接触
过科学和精神发现所带来的新东西，自己的世界观虽然有着显著浪漫主义
和理想主义特色，但他的世界观、诗学、生活信条、写作技巧等都是 20 世纪的
产物，其作品反映的是自己时代的人类整体精神经验的断奏和缺乏。虽然
自己吸收了布宁的一些文学创作技巧，但更多的文学素养还是对托尔斯泰、
陀思妥耶夫斯基、契诃夫等人的文艺美学思想和创作手法之继承和发展。
在加兹达诺夫的创作中既有俄国古典现实主义的许多传统，也有与 19 世纪
经典小说的差别，其创作一直游离在俄罗斯侨民文学和俄罗斯文学的整体
系统之间，但他和谁都不相像。

　　加兹达诺夫从俄罗斯文化和宗教哲学中汲取了自己所需的文学素养，
因为"始终面向终极，面向永恒，关注人生的意义、世界语人类的终极命运问
题，是俄罗斯文学的价值与魅力所在。这，正是一种宗教精神。历经千年积
淀，宗教意识已化为俄罗斯民族集体无意识的重要组成部分和俄罗斯文学
的精神内核"②。加兹达诺夫无可置疑的文学和哲学才华决定着他对内心世
界和外部世界的看法，其文学创作总是和思考生命问题密切相关。加兹达
诺夫在作品中进行的有关人的存在的思想探索，关注人生之意义，追求心灵
之和谐以及个人与社会的和谐。他身上充满来自他所处的时代和社会中个
人的社会地位和性格特点所构成的精神内涵，他的和谐思想有其独特的内
容。俄罗斯存在主义哲学对加兹达诺夫有着特别重大的意义，因为对加兹
达诺夫来说，有机统一的生活和生活的哲学，生活和伦理的审美态度，它们
是统一的。加兹达诺夫经受过生活严峻的考验，这与其说是生活的磨难，而
不如说是加兹达诺夫的小说艺术和哲学思想的来源。

　　加兹达诺夫熟知哲学家别尔嘉耶夫和舍斯托夫等人的哲学思想，尤其
喜爱阅读别尔嘉耶夫主编的宗教哲学杂志《路》，他也像别尔嘉耶夫那样寻
求生活的宗教意义和永恒含义。存在主义哲学家舍斯托夫的《在约伯的天
平上》是加兹达诺夫案头必备之书，"它引发了在加兹达诺夫一些早期作品

　　①　Красавченко Т. Н. Гайто Газданов：Философия жизни // Российский
литературоведческий журнал. – 1993. – № 2. – С. 97.
　　②　梁坤. 末世与救赎（序言）：20 世纪俄罗斯文学主题的宗教文化阐释［M］. 北京：
中国人民大学出版社，2007：1.

中存在主义主题的表现,也是俄罗斯境外文学中存在主义意识基础的、但目前仍估计不足的源泉"①。舍斯托夫建立在悲剧哲学和宗教哲学基础上的美学和文艺学思想,即他注重个体的生存体验,反对思辨理性对人的绝对权威的思辨哲学,非理性主义的美学思想,通过"地下室"的途径认识真理,在善恶之间进行理性自由的选择,人只有进入神性自由才能重回上帝的怀抱等,所有这些都对加兹达诺夫的思想和创作产生了深远的影响。加兹达诺夫的长篇小说《在克莱尔身旁的一个夜晚》中的思想创造者维塔利叔叔的哲学就是舍斯托夫哲学的明显反应。实质上,加兹达诺夫的短篇小说《转变》和《黑天鹅》显然受到舍斯托夫思想的影响,并且在小说《黑天鹅》中有对舍斯托夫的《在约伯的天平上》内容的直接引用,如:小说的主人公巴甫洛夫称陀思妥耶夫斯基是"坏蛋","认为他是天才的、小气的撒谎之人和欠着别人账的牌迷,就像女人"②。舍斯托夫的《在约伯的天平上》中引用过 H. 斯特拉霍夫写给 Л. 托尔斯泰的信,在信中有不太可信的关于陀思妥耶夫斯基年少时堕落的资料和评论:"同他最相似的人物就是《地下室手记》的主人公,斯维德里盖伊洛夫和斯塔夫罗金。……但是,实质上,他的全部小说都是自我表白,都在证明,人本身就是能使任何卑鄙行径同高雅行为和睦相处的东西。"③这种思想在该书中相当广泛:在援引《作家日记》时,舍斯托夫认为地下室人的自我感觉,就如陀思妥耶夫斯基的自我感觉,有时陀思妥耶夫斯基不描写人物,而是描写面具,但在面具下读者能看到一个真正的、活生生的人,那就是作家自己。加兹达诺夫的《伤痕》和《夜间伴侣》等短篇小说中的女主人公都像是戴着面具的人,而第一人称的叙事主人公则是作者的自传代言人,与女主人公各占天平的一端。加兹达诺夫作品中哲学思想明显有从舍斯托夫那里吸收的东西。

　　在加兹达诺夫小说中一些叙事主人公感到生活无意义并渴求死亡,这导致加兹达诺夫对一些东西进行对比这种抽象的思想,而为一切进行逻辑辩护也是无力的,然而却能强迫人完成某种不存在的行为。只有死亡和死亡的无理性才能将加兹达诺夫的主人公从生活的噩梦中惊醒过来,明白人只有从自己的肉体中解脱出来才能实现所有的梦想,这是主人公生前徒劳

---

　　① Кибальник С. А. Гайто Газданов и экзистенциальное сознание в литературе Русского Зарубежья//Русская литература. 2003. №4. С. 53–54.

　　② Газданов Г. И. // Гайто Газданов. Собр. соч. : в 3 т. -М. : Согласие, 1996. Т. 3. С. 138.

　　③ 舍斯托夫. 在约伯的天平[M]. 董友, 译. 北京:生活·读书·新知三联书店, 2004:81.

地想要实现的东西。当我们考虑到加兹达诺夫受到舍斯托夫的哲学影响,这种观点未必是偶然的。

　　参加巴黎的俄罗斯共济会组织是加兹达诺夫生活中的重要转折,影响着他的世界观和诗学特征的形成。俄罗斯共济会是有着普世目标和神秘启示的秘密组织,共济会会员追求理性,主张"积极的仁爱"、从事社会慈善活动和个人道德自我完善,允许其成员在不受外界干扰的情况下决定伦理和哲学事物,这些意识形态和宗教哲学原则吸引着加兹达诺夫,因为在他看来,消除一切形式的不平等,传播社会和谐似乎是更可靠的个人计划。共济会是一个追求道德完善的准宗教的博爱组织,博爱对加兹达诺夫至关重要,原因是:战争的痛苦经历教导他在生活中不对社会乌托邦形式抱有幻想,而法国的民主展示给他的也是社会底层生活的痛苦经验,这使他想要在非传统形式的共济会中寻求排解孤独的出路。他生存状况的独特性使他属于所谓的"被忽视的一代",是被剥夺社会使命的一代,但共济会成员不论其社会地位如何,彼此都觉得是自己的兄弟,这让身居异国的他在精神上感到无比温暖,这种体悟也反映在他的作品中。经历战争和流亡生活的加兹达诺夫深知这种把世界看作一个人类大家庭的思想和价值观念,能将人们的意志统一起来,共同采取行动来拯救人类自己。人们只有用生存的道德伦理作为指导,一旦遇到灾难,才能不只是考虑拯救自己而且要拯救他人的命运,共同的命运已经把彼此联系在一起,才能有团结一致的思想,并"从道德上支持采取联合行动,来拯救我们濒临危险的人类大家庭"[①]。加兹达诺夫在二战中参与抵抗法西斯的运动正是基于这种理念。

　　加兹达诺夫的作品关注的焦点及核心是追求灵与肉的和谐发展,对人的本质和命运,以及生命存在的意义的思考。然而,加兹达诺夫的神秘类似于初恋的神秘,有点害羞和尴尬,但却是无条件和真实的。这一点体现出加兹达诺夫和俄罗斯文学的深层联系。正如吉涅耶所说:"他的小说是通过自己的定义,吸取俄罗斯小说的精髓,同时……创建以前在俄罗斯文学中所缺乏的传统"[②],这确实是加兹达诺夫毋庸置疑的优点。真正的博爱构成了加兹达诺夫的文学、宗教、哲学、美学和伦理学等的基础,并持续了他的一生,他的三个短篇小说《路灯》《幸福》和《第三种生活》的篇名体现出共济会的象征。这种观念使加兹达诺夫在短篇小说《伊万诺夫的信》中无情地揭露了

　　① 施里达斯·拉夫尔.我们的家园——地球[M].北京:中国环境科学出版社,1993:192.

　　② Диенеш Л. Гайто Газданов:жизнь и творчество(Перев. с англ. Т. Салбиева). Владикавказ,1995. С. 293.

那些骗取慈善机构经费来过奢华生活的可耻之徒。

高尔基在谈到艺术家创作时说:"艺术家是自己国家、自己阶级的感官,是它的耳朵、眼睛和心脏;他是自己时代的喉舌。"①加兹达诺夫那将"生存"和"精神"紧密结合的人生就是一本内涵丰富的书,读他的作品能与他的时代产生共鸣,启迪生存智慧。加兹达诺夫的生平和创作折射着他的小说艺术观,其小说既传承了俄罗斯 19 世纪优秀文学传统,又在异国文化环境下对传统现实主义的超越、深化和艺术创新。加兹达诺夫在与朋友的信中和文学评论中曾提出过为什么那么多当过医生的人只有契诃夫能成短篇小说巨匠? 为什么那么多参加过战争的人中只有列夫·托尔斯泰写出《塞瓦斯托波尔故事集》和《战争与和平》? 如果能回答了这些问题,也就是回答了为什么在众多当夜出租车司机的俄罗斯侨民中只有加兹达诺夫成了风格独特的俄侨作家。加兹达诺夫对历史及存在有着非凡敏锐的感受,这促使他积极地参与生活,细致地观察生活,哲理地体悟生活,独特地描述生活。加兹达诺夫的文学作品深刻地反映出生活现实不仅是作家把握生活现实的一种方式,也是使读者获得对生活的正确认识的一种方式。

加兹达诺夫认为在俄罗斯侨民作家中有百分之九十九的人在用贫乏的、标准的语言以及从谚语中借用的词或满含忧伤的公式化的表达,对这种现象,他也公正地表明:"不能认为文学创作活动都是由勃洛克、别雷、列米佐夫、高尔基、曼德尔什塔姆、帕斯捷尔纳克、巴别尔等人组成。……因此,也不可能希望所有人都像托尔斯泰和普鲁斯特写得那样。……并且,我认为,不应该徒劳无益地和责备地提起莫泊桑,或巴尔扎克,或果戈理"②。加兹达诺夫在这里提到都是他非常钦佩的作家,这一点可以从他生活和创作中体现出来。加兹达诺夫还受到一些苏联文学家,如巴别尔、皮利尼亚克、爱伦堡等人的短暂影响,他创造了自己的风格从而证明自己是一个独特的作家。

3. 法国文化的无觉熏陶与自觉接受

加兹达诺夫虽然是一个俄罗斯作家,但近半个世纪的法国侨民生活,使他的生活和创作也不自觉地受到现代欧洲文化的熏陶。但加兹达诺夫没有被法国文化所同化,而是有机地吸收了法国文化,结果出现了在 20 世纪文艺实验之繁荣时期的加兹达诺夫小说艺术的独特性。

加兹达诺夫在法国流亡生活的初期,经常变换职业或失业,这使其能深

---

① 高尔基. 论文学[M]. 北京:人民文学出版社,1978:190.

② Критика Русского Зарубежья(Часть вторая)// сост. Е. А. Дмитриевой. М. : Олимп,1998. С. 268–269.

入体验和观察到当时的法国社会生活，并在其作品中真实地反映了俄罗斯侨民的苦难生活和悲惨命运。随着加兹达诺夫的民主主义和人道主义思想的发展，他的作品加强了对现实社会的批判力度。他在《孟买》中表达了文艺作品不仅能引起人们的美感，更重要的是引导人们向往自由的观点。

加兹达诺夫认为，第一浪潮中老一代俄侨作家的悲剧性在于：他们的技巧是在虚拟的、人为塑造的文化空间中形成的。他们将自己在俄罗斯所接受的文化习俗和文艺学思想、他经历、感受和回忆中的俄罗斯的一切，直接从俄罗斯迁移到法国，只有书桌位置的改变，而没有文学性质的改变，因为这部分作家未能真正将自己的生活和创作融入异国他乡，如：布宁等人。而对高尔基、密茨凯维奇、赫尔岑等人来说，侨居只是他们生活的插曲，只是文化环境的迁移，他们的文学创作的主要特点不在于侨民身份，而是侨民的内心。就像赫尔岑的语言，虽然他离开祖国多年，但仍是俄罗斯所需要的语言。但革命之后的侨民作家无论如何也不可能以心灵大师自居，因为在其祖国正编织着另一种生活，并产生了新文学。A.查金指出："因此，当前在许多出版物中提出这种老生常谈的问题：'是一种，还是两种俄罗斯文学？'应该欣喜地回答：'一种'。一定要明确认清这种回答的政论联系。如果只限于这种确定，那就意味着只承认文学整体方面的一个方面而忽略了其他方面，忘记了这种将民族文学和所有早已产生深远影响的侨民文学进行划分的悲剧意义。"①

加兹达诺夫在《文学的承认》一文的开篇就指出："我曾多次听到苏联读者对俄罗斯境外文学的评论：他们赞扬侨民小说家们的某些'风格的高雅'，但反对其内容：没有一个现实的主题。"②加兹达诺夫既不认可这所谓的"风格的高雅"，也不认可读者提出的作家要写现实主题的内容，他认为那是记者而不是作家的责任。青年一代侨民作家的文学传承陷入现实的生存矛盾之中。在这种环境中那种想成为作家的人，没有通过自身来激发自己的对文学情不自禁的热情和尊重，也没有赋予被他们所抛弃的语言以特殊的含义。写作，在他们看来，不再是职责，而是职业。正如加兹达诺夫在其小说《夜路》中罗列的侨民们的生存状态："……拉皮条，算命，葬礼，收集烟头，帕

① Чагин А. Расколотая Лира(Россия и Зарубежье: судьбы русской поэзии в 1920 -1930-е годы). - М. :Наследие,1998. С. 22.

② Критика Русского Зарубежья(Часть вторая)// сост. Е. А. Дмитриевой. М. : Олимп,1998. С. 267.

斯捷诺夫斯基学院的劳动,在索尔伯恩上课,音乐会和文学,音乐和乳制品买卖……"①这充分显示了侨民文学第一浪潮初期的俄侨作家的生存环境和悲苦命运。加兹达诺夫刚获得文学声誉时就发现了文化环境缺失的弊端,因为艺术是来源于生活。有关在侨居环境下文学创作的目的,加兹达诺夫也在自己的短篇小说《瀑布》中有这样的隐喻性论述:

——您希望我怎样写作? 我问我的一个朋友。

——当您站在具有超乎人类想象的巨大力量的瀑布前;流淌而下的水流交织着从云缝迸射而出的、在空中闪烁的阳光。您手握一个普通的茶杯。当然,您要取的水,就是那条瀑布的水;但是难道您在后来把这个杯子展示给他看的那个人,——难道他也能理解这种瀑布吗? 文学,就是这样一种徒劳的尝试。

而就在我入睡时,我想起了这次谈话;我四周已经全黑了,梦已开始袭来,就像慢慢飘舞的雪花,我回答:

——不知道;可能是,为了不忘记。还带着渺茫的希望,就是某个人在某个时候——在除词汇、内容、题材,以及所有的,实质上,并不那么重要的东西之外,——突然明白有那么一点东西,它来自您为漫长的生活感到难受,并且这种感受您永远也不能叙述、描写和讲述的时候。②

加兹达诺夫的这种真诚的文学思想剖析,丝毫没有说教的感觉。在法国,加兹达诺夫在坚守文学的梦想时,也同样在经受生存的考验:他在侨民文学界声名鹊起时,却还要在巴黎开夜间出租车来维系生活。但他还是将"为灵魂"和"为生存"两种情况协调起来,并将其变成精神生活的一个非常私人的空间,有评论家甚至把他的作品称为"司机文学"。从这个意义上说,加兹达诺夫的创作之路提供了在一个陌生的文化环境建立一个俄罗斯文学新空间的独特尝试。并且,侨民文学第一浪潮中年轻一代的文学,即曾被弗拉基米尔·瓦尔沙夫斯基命名为"被忽视的一代"的文学,在很大程度上是在说他们的命运,而不仅仅说其文学创作的内容。

加兹达诺夫在法国经受的严峻生活考验是加兹达诺夫的文学创作和对生活进行哲学思考的来源。法国文学、哲学对他有极大的正面影响,"'加兹达诺夫那纯粹而朴实的理性小说'与其说是,可能,像大家说的,是受普鲁斯特影响的结果,倒不如说是受整体法国文学某些传统的影响。……《夜路》

① Газданов Г. И. // Гайто Газданов. Собр. соч. : в 3 т. -М. : Согласие, 1996. Т. 1. С. 600.

② Газданов Г. И. // Гайто Газданов. Собр. соч. : в 3 т. -М. : Согласие, 1996. Т. 1. С. 332.

的女翻译说到这种影响的危险是：据说，加兹达诺夫好像成了'说俄语的法国作家！'"①他的作品中穿插有不少的法语，这也是他有别于那些在俄国成名后又侨居法国的作家的独特之处。

可以说，加兹达诺夫文学创作中的审美意识和哲学思想也从法国及欧洲的文学和哲学中汲取了创作源泉。加兹达诺夫的作品的神奇之处在于，他的作品中不仅能发现俄罗斯经典作品与其如影随形，还能发现他对法国文学去粗取精的吸收和运用。1930 年奥楚普就注意到这点："在侨民中最有才的年轻小说家受到现代最出名的法国作家的影响，主要是普鲁斯特的影响，并且，每个人都在用自己的方式试图克服这种影响。从普鲁斯特流派受益最多的是尤里·费尔津，部分是西林，他，毫无疑问，立刻受到法国的某些影响，还有加伊托·加兹达诺夫，……其侨民的经验对他们来说不再是恩赐，因为与欧洲作家毗邻使他们能汲取某些对俄罗斯文学来说是新的和需要的东西。"②

1939 年，阿·萨维尔耶夫在评论文艺学思想流派时曾说："历史至今不了解境外艺术，合成词'本民族的境外艺术'自身包含着内部矛盾性及某些有限的不可能性。境外文学也不可能不存在缺陷。艺术，强迫其远离它的艺术之源，便具有特质性。有关这种思想会在阅读加兹达诺夫的小说时出现。"③从这个意义上说，加兹达诺夫的创作之路提供了在一个异国缺少读者群的文化环境建立一个俄罗斯文学新空间的独特尝试。加兹达诺夫被称为最具法国特质的俄罗斯作家，正如 M. 斯洛尼姆在《文学日记……加兹达诺夫的长篇小说》中所说："追求文字的华丽，加兹达诺夫无疑是处在法国文学的魅力之下，主要是现代文学。他被它的轻快、光鲜和优雅所诱惑。难以察觉的外国习气的特性进入了他的作品。他句子的旋律让人想起法国长篇小说。这对生长在侨民区的作家来说很自然，这甚至给加兹达诺夫的作品赋予了某种异国的情调。"④

加兹达诺夫被称为侨民文学第一浪潮中年轻一代最有才华的作家之一，他日渐融入了自己所在的侨居国的生活之中，这种民族融合的创作特

---

① Газданов Г. И. // Гайто Газданов. Собр. соч. : в 3 т. —М. : Согласие, 1996. Т. 1. С. 9.

② Газданов Г. И. // Гайто Газданов. Собр. соч. : в 5 т. под общей ред. Т. Н. Красавченко. М. : Эллис Лак, 2009. Т. 5. С368.

③ Савельев А. Г. Газданов. История одного путешествия: рецензия. // Современные Записки, Париж, 1939 №68

④ Газданов Г. И. // Гайто Газданов. Собр. соч. : в 5 т. под общей ред. Т. Н. Красавченко. М. : Эллис Лак, 2009. Т. 5. С. 376.

点,也使他的作品绚烂纷呈,各具特色。"像任何时候一样,追求创新探索的首先是年轻的一代,他们是在流亡生活中成长起来的,这些作家有:纳博科夫、波普拉夫斯基、加兹达诺夫、马姆琴科和沙尔顺等"①毕竟时代向前发展的趋势是不以个人的想法为转移,旧事物必将被新事物所取代。俄罗斯年轻一代侨民作家中的佼佼者顺应时代的要求,他们在吸收俄罗斯文学的精华的同时,开始进行符合时代需求的文学创新。正是像加兹达诺夫这样的不落窠臼的年轻一代作家让俄罗斯侨民文学摆脱了灭顶之灾。

加兹达诺夫意识到他们文学处境的尴尬,其作品除了那部讲述法国抵抗德国入侵的纪实文学是用法语所写,其他作品依旧用俄语书写。俄罗斯境外文学批评家常常将加兹达诺夫与纳博科夫相比较,注重两人创作的相似点研究,但有些研究者专于两人的相异性分析。加兹达诺夫和纳博科夫的相似在于,"他们写的东西和库普林的不同。勇于适应新的现实性——那时已被确定为勇敢的东西,还完全没有产生出路。不继续写有关俄罗斯的东西,也不原地踏步"②。俄罗斯诗人和批评家尤里·伊瓦斯克认为加兹达诺夫和纳博科夫之间有较少的相似,"纳博科夫,所有属于自己的独创性,还都包含在果戈理的、怪诞手法的俄罗斯文学的传统之中。而加兹达诺夫属于现实主义,但有着自己'加兹达诺夫式的'方式"③。加兹达诺夫称纳博科夫是"年轻一代"俄罗斯侨民作家中"唯一的天才作家",并且认为自己这样定义也不是很大的错误,纳博科夫甚至后来为扩大读者群,开始采用英语写作,并且主人公也不再是俄罗斯人。但感同身受的他特别能理解纳博科夫的创作转型,"西林的一些主人公是外国人,我认为,并不是偶然的:我们生活在——不是俄罗斯人,也不是外国人——的真空里,没有环境,也没有读者,总是什么也没有——在这不牢靠的欧洲,——一种怀有的感觉是,明天所有的一切又都'见鬼去吧',这就像在 1914 年或 1917 年发生的那样"④。这种文学环境使得加兹达诺夫后来也像纳博科夫那样将自己的主人公从俄罗斯人转向法国人。

《在克莱尔身旁的一个夜晚》发表后,加兹达诺夫获得了"普鲁斯特"的外号。究其原因是:读者和评论家在长篇小说中发现有意识流的创作手法,

---

① 弗·阿格诺索夫. 俄罗斯侨民文学史[M]. 刘文飞,陈方,译. 北京:人民文学出版社,2004:10.

② Возвращение Гайто Газданов:Научная конференция,посвщенная 95-летию со дня рождения рождения/Сост. М. А. Васильевой. —М. :Русский руть,2000. С. 16.

③ Иваск Ю. Две книги о Газданове//Русская мысль. 1983. 2 апр.

④ Критика Русского Зарубежья(Часть вторая)// сост. Е. А. Дмитриевой. М. : Олимп,1998. С. 270.

并且还有普鲁斯特在《追忆似水年华》使用的通过偶然的和外部的情节相组合的方式。不过,加兹达诺夫自己则证实说,他在写此小说时并没有读过普鲁斯特的作品,但看过对它的一些相关的文学评论。加兹达诺夫在《在克莱尔身旁的一个夜晚》中自传性的描写了生于时代断层的主人公,经历了社会大动荡和革命,被彻底改变了命运,成为巴黎俄侨。主人公的初恋情人克莱尔,其法语意思为"光明",这既是主人公对情人的追求,也是俄罗斯侨民对在法国的未来生活的向往,具有象征主义的诗学特征。在这部自传体小说中诠释了加兹达诺夫对革命、历史、生命哲学和文化恋母情结的深入思考。

可以说,法国文学中的象征主义、意识流、批判现实主义、超现实主义、存在主义、新小说、魔幻现实主义等诸多创作手法都在加兹达诺夫的作品中有着具体体现。在加兹达诺夫的创作中尤其体现了存在主义文化哲学的精髓,并通过其亲身的经历、俄罗斯古典文学传统、文化与民族基质、伦理道德、哲学以及共济会等影响而变体,这些看似如此不同的向量却在加兹达诺夫的审美意识中完美地结合。加兹达诺夫创作的独创性是对生活中某些残酷的东西的揭示,是对某些令人陶醉的生活的抒情写照:这种存在——乌托邦原则可以在加兹达诺夫的个人经历、个性、文化和民族基质以及他对共济会的热情中寻找答案。

加兹达诺夫在法国生活的时期正处于 20 世纪法国存在主义哲学盛行的时期,这种影响在他的作品中也打下了深深的烙印。在加兹达诺夫的创作中有许多与欧洲所有经典哲学家的存在主义哲学和美学方面的联系,如克尔凯郭尔、胡塞尔、尼采、海德格尔、马塞尔等。存在主义哲学倾向于通过文学来解释自身,在文学范围内寻求支持。"自十六、十七世纪起,法国文学中就产生了一种特殊类型的道德作家和'哲学作家'。他们的特点是对当时的个人和社会生活中的'病态'问题极为敏感并有强烈的兴趣,他们善于把这些问题用精美的、经过反复琢磨的、富于哲理的形式提出来,并立即就深刻地捕捉住生活的各种基本矛盾。"①加兹达诺夫就属于这类作家。人们之间相互帮助和相互爱护的道德体系不仅体现在加兹达诺夫的《朝圣者》中,而且《亚历山大·沃尔夫的幽灵》这部作品最大限度地揭示了法国哲学思想和俄罗斯侨民作家的独特综合,并运用和发展了加缪所提出的"反抗"和"革命"的概念,其行动者是主人公亚历山大·沃尔夫。

在加兹达诺夫的作品中有典型的存在主义的主题,其重点是人在世界的可能性和这些可能性的极限,他把自己的艺术重心都倾注到有关人的主

---

① 格·米·弗里德连杰尔.陀思妥耶夫斯基与世界文学[M].施元,译.上海:上海译文出版社,1997:83-84.

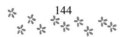

题上来,因为在人的身上隐藏着解开世界上的恶之源,也隐藏着战胜恶的法宝。评论家吉涅耶什关注到加兹达诺夫和加缪的长篇小说的修辞和哲学的相似性以及道德的统一性。"《朝圣者》的作者可以作为俄罗斯的加缪来讨论,加缪的《瘟疫》和《西叙斯的神话》:不顾一切,不顾所有的生命都是被周围灭绝人性和不可战胜的邪恶力量所包围,处在'围城'中,不顾'瘟疫',不管它是自然的还是社会的,我们必须继续生活、工作和帮助他人。这是当之无愧的人,这构成了他的英雄主义。然而加兹达诺夫接近加缪,不仅是在自己的道德主义哲学中,而且两位艺术家之间有惊人的共同点:他们的现代主义包括在创新中看待生活问题,而不是令人震惊形式上的创新"①。加兹达诺夫受到加缪艺术作品的影响主要表现为书写的相似手法、形象的一致性和情节过程等方面。但将两个作家的诗学完全混为一谈也是错误的,因为在加缪的哲学和作品中可以观察到某种类型化的倾向,但"加兹达诺夫远离类型化的任何形式,令他感兴趣的是具体的特征和现象。在这个意义上,他更接近另一个哲学家兼存在主义作家——Г. 马塞尔"。②

　　加兹达诺夫 20 世纪 50 年代以后的一系列作品中出现明显的反存在主义的意象。如小说《醒来》为全民的普通人——被夺去精神的存在主义者——平反。小说本身完全不是在认清普通人不可能再继续生活的意义上讨论存在主义的人的醒来,而是讨论普通人获得结果并且真正地返回到其他人的生活之中。如果在加兹达诺夫晚期的创作中还有和存在主义的文学及思想有相互联系之处,那么主要是在它的道德的和乐观主义的方式中。加兹达诺夫创作的主要变体表明的是另一些东西:现代人意识的完整性如何被破坏,强调形而上学心理。加兹达诺夫作品的叙事主人公的思想与其说接近存在主义,不如说与佛教。然而在加兹达诺夫大多数的作品中这个现代主义意识的特征是作为病态的行为来表现的,如《佛的归来》和《埃维莉娜和她的朋友们》。在 20 世纪中期法国的佛教、伊斯兰教等宗教的研究热也对加兹达诺夫产生了影响,例如其小说《水上监狱》的主人公经常会说出一些佛教用语,并且经常在一起对比几大宗教。

　　俄罗斯学者 B. 伊万诺夫(В. Иванов)曾将加兹达诺夫称为"魔幻现实主义"的代表。加兹达诺夫的短篇小说《水上监狱》中描写自己幻觉中看到主

---

①　Диенеш 1995–Диенеш Л. Гайто Газданов: Жизнь и творчество. –Владикавказ, 1995. C181.

②　Возвращение Гайто Газданова: научная конференция, посвященная 95 –летию со дня рождения: материалы и исследования // сост. М. А. Васильевой. М. : Русский путь, 2000. Вып. 1. C. 78.

教的头颅漂浮在如同大游泳馆的水中。如同法国先锋派的著名导演布努埃尔(1900—1983)执导的一部充满超现实主义的作品《黄金时代》(1930年)所表现的让人不寒而栗的视觉镜头：主教一下子变成了面目恐怖的骷髅。

法国的绘画和音乐艺术也对加兹达诺夫的产生了重要影响，其象征意义的短篇小说《夜间的伴侣》(也可译为《夜间的星》，法国有幅知名的画作就取此名)，其中引用了法国诗人波德莱尔的整首诗《黄泉中的悔恨》来揭示和讽刺社会现象。主人公"我"在夜间结识的同伴，身患尿毒症的80多岁的曾经的政界大人物，在临死前避开媒体和他人去见和他要好了30多年的情人，把财产都给了她，但却不知自己认为"见不到她我怎么能死"的红颜知己，竟是波德莱尔诗中的那种"不识逝者悲伤的风尘女郎"！加兹达诺夫在《亚历山大·沃尔夫的幽灵》中借主人公之口表达自己对波德莱尔诗集的持久的热爱。法国的多首音乐都成了加兹达诺夫作品的背景音乐，甚至是主旋律，并且音乐家福莱的名字也成为他小说中的主人公之名。

加兹达诺夫从法国的众多文豪那里汲取了创作灵感：巴尔扎克对加兹达诺夫的影响巨大；莫泊桑的作品也影响了加兹达诺夫，在短篇小说《黑桃8协会》中的瓦夏使人想起莫泊桑的短篇小说《港口》(1869年)，加兹达诺夫把随笔献给了莫泊桑；等等。

20世纪五六十年代，加兹达诺夫的长篇自传性小说以法国人为其主人公的作品有《朝拜者》和《醒来》，他开始站在全人类、多方面的层次来思考人和世界的关系。

加兹达诺夫是俄侨文学最成功的作家之一，在他的创作中不仅能明显地感受到某种真正而根深蒂固的俄罗斯的震颤，而且有某种完全不同且清晰的、源于欧洲文学及宗教空间或者是源于东方文化的东西。因此，在其创作中体现出引人注目的类型学三角之特征：俄罗斯—西方—东方。

(二)写到死而不求回音——波普拉夫斯基

鲍里斯·尤利安诺维奇·波普拉夫斯基(Борис Юлианович Поплавский,1903—1935)是20世纪俄罗斯后白银时代最著名的一位非主流派的代表人物，被誉为"俄侨诗歌第一人"。霍达谢维奇曾说："作为一名抒情诗人，波普拉夫斯基无疑是侨民中最有才华的诗人之一，或许，甚至就是最有才华的诗人。"[①]他的主要成就是诗歌，但也写过长篇小说。他在自己的诗歌《世界曾是黑暗、寒冷、通透……》中的那句"一直写到死，不求回音"，体现了作者对诗歌创作的执着，纵观其一生，此诗句简直是其文学命运的预

---

① 霍达谢维奇. 文学论文与回忆录[M].纽约:契诃夫出版社,1954:142.

言。波普拉夫斯基继承了俄罗斯民族性格中对生死和上帝的思考特质,他将《数目》杂志上青年艺术家们从创作形成的那种庄重、明亮而无望的音调定义为著名的"巴黎音调"(Парижская нота),其精神先驱是莱蒙托夫,秉承他将世界理解为不和谐,将人间理解为地狱之理念。同时,也是他受到欧洲颓废派作家影响的结果。他是弹奏"巴黎音调"的首席演奏家,其重要性正如梅列日科夫斯基所言:"要证明俄罗斯侨民文学的未来前景,只要举出一个波普拉夫斯基就够了。"①

波普拉夫斯基出生于沙皇俄国的一个音乐氛围浓厚的家庭,其父是柴可夫斯基的爱徒,其母是一位小提琴演奏家,父母两人各自所信奉的天主教与东正教的背景对他产生了潜移默化的巨大影响,让他承受着由这两种不同的文化所引起思想和行为的矛盾和冲突。巴黎俄侨作家梅列日科夫斯基曾说,仅举出一个波普拉夫斯基就足以证明俄罗斯侨民文学的未来前景;20世纪最具权威的俄侨文学批评家司徒卢威在自己的专著中对波普拉夫斯基的评价甚高,他认为:"如果在巴黎的作家和批评家中间调查,谁是年轻一代俄侨中最重要的诗人,毫无悬念,绝大多数人会认定是波普拉夫斯基。"②波普拉夫斯基的创作关注现代社会发展与个性危机之间的冲突,强调以非逻辑的方式来反映世界的偶然性和荒诞性,揭示人类潜意识中存在的恐惧、奋争、犹豫和失望,发觉梦幻之合理性和人类情感的隐秘世界,在表面不合理的张力中追求一种超现实的和谐,其作品也被俄国著名的宗教哲学家别尔嘉耶夫认为是其具有牺牲和拯救精神之灵魂的呼声。

波普拉夫斯基不仅和加兹达诺夫同一年出生,而且都是随着弗兰格尔的军队撤退到君士坦丁堡,1921 年后侨居巴黎,不过他是随着父亲一起侨民的,并且比加兹达诺夫早两年到达巴黎,他一开始在蒙帕纳斯的美术学院学习绘画,想成为一名造型艺术家。1922—1924 年,他在柏林与别雷、帕斯捷尔纳克、什克洛夫斯基和格·伊万诺夫等俄罗斯作家交往,这改变了其文学命运,使他放弃雕塑家的梦想,而坚定地迈上文学之途。两年后,他回到巴黎,干过各种各样的体力活,和加兹达诺夫一样,他也曾当过出租车司机,有时会因失业而靠救济金过活,然而,他不仅命运多舛,而且文学之路坎坷,他偶尔发表一点作品挣些微薄的稿酬,但终身都没有摆脱贫穷与困境。在为生活奔波之余,波普拉夫斯基经常去图书馆阅读文学和哲学作品。像那些

————————

　　① 波普拉斯基.波普拉夫斯基诗选[M].汪剑钊,译.石家庄:河北教育出版社,2003:1.

　　② 司徒卢威.流亡中的俄罗斯文学(增订版)[M].莫斯科:俄罗斯之路出版社,1996:226.

名不见经传的文学青年一样，波普拉夫斯基时常参加蒙巴纳斯的艺术家沙龙，从而接触到不少俄罗斯侨民艺术家、诗人和作家，认真听取他们关于文学与艺术的各类见解。1928 年他在《自由俄罗斯》杂志上发表了 8 首诗，这对当时老一代的侨民作家主要占据巴黎俄语刊物的现象来说，已实属不易，他的这组作品引起了一些人的关注。从那时开始，波普拉夫斯基的诗歌作品进入了俄罗斯侨民文坛，只是他文学生涯的一个里程碑式的事件。波普拉夫斯基对 20 世纪 20 年代弥漫在俄罗斯侨民文学中那种特殊的情绪和氛围定义为"巴黎情调"，认为"它形容的是年轻诗人的一种形而上的心态，将'隆重的、光明的和绝望的'色调融为一体"，表现为"人的宿命感与对生活的敏感两者之间的冲突"①。这种巴黎情调来源于俄侨们对世界的悲剧性感受，由此创作出来的诗歌体现出人与现实之间的不可调和性，以及人如何在生命与死亡之间挣扎的存在状态。

1929—1935 年，他总共有 15 首诗发表在《现代笔记》，这些诗为波普拉夫斯基赢得了最初的声誉。波普拉夫斯基的诗集《旗帜》的出版就是一个典型证据，他的这部诗集虽然受到评论家的高度赞誉，但 1931 年才经一寡妇的资助出版，此诗集也是他生前出版的唯一的诗集，也是他的第一本诗集。他的这部诗集在发表之后，虽未得到更多读者的肯定，却得到了俄罗斯侨民派文学圈的关注。波普拉夫斯基在这部诗集中改写了很多突出其自我意识的诗行，同时也突出了他特有的修辞、语调及前卫的创作思想和未来主义特色，这使他作为独具一格的诗人跻身巴黎俄侨文坛。1935 年前，波普拉夫斯基的一首写给奥列格·伊万诺夫的《黑色的圣母》是完全展现其意识形态的作品，诗体的跳跃性结构和非线性思维方式给人一种在混乱中搜寻的感觉，并且诗行中飘逸着大量关于死亡、宿命论和末世恐惧的思绪。那种充斥着斯拉夫式的悲怜和苦难的负罪感，诗人可以巧妙地运用修辞和各种语言技巧来突出其所关注的复杂矛盾和烦琐主题。但《黑色的圣母》同样不受出版家们的青睐，甚至其父亲也从未读过他的一首诗，不过，该诗发表后引起一部分读者的喜爱，使其声名鹊起。后来，为了赢得更多更广泛的读者，波普拉夫斯基在展示自己才华的同时，有意识地使自己的诗歌变得通俗易懂。他对语言极其敏感，在诗歌《旗帜》中自由而洒脱地操纵词与词组的节奏，鸣奏出一个个接踵而来的逼真的形象。将旗帜和尸布结合在一起，直斥人类生存之悖论，用睡眠、噩梦、旗帜、窗口、道路、城市、森林、兔子、乌云、雪、镜中的伴侣、死神、坟墓、地狱等形象，来突显人类生存的倦怠和困顿、生命和

---

① 符·维·阿格诺索夫.20 世纪俄罗斯文学[M].凌建侯，黄玫，柳若梅，等译.北京：中国人民大学出版社，2001：399.

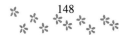

灵魂、过去和未来、荒诞及死亡等主题,使其诗歌具有强烈的存在主义色彩。

波普拉夫斯基的长篇小说《阿波罗·别佐布拉佐夫》(1932)的出版更是极度不顺。1933年,他因为筹不到钱而无法将全书出版。1935年,巴黎作家协会出版委员会因为考虑到销量问题也不情愿出版其小说。直到1993年由Л.阿伦主编的波普拉夫斯基长篇小说集《离开天空回家》在圣彼得堡出版,这是其长篇小说两部曲首次在祖国和读者见面。有研究者将波普拉夫斯基的诗学形象地称为"异国的白色之花"①。外国的闪烁面纱有时会转变为稳定的个人神话,成为艺术家创作形象的重要组成部分,他的小说和诗歌独特性吸引了俄语读者们。

波普拉夫斯基的爱情同样很悲剧:1931年他在蒙巴纳斯遇到了自己的爱人纳达利娅·伊万诺夫娜·斯托利亚洛娃,两个人志同道合,一起参加各种俄罗斯侨民文学活动,一起到巴黎周边的小城镇及郊外旅行,波普拉夫斯基曾写了一组诗歌《在水的太阳音乐之上》来歌唱自己的甜蜜爱情,但这个爱情最终使他真正堕入他在自己诗歌中所叙述的那种可怕诅咒之中无法自拔。因为纳达利娅在1934年12月同父亲返回苏联,她的父亲随即受到了肃反的迫害而被枪决,她也丧失了通信权,她的杳无音信造成独自面对爱情诅咒和生活重负的波普拉夫斯基开始用毒品麻醉自己。1935年10月8日晚,他因吸食过量海洛因而丧失了生命,他的去世让巴黎俄侨知识分子意识到俄侨界失去了一个诗歌天才,犹如一首优美的音乐刚演奏到优美之处就戛然而止,孤独是造成他死亡的潜在凶手。

波普拉夫斯基的另外几部诗集是在其去世后,由其朋友整理出版,给其带来死后的殊荣,这些诗集是《下雪时分》(1936),《在蜡制的花环中》(1938),《方向不明的飞艇》(1965),1997年托姆斯克宝瓶星座出版社出版的《诗选》和1999年莫斯科和睦出版社出版的《自动写作的诗歌》汇编了波普拉夫斯基的大量诗作,2001年汪剑钊在《世界文学》第五期上节译了其中的27首诗,其中最后一首是《命运的脚是由金子做成……》,诗行如下:

命运的脚是由金子做成
肚子——由黎明的晨曦做成
胸膛——由玻璃做成
手——由钢铁做成
它的头颅由去年的报纸切割而成
而眼睛,眼睛向所有的风睁开,

---

① Зданевич И. Борис Поплавский // Поплавский Б. Покушение с негодными средствами. Неизвестные стихотворения. Письма к И. М. Зданевичу. М. ,1997. C. 111.

随波逐流的气球向它飘去

还有旗帜,教堂的工具和巨大的

埃及生产的游戏纸牌

然后闭上眼睛,霹雳震响在大地的

上空,那时就像天使,透过飞艇

和妓院的窗口望出去,

意义重大地展示手指。

诗歌突然诞生,一切在雨中喧哗

和哭泣,淋湿街头的海报,街头小溪里的

树叶总是忘记文学的

罪行。

从这首诗中,可以看出波普拉夫斯基继承了白银时代的特征,拥有对语言和词句的驾驭能力,将矛盾的思维神奇地绘制成一幅幅语言的图画。他不自觉地关注到现代社会发展与个性危机之间的冲突。汪剑钊在《地狱里的春天——俄罗斯超现实主义诗人波普拉夫斯基》一文中认为:"这几部诗集比较明晰地展示了诗人由未来主义走向超现实主义的过程,如果说《下雪时分》还停留于世纪初'白银时代'的文化氛围里,带有对马雅可夫斯基式的未来主义的留恋,《在蜡制的花环中》已经流露出某种向新的写作风格过渡的痕迹,那么,在《方向不明的飞艇》和《自动写作的诗歌》这两部诗集中已显露了作者对超现实主义写作的自觉意识。"①波普拉夫斯基在这些作品中自由地书写自己眼中的世界,淋漓尽致地表达自己的审美情趣,揭示世界本源的存在与非存在的对立统一关系。他主张用陌生化的手法来造就语言的艺术生成能力,发掘事物内在的联系,用非逻辑的手段来反映世界之偶然性和荒诞性,并在表象的不和谐中追求超现实的和谐,揭示人类潜意识中的内在恐惧和犹豫、绝望和希望、彷徨和斗争,展现情感和思想的隐秘世界。如在《在蜡制的花环中——致亚历山大·勃拉斯拉夫斯基》一诗中写道,"我们"因守护亲昵的闲暇,而避开了幸福,接着,将城市比作圆号,和着森林里光秃的树枝在歌唱。然后将末日之前甜蜜的玩笑与一个人无影无踪地消失进行对比,而大自然中的风儿、雪花也在催促"去死吧,你"。在诗歌的第四小节中出现鹞鹰和山羊的形象,将俄侨们曾经经历的特殊的"十月",比拟为在空中旋转的灰白的鹞鹰,而山羊能见其形体,却看不见其用建筑石膏雕塑的灵魂。在诗的最后一节,诗人画龙点睛地指出,纵然时光如冰冷的节日般流

---

① 汪剑钊.地狱里的春天——俄罗斯超现实主义诗人波普拉夫斯基[J].世界文学,2001(05):209.

逝,命运如云雾般沉浮,但仍旧要与命运抗争,因为"我记得,死神曾对青年的我歌唱:不要去等待命中注定的时刻"。

作为一个侨民作家和宗教神秘主义者,并深受欧洲寻神影响的波普拉夫斯基,认可谦卑而仁爱的上帝,敏锐地感受到自身与上帝之间的黑暗,感受到人的内心存在着怜悯和残忍之斗争,感受到对生与死之爱的矛盾心理,怀揣一颗牺牲和拯救的心来进行自己的创作,在他的多首诗中都出现过"上帝""死神""天使"等词汇。正如他给自己朋友的信中所称:"惊奇与怜悯是主要的现实性,或者说是诗歌的动力。"①这也是他的艺术追求和创作动力。

第二节　从巴黎去他国的俄侨作家

(一)俄罗斯文学的异在——纳博科夫

弗拉基米尔·弗拉基米罗维奇·纳博科夫曾(Владимир Владимирович Набоков,1899—1977)是俄罗斯侨民文学第一浪潮的年轻一代作家中最杰出的作家,写作和研究蝴蝶是他一生的爱好,他特别关注过普希金的《叶甫盖尼·奥涅金》、A. 费特的《蝴蝶》、A. 迈克夫的《沼泽》和 И. 布宁的《总有一天——我会消失》的有关蝴蝶的诗句。他的早期家庭教育是英语、俄语和法语同时进行学习,因此,他能自如地使用这几种语言进行创作,一些研究者视"纳博科夫为俄罗斯文学的异在"②,他的创作受到俄罗斯作家布宁的影响,同时,他的具有后现代主义诗学特征的《天赋》和《洛丽塔》等散文,可以说"对美国后现代主义作家的影响是众所周知的事实"③。纳博科夫一生侨居不同国家,受各种异质文化的熏陶和影响,他的创作颇丰,有 400 余首俄文诗作、6 部俄文诗剧、3 部俄文散文剧、52 篇短篇小说和 17 部长篇小说。研究者还在纳博科夫用英语创作的小说《地狱》中发现了夹杂的俄语成分,进而认为"俄语的渗透提醒人注意其长篇小说的英语实质是被转变的形式,而保存在其中的俄语词汇和句子是发端的形式之残存遗迹。它们存在于文本

①　尤·伊瓦斯克.同时代人回忆和评价鲍·波普拉夫斯基[M].彼得堡:逻各斯出版社,1993:160.

②　Сахаров В. И. В. В. Набоков — русский писатель // Культура русской эмиграции. М. ,1998.

③　Липовецкий М. Русские постмодернизм. Екатеребург: Уральский государственный педагогический университет,1997,С. 53.

中则预告长篇小说的英语是俄语的异在"①,这种异在显示出纳博科夫创作中的跨文化特征,他对异国文化表现出接受和喜爱,极好地融入了侨居国的生活和文化,正如布宁在 1929 年读到他的短篇小说《仁慈》所作的超前评价:"无论如何——他是个极为有趣的作家,把西方文化的全部最新成就和俄罗斯的文学传统甚至是斯拉夫的灵魂结合了了起来。他将走进欧洲的文坛,在那里也不会被视为异己。"②这体现了纳博科夫对俄罗斯文学传统的继承与超越。因为纳博科夫的文学命运极具独特性,他的创作生涯开始于俄罗斯诗歌白银时代的末期,又历经了 20 世纪俄罗斯侨民文学的三次浪潮,不仅在巴黎俄侨界声名显赫,而且在美国获得世界性声誉。他在自己那些侨民主人公身上揭示了流亡者在异质文化中无法拥有话语权而产生的焦虑与恐惧,这也是他自己侨居生涯的心路历程,但与大多数俄侨作家的文学命运相比,其文学生涯是极为曲折而幸运的。

1. 文学生涯的辗转历程

天生具有优雅气质的纳博科夫于 1898 年 4 月 23 日出生在圣彼得堡,和莎士比亚同一天生日,这是两位文学巨匠之间的神奇巧合。富裕的家庭让纳博科夫的童年过得充实而幸福,他的气质秉性更接近自己的母亲,他在作品《彼岸》中描述了自己的童年。纳博科夫在多方面的才情则形成了他自信的品格,这让他在后来侨居生涯中能进行百折不挠的创作,早在 1916 年他就出版了自己的第一部诗集。在十月革命后他随家人搬到克里木,并在 1919 年彻底离开俄罗斯,在流亡前他继承了舅父的一个大庄园,这也使其得以从 1919 年至 1922 年能在剑桥大学学习俄国文学和法国文学,他学习得游刃有余,并于 1923 年出版了两本诗集《葡萄串》和《山路》,在这两部诗集中融入了多个作家的创作原则,体现出纳博科夫受到了不同文学风格的影响。流亡和创作是纳博科夫的人生主题,侨居之初,是他写诗最多的时期,他还进行翻译工作,这对其创作亦有极大的好处,他曾将自己的俄语抒情诗收进双语诗集《诗与课题》(1971)。

1922 年纳博科夫崇拜的父亲被俄罗斯的极端君主主义者刺杀,这无疑使身心受创的纳博科夫的命运发生了改变。1925 年纳博科夫娶了有犹太血统的妻子,这更造成他后来颠沛流离的侨民之旅,纳博科夫不懂德语,不喜欢德国人,这也导致他想带妻子移居巴黎。

"在欧洲二十年流亡生活当中,他同俄国作家蒲宁一起在流亡者的圈子

① Виролайнен М. Н. Англоязычие Набокова как инобытие русской словесности //Виролайнен М. Н. Речь и молчание. СПб. ,2003. С. 463.

② 施拉耶尔. 蒲宁与纳博科夫:一生的较量[M]. 王方,译. 哈尔滨:黑龙江教育出版社,2016:35-36.

里享有声望。"①1926 年,他发表了第一部长篇小说《玛申卡》,这部备受俄侨文学评论界推崇的作品使他被誉为"新一代最伟大的希望"和"俄罗斯最优秀青年侨民作家"。1926 年之后,纳博科夫的重要作品有《王、后、杰克》或译《贵人、女人、小人》,1928 年《卢仁的防守》(1929—1930)、《乔布归来》(1929 年)、《荣誉》(1931—1932)、《黑暗中的笑声》(1932)、《绝望》(1934)、《天赋》(1937)、《斩首之邀》(1938)等,纳博科夫在自己的作品中塑造了一系列俄侨底层民众和俄侨知识分子的形象。

1929 年春夏之交,纳博科夫和妻子在法国的东比利牛斯省度过了美好的四个月,通常是白天捕蝴蝶等鳞翅目昆虫,傍晚开始写作,虽然生活拮据,但过得很充实,而他的这种爱好不仅让他挣钱补贴家用,还使他像自己爱戴的契诃夫那样,能细致入微地观察不同社会处境时人和事,并用科学审慎的态度来进行文学阐释。

有位西方评论家认为,这一时期巴黎侨民圈掀起了"西林热",他受到人们的盛赞,当然,其中也不乏阿达莫维奇、扎伊采夫、梅列日科夫斯基夫妇、格奥格尔·伊万诺夫等人对他的斥责和反对,这一现象让深爱纳博科夫才华的《当代札记》编辑伊利亚·冯达明斯基焦虑不已,甚至在 1930 年 3 月请求布宁为纳博科夫的《乔布归来》写一页评论,不知何故,布宁最终没写,而是马尔科·采特林写了。1931 年,当梅列日科夫斯基提名诺贝尔文学奖时,扎伊采夫很困惑,认为纳博科夫做候选人更合适。由此可见,当时的纳博科夫已渐渐深得人心。1931 年纳博科夫发表了短篇小说《委屈》(英译:*A bad day*《倒霉的一天》),该小说的主人公普佳·希什科夫(Путя Шишков)的形象中有纳博科夫自己的影子,与布宁的《初恋》和屠格涅夫的《初恋》的主人公瓦西亚和瓦洛佳一样都承载着纳博科夫对自己早年的追忆,都是还有朦胧初恋且羞于表达的青涩大男孩。

1932 年纳博科夫在巴黎的演讲大获赞誉,冯达明斯基和阿尔达诺夫为其举办文学晚会,纳博科夫和阿尔达诺夫彼此赞赏,冯达明斯基简直成了纳博科夫在巴黎的代言人。

1936 年纳博科夫在巴黎举办的几次文学晚会让他在巴黎俄侨界声名鹊起,曾经的追随者成了文学新星,这让布宁有了隐隐的不安。在整个 2 月期间,纳博科夫和布宁、阿尔达诺夫、阿达莫维奇、别尔别洛娃、茨维塔耶娃等巴黎俄侨作家在几次作家和诗人的联欢晚会上见面,并且交谈。纳博科夫将这些活动内容以及参会感受都事无巨细地写信告知了妻子,不仅是他,连当时相聚的那些作家和诗人们也感到了他和布宁之间的关系发生了微妙的

---

①　纳博科夫.普宁[M].梅绍武,译.上海:上海译文出版社,2005:1.

变化,纳博科夫的盛名让布宁开始对其漠视甚至有时会愤怒。但纳博科夫一如既往地给布宁寄上自己附有赠言的作品,继续着他们之间在文学事业上的往来,并邀请布宁参加他和《当代札记》联合举办的第四次文学晚会,布宁也勉为其难地参加了他在博学会大厅举办的朗诵会,他在晚会后又去布宁家感谢布宁夫人为晚会筹款及捧场。

自1937年7月,纳博科夫一家开始了在巴黎三年的侨居生活,在夏纳、芒通、索拉等城市居住过,布宁曾两次去纳博科夫家造访。在法国期间,纳博科夫顺利完成了自己创作语言的转变过程,他成为当时巴黎俄侨文学圈的新秀,他的作品具有俄罗斯性还是非俄罗斯性,一度引发俄侨评论界的热烈争论。布宁从未忽视纳博科夫在文学上的造诣,在接受《真理报》的采访时,他依旧肯定指出了纳博科夫在青年一代巴黎俄侨作家中的地位。

1937年,纳博科夫用法文写了一篇纪念普希金的文章,并将普希金的一些诗歌翻译成法语。他不仅用法文写自传体短篇小说,还把自己的长篇小说《绝望》和《暗室》翻译成英文,这显示出他语言和文学的深厚底蕴。

1938年,纳博科夫的《塞巴斯蒂安·奈特的真实生活》是他开始以英语进行创作的标志。纳博科夫的自传性小说《说吧,记忆》以及《文学的艺术与健全的理性》等一系列文学讲稿中,纳博科夫在现实世界和彼岸世界的时空交错中自如地展现其"形而上"的美学观。正如纳博科夫在其《文学讲稿》中明确指出的那样:"任何事物都建立在过去和现在的完美结合中。天才的灵感还要加上第三种成分:那就是过去、现在以及未来(你看)在突然的闪光中结合;所以整个时间之环都被感觉到了,这就是时间不再存在的另一种说法。"①纳博科夫用英语创作,并成为公认的真正意义上的英语作家,但他曾经拥有的俄罗斯语言、俄罗斯文学、童年记忆以及俄罗斯流亡者的心态和境遇依旧影响其世界观的精神深度,虽然他乐于承认自己是美国作家,但也不能否认俄罗斯文学和文化对他的重大影响,只能说明他成功地将俄美两种文化有机地融合在自己的创作中,这是一种潜移默化的文化影响。在1938年中,纳博科夫和布宁依旧在通信,但在信中纳博科夫对布宁有了一种傲慢讽刺的语气,这也是针对布宁对他的狂大摆谱的态度。由此,也反映出新老两代侨民作家在生活和文学中的一些真实境况。

1920—1940年,纳博科夫常用弗拉基米尔·西林(Владимир Сирин,意为天堂鸟、火鸟)这个笔名在侨民期刊上发表作品,他在这一时期的优秀作品被收入《乔尔波的回归》《暗探》和《菲雅尔塔的春天》这几部文集。这一

---

① 纳博科夫.文学讲稿[M].申慧辉,译.北京:生活·读书·新知三联书店,1991:512.

时期纳博科夫的小说中出现了布宁式的语调,并且小说中使用布宁经常使用的由分号切割的复杂长句:纳博科夫早期最出色的文学小说《圣诞节》与布宁的短篇小说《雪牛》彼此呼应,都描写了冬季郊外别墅中的父爱故事;布宁的小说主人公赫鲁晓夫捣毁雪牛,解除儿子感到痛苦和恐惧的根源;纳博科夫的小说主人公斯列普佐夫在巨型印度夜蛾的异在拯救下,最终克服了丧子之痛。纳博科夫异于布宁的艺术世界是源于两个人相异的生活境遇和个人爱好。并且,纳博科夫 1930 年的短篇小说《皮尔格拉姆》和布宁写于 1915 年的小说《旧金山来的绅士》进行了平行对照式的对话,两个小说的主人公都梦想着旅行异国他乡,并且都死于梦想旅途之初。纳博科夫有十多个短篇小说都是布宁的这种以死亡告终的叙事模式,并且描写激烈死亡的写作手法也与布宁非常接近,这是一种成功的戏仿。1939 年纳博科夫的短篇小说《面容》和《博物馆一游》分别刊登在巴黎俄侨杂志《俄罗斯札记》和《当代札记》上,《博物馆一游》是一篇最具超现实主义特质的作品。1939 年纳博科夫在巴黎布瓦洛街的破旧公寓里完成了中篇小说《魔法师》。波兰被入侵后,纳博科夫和老一代巴黎俄侨作家布宁、阿尔达诺夫、吉皮乌斯、梅列日科夫斯基、列米佐夫、苔菲、别尔别洛娃等人联合为《当代札记》上发表的《抗议入侵芬兰声明》(1939 年)签名,纳博科夫是唯一参与此次政治行动的年轻一代巴黎俄侨作家,这些不同政治信仰的俄侨作家同仇敌忾的行为真实地传达了当时巴黎俄侨界的思想境况。1926 至 1940 年纳博科夫用俄文写了 9 部长篇小说。

1940 年 5 月纳博科夫乘坐美国犹太代办处为拯救欧洲难民而包租的最后一个航班——客机"尚普兰"移居美国,纳博科夫有很多狂热的犹太粉丝。布宁在 6 月份还从被纳粹占领的巴黎寄信给别尔别洛娃询问纳博科夫在美国的地址,但遗憾的是,他和纳博科夫再也没有联系上。1945 年纳博科夫加入美国国籍,美国文学史已将他称为 20 世纪美国最杰出的作家之一,但是纳博科夫在巴黎俄侨圈曾经掀起的文学浪潮是世人瞩目的,他的作品涉及了俄罗斯侨民流亡生活的素材,他用小说塑造并寻找自己梦想中逝去的俄罗斯乐园。纳博科夫在自传性作品《说吧,记忆》中,将自己笔名为西林的这段文学生涯比喻为飞过阴暗放逐的天空的流星,除了骚动不安的模糊印象,什么都没留下就结束了。但事实上,他一直是巴黎俄侨界的一颗耀眼的流星,他在美国取得的巨大成就让研究者不能不回头追逐他在巴黎的那段光辉岁月。

1940—1958 年,纳博科夫主要以在美国大学讲授俄罗斯文学和世界文学为生,并于 1942 至 1948 年兼任哈佛大学比较动物学博物馆研究员,还发现过一些新品种的蝴蝶和蛾,这一爱好彰显了纳博科夫的独特的艺术人生。

后来，纳博科夫返回欧洲，生活在瑞士，创作了他的一些重要的文学作品。纳博科夫在从事文学创作的同时，还由他本人撰写或经由后人编辑整理了大量的文学讲稿，如《尼古拉·果戈理》（1944）、《文学讲稿》（1980）、《俄罗斯文学讲稿》（1981）、《〈堂吉诃德〉讲稿》（1983），等等。纳博科夫告诫读者不要试图在小说中寻找所谓的"真实生活"，也不要试图调和事实的虚构与虚构的事实，他把伟大的文学作品都视为童话，认为"《堂吉诃德》是一个童话，《荒凉山庄》是一个童话，《死魂灵》亦是如此。《包法利夫人》和《安娜·卡列尼娜》则是最伟大的童话"①。这种观点首先是基于文学作品和童话都具有的幻想品性，因为好作家总是用自己的眼睛去观察世界，并在其个人视角中的客观世界的印象尚未成形时就亲自动手重新组合它，使这个艺术世界中的一切内容都因艺术家的个人观察和感知而具有了特殊的意义，各种事物也被赋予了个性化，可以说，一部真正伟大的艺术作品就是作家独特观察和艺术创造的童话，纳博科夫的"文学即童话"的理论根源于深厚的民族文学土壤。纳博科夫是不可知论者，对于文学是真实性，其观点是："可以，这么说，追求真实性完全是越来越接近；但都将是不完全地接近，因为现实性——这是阶段、接受程度、二元底板的无限的连续性。因而它永不枯竭并且无法去实现。"②纳博科夫在1940年后的重要作品有：《塞巴斯蒂安·奈特的真实生活》（1941）、《洛丽塔》（1955）、《普宁》（1951）、《微暗的火》（1962，被认为是纳博科夫的最佳作品）、《地狱》（又称《激情》或《艾达》，1969，这是纳博科夫最钟爱的作品），等等。

1977年7月2日，俄裔美籍双语作家纳博科夫在瑞士逝世，结束他世界夺目的一生，但他的作品必将流芳百世。

2. 文学生涯的评价

纳博科夫的文学成就主要在流亡生涯中完成，其作品在争议中被关注和接受，自1929年他的第三本小说《防守》发表之后，他在俄侨文学圈中的天才文学家地位始终不可动摇，俄侨评论家霍达谢维奇认为他是个"形式艺术家"，因为其作品形式"尤为多样、复杂、卓越而新颖"③。他在情节雕琢、结构设计等方面则异于俄国小说之创作传统，具有了西欧风格，但其作品中依旧能发现受俄罗斯文学传统影响的痕迹。1973年，纳博科夫因其终身成就

① Vladimir Nabokov, Lectures on Don Quixote, Fredson Bowersed. (New York: Harcourt Brace Jovanovich, 1983), p1.

② Набоков В. В. Собр. соч. амер. Периода в 5 т. –СПб., 1999:23.

③ Vladimir Khodasevich. On Sirin, in Vladimir Nabokov: the Critical Heritage M. Norman Page ed. 1990, p61.

而被美国授予国家文学金奖。如今在俄罗斯,纳博科夫被定位为俄侨文学中最有建树的文学家,可以说,在20世纪俄罗斯文学中,"正是B.纳博科夫的创作保证了俄罗斯当代文学与20世纪初文学的连续性。而就其对俄罗斯文学以及20世纪后30年世界文学的文体演变的影响程度来看,B.纳博科夫堪称是最现代、最具美学影响力的艺术家之一"①。纳博科夫用俄语写的短篇小说自然流畅,无论在语言、形式还是题材方面都显示出他是一流的小说家。但在抵达美国后,他选择用英语进行创作,最终将十九世纪的俄罗斯文化抛在身后,这在很多俄罗斯人看来,是对祖国和故土的一种背叛。他的作品常被俄罗斯本土的作家和读者指责为太缺少"俄国性",缺少"俄国式"的沉重,更少对生活的关怀和伟大的思想。纳博科夫自然不屑于理会这种看法,不仅如此,他还表达出对美国这个"真正意义上的第二故乡"无所避忌的亲善和喜爱,这不免使俄罗斯人的民族感情受到伤害,时不时引起他们强烈的抵触情绪。但以赫鲁晓夫的曾孙女尼娜·赫鲁晓娃为代表的另一类俄罗斯人从全球化的视角来审视纳博科夫及其创作,认为融入西方文化中的纳博科夫能代表俄罗斯的未来,是俄罗斯人摆脱了世代承袭的唯我独尊意识而进入现代化文明的最好诠释。

　　纳博科夫自1938年改用英语作为创作语言,是他在有意识地改变自己的文学命运。纳博科夫自己解释改变创作语言的原因是:他知道自己最终会在美国安顿下来,他转向英语,曾感觉自己开始用英语做自我介绍时就像后备队员惊惶不安的希望被完成一样。不过一切都像被他计算好的一样,其选择因其小说在世界风靡而被证明是正确的,他的文学命运由此而再度变得显赫。20世纪50年代末在巴黎出版的《洛丽塔》使纳博科夫闻名世界,这部小说受到普鲁斯特的《追忆似水年华》的启发,"正是普鲁斯特,而不是其他现代主义者,引导纳博科夫发展为一个自觉的现代作家"②。在这部小说中,纳博科夫还模拟自己推崇的福楼拜的口吻进行叙述,并且戏仿得惟妙惟肖。纳博科夫也被法国作家让-保罗·萨特视为反派小说家,并说是流亡的愿望让纳博科夫将自己曾经构筑起来的结构完全推倒,然后重新建构小说。

　　20世纪60年代以后,俄侨作家们因为纳博科夫作品中已不受俄罗斯文化的影响而具有了非俄罗斯性,将纳博科夫视为世界主义者作家。但纳博

---

　　①　符·维·阿格诺索夫.20世纪俄罗斯文学[M].凌建侯,黄玫,柳若梅,等译.北京:中国人民大学出版社,2001:370.

　　②　John Burt Foster Jr:Nabokov's Art of Memory and European Modernism,Princeton University,1993,p14-15.

科夫的一生用各种文学形式将自己与俄罗斯文学紧密结合。纳博科夫一生写下 400 余首俄语诗歌、6 部俄语诗剧、3 部俄语散文剧、52 篇俄语短篇小说和 11 部俄语长篇小说。纳博科夫为俄英文学的译介和交流做出了重要贡献，他用自己独特而娴熟的技巧翻译的俄罗斯经典作品有：俄罗斯诗史《伊戈尔远征记》、普希金的《叶甫盖尼·奥涅金》（1964）、莱蒙托夫的《当代英雄》。纳博科夫主张直译，并在译著中加注解和评论来阐释，他在 1973 年将自己的译作《叶甫盖尼·奥涅金》中所写的评注及访谈录《坚决的意见》整理发表，它不仅为读者理解其所分析的文学对象及其文学观提供了新颖视角，也为读者阅读其作品提供了重要的切入点，成为把握其小说创作的一个重要的文学批评依据。纳博科夫总结自己的文学命运，写了自传《说吧，记忆》。博科夫用英语进行的创作是其文学和语言的功力积厚薄发的体现，也成就了其世界声誉。

同样，纳博科夫用俄语创作的作品在俄罗斯文学与文化史上占有重要地位。他的文学创作生涯开始于"白银时代"末期，他继承和发展了俄罗斯现代主义文学的传统，并且其创作涵盖了 20 世纪 70 年代以前俄罗斯文学所有阶段的特征，不仅体现了 20 世纪初的俄罗斯文学与当代文学的连续性，而且实现了从现代主义文学向后现代主义文学的转变，他的创作手法和美学思想备受后现代作家的推崇，因而尊称他为"俄罗斯后现代文学之父"。1989 年纳博科夫的作品回归苏俄后，评论家们开始热烈讨论他的俄国文学性，发现不仅是他的文学风格，而且包括他的文学思想、世界观和艺术在内的方式都具有另类特征。纳博科夫不但消解了主流社会的政治、审美、道德观，还凸显了苏联官方建构的话语体系具有虚伪性，其创作特征也异于主要是反对理性化和主体性的西方后现代主义。奥列格·米哈伊洛夫斯基纳从政治的视角将纳博科夫评价为"西方对抗俄罗斯文学的关键人物"[①]。纳博科夫积极适应不同流亡生境，并采取相应的应对措施，将自己从本应成为失语的他者转变为拥有话语权的强者。

纳博科夫对自己颠沛的传奇人生做了如下总结："我自己命运中的断裂在回忆中给了我一种眩晕的快感。"[②]而"对于更加麻木不仁的命运，对于我们不妨说，时间是一种原本就缺少前途的，光滑、安全、小城镇似的连续性……"[③]。因为时间是最伟大的作者和编剧，它会给每个人写出不同的命运

① See Aleksei Zverev. Literary Return to Russia[M]. In The Garland Companion to VN, Vladimir Alexandrow, ed. 1995, p299.

② 纳博科夫. 说吧，记忆[M]. 陈东飙，译. 吉林：时代文艺出版社，1998：242.

③ 纳博科夫. 说吧，记忆[M]. 陈东飙，译. 吉林：时代文艺出版社，1998：242.

结局,时间见证和书写了纳博科夫的文学命运,因为写作,纳博科夫安放了自己的灵魂,也塑造了其作品中主人公们的别样人生。

(二)纵观祖国 20 世纪风云变迁——别尔别罗娃

尼娜·尼古拉耶夫娜·别尔别罗娃(Нина Николаевна Берберова,1901—1993)生于白银时代,被称为最耀眼的俄侨女作家、诗人、批评家。别尔别罗娃 1901 年 7 月 26 日出生于圣彼得堡,她用俄语、法语和英语写作,主要写散文、诗歌、论俄罗斯文学的文章、传记以及回忆录。她的一生见证了20 世纪俄罗斯的风云变迁,而她自己的人生经历亦是坎坷复杂,她的文学命运和文学作品具有重要的研究价值。

别尔别罗娃出生在一个相当富裕的家庭:她的祖父伊万·迈纳索维奇·别尔别罗夫是一位著名的医生,曾在巴黎接受过教育。她的父亲尼古拉·伊万诺维奇从莫斯科大学物理数学系毕业后,进入财政部,并于 1917 年晋升为军需部长。她的母亲出生于一个特维尔的地主家庭。别尔别罗娃是家里唯一的女儿,毕业于圣彼得堡的高中。1919 年别尔别罗娃随全家搬到了顿河畔的罗斯托夫,1919 至 1920 年她在顿河大学的历史与语言学院学习。在该城市的五月大街上至今保存有别尔别罗娃的故居。1920 年,别尔别罗娃回到彼得格勒。1921 年别尔别罗在彼得格勒(圣彼得堡的旧称)诗坛崭露头角。1922 年 2 月她的第一首诗刊登在一个纪念文学团体"谢拉皮翁兄弟"成立一周年的杂志上。接着,她加入全俄诗人联盟彼得格勒分部。因此她结识了许多诗人,其中就有 B. 霍达谢维奇,不久后,别尔别罗娃成为他的第二任妻子。

1922 年 6 月,别尔别罗娃随丈夫弗·霍达谢维奇离开俄罗斯,曾在德国、捷克、意大利等地侨居,她在侨居时期才真正开始自己的创作生涯,她和家人曾在柏林和意大利的高尔基家里做客,这也是她后来写关于高尔基生活的回忆录之重要素材。1925 年起,她和丈夫在巴黎定居,流亡初期的生活拮据,夫妻俩共同用"古里维尔"(Гулливер)的笔名在《复兴》杂志上主编文学记事栏和"书与人"栏目来挣钱糊口。别尔别罗娃曾与巴黎的侨民杂志《最新消息》和《俄罗斯思想》合作过。后来两人于 1932 年离婚,但一直保持着友好关系直到 1939 年霍达谢维奇去世,并且,霍达谢维奇在临死前还为她在国外的一切担心。

1932 年,别尔别罗娃与艺术家尼古拉·瓦西里耶维奇·马克耶夫(1889—1975)相识,1936 年两人喜结连理。在第二次世界大战期间,两人一直留在德国占领下的巴黎,两人共同生活 11 年后离婚。在法国城市阿尔勒有以尼娜·别尔别罗娃命名的广场,那里坐落着"南方行动"(法语)出版社。别尔别罗娃善于描写俄侨在境外的日常生活,以此为题材的长篇作品有:

《先来者和后到者》(1930),《女君主》(1932),《没有终结》(1938),它们奠定了别尔别罗娃散文作家的名声。《先来者和后到者》这部小说受到陀思妥耶夫斯基的影响,小说有着标新立异的多层次情节,讲述了在巴黎工厂工作的俄罗斯移民想要搬到法国南部的故事。

别尔别罗娃在法国俄侨区出版的短篇小说系列《比扬古的蜜糖饼干》(1928—1940),是反讽象征和抒情幽默相结合的一系列作品,足以了解俄罗斯移民在比扬古的侨居生活,小说中的俄侨主人公们有雷诺工厂的工人、醉汉、乞丐、曲棍球和街头歌手。1935 年她在《现代杂志》上发表了中篇小说《伴奏者》,小说主要塑造了一个命运多舛的年轻女性形象,她一开始生活在圣彼得堡,然后住在莫斯科,最后到了巴黎成为侨民。小说刻画了女性灵魂的真实形象,因为它往往在别尔别罗娃的生活中发生,因此别尔别罗娃在故事情节上体现出自己极其明显的意图。1940 年报纸《最新消息》关闭前,别尔别罗娃在其上发表了一系列自己的最新小说。

别尔别罗娃喜欢关注历史风云人物,她以俄罗斯音乐家为主题的小说有两部:《柴可夫斯基——一部孤独生活的历史》(1936),这部传记小说被译成多国文字;另一部是《鲍罗廷》(1938)。1947 年她创作《亚历山大·勃洛克和他的时代》,1949 年她在巴黎发表了《命运的改善》和《克拉夫琴科案件:诉讼案的发展过程》。其中篇小说《纪念谢里曼》(1958)运用了当时看来较为怪诞的手法,小说的故事发生在未来的 1984 年,在小说中的人都依赖机器,并且被现代文明和人口密集压得喘不过气来。

她写的还有关于布德贝格男爵夫人的纪实性文学传记《铁女人》(1981),该书 2000 年出了中译版《如铁红颜:高尔基情人的秘密生涯》。别尔别罗娃曾在《一种还是两种俄罗斯文学?》中回忆道,作为俄罗斯侨民文学第一浪潮中的年轻一代作家,她曾感到老一代俄侨作家所带来的沉重压力,因为老一代俄侨作家不仅公开承认不需要任何新的文学风格,而且要求年轻一代要"继承布宁—什梅廖夫—库普林式的现实主义传统。为脱离那种现实主义而进行的尝试,得不到任何人的理解和好评。茨维塔耶娃的散文……很难读懂。波普拉夫斯基死后,其作品才得到人们的阅读,至于列米佐夫,谁都不喜欢他"①。不过别尔别罗娃这里强调的应该是年轻一代巴黎俄侨作家的观点,与此对应的是,她对纳博科夫给予极高的评价。当纳博科夫的小说《卢仁的防守》(1929)的前几章在《当代纪事》杂志上发表后,别尔别罗娃一口气将其连读两遍,那时她就断定小说作者纳博科夫是一个成熟而

① 弗·阿格诺索夫.俄罗斯侨民文学史[M].刘文飞,陈方,译.北京:人民文学出版社,2004:10.

复杂的俄罗斯作家,他在革命之火和流亡中像凤凰涅槃一样再生。他使整整一代俄侨年轻作家的生存有了意义。

作为批评家的尼娜·别尔别罗娃曾在《我的着重号》(1969年出版的是英文版,1972年出版的是俄文版)一书中对梅列日科夫斯基的作品进行了辩证的评价,认为他的作品能过流传的都是他在1920年之前创作的,而他流亡巴黎时期的作品全都死了。她的观点是站在自己的艺术欣赏角度来评价,她的评论很犀利,但她的爱情诗《没有女性的温柔》和《蜻蜓》等写得虽唯美,但透出一种知识女性的理智。

1950年,别尔别罗娃从巴黎去美国纽约生活,开始出版名人年鉴《联合体》来献给俄罗斯知识分子。1954年她和钢琴家兼教师的格奥尔基·亚历山大诺维奇·科切维茨基结婚,并于1959年成为美国公民,两人于1983年离婚。别尔别罗娃历经几次婚姻,无论在婚姻还是交友中她都有自己的个性和原则。曾经与她通信的俄罗斯"第三浪潮"侨民作家代表性人物谢尔盖·多夫拉托夫回忆说,他很尊重别尔别罗娃,也很喜爱她的两本回忆录,他与别尔别罗娃通信好几年,但是后来当别尔别罗娃意识到两人"道不同不相为谋"时,就不再给他通信了。他认为别尔别罗娃是一个相当理性、残酷的人。

1958年,别尔别罗娃在耶鲁大学教俄语,她优雅而鲜明的演讲、白银时代的圣彼得堡人的发音让学生叹服,并且,她的讲课本身逻辑性强、结构清晰、结论大胆。从1963年直到1971年退休,别尔别罗娃一直在普林斯顿大学教俄罗斯文学,退休后还兼任美国几个大学的客座教授。并且,1958年至1968年她是慕尼黑的文学选集《桥梁》的编委会成员。可以说,别尔别罗娃为俄语及俄罗斯文学在俄罗斯境外的发展和传播做出了巨大贡献。

1989年,别尔别罗娃访问苏联,会见了莫斯科和列宁格勒(今圣彼得堡)的文学社团组织,其中一次会谈还留下了视频。1989年我国著名翻译家蓝英年先生曾见到从美国回苏联的别尔别罗娃,称她是"白银时代的老太太",她的长寿让她见证了自己的祖国在20世纪的风云变迁。

1991年,别尔别罗娃在耶鲁大学的朋友和同事参加了她的90岁生日宴。1993年9月26日别尔别罗娃在费城去世。她的详尽的档案材料以及她与布宁、吉皮乌斯、梅列日科夫斯基、库普林、茨维塔耶娃等人的通信都保存在耶鲁大学图书馆。

本章小结

新老两代侨民之间的价值观的矛盾就是"为生存"和"为灵魂"之争，阿达莫维奇认为俄罗斯文学就是试图在原则中解决自己在东方和西方的位置问题，年轻一代俄侨作家用自己的独特方式积极地参与其中，以期摆脱某种跨民族和跨文化的空间中的逃民之困。巴黎俄侨作家感同身受地关怀着人类的生存状态和命运，并用自己天才的笔触与超凡的深邃思想从文学审美的高度揭示自己时代的生活与历史，他们的作品和文学命运或多或少与政治相关联。不同时期侨居巴黎的俄侨作家会因为俄罗斯政策的变化而选择回归祖国，同时，又会有一些俄罗斯作家因为种种原因侨居巴黎。在苏联解体后，一些作家侨居巴黎多是因为个人原因自愿选择的。

年轻的巴黎俄侨作家处于欧洲生活环境中，当他们找不到导师和自己期盼的整体的文学创作激情，难免感到孤独和被遗弃，这种主题非常明显地体现在其作品中。年轻一代的文学悲剧具有尚未开放便已凋零的悲剧色彩，但仍有为数很少的年轻的巴黎俄侨作家以文学创作为生计，大多数青年作家是一边在从事着各种工作，一边坚持写作和学习，他们希望在自己苦苦坚持的文学之路上看到自己的作品能够呈现在读者面前。

第四章

1940 年之后巴黎俄侨作家的文学命运

　　第二次世界大战之后,巴黎又经历了两次俄罗斯侨民文学浪潮。20 世纪四五十年代的俄罗斯侨民文学第二浪潮的作家主要集中在德国的慕尼黑及周边地区,他们的文学命运依旧曲折艰难,文学成就虽不及第一浪潮的俄侨作家瞩目,但不乏思想极端的学者和黑幕文学作者,并且其作品的民族主题都转向哲学,而在欧洲杂志上的发表让其作品保持着与苏联境内读者的联系,也成为联结第一浪潮和第三浪潮的俄侨文学的纽带。20 世纪 60 年代开始的俄罗斯侨民文学第三浪潮中有数以百计的作家和文学家,其中包括两名诺贝尔文学奖获得者布罗茨基和索尔仁尼琴,但他们没有侨居巴黎。虽说这两次俄罗斯侨民文学浪潮的中心地区不在巴黎,但在二战后亦有直接从苏联去巴黎或其他国家移居的到巴黎生活的俄侨作家。俄罗斯侨民文学第三浪潮中的巴黎俄侨作家马克西莫夫和西尼亚夫斯基在苏联时代被视为持不同政见者,对这类作家来说家园是禁锢,而流亡是解放,正如著名流亡知识分子爱德华·萨义德所说:"在一个世俗且诸事不定的世界,家园总是不稳定的。边界和堡垒将我们合围在熟悉而安全的领土里,但其也可以成为监狱,并且经常被非理性地或非必要地捍卫。流亡则能跨越边界、打破思想和经验的壁垒。"[1]流亡状态对于那些将自己置于局外人的知识分子来说是最佳的生存模式。作为一个自由民主派作家,西尼亚夫斯基认为"要使自由的俄罗斯思想、自由的俄罗斯语言和文化得以发展,我们必须有不同的思想和看法。这是俄罗斯文化发展最重要的条件"[2]。而其使命仍然是成为

---

①　Said,Edward W. The Mind of Winter[N]. Harper's Magazine. 1984,(9):54.

②　西尼亚夫斯基. 笑话里的笑话[M]. 薛君智,译. 北京:中国文联出版社,2001:343.

自由的拥护者，因为自由具有自身价值并且不随历史或政治局势而转移。16世纪的库尔布斯基大公与伊凡四世的论战被视为是最早的持不同政见之文学。

第一节　视祖国和自由为珍宝之人——西尼亚夫斯基

安德烈·陀纳妥维奇·西尼亚夫斯基(Андрей Донатович Синявский，1925—1997)1925年10月8日出生于莫斯科，1997年2月25日逝世于巴黎。他出生在一个前贵族和左翼社会革命的家庭，这造成其文学兴趣与现实生活的不相容性。他的童年和少年是在20世纪30年代健康的苏维埃环境中度过的，而他的父亲也是高度忠于布尔什维克政权，他在俄罗斯革命传统和革命理想主义的感召下，15岁时就成为共产党员和马克思主义者。随着卫国战争的爆发，西尼亚夫斯基一家被疏散到了塞兹兰，他于1943年中学毕业，当年就参了军。他曾在机场担任无线电技术员。1945年，他进入了莫斯科国立大学语文系的函授系。1946年复员后，他开始上学，参加了专门研究马雅可夫斯基作品的专题研讨会。他于1949年大学毕业后，在世界文学研究所工作，并在莫斯科国立大学新闻学院和莫斯科艺术剧院学院任教。他是《新世界》杂志的主要文学批评家之一(杂志主编是亚历山大·特瓦多夫斯基)。他是评论高尔基、帕斯捷尔纳克、巴贝尔、阿赫玛托娃等文学作品的作者。1955年以来，他开始写一些散文作品。在20世纪60年代他的文章主要在《新世界》发表，该杂志在当时被认为是苏联最自由的文学阵地。西尼亚夫斯基成为广大读者熟知而喜爱的作家。

西尼亚夫斯基是声势浩大的侨民文学"第三浪潮"中的知名作家，也是批评家和理论家，他主张艺术高于现实，并认为，能从事文学创作就是自由，为了写作和发表自己的作品，写了短篇小说《去法院》和中篇小说《宠儿》，他经常以"阿勃拉姆·特尔茨"(Абрам Терц)为笔名，这个笔名是巴别尔早期故事中所写的敖德萨的摩尔达万卡窃贼区犹太海上走私者的名字，也是该地方底层民谣中具有浪漫色彩的英雄人物，而西尼亚夫斯基在他的第一阶段的持不同政见写作的10年(1955—1966)生涯中，也是通过秘密途径把手稿送到国外署上笔名发表。他的持不同政见的内心独白之作是《合唱队的歌声》。作为一名持不同政见者，西尼亚夫斯基在作品中揭露自己所不能接受的苏联社会生活中的许多东西，并对奉为苏联文学基本方法的社会主义的重要原则进行批判，其作品在西方出版后就产生了让苏联当局不能接受的政治影响，但他曾不止一次地强调自己的整个身心都属于俄罗斯，这两方面并不矛盾，他在1982年发表于巴黎的《结构学》杂志的《我的持不同政见生涯》中曾清楚地进行了解释:"我从不属于任何党派或持不同政见者团体,我的异端思想不是表现在社会活动中,而是体现在写作中。"①他为了自己的自由创作,在人和作家之间选择了作家这一荆棘之路,因为他认为一个作家如果将文学和生活的安乐融于一体时,在苏联时代就不再是一个真正的作家,而他的文学生涯则具有独立于自身意志、自己族类的双重人格。作为一个人,他向往平静而安宁的书房生活,他只是和苏维埃政权主要是在美学见解方面产生了风格。而他的双重人格说的则是有别于他的性格的艺术风格,是其黑暗的作家双生子阿勃拉姆·特尔茨的那种讽刺的、夸张的、带有幻想和怪诞色彩的艺术风格,正是这种作品风格让其成了持不同政见者。

1959 年西尼亚夫斯基在法国文学杂志《精神》上发表自己用讽刺的笔调所写的《何谓社会主义现实主义》一文,对"社会主义现实主义"这一官方创作方法的名称进行了彻底的解构和颠覆,他认为这一名称的本身包含着不可克服的矛盾:"何谓社会主义现实主义?这个奇怪的、刺耳的混合名称意味着什么?难道有社会主义的、资本主义的、基督教的、伊斯兰教的现实主义吗?且就其本质而言这个不合理的概念是否存在着呢?可能它根本不存在?可能,这只是斯大林专政时期在昏暗的、玄妙的黑暗中受了惊吓的知识分子所做的一场梦?只是日丹诺夫粗暴的恶意煽动或是高尔基老年人的奇思怪想?是虚构事物、是神话、是宣传?"②他在此文中亦指出,自己在苏联时期是将希望寄托于以假设替代目的、以怪诞替代日常生活描写的幻想艺术,认为它充分地符合当代精神。希望通过霍夫曼、陀思妥耶夫斯基、戈雅、夏加尔、马雅可夫斯基以及其他作家塑造的各种现实主义和非现实主义的夸张形象,来教育作家们如何借助荒诞的幻想成就真实的艺术。他这种对社会主义现实主义提出质疑、讽刺主流文学的言行难免会招致苏联当局的不满,随着该文在波兰等国的发表,很快在各国读者、评论界和思想界引起强烈反响。该文成了苏联文学界解放个性和恢复创作自由之宣言,成为"解冻"文学的理论先锋和试图颠覆苏联文化价值体系的奠基之作。西尼亚夫斯基惊世核俗的文学论点源于其文学观的支配,正如他在《艺术与现实》一文中认为,所有的人都应该有互不相同的文学和政治观点。他还认为俄罗斯侨民文学使"俄罗斯文学摆脱了国家和社会的检查,因循独立的、平行的道路向前发展"③。

---

① 西尼亚夫斯基. 笑话里的笑话[M]. 薛君智,译. 北京:中国文联出版社,2001:334.
② 西尼亚夫斯基. 笑话里的笑话[M]. 薛君智,译. 北京:中国文联出版社,2001:19.
③ 西尼亚夫斯基. 笑话里的笑话[M]. 薛君智,译. 北京:中国文联出版社,2001:97.

西尼亚夫斯基持西方化的自由派思想,但他强调自己所持的不同政见只是一种独立而无畏的精神运动和思考过程,而这种精神和灵魂上的要求与他的道德责任感使其想要独立地写作和言谈,并且毫不顾忌陈规陋习和权威定论,他只是如雅科夫列夫定义的那样,是一个"有不同思想的人"①。他特殊的审美观点和艺术趣味主要表现在写作中,他的写作风格属于精神范畴,确切地说,是一种艺术追求和生活方式,是为了挑战主流而创作的一种文艺行为。他喜欢现代语言以及在当时社会中受到批判和冷落的一切,但因当时的社会制度,他不可能畅所欲言,难免感到压抑,这种情绪日渐加深,难免会对整个社会制度产生不满,这不仅超出了审美风格的范围,而且给他带来牢狱之灾,自然也改变了他的文学命运。西尼亚夫斯基在劳改营的六年里广泛接触了各种人物,丰富了自己的写作素材,这是他的第二段写作生涯。他认为劳改营的生活是他一生中一段美好的写作时光。

1971 年西尼亚夫斯基被特赦,并被获准流亡法国。他在移居国外之后开始了自己最后一段持不同政见的文学生涯。他在侨居之初曾在《大陆》杂志编辑部工作,由于他推崇西方化的自由派思想,他的许多观点与马克西莫夫尖锐对立,终因政见不和而离开。侨居时期是他的生活相对平静的一个时期,他经历了自己期盼已久的民主和自由的考验,体验着相当轻松的创作环境,过上了有声望的富裕生活。在这里"持不同政见者"失去了在苏维埃政权下所具有的英雄荣耀和自身精神上令人神往的光环,但西尼亚夫斯基依然坚持保持思想的独立性和心理的自由。

西尼亚夫斯基出国后,发表献给自己妻子的第一部作品《来自合唱队的声音》。该书是取材于西尼亚夫斯基在劳改营的经历与思考,其中汇集了他在 1966 年至 1971 年间被监禁时写给妻子的全部信件,该书受到西方评论界的重视。不久他就被聘为巴黎大学教授。他甚为活跃地参与办刊物和出版社等工作,并开展各种活动。

1975 年他的随笔性评论《和普希金一起散步》(1973)在伦敦出版,他的自由主义文学思想和对普希金的调侃态度在俄罗斯侨民中间引起了强烈的反响,但褒贬不一。对那些将普希金视为"俄罗斯文学之父"的正统文化人来说,西尼亚夫斯基这种后代对祖宗辈的吹毛求疵,简直是大逆不道,罪不可赦,甚至有评论家将其称为"下流胚和普希金一起散步"。俄侨文学批评家马克·斯洛尼姆(又译史朗宁或斯洛宁)指出:"有些批评家认为,普希金抒情诗的成就已经臻至巅峰了。他沉思自然与死亡,将爱情坦然陈述出来,

---

① 雅科夫列夫.一杯苦酒:俄罗斯的布尔什维克主义和改革运动[M].徐葵,译.北京:新华出版社,1999:152.

追忆已逝的过去。他采用抑扬格诗体,在韵律与意象两方面皆达到了无懈可击的领域,朴素自然,深情动人,而且简洁明朗。"①再让我们来看看西尼亚夫斯基反神话、反历史传统的另类说法:"普希金迈着色情的小腿,跑进伟大的诗坛,并带来一场轩然大波。对他来说,色情是一所学校,首先是一所轻浮之学校,我们要感谢这所学校,最终感谢《奥涅金》诗行中的那些委蛇隐晦、不无吹牛之嫌而提到的其他把戏。"②西尼亚夫斯基这种冒天下之大不韪的魄力,造成他的"成也萧何败也萧何"的文学命运。后来,《与普希金一起散步》被视为俄罗斯后现代主义文学的巅峰之作。我们在读过该作品之后,发现西尼亚夫斯基在字里行间依旧对普希金的才华保持赞扬,只是去除了普希金的"俄罗斯诗歌的太阳"之光环,以平视的眼光看待脱冕后的普希金的艺术人生,穿越时空,如作品的标题一样,和普希金一起散步时,如朋友般地聊聊普希金的生平创作。并且,西尼亚夫斯基在《与普希金一起散步》中,称赞普希金纯艺术的自由创作行为,在评论普希金创作时采用戏仿、拼贴和片断化等后现代文学的创作手法,先解构再重构,并"将新美学原理及其艺术手法同传统文艺理论相结合,从内容到形式进行新的创作实践。他倡导放飞作家想象的翅膀,还作家以创作自由;倡导用不同流派、不同创作手法,以内容的丰富性和文学体裁的多样性取代一元化的'官方文学',从而彻底摆脱专制、集权的控制与创作模式的束缚,把人们从传统的意识形态禁锢中解放出来,还大众以独立的话语权"③。

　　1978 年他和妻子出版了颇有影响力的《句法》杂志,该杂志成为不同俄侨团体和派别的巴黎俄侨们各抒己见的论坛和阵地,它为俄侨文学的艺术争鸣提供了便利条件。西尼亚夫斯基的作品《在果戈理的阴影里》(1981)对果戈理的文学命运评价得相当到位得体,极为深刻地揭示了果戈理作品所表现的特殊形态的理想主义。西尼亚夫斯基生活经历曲折而坎坷,但其写作体裁广泛,成果颇丰。他在流亡期间笔耕不辍,1982 年发表论文集《瓦·罗扎诺夫的〈落叶集〉》,1983 年还完成了自传体小说《晚安》《傻瓜伊万》,等等。

　　西尼亚夫斯基对苏联怀有复杂的情感,在苏联解体时,他一方面因民主派胜利感到高兴,另一方面他又不赞成民主派的做法,因为他怀疑民主派到

　　① 史朗宁.俄国文学史:从起源到一九一七年以前[M].张伯权,译.台北:台北枫城出版社,1977:46.

　　② Терц Абрам:Собрание сочнений[M].в 2 томах.Т.1,СП стар,1975,C.346.

　　③ 张艳杰.《与普希金散步》:艺术特征的四维透视[J].俄罗斯文艺,2015,(01):128.

底有多少民主作风，并由此关心起共产党的命运和人民的生活状况。作为后现代主义的作家的西尼亚夫斯基，他的作品表达了知识分子反对后苏联用武力解决政府和议会之间的冲突之忧虑。当他和妻子回俄罗斯暂住，看到妇女们把自己最后的家什拿到市场上去卖。这个深印其脑海的生活场面激起了西尼亚夫斯基对受苦受难同胞的同情。西尼亚夫斯基认为："在本质上苏联持不同政见者是精神、心灵和道德上的反对派，反对谁？不是从总体上反对苏联制度，但反对苏联社会中的思想统一化和对思想的扼杀。"①但西尼亚夫斯基对自己被认为是侨民中莫斯科的代理人的说法很是不解，他认为自己坚持艺术高于现实的美学观点始终未变，虽然评论界将其定位永远的反对派。他只是一个在现代社会坚持维护民主、自由和权利的知识分子，表明自己的政治主张和不同思想，对他来说，"自由与其说是集体的，不如说是个人存在的价值。"②西尼亚夫斯基曾发表公开信来振臂高呼："在每个人的生活里有这样一些珍贵的东西，对他来说，它们高于他自身，高于他的不眠之夜，高于他所遭受的巨大的委屈和苦闷，这些珍贵的东西就是祖国和自由"③。

1995 年举行的 20 世纪俄罗斯文学：第五次中东欧研究世界论坛中，加拿大沃特鲁大学的斯扎里西兹副教授宣读了研究论文《西尼亚夫斯基和冯内古特：位移和转让的主题》，文章中认为西尼亚夫斯基的创作是对苏联主流生活的戏仿，将其称之为幻想现实主义，还将他与嘲讽主流生活的德国作家库特·冯内古特作了对比研究。④2003 年 H. 列伊杰尔曼（H. Лейдерман）和 M. 利波维茨基（M. Липовецкий）在《当代俄罗斯文学：1950—1990》一书中，将西尼亚夫斯基的写作手法称之为幻想写实主义，完全是另一种美学的写实主义传统，并认为这种异己美学是起源于果戈理，作者以间接的现代主义怪诞手法将现实生活表现出来。

① 郭春生.社会政治阶层与苏联剧变：20 世纪 60—90 年代苏联各社会政治阶层研究［M］.北京：当代世界出版社，2006：185-186.

② Межуев В. Интеллигенция и демократия. Свободная мысль. 1992，–№2. – С. 45.

③ Независимая газета. 16 октября 1993 г.

④ Karen Ryan & Barr Scherr（ed.），Twentieth–century Russian Literature：selected papers from the fifth world congress of central and East European Studies［C］，New York：Macmillan Press Ltd.，2000：164-179.

第二节　追求自由和独立者——马克西莫夫

弗拉基米尔·叶梅利亚诺维奇·马克西莫夫（Владимир Емельянович Максимов）是俄侨文学第三浪潮中除两位诺贝尔文学奖得主索尔仁尼琴和布罗斯基之外的重要作家，也是记者和编辑，他的真名是列夫·阿列克谢耶维奇·萨姆索诺夫（Лев Алексеевич Самсонов）。1930 年 11 月 27 日出生于莫斯科的一个工人阶级家庭，他的童年和少年时代因为父亲被镇压而在孤儿院里度过，然后，改名换姓，到处流浪，在儿童之家接受的教育，时常从那里跑到西伯利亚、中亚、外高加索等地。

马克西莫夫在苏联时期是一个持不同政见者，曾因为替政治犯辩护和在国外发表诋毁苏联现实的小说而屡次受处分，在难民营待了数年。1951年获释后，他住在库班地区，这时开始在报刊上发表作品。他出版了诗集《站岗的一代》。1956 年返回莫斯科，从事各类文学工作。他的第一个较为出色的作品是《我们开发宜居之地》（1961）。1962 年马克西莫夫在杂志《十月》上发表了自己早先写的小说《活着的人》，1963 年他加入苏联作家协会。接着，他出版了《萨瓦之歌》（1964）和其他一些作品。

马克西莫夫的重要作品有长篇小说《创世七日》（1971 年写于苏联）和《检疫站》（1973），它们不被任何一家出版商接受，但盛行于地下出版物之中。1973 年其长篇小说《创世七日》在德国出版，为此他被开除出苏联作家协会。

1974 年，马克西莫夫移居法国的申请得到了批准。同年，马克西莫夫在巴黎创刊的《大陆》杂志，这是当代俄苏侨民文学刊物中影响最大的一份文学和社会政治学杂志，其纲领是建立在"不附带任何条件的宗教理想主义、反集权主义、民主与超党派的基础之上"的。

马克西莫夫在国内经历坎坷，在 20 世纪五六十年代的社会动荡时期成为一名持不同政见者，并且秘密接受了宗教信仰，他与索尔仁尼琴的政治观点较为接近：他既仇视共产主义思想，也反对西方标榜的自由主义，认为二者之间存在着某种"邪恶的联系"。在他的创作中显现出极为明显东正教的影响。不过，在马克西莫夫的思想意识中 19 世纪知识分子的传统不怎么深厚，却逐渐向老一代侨民靠拢。

1974 年，追求自由和独立的马克西莫夫，认为自己一生都在写一本关于自己的书，他宣称自己的作品从未反对俄罗斯，反对的只是他认为有碍俄罗斯发展的意识形态。他客观地认为："虽然十月革命产生了一定的消极后果，但它也成了推动社会改革的巨大动力，而且包括西方在内。"①

马克西莫夫在流亡时期写的作品贯穿着忏悔和精神再生的主题，这一点在其小说的标题中亦能体现出来，如他创作的自传体两部曲《没来由的宽恕》（1973—1982）和《游牧到死》（1994），以及他的两部长篇历史小说《被命名者的方舟》（1976）和《瞄一眼深渊》（1986）。他还写了剧本：《谁害怕雷·布拉德伯里？》（1988）、《柏林之夜结束》（1991）、《在那远离河流的地方》（1991）、《在哪里等你，天使？》（1993）、《波尔斯克——边界站》（1995）。

苏联解体前后，马克西莫夫从巴黎远眺祖国政坛的风云突变，他经过一段时间的观察后，就对戈尔巴乔夫的改革和叶利钦建立的制度做出了否定性的结论。1993年马克西莫夫在俄国科学院召开的一次会议上，强烈指责当时的俄罗斯成了做投机买卖的骗子和窃贼的天堂，人们的价值观遭到颠覆而变得笑贫不笑娼——商人和赚外汇的妓女成了供人模仿的榜样，而知识分子为了维持生活不得不去干各种体力活……他厌恶看到自己的国家和人民在堕落的这种现实。马克西莫夫看到42名自由派作家呼吁总统镇压反对派的公开信后，对这些钻进文学和文化艺术部门的蝇营之辈的行为极为鄙视，因此，在1993年的"十月事件"之后，他就与国内文学界的自由派彻底决裂。俄罗斯满目疮痍的现实使他痛心不已，呼吁拯救俄罗斯的精神文化。

从巴黎俄侨作家西尼亚夫斯基和马克西莫夫的文学命运可以说明"被抛弃的人民可以成为一个国家的未来。被建筑师丢掉的石头可以成为新世界的奠基石。而一个没有持异见和不满分子的民族，虽说通常都是有纪律、礼貌、安宁而和谐，但却没有一粒可以产生出伟大未来的种子"②，并且，社会发展的每个重要的决定其实都需要人民从不同的观点进行考虑和自由争论，提出对国家建设发展有益的独立见解，监督和防止某些执政者滥用人民赋予的神圣权利。

1995年3月26日，马克西莫夫在巴黎逝世。

第三节　向世界证明自己的独特性——利蒙诺夫

爱德华·利蒙诺夫（Эдуард Лимонов）俄罗斯作家、政治活动家、知名的持不同政见者。他在《交谈者》中坦言，虽然他和苏联官方有美学观点的分歧，但他从未参加过持不同政见者的政治斗争。他既是被取缔的党派——

---

①　Правда. 16 февраля 1994 г.

②　罗伊·麦德韦杰夫. 论苏联的持不同政见者：与意大利记者皮尔罗·奥斯特林诺的谈话[M]. 刘明，译. 北京：群众出版社，1984：122.

社会布尔什维克党领袖,又是新的政党——另一个俄罗斯党创始人兼主席。利蒙诺夫在 1991 年恢复俄罗斯国籍后,成立了一个"民族布尔什维克党"的组织。他积极进行先锋主义的文学创作,他的作品由于形式上的实验色彩,而不被官方的杂志和出版社接受,却在自版文学杂志上广为流传,其作品被译成英语、德语、法语等,他在巴黎俄侨作家中占据一个特殊的地位,他的小说是俄罗斯国内最畅销的十佳小说之一。他也被评为"俄罗斯文坛十杰"之一。

利蒙诺夫早在中学时期就开始写诗,并且用自己的诗歌征服了莫斯科文坛。在流亡前从事过多种工作,是个时尚达人,一度曾在莫斯科制作时尚裤子而维持生计,同时,参加各类文学活动和诗歌小组,一直笔耕不辍。他的作品无法在祖国出版,也是其流亡境外的一个重要原因。1976 年爱德华·利蒙诺夫先去美国,后移居法国。

利蒙诺夫的小说主题主要是关于人的命运的解读,其作品基本上都具有自传的特征,几乎不编造故事情节,喜欢直叙胸臆,语言犀利,扔炸弹一般地抨击一些社会现象。其主人公具有矛盾的性格特征是:既藐视现存社会的一切,又想在社会的特权阶层中占据一定的地位。他还刻画了一系列像他自己一样性格激进的主人公,如:用花束捧打英国王子的阿莉娅·利别杰娃、在塞瓦斯托波尔和哈萨克举行抗议的俄罗斯人、塞尔维亚战士阿尔坎、《追捕贝科夫》中的主人公贝科夫以及《死亡簿》和《神圣怪物》中的主人公们。他的第一本自传性质的小说是《这就是我——埃及奇卡》(1976),主要写了主人公爱德华·利蒙诺夫在美国侨民界的生活。小说中抒情性的爱情场景的自然主义描写较为抢眼,同时,小说中体现了主人公对美国式的生活方式极为反感,在小说中有俚语及黑话的使用,这难免让一些读者难以接受。这个小说和《他仆人的故事》(1992)构成了美国生活小说系列,其小说主人公都是拒绝和芸芸大众一样的人,进而戴着各种不同的面具生活,但最终难免暴露自我的真面貌和真性情。这种主人公的塑造是由作者的性格决定的,他说自己仇恨中间态度的人,而"对日常道德表现出藐视的手势、姿态和话语,这就是作家利蒙诺夫创作风格的典型特征"①。

利蒙诺夫的中篇小说《我们有过一个伟大的时代》主要模仿社会主义现实主义的手法写成,一些主人公们身穿军装、佩戴肩章、形象伟岸,在主人公的意识中再现了当时那个时代的各种神话。

利蒙诺夫最优秀的小说是《少年萨文特》(1983),主人公 15 岁的爱迪为

---

① 弗·阿格诺索夫. 俄罗斯侨民文学史[M]. 刘文飞,陈方,译. 北京:人民文学出版社,2004:660.

了邀请自己喜爱的姑娘一同庆祝十月革命节，就想方设法地去弄到250卢布，在此过程中，他在哈尔科夫郊区遇见了那些吸毒犯、刑事犯和杀人犯的朋友们，在与他们打交道的过程中，他不但没有弄到钱，而且丧失了自己的纯真品质和爱情追求，还产生了不该有的权利幻想。

利蒙诺夫的另一本自传性小说是《年轻的恶棍》(1986)，小说中主要刻画了一个自信地奔向自己写诗目标的主人公。

利蒙诺夫在1991年从法国回国，他回国后仍热衷于政治，1993年9月，他支持炮轰白宫事件，并在1994年组建俄国民族-布尔什维克党，创办了两份报纸《苏维埃俄国》和《利盟卡》，他接连不断地发表政纲和宣言，通过政治事件和人民生活来分析时局，宣传个人思考和经验等，还出版了《我们怎样建构未来俄国》等著作，探寻"俄罗斯灵魂"，追寻"我们是谁，我们何去何从"等重大问题。

2006年他担任俄罗斯"国家畅销书奖"的评委会主席。从在巴辛斯基主编的《"另类文学"：现代散文图书系列及其过去、现在、将来》中看，20世纪90年代中期，俄罗斯第一套"黑色系列"小说，就包括后现代主义作家利蒙诺夫的小说，对他而言，俄国后现代主义首先就是俄国文化认同问题。

第四节　俄罗斯的塞林格——马姆列耶夫

尤里·维塔利耶维奇·马姆列耶夫(Юрий Витальевич Мамлеев)，俄罗斯作家、哲学家。1931年12月11日生于莫斯科，1956年从莫斯科林业技术学院毕业后，在一些夜校教授数学，同时从事文学创作，后来专事文学创作。苏联时代对出版自由的限制使他的作品没能发表在任何官方的报刊上，只以手抄本和地下出版物的形式秘密流传，因为其作品受到许多读者的喜爱。1974年，马姆列耶夫和妻子法丽达被迫离开祖国，开始流亡境外，这时的他已创作了上百篇短篇小说、两部长篇小说、若干诗歌与哲学论文。1975年，马姆列耶夫移居美国，在科内尔大学教授俄罗斯文学，妻子在大学图书馆工作。1983年他们又移居法国，马姆列耶夫在巴黎的梅东俄罗斯语言文学研究中心的东方文明与语言学院教俄罗斯文学与语言。令他没有想到的是，在流亡期间，他的作品在欧美等地用各种语言出版和发表，使其获得了广泛的国际知名度，他的命运之花绚丽绽放，他不仅被誉为俄罗斯的卡夫卡，还被誉为俄罗斯的塞林格。他开创了一个新的文学流派——形而上学现实主义，担任俄罗斯的形而上学现实主义作家俱乐部的主席。

1989年，马姆列耶夫的作品开始"回归"祖国，他在1993年重获祖国的公民身份，载誉而归。从此，马姆列耶夫经常来往于巴黎和莫斯科之间，还曾在莫斯科大学教授印度哲学。因此,从时间上说,马姆列耶夫属于俄罗斯侨民文学的"第三浪潮"——苏联时期成为侨民、苏联解体后回归的文学家。

马姆列耶夫在国外出版的作品有:《地狱上方的天空》(1980)、《游荡者》(1986;1997)、《虚无杀手》(1992)、《最后一出戏》(1994)等,在俄罗斯还出版收录他流亡前创作的短篇小说集《把我的头往水里摁》(1990)、短篇小说集《来自虚无的声音》(1991)、中短篇小说集《永远的家》(1991)、《选集》(1993),长篇小说《游荡者》(1996)、《神秘联盟》(1997),还有一系列作者自选的短篇小说集,如《高更的内幕》(2002)、《若有所思的杀手》(2003)等,另著有剧作《月亮的呼唤》(1995)、《与陌生男人的婚礼》(1996)等。马姆列耶夫于 1994 年定居莫斯科,其后五年,他在莫斯科大学哲学系讲授印度哲学。至 2008 年,他的作品出版了 27 部。他在自己的作品中将其内视角移向不可见之人,他对外部的人感兴趣只是因为在其身上反映出隐秘而先验的人,使其作品具有玄幻色彩。他对可见的生活具有深刻的了解,对可怕的生活进行深入的洞察,进而揭示人内心深处不被感知或者是从外部侵入的不可知的东西,关注那些形而上学和超现实的东西。他的小说《关于奇迹》《黑镜子》《墓穴人》《我非常满足!》等尤其能体现其创作诗学的超现实主义的特征。

马姆列耶夫的那篇具有魔幻色彩的短篇小说《关于奇迹》体现了他的玄学(形而上学)现实主义的文学观,通过窥探超越常规的事物,来揭示隐藏在人类心灵深处的东西,进一步拓展现实存在的事物。小说中的三个主人公分别是科利亚·古利亚耶夫、他的妹妹卡佳以及他的好友尼基塔·焦姆诺夫。小说的开头讲述了 28 岁的科利亚和 30 岁的尼基塔日渐感到生活的乏味,每天陪伴着科利亚的是他潮湿厨房里的一只青蛙和他深埋心底的一个关于死亡的秘密,而尼基塔喜欢下雨天,两个人的生活轨迹的改变发生在他们去朋友家找姑娘们喝酒时途径的一片林区。当时,尼基塔到距离科利亚 50 米左右的一棵树下撒尿,从此杳无音信。科利亚找遍了他能找的所有地方都没找到尼基塔后,就报警了,但警察搜遍了整个林区都没找到尼基塔,卡佳认为尼基塔是被风吹走了。活不见人死不见尸的尼基塔却改变了他周围人的生活:他妈妈在三个月后去世了;卡佳结婚又离婚了,她告诉科利亚,自己离婚是因为她一直偷偷爱着尼基塔,日久弥深;科利亚愈发冷酷无情,对待生活愈发粗鲁,对性已经厌倦,与他人只想保持纯洁的、不涉及任何利益的关系,一度想结束生命。四年后的一个周六,当兄妹俩在一起喝着浓茶的时候,尼基塔居然敲门而入,但惊喜之余的兄妹俩发现,尼基塔依旧穿着他消失的那天穿的夹克,不过满脸胡须,萎靡不振,全身散发着来自极地的寒意,双眼像是来自彼岸世界的神奇力量开凿出的两个窟窿。卡佳感到浑身发凉，她起初喜悦顿时烟消云散。兄妹俩急于了解尼基塔四年来的状况，尼基塔用生硬得像金属的嗓音，告诉他们，他从很远处而来，没有受到任何人的欺负，也没去任何地方。科利亚不明白他说的"没去过任何地方"是什么意思，就讲起如何寻找他的情况，但尼基塔听得烦躁不堪，只想要糖吃。卡佳突然对尼基塔说，只想能在死前吻他一下，说自己不想活了，再也不想像以前那样活着了。但尼基塔置若罔闻，而科利亚则表示自己倒想活着。卡佳对科利亚说，感到柜子在吸引着她，她想跃上柜子或抓住大吊灯，从上面朝下张望，或者一边荡秋千一边纵情歌唱。科利亚说他将变成苍蝇报复她，卡佳听后很生气，虽然她讨厌苍蝇，但还是愿意追随哥哥，变成苍蝇满世界地乱飞。说完之后，科利亚粗野地哈哈大笑，卡佳则粗鲁地直接用嘴对着茶壶嘴大口地喝茶。尼基塔在称赞完他们的茶好喝之后，要去厕所。但十五分钟后，他再没出来。科利亚踹开厕所门，兄妹俩朝里一看：什么人都没有，四周一片死寂。当时，两人就精神崩溃，感觉日子没法过了。小说《关于奇迹》就此结束，发生在尼基塔身上的奇迹引人深思，但这种所谓的奇迹对主人公们的身心之危害极其严重而深远。小说中贯穿着死亡主题：尼基塔的生死不明；尼基塔妈妈之死，在参加完葬礼后，兄妹俩钻出墓地围墙的破窟窿去喝酒，喝完四杯啤酒后，被一个残疾人缠上，问他们为什么喝酒，科利亚回答，因为苦闷，也因为没有了死亡而高兴。他的话令残疾人深感奇怪，认为他们是活腻了，他认为要是没有死亡的话，那这个世上就什么都没有了。死亡能使生活丰富多彩，而跟死亡这么对着干，全是白费劲儿，他是不会跟死亡对着干的；科利亚同一个单元里的邻居之死，仅仅是因为咳嗽。周围人的各种死亡让科利亚的行为举止越来越不听从正常的理智的使唤，他不止一次地想要结束该死的生活。科利亚兄妹和尼基塔的生活和思想体现了一部分现代人的焦虑和迷茫。这个短篇小说亦能清晰地体现作者"将隐喻性、形而上学和富含象征意蕴的因素以传统现实主义小说的形式融入自己的创作中。他的作品不仅凸显现实生活的特征，还涉及无法为视觉所感知的人之心路历程和当今世界与另一种现实相连的隐秘的一面，以及纯思辨的形而上学的实在诸如虚无、超自然的'我'等"[①]。也继承了在陀思妥耶夫斯基对死与永生这类形而上学问题的思考。

在马姆列耶夫的短篇小说《黑镜子》中依旧涉及了彼岸世界和死亡恐惧的主题，对主人公谢苗·伊利奇来说，镜子就是现实世界和彼岸世界的分界线，他能听到从幽暗的镜子深处传来的哈哈大笑声，看到从中探出的一个黑黢黢的庞然大物，它如来自彼岸世界幽灵，时隐时现且形状飘忽不定，这种

---

① 戴卓萌.论马姆列耶夫的形而上学现实主义诗学[J].俄罗斯文艺,2017(4):73.

来自彼岸世界的恐怖和惊悚让主人公深陷死亡之恐怖体验。而恐惧让主人公有了新的体验甚至顿悟，这面黑镜子是直通地狱无底深渊之门，而他在外部世界之探索是徒劳无益的，因为他对其内心世界的实质犹未可知，"正如同这面黑镜子，深谙无底，延伸向绝对之外的世界。而在这面镜子的无法窥探之深处——不过是他'个人之我'的投影而已"①。主人公如果摆脱不了心魔，这无法弄清自身存在之意义。

马姆列耶夫曾把自己的创作期分为三个阶段：非赶时髦时期（移居国外之前）、移居国外时期、回归俄罗斯时期（从20世纪90年代到现在）。在马姆列耶夫尚未回归故乡的时候，他的作品就已成为欧美斯拉夫学界的研究对象，评论界普遍认为，他的创作风格与俄罗斯经典作家陀思妥耶夫斯基和果戈理有相似之处。其作品既有前者深刻的哲理性，又有后者辛辣的讽刺性。但是，马姆列耶夫的小说还具有其独树一帜的风格和特点。首先，他比较重视在作品中表现出来的世界观，无论是叙述者的见解，还是主人公的思想。他笔下的主人公都是一些言行怪异的人，他们似乎都生活在奇怪和可怕的世界里。这些人物同时又是思想家，他们的探索不为别人所理解，在旁人看来，他们无异于疯子、傻子和白痴，总之是不正常的人，但读者如果细细品味这些身处困境的人的思想探索，可能会发出某种赞同甚至共鸣。比如，很多主人公是俄罗斯境外的侨民，他们生活在社会的底层，常常思考自己的身份：从作为一个俄罗斯人的身份定位，再到作为一个自然人的身份追寻。如他的短篇小说《斯宾诺莎的最后符号》。其次，在利用故事和人物表达某些思想的时候，作家往往吸收俄罗斯民间文学和经典文学的某些因素，借用或者改编这些故事或情节，借古讽今，在看似简单的叙述和怪诞的情节中传达出深刻的寓意和永恒的哲理。如他的作品《傻瓜叶廖马和死亡》。再次，作家笔下独来独往的、孤独的主人公大多似乎不与周围的现实中人发生多大的瓜葛，然而在思想上却与很多现实中并不存在的虚幻体存在交往、争论甚至交锋，如死神、幻象和魔鬼之类的虚幻体，仿佛这些思想型主人公不满意现实中的一切，同时也被大众社会所抛弃，他们只有在与自己幻想出来的幻象打交道时才能证明自己的存在价值。如他的短篇小说《新风俗》《灰色岁月》《早晨》和中篇小说《恐惧的翅膀》。马姆列耶夫本人赞同"玄学现实主义"的口号，自称为"玄学现实主义"作家，并亲自担任俄罗斯玄学现实主义作家俱乐部的董事长。在一次访谈中，马姆列耶夫说："在我看来，文学作品就是认知的一种形式。然而，这并不是所谓的自然科学的认知，而是艺术的、直觉的、在某种程度上是神秘的认知。"而玄学现实主义这个文学流派，

———————————

① 　Мамлеев Ю. В. Черное зеркало［М］. М．，Изд. Вагриус，2001. С. 173.

则"包含了隐含现实的玄学的诸要素，而这个玄学又隐藏在人类心灵的深处。它是试图窥探超越常规的事物、拓展现存的事物的一种尝试，但是，它绝不是凭空的幻想，因为它甚至要求作家渗透进——比如借助于直觉——超越常规的事物，而不是现存的事物"。

从总体来看，在整个创作生涯中，马姆列耶夫似乎都在孜孜不倦、乐此不疲地实践这一创作理念。也许是小说创作不能尽情发挥他的"表现世界观"的理念，所以在20世纪90年代初，他甚至一度抛开小说体裁的束缚，直接把自己积累多年的哲学思考较有系统地总结成文，汇成了哲学专著《生存之命运》（部分章节在《哲学问题》杂志1993年第10—11期连载），专门研究了诸如"当代俄罗斯的精神状况""宇宙论与上帝之实现""形而上学的神秘领域"等在哲学、宗教学和心理学诸方面极具专业性的问题。

俄罗斯作家兼文学评论家维克多·叶罗菲耶夫在《俄罗斯恶之花》这本评论集中对马姆列耶夫小说创作的一贯特色给出一针见血的看法："尤里·马姆列耶夫笔下的人物是自我封闭的，完全活在自己的内心之中。看起来他只有一个目的，就是想陪寿数已尽的死人走向坟地、墓穴。这就是典型的主人公形象。难道我们都在迈向这个墓穴的边缘？或者说，今天的俄罗斯作家、真正的俄罗斯作家看起来都是这样的吗？每个人都在寻找答案——而答案却不在作品里面。读尤里·马姆列耶夫的小说，没有任何的乐趣可言。小说本身也不是为了让人获得乐趣而写的。而这就是俄罗斯文学，真正的俄罗斯文学！主人公的内心痛苦是自给自足的。除此之外，主人公别无所求。主人公的道路是注定的：他每日都在为别人送终，他神情紧张地端详着这些死人的脸孔，不日也将追随他们而去。是的，这些死人的脸并不比某些活人的脸更像死人。可是，主人公喜欢这些活死人的脸，胜过喜欢自己年轻的妻子。为什么？责任在召唤。这是一种不可遏制的内在力量，属于说不清、道不明的本能。这个力量，就跟俄罗斯本身一样，是无法用理性来思考的。"从此评价可以看出，在俄罗斯文坛，就创作特色而言，马姆列耶夫不乏后继者，其创作对俄罗斯当代文学的影响是迅速而明显的，比如，在当今俄罗斯文坛非常走红的两个作家弗拉基米尔·索罗金和维克多·彼列文的作品中就发现了马姆列耶夫的影响。并且，俄罗斯《明天报》的主编兼作家亚历山大·普罗哈诺夫也曾直言不讳地指出，自己的创作主要是受了马姆列耶夫小说的影响："对我而言，尤里·马姆列耶夫就是我的青年时代。"

本章小结

20 世纪 40 年代以后,侨居巴黎的不仅有作家,也有一些知名诗人,如被称为布罗茨基的"诗歌教子"的诗人尤里·库勃拉诺夫斯基(Юрий Кублановский),20 世纪 80 年代流亡巴黎,直至 1993 年恢复俄罗斯国籍。他在巴黎发表的作品有:《伴着最后的太阳》(1983)、《清样》(1985)、《日食》(1985)、《异乡的一切》等。布罗茨基对他的评价是:"他能像抒情诗人一样谈论国家的历史,也能用公民的声音来谈论个人的不安。……库勃拉诺夫斯基的诗歌具有充满张力的诗句,大胆的比喻,对俄罗斯语言的最选货的感受,与历史之间隐秘的亲近感,始终能感受到上帝就在我们的上方。"①库勃拉诺夫斯基因自己的基督教哲学立场而与俄侨文学第三浪潮流亡作家们有了思想鸿沟,他希望俄罗斯走具有自己民族特色的发展之路,他在自己的诗集中塑造了在基督教文化和世界文化语境中的俄罗斯形象。侨居在法国的安德烈·马金 1995 年发表的《法兰西遗嘱》获得了法国龚古尔文学奖,他的作品无论在祖国俄罗斯还是在侨居国法国都获得了广泛的关注和阅读,这也是现今俄侨文学存在的一种非意识形态的新形式。

20 世纪 50 年代初从中国来到巴黎的俄侨作家米·瓦·谢尔巴科夫(1890—1956)是一个传奇作家。他从 1922 年来到中国,侨居上海近 30 年,深受中国文化的影响,他创作的累累硕果使其成为第一代中国俄侨作家的领军人物之一,他的具有中国艺术元素的精品短篇小说集是《生命之根》。但这个才华横溢的俄侨作家在移居法国短短几年之后,却因抑郁而自杀。

在本章中简述了 20 世纪 40 年代之后的巴黎俄侨作家的文学命运,身处异国的他们是俄罗斯文化的继承者和传播者,他们在眷恋俄罗斯的同时,也会不自觉地融入侨居国,他们的创作是一个独特的世界,具有其独特的魅力,而发生在他们之间的文学争鸣,体现了他们对文学的不同理解和不同态度。

---

① 弗·阿格诺索夫.俄罗斯侨民文学史[M].刘文飞,陈方,译.北京:人民文学出版社,2004:660.

第五章

巴黎俄侨作家的文学命运之比较

第一节　布宁和纳博科夫的文学较量

布宁和纳博科夫是俄罗斯侨民文学史上举世瞩目的作家,两人的渊源颇深,文学让他们的命运相互交织而灿烂辉煌。当布宁已经成名的时候,纳博科夫刚刚出生,但随着时代的发展,侨民的生活和创作将这两位天才作家的名字紧密联系在一起,但两人各自强大的文学气场使他们相吸相斥,彼此之间有着一种影响的焦虑,他们的文学较量可以分为三个时期。

(一)相吸相敬时期

第一时期是 20 世纪 20 年代到 1933 年布宁获得诺贝尔文学奖,在这一时期布宁和纳博科夫相吸相敬。

布宁与纳博科夫的父亲弗拉基米尔·德米特里耶维奇·纳博科夫(1869—1922)同岁,并且与他有着很好的私交,1921 年纳博科夫的父亲在给布宁的信中附上了儿子同年发表在《鲁尔报》上的 3 首诗《约瑟的异象》《十字军战士》《孔雀》和一个短篇小说《惬意》,并拜托布宁和库普林将它们在巴黎周刊上发表,布宁赞扬了纳博科夫的诗歌,诗歌是纳博科夫最喜爱的文学体裁,他也曾经用诗歌赞美布宁。自 1921 年 3 月 18 日纳博科夫写给布宁的第一封信开始,两个伟大的文学家通信近 20 年,这是他们相互熟悉并相互较量的一种媒介。在第一封写给布宁的信中,纳博科夫首先感谢了布宁对他的创作的激励,并高度赞扬了布宁的诗歌之美对人类灵魂的洗涤和对他在无限孤独的日子里的精神安慰,他感受到布宁的"每一首诗、每一行字中都透着无与伦比的纯净、深沉与明亮"①。并且，纳博科夫在写给布宁的第二封信里，直接将这种赞扬化为诗篇《像山泉一般，你的声音骄傲而纯净……》，这个时候青年的纳博科夫是作为一个诗人在和自己敬仰而崇拜的导师进行交流，纳博科夫最看重也最喜爱布宁的诗歌，因为读布宁的诗歌能在孤苦的日子里带给他无尽的安慰和前进的方向，这也促使他在侨民出版物上发表了几篇评论布宁及其作品的文章。因为纳博科夫从童年开始就能将布宁的许多诗歌倒背如流，所以1929年布宁的《诗歌选集》再版后，正在法国小住的纳博科夫立即写信给蒲宁，指出其中一首诗歌《神》(1908)中的句子给修改了，并且他还用西林这个笔名在《鲁尔报》刊发一文评论《伊万·布宁〈诗歌选集〉》，他认为布宁的诗是在19世纪末20世纪初的几十年中俄罗斯的缪斯创作出来的最优秀的作品，只可惜在彼得堡时未能被人重视。1926年纳博科夫的第一部小说《玛申卡》出版后，他怀着兴奋而忐忑的心情给其视为导师的布宁寄去一本，像学生一样附信请求布宁不要严厉地进行责难，并焦急不安地等待布宁的回信。布宁认真阅读了这部被称作"最布宁式"的小说，甚至在空白处写下评语，不过却认为小说在风格上较为失败，这部兼具屠格涅夫和布宁的田园诗式描写的小说在当时也没有引起布宁的格外重视。

20世纪20年代末，纳博科夫开始在巴黎的青年一代俄侨作家中大放异彩，持续引起布宁的关注和赞赏，布宁极有先见之明地认为纳博科夫的文学创作在俄罗斯文学中开启了一个最具原创性的文学世界。美国评论家马克西姆·Д·什拉耶尔认为，布宁的《幽暗的林间小径》是对纳博科夫最优秀的俄语短篇小说《皮尔格拉姆》《完美》《菲特尔塔的春天》《云、湖、塔》等的一次回应，是两位作家在其文学较量终极阶段的一次纯粹的痛快淋漓的搏斗。不能否认，布宁对纳博科夫的诗歌创作产生了根源性的影响，尤其是在诗歌中的重复手法和色彩运用，纳博科夫在自己的诗中自如地运用布宁在多首诗歌中运用的紫丁香的颜色，并效仿布宁出版集诗歌和短篇小说一书的作品集《乔布归来：短篇小说与诗歌》。这一时期年轻且懂多国语言的纳博科夫博采众长，对各种文学流派传统去粗取精，不断尝试诗歌创作的新风标，将生活中的新现象用新颖的语调来表现，但年长的布宁仍旧在自己的诗歌创作上墨守成规。布宁认为，这一时期纳博科夫的诗歌比无韵文写得好，不过，仍旧将其视为自己真正的文学对手，尤其是在纳博科夫的长篇小说《卢仁的防守》(1929—1930年)和《荣耀》(1931—1932年)，以及短篇小说

---

① 施拉耶尔.蒲宁与纳博科夫：一生的较量[M].王方，译.哈尔滨：黑龙江教育出版社,2016:11.

《皮尔格拉姆》（1930年）和《完美》（1932年）等在巴黎出版后，布宁对纳博科夫的兴趣时间增长。随着纳博科夫的声名鹊起，他和布宁的作品经常同时刊登在《鲁尔报》和《当代札记》等俄侨刊物上。自1929年《卢仁的防守》出版后，纳博科夫步入巴黎俄侨一线作家之列，但此后的三年，纳博科夫仍旧持续给布宁写饱含崇敬和温情之意的书信，在赠给布宁的《卢仁的防守》的扉页上，写的赠言是"勤勉的学生致伟大的导师"，纳博科夫的这种以布宁为荣的态度，让布宁及其夫人非常喜欢。布宁的家里经常朗诵和阅读纳博科夫（西林）的作品。1930年秋，布宁和纳博科夫通过信件交换了照片。纳博科夫的声名大噪引起布宁的家人及好友中出现了排斥情绪和挖苦言论，这也许是担心纳博科夫的风头盖过布宁，但此时的布宁仍旧对纳博科夫很赞赏，而纳博科夫也还在热情地发文《红掌之上》（1930）和《论叛逆天使》（1930）评论布宁的诗歌，抵抗一些无礼的青年侨民诗人对布宁的抨击。

1931年，纳博科夫受布宁之托，积极地联系俄英翻译家马克斯·伊斯门（Макы Истман），但颇费周折，为此，他给布宁写了三封信。1931年纳博科夫的那篇题词献给布宁的短篇小说《委屈》刊登在巴黎的《最新消息》报上，1930—1935年纳博科夫有14个短篇小说在这个颇有影响力的俄文报刊上发表，因为布宁的作品也不断地发表在该报纸上。《委屈》中打猎的场景和大自然的描写，些许异域风情以及紫丁香色，处处都能看出布宁短篇小说《远方》的影子，甚至对一些短句的直接引用。《委屈》中的完美韵律与风格源于对布宁无韵文的写作技法的成功借鉴。在短篇小说《O小姐》（1931）中，纳博科夫在塑造普佳遇到一个法国女教师时，说着法语和俄语杂糅体的双关语，作者用此凸显主人公普佳与整个节日的喜庆气氛格格不入。这一时期纳博科夫的一系列长篇小说和短篇小说都可以说是与布宁小说的对话。

1932年纳博科夫应邀到巴黎演讲，这次令人难忘的演讲让巴黎的读者倾倒，当然也让巴黎的批评家趋之若鹜。可惜这次巴黎之行，纳博科夫未遇布宁，但在阿尔达诺夫家里与扎伊采夫、霍达谢维奇、冯达明斯基以及维什尼亚克等人讨论的当时的流行话题——布宁是否能获诺贝尔文学奖。他们还为纳博科夫的演讲举办庆功会，朗诵他的诗歌和短篇小说，这更引起了巴黎俄侨们对这位冉冉升起的文学明星的热情关注。甚至，"从伦敦到华沙，从贝尔格莱德到里加，从上海到圣弗朗西斯科和纽约。他都成为读者关注的焦点"①。从此他开始名扬世界。

---

①　H. 别尔别罗娃. 我加的着重号：自传[M]. 莫斯科：合众出版社，1996:372.

(二) 相互赶超时期

第二时期是 1933 年至 1939 年纳博科夫赶超布宁的阶段。纳博科夫的耀眼光芒日渐让布宁黯然失色且心理失衡,两人成为文学对手。

1933 年布宁获得诺贝尔文学奖,纳博科夫非常高兴地给布宁写信祝贺,认为他的获奖体现了骄傲和公正,这一事件成为当时俄侨界的盛事,极大地鼓舞了巴黎的俄侨作家们,文学界在这一时期洋溢着欢乐的气氛。这一年的 12 月,布宁和纳博科夫在柏林举办的庆祝布宁获奖的晚会上初次见面,纳博科夫不仅进行了关于布宁诗歌的深情演讲,而且朗读了自己最喜爱的布宁诗歌,他的朗诵准确传达了自己对布宁诗歌的理解,获得了大家的好评。虽然这次见面之后,两人几次打算在巴黎见面,但两人直到三年后才如愿以偿。

1934 年纳博科夫在巴黎发表的短篇小说《Л. И. 希加耶夫的回忆》,塑造了一个俄侨知识分子的形象,这是作者在悼念一位亡故的友人。这篇小说的开篇与布宁的短篇小说《阿列克谢・阿列克谢耶维奇》(1927)都是开门见山地写出篇名主人公的死讯,然后是回忆与主人公相关的逸闻趣事,看似七拼八凑,但彼此间都与阐释主人公的命运密不可分,并且将主人公都刻画得栩栩如生。不过,对于主人公的死亡,纳博科夫用的是善意讽刺的评价,而布宁则用的是满含眷念的语调。这种把死亡作为结局的手段是纳博科夫的一种自圆其说的叙事手段,也是在小说中与布宁进行"死亡的美学成分与形而上学成分"①之争辩,这种争辩在纳博科夫的《皮尔格拉姆》和《完美》等小说中初见端倪,到 20 世纪 30 年代末达到高峰,在纳博科夫远渡美国后陡然停止。不过,纳博科夫和布宁的创作中都贯彻了艺术形式是表现日常生活概貌之观点。1934 年,《当代札记》的编辑冯达明斯基直言,在该杂志中他情愿只留下布宁、阿尔达诺夫和西林(纳博科夫),这也说明了纳博科夫在巴黎俄侨界已与布宁齐名。而 20 世纪 30 年代的前几年,布宁的诗歌和小说都问世极少,并且获诺贝尔文学奖之后的两年,心绪难平且经济上的鲁莽行事让年迈的布宁难免绝望茫然,他的这种创作状态就难免被一直笔耕不辍的纳博科夫赶超,无论在侨民报纸《最新消息》,还是在杂志《当代札记》上纳博科夫发表的文章都远超布宁发表的文章数量。

1936 年,纳博科夫开始第二次巡游巴黎,在他抵达巴黎半小时后,就与布宁进入餐馆就餐,虽然此时他们还像朋友一样地见面聊天,但两人在人际关系层面则格格不入,纳博科夫还是有些不适应巴黎灯红酒绿的时尚生活

---

① 施拉耶尔.蒲宁与纳博科夫:一生的较量[M].王方,译.哈尔滨:黑龙江教育出版社,2016:70.

节奏，而久居巴黎的布宁已属完全适应。并且，纳博科夫的创作力图挣脱俄罗斯文化的束缚，而布宁的创作一直饱尝俄罗斯文化的甘露，两人都不喜欢陀思妥耶夫斯基，无神论者布宁没在作品中涉及宗教问题，布宁是关注人类存在的哲学家。虽然纳博科夫从布宁那里学过一些东西，但两人在精神和本质上差异巨大，这时的纳博科夫的写作手法已经登峰造极，俘获了众多读者，而布宁有些不能容忍这种纳博科夫现象，许是自己在俄侨界的权威受到了小辈的绝对挑战。

1937年，布宁在贝尔格莱德报纸的采访中特别提到了俄罗斯文学中的"年轻一代侨民作家"——西林（纳博科夫）、加兹达诺夫和别尔别罗娃。不过，纳博科夫在自传以及采访和书信中，总是有意识弱化了俄罗斯侨民文化环境对其文学命运的影响，尤其是布宁的创作在其文学发展中的重要性，这时的纳博科夫不再是布宁的学生，而是一名成熟的俄侨作家。作为巴黎俄侨文学之王的布宁，是当时在世的经典作家，他的文学成就在一定程度上激励并推动着纳博科夫取得新成就。随着纳博科夫的作品在俄罗斯境外日渐走红，将契诃夫的作品视为文学参照物的纳博科夫越来越赶超布宁，呈现出青出于蓝而胜于蓝的趋势，受到俄侨文学界的编辑和读者关注，这一情形让布宁对纳博科夫有了些许怨气，布宁自1937年开始着手写自己的传世杰作《幽暗的林间小径》，并于这一年写了《托尔斯泰的解脱》，而在他精神郁闷的侨居之初也是在研究托尔斯泰的作品。

1938年，纳博科夫的剧本《大事》在巴黎的俄侨杂志《俄罗斯札记》上发表，之后该剧本在巴黎、布拉格、纽约等地巡回演出。布宁出席了该剧在巴黎的首场演出，但剧中那位知名作家彼得·尼古拉耶维奇的形象让同时代人都看出来是对布宁的戏仿。虽然布宁在看戏时很愤懑，但后来他表示看不出也不承认自己是这个喜剧人物的原型。伴随着戏剧的巡演，这场戏剧风波被人炒作而断断续续地绵延了两三年，这种荒谬的猜测无疑中加深了布宁和纳博科夫的嫌隙。其间，纳博科夫还给布宁寄去了写有问候之语的新作《斩首之邀》(1938)，但布宁却没有像以前阅读纳博科夫的小说那样，在空白处做批注，而是不置一词。两人也彼此通信几回，却鲜有见面。《斩首之邀》的风格创新和大胆试验无一不使布宁大受刺激，不能理解其作品为何用罗马数字进行各部分的编号，两位作家在精神和本质上的差异更加显著。通过对比纳博科夫的和布宁创作的爱情小说，可以看出：纳博科夫在俄文创作时期的小说中有关性爱的描写忠实于契诃夫的传统，他和布宁论战的核心是如何在叙事结构中论述死亡与性欲的关联，他的俄文小说采用形而上学的手法，隐晦地描写爱情中的性维度，主要是体现爱情超自然的本质，而这是一个几乎用语言无法描写的维度。纳博科夫和布宁一样，在爱情小说中会以女主人公的死亡来加深读者对小说故事的强烈印象,只是纳博科夫喜欢用开放性的故事结局,而布宁常用封闭性的爱情结局。纳博科夫和布宁这两位新老两辈俄侨作家在这一时期的文学较量主要集中在四个方面:死亡在小说中的叙事角色、形而上学、爱情和命运的非理性以及记忆在作品中的意义①。

在第二次世界大战爆发的前几个月,纳博科夫为了家人安全,开始力图在英美两国的大学里寻求讲授俄罗斯文学、语言以及思想史相关科目的讲师职位,他写信请求布宁给他写封推荐信,毕竟诺贝尔文学奖得主的推荐很有分量,最终,英语欠佳的布宁在纳博科夫自己写好推荐信上签下了自己的大名,纳博科夫如愿以偿地侨居美国。为此,纳博科夫在伦敦给布宁写了一封诚挚的感谢信(这也是两人的最后一封通信),信中将在春风中摇曳的多色蝴蝶花比喻成希特勒的脸颊,从信中可以体会到纳博科夫为能远离希特勒政策的迫害而欣喜,预感自己人生的又一春开始了。

(三)并蒂开花时期

1940年纳博科夫举家迁往美国,直到1953年布宁逝世,布宁的创作呈现老树新枝的飞跃,纳博科夫更是名震世界,布宁和纳博科夫的文学成就并蒂开花,他们是新老两代俄侨作家的杰出代表。霍达谢维奇在《流放文学》一文中,通过对世界文学史上的一系列文学家的事迹说明侨民作家不仅创做出了本身优秀而且成为民族文学一部分的作品,由此来反驳俄侨文学批评家马·利·斯洛尼姆(1894—1976)提出的"侨民文学的末日"的观点,并强调受到末日威胁的那些文学作品的内在本质根本不是侨民文学,大多数老一辈巴黎俄侨作家秉着在境外传承俄罗斯文学传统,但这一做法让俄侨文学走上了一条不正确的道路,因为任何一种文学只有保持永恒的内在运动,"有点类似于新陈代谢和血液循环的进程,它才会具有活力并保持其生命力"②,布宁和纳博科夫的创作正是如此,尤其是纳博科夫的创作超越了俄罗斯经典文学的空间,赋予俄侨文学以新的情感和思想,以及随之而来的新的文学形式,在文学界树立了自己的鲜明地位,而不是像一些老一辈的巴黎俄侨作家那样墨守成规,不善于甚至是不愿意完善自己的才华,这时的纳博科夫已经不需要依附于任何俄罗斯文学的传统和流派,而是自成一格。20世纪90年代学者安德烈·贝托夫认为,"在契诃夫、勃洛克与乔伊斯、普鲁

---

① 施拉耶尔.蒲宁与纳博科夫:一生的较量[M].王方,译.哈尔滨:黑龙江教育出版社,2016:156-160.

② 弗·霍达谢维奇.摇晃的三脚架[M].隋然,赵华,译.北京:东方出版社,2000:266.

斯特、卡夫卡之间,苏联文学和流亡文学都未能提供优秀的过渡的或在精神上相一致的作家,纳博科夫则在俄国文学与 20 世纪西欧文学进行衔接的过程中发挥了无可替代的作用。"①

在这一时期纳博科夫仍旧在关注布宁的作品,但只是作为研究俄罗斯文学的教授给学生分析布宁及其作品。关于布宁和纳博科夫的友谊和较量,Г. В. 阿达莫维奇曾在 1969 年的一次文学对话中回忆说,布宁尽管承认纳博科夫的才华,有时却无法忍受他。但纳博科夫通过自己的卓越写作天赋,已将自己载入俄罗斯文学史册。当《洛丽塔》位居美国畅销书榜首半年之久,给纳博科夫带来巨大的财富和声誉之时,纳博科夫却对自己的文学命运自我调侃:"是洛丽塔出名,而非我出名。我不过是一个寂寥无名、并且连名字的音都难被发准而倍加寂寥无名的小说家。"②但事实上,纳博科夫因为这部作品至今还被世人称颂。

纳博科夫在美国的辉煌刺激着年迈的布宁,布宁像关注自己叛逆离家而成才的孩子一样对待纳博科夫,怒其不逊又欣慰其成就,他时常会读读自己珍藏的纳博科夫的作品,重读自己的札记以及二战前巴黎俄侨出版物对纳博科夫的评价。这时的他在重读纳博科夫的作品时依旧为纳博科夫的天赋感到震惊。1946 年布宁读到《当代札记》上纳博科夫的俄文小说《菲雅尔塔的春天》时,发现这个作品中有契诃夫写作手法的存在,他依旧带着批判的眼光进行一番语气不善的评论,一如他对俄罗斯现代主义持有的否定态度。

总而言之,布宁和纳博科夫的文学较量持续几十年,他们之间的关系体现出在"影响的焦虑"下激发彼此的创作潜力和激情,彼此都达到了自己文学事业的新高度,获得了举世闻名的文学地位。纳博科夫对布宁的态度从远距离的通信崇拜,到近距离的深入接触,再到远隔重洋的清晰认知,最后向着布宁作品本身的回归。

第二节　纳博科夫和加兹达诺夫作品中的记忆主题

弗拉基米尔·弗拉基米洛维奇·纳博科夫和加伊托·伊万诺维奇·加兹达诺夫是 20 世纪俄罗斯侨民文学第一浪潮中年轻一代俄侨作家的杰出代表,在 20 世纪二三十年代的巴黎俄侨界的评论家们经常将他们相提并论,认

---

① 刘佳林. 纳博科夫研究及翻译述评[J]. 外国文学评论,2004(2):71.

② Vladimir Nabokov. Strong Opinions. New York:Mcgraw-Hill Book Company,1973,p. 197.

为他们是后现代主义作家,而他们之间有时也会进行直接或间接的对话。他们不仅对 20 世纪的俄罗斯侨民文学产生了巨大的影响,同时也在 20 世纪世界文学史上有着不容小觑的影响力。他们对俄罗斯有着共同的集体记忆,记忆主题在其文学创作中占据了极为特殊的地位,他们对这一主题的偏爱也给读者们留下了无尽的联想。在他们以记忆为主题的文学作品中有一些共同的基本特征:对祖国的记忆维系他们的生存信念,他们以记忆为主题的小说旨在通过记忆来对抗时间,在意识中追忆逝去的美好时光,向人们揭示世界的美好本质;在他们以记忆为主题的小说中,不以作者的旁述为主,而是按照主人公的记忆和幻想来构思整部作品,直接表达主人公的思想,不受时空的限制,不拘泥于故事情节的完整性,且用具有主观色彩的形象来表现记忆主题。

纳博科夫和加兹达诺夫对俄罗斯有着共同的回忆,而这种记忆已浸透在血液里,滋养在灵魂里,他们都撰写了回忆性的自传体小说:《说吧,记忆》(纳博科夫)和《在克莱尔身旁的一个夜晚》(加兹达诺夫),这种回忆是一种怀旧情结,是一种文化体验和文化情愫。纳博科夫强调记忆主题在自传中的重要性:"追索这样的贯穿一个人一生的主题将是,我想,自传的真正目的。"①纳博科夫和加兹达诺夫都重视在小说中体现俄罗斯的传统和文化,虽然两人因为家庭背景和个人经历的不同,两人有关记忆的作品都具有跨文化性,这一点已在 20 世纪已分别被关注两个作者的研究者发现和阐述,但将两位作者的记忆主题并列介绍的却不多见。

纳博科夫和加兹达诺夫的小说都充满了记忆的光辉,折射着俄侨作家的文化传统和集体无意识和生活理想,这种怀旧的记忆对他们来说,不仅是一种感伤情绪,也是一种修辞实践,两位俄侨作家的叙事手法和技巧虽各具特色,但他们的怀旧作品可以说是"从创伤叙事入手,探讨文学叙事层面上文化创伤建构的社会属性,超越个体文学书写的经验现实"②。他们的作品重构文化记忆的历史与现实,走向了具有人类属性的文化创伤书写。

(一)纳博科夫作品中的记忆主题

在 1993 年约伯·福斯特的《纳博科夫的记忆艺术与欧洲现代主义》探讨了纳博科夫与俄国的普希金、果戈理,以及和欧美的经典作家莎士比亚、塞万提斯、卡夫卡、乔伊斯等之间的影响和接受关系。2001 年哈纳·皮肖瓦博士在《流亡中的记忆艺术:纳博科夫与米兰·昆德拉》一文中比较了两位

---

① 纳博科夫.说吧,记忆[M].陈东飙,译.吉林:时代文艺出版社,1998:10.
② 段吉方.创伤与记忆——文化记忆的历史表征与美学再现[J].河南社会科学,2015(9):20.

天才的文学大师在不同时期的代表作品中的文化、记忆、创造性想象等方面的内容，揭示出成功的流亡者们才能够跨越民族界线。事实上，纳博科夫将流亡生活与记忆中的俄罗斯生活有机相连，他"不但没有像许多流亡作家那样抱怨创作根基的缺失，反而从中找到了与艺术的真正联系，找到了个体艺术形式之间的真正联系，流亡经验成为他诗性世界的生长点"①。

在纳博科夫自传《在彼岸》中有这样一句话："我的全部生命中，我充满激情地积极地复活了这段或那段过去，我相信，这种近乎病态的记忆力是一种遗传特性。"②由此可见，记忆这一特性已深入纳博科夫血液和骨髓，他借助主人公来追忆似水年华，各种记忆现象都存在于作家的绝大多数作品中，加兹达诺夫的创作亦有这一特征。伊戈列夫娜（Игоревна Е. В. ）在《知识和回顾——体验过去的方式》一书中谈道："在纳博科夫作品中的主人公们，不论其年龄、社会地位、文化修养水平、教育等，都被赋予记忆、回想、梦想、幻想、狂欢，看到梦境和幻境的能力。"③纳博科夫主人公挽歌的记忆，伴随着悲伤，过去的悲伤。纳博科夫的主人公的记忆成为美丽纯净的世界和理想的模型。纳博科夫的主人公最明亮的记忆是童年和青春期的记忆。

知名的纳博科夫研究者博伊德（Б. Бойд）在其著作《弗拉基米尔·纳博科夫：俄罗斯年代》中这样写道："纳博科夫重视的不是凸显个别元素，而是它们的聚合……偶然的和谐时刻，模仿自然界的离奇兴起，曲折变化的时间和命运，潜伏在记忆深处的威胁都使其具有特殊的魅力。"④可以看出，博伊德注意到纳博科夫对"记忆"这个词的兴趣。与之对应，加兹达诺夫的研究者也将其作品分为"俄罗斯小说"和"法国小说"，并关注到作者写这两种小说时怀着的不同情绪和情感。纳博科夫和加兹达诺夫都将记忆视为一个人的无价财富和人的精神活动的重要组成部分，对他们来说记忆的意义，从本质上来讲，记忆本身是一个工具，是艺术家使用的许多工具之一。纳博科夫的文学作品《微暗的火》《说吧，记忆》以及早期诗歌创作中都涉及了记忆主题和流亡生活。

纳博科夫最著名的自传体小说《说吧，记忆》是一组相互间有系统联系

---

① 刘佳林. 纳博科夫的诗性世界［М］. 上海：上海人民出版社，2012：52.

② Набоков В. В. Память，говори. – СПБ. : Издательство《Симпозиум》，2004. С. 374.

③ Игоревна Е. В. Знание и воспоминание как формы переживания прошлого. – М. :2007. С. 3.

④ Юрьевна Х. Е. Проблема художественного психологизма в русскоязычных романах Владимира Набокова. Диссертация на соискание ученой степени кандидата филологических наук. МГУ，Москва，2001. С. 52.

的个人回忆文集，小说的故事时间跨越了 37 个年头(1903 年 8 月—1940 年5 月)，这一时间段也涵盖了纳博科夫在巴黎的创作时期，逝去的岁月中的故人与故事交织叠合，阐述了一个又一个的主题故事，而记忆主题成了小说中连接幻想和现实之间的某种隐蔽的桥梁。正如纳博科夫认为的那样："记忆的无上成就，就是把它在把往昔延缓与游荡的乐调汇入它的皱折时，对内在和谐的巧妙利用。"①纳博科夫从共时性角度表现记忆中往昔世界的复杂多样。

在《说吧，记忆》中纳博科夫重现了主人公意识的觉醒、记忆中的父亲、母亲和祖先、早期教育与家庭女教师、为自己喜爱的蝴蝶而远行和浪漫冒险、写诗与初恋、剑桥生活与流亡、儿子与家庭等。小说中的那位鳞翅目昆虫学家透过高倍放大镜观察蝴蝶翅翼上美妙的花纹，并用精确的语言将之描绘下来的那种书写能力，是纳博科夫的独特技巧和实践体验，语言带来的真实美给读者带来不一般的阅读感受。记忆和对往昔的回顾经常穿插在纳博科夫的一些小说中，因而这本自传也成为解读他的一些小说的绝好密匙。记忆将处于不同时空中的意象、主题与细节等融合在同一个小说文本中，使小说文本呈现出独特的形式和结构。《说吧，记忆》却打破了自传小说通常的依赖线性时间和因果关系进行叙述的惯例，采用并置的叙事手法，把具有相似主题的记忆片断并置成一种橘瓣状的结构，形成一种空间化的叙事结构，"是像一个橘子一样来建构的。一个橘子由数目众多的瓣、水果的单个的断片、薄片诸如此类的东西组成，它们都相互紧挨着(毗邻——莱辛的术语)，具有同等的价值……但是它们并不趋向于空间，而是趋向于中间，趋向于白色坚韧的茎……这个坚韧的茎是表型，是存在——除此之外，别无他物；各个部分是没有任何别的关系的。"②在这种叙事结构中的橘瓣组合成橘子喻示着故事的各个部分之间时间连续性的消失，以及故事时间发展的缺失。在《说吧，记忆》中，纳博科夫常将一些主题和意象进行同类并置或异类并置，在异类并置的叙事会产生"蒙太奇"式的视觉效果，使那些独立于时间顺序之外而又彼此关联的各个记忆片段在空间叙事中神奇地连接起来，例如小说第一章中将悬浮在空中的父亲形象与教堂穹顶上的极乐人物相联系，接着又回忆起多年后父亲那张躺在灵柩里的脸：

在那里，在一瞬间，我父亲身穿被风吹皱的白色夏装的形象会出现，在空中光荣地摊开着，他的四肢处于一种奇异的随便状态，他英俊、镇静的面

---

① 纳博科夫.说吧,记忆[M].陈东飚,译.吉林:时代文艺出版社,1998:163.

② 约瑟夫·弗兰克.现代小说中的空间形式[M].秦林芳,编译.北京:北京大学出版社,1991:142.

貌朝向天空。接连三次，随着他那些看不见的抛举者嗨嗨有声的强大抛掷，他会这样飞上去，第二次会比第一次上得更高，继而在他最后也是最高的高度，他会斜卧着，仿佛是永远如此，衬着夏日正午的钴蓝色，像一座教堂的穹顶上那些静静飞翔的极乐人物中的一个，他们的衣服上有那么多的皱褶，而下面，一支接一支，蜡烛在凡尘的手中点亮，在一片焚香的雾中形成一片连续的火焰，而神父吟诵永恒的安眠，葬礼的百合花在游动的光里，在打开的灵柩里，隐藏起了躺在那里的无论哪个人的脸。①

这一描写中深受农民喜爱的父亲形象与被暗杀后躺在灵柩中的父亲形象形成的强烈对比，也反衬出作者心中的强烈情感。

在《说吧，记忆》中记忆作为一种回望和内视的精神活动，它具有明显的选择性和意向性。纳博科夫流亡的背景下，追忆往昔的时光、净化沉沉的记忆、凝固意识的空间，有选择性地激活并重建过去的经验，赋予逝去的时光以当下的价值和意义，家园的失落与怀乡的冲动是这一小说的经典标志。纳博科夫在描写雅尔塔时，感觉到它与记忆中俄罗斯的区别："整个地方似乎完全是异邦：气味不是俄国的，声音不是俄国的……看着半透明的粉红色天空，一弯羞涩的新月在那里照耀，近旁只有一颗湿润的孤星。"②作为一个睿智的流亡者，一个从容淡定的行吟者，无论生存境遇如何，纳博科夫始终保持着旁观者的姿态，认清自己的流亡者身份，但却不为了获得归属感而栖身于流亡群体，他和他的主人公总是想在一个挚爱的新世界里体验无拘无束的新生活，也从不刻意渲染流亡生活之悲苦，他将自己的一生比喻成一个小玻璃球里的彩色螺旋，他关注生活中美妙、快乐和神奇的时刻，追求人生的完美和爱。他将自己一生的三个重要阶段（俄罗斯时期、自愿流亡英德法时期、移居美国时期）视为命题、反命题和合题，在俄罗斯时期是其物质和精神的充沛时期，而在自愿流亡时期是物质贫乏但精神富有时期，正如他自己所说："当我回顾那些流亡的岁月时，我看到自己，以及成千上万其他俄国人，过着一种奇特但完全不能说是不愉快的生活，处于物质的贫苦和思想的奢华之中。"③这种身体的"无根性"和精神的"有根性"奇特地融合在纳博科夫自身及其作品的主人公身上。

（二）加兹达诺夫作品中的记忆主题

在加兹达诺夫二战前的小说中，记忆既是创作主题，又是推动小说情节发展的重要手段。加兹达诺夫在作品中回忆过去"失乐园"的俄罗斯，对比

---

① 纳博科夫.说吧，记忆[M].陈东飚，译.吉林：时代文艺出版社，1998：14.
② 纳博科夫.说吧，记忆[M].王家湘，译.上海：上海译文出版社，2009：289.
③ 纳博科夫.说吧，记忆[M].王家湘，译.上海：上海译文出版社，2009：330.

描述俄罗斯境外侨民的现在,却从不假设其未来。身居异乡的加兹达诺夫希望看到祖国更为美好的时期,但不愿也无法臆想俄罗斯在何时会是什么样,毕竟这对不能返回祖国的侨民来说是痛苦的问题。加兹达诺夫通过情感和内心的感受来描写自己记忆中的俄罗斯,在记忆里的时间轮廓变得模糊不清,叙事时间顺序被打破,出现间断性的块状结构。

记忆主题的特殊性在于它参与了艺术作品的情节建构,并且体现了作家非常深刻含义的思想和情感的综合。例如:流亡生活强化了布宁对俄罗斯的感情,他在《阿尔谢尼耶夫的一生》中通过细节描写追忆逝去的俄罗斯,追忆那难忘的似水年华。在异国他乡,逝去的一切让他更加感到记忆中的俄罗斯的美好,使他日益变得"子不嫌母丑"。梅列日科夫斯基认为,地狱般的流亡之苦使流亡者对祖国俄罗斯怀着反常的爱与恨,犹如被诅咒的孩子对诅咒他们的母亲的爱与恨。这种相互交织的爱与恨已深深印刻在流亡者的脑海,融入他们的血液。正如茨维塔耶娃所说:"祖国不是领土的虚设,而是记忆和血液的不可抗拒性。不在俄罗斯,就会忘了俄罗斯——有这种担心的人,只是想着它的外表。而在其内心有俄罗斯的人——失去的只是与它一起的生活而已。"①

加兹达诺夫作品的主人公时常难以忘怀革命前和内战前美好的俄罗斯生活,这种梦幻中的俄罗斯存在于他们的潜意识层,有时会在主人公的梦境中出现并被某种迷雾般的障碍物包围,使其产生强烈而莫名的损失感,主要表现在这些作品中,如《回忆》《转变》《亚历山大·沃尔夫的幽灵》《第三种生活》等。有时,在某种语境和某种情况下产生和平的俄罗斯形象,并意识流似地出现于主人公的回忆中,例如在长篇小说《飞行》中对伏尔加河上捕鱼的回忆,《在克莱尔身旁的一个夜晚》中对高加索淳朴民风的回忆。在这些小说的结构层次中正是主人公曾经的回忆确定了其风格特点,记忆主题则是主人公和作者经常所用的反射方式。但无论通过哪种形式进行有关俄罗斯的回忆,主人公总能体会到充满整个身心的忧伤。

记忆是加兹达诺夫小说的结构、情节和意义形成的元素,对记忆现象的分析给了整体理解作品意义的钥匙。对俄罗斯的回忆造就了加兹达诺夫小说的自传性,如,长篇小说《在克莱尔身旁的一个夜晚》《夜路》和他的大部分的短篇小说。在这些作品中描绘的艺术现象最大限度地接近加兹达诺夫的亲身经历、创作思想和现实事件,并随着作品主人公在童年和青年时期的时间位移,变换着描绘俄罗斯主题的艺术画面。在加兹达诺夫的作品中,主人

---

①　Цветаева М. (Ответ на анкету журнала 《 Своими путями 》)/М. Цветаева//Цветаева М. Собрание сочинений:в 7 т. – М. ,1994,С. 618.

公对昔日革命前温馨美好的俄罗斯生活的回忆，总是伴随着对某种恐惧和灾难的预感；当回忆战争中和战后的一些事件时，远离祖国的孤独感使主人公在不可避免的死亡和困苦面前也体验到了恐惧感。

　　加兹达诺夫自传体的成名作《在克莱尔身旁的一个夜晚》阐述了记忆中已逝去的俄罗斯主题。当主人公索谢多夫一沉浸到有关俄罗斯的回忆中，记忆主题就立即在文本中回响。加兹达诺夫在词汇层面用了一些具有象征意义的词汇来深化俄罗斯主题：橙黄色的毫无生气的土地、远看洁白纯净但近看肮脏松软的雪、湖中静止的黑水、峡谷、荒漠、被射杀的鹰，等等。在这种记忆中包含的不仅有作者的童年和青年，还有其祖国俄罗斯和俄语。在小说发表后，Н. 奥楚普关注到记忆在该小说中的重要作用："加·加兹达诺夫小说的主要灵感是记忆，谟涅摩叙涅，——不能不进入最伟大的有关创作理念的诗学轨道——我说的是论普鲁斯特的《追忆逝水年华》的诗学……像普鲁斯特那样，年轻俄罗斯作家活动的主要地点不是某一城市，不是某个房间，而是作者的心灵，他的记忆，试图在过去的时光中找出一切导致现在的东西，并沿途进行着相当悲痛的揭示和比较。"①作者温情脉脉地描述了主人公尼古拉·索谢多夫记忆中在俄罗斯度过的童年和初恋的美好时光。同时，《在克莱尔身旁的一个夜晚》不仅具有普鲁斯特的史诗特点，而且该小说反映出加兹达诺夫可能接受了柏格森哲学，如：主观感受的时间；感性认知在理性和自然科学知识面前的优势；记忆的概念作为创作潜力的概念；内心世界的深化；对道德和审美价值的兴趣；等等。

　　在加兹达诺夫第二部长篇小说《一次旅行的故事》中的主人公沃洛佳·罗加乔夫不仅有回忆的能力，而且有改变过去记忆的能力："他早已形成的习惯是纠正记忆，而不是试图重建发生了什么，曾经应该怎样发生——而是为了让每个事件以某种方式对应系统中每个剩余的概念。"②

　　长篇小说《一次旅行的故事》中只有两个时间——现在和过去。作者用现在时描写主人公沃洛佳在巴黎居住在他哥哥家中，以及他与其他人的关系，而用过去的时间来描述他记忆中在俄罗斯的童年时光。小说《一次旅行的故事》的开头可能会让读者产生混淆：乍看起来，加兹达诺夫好像在重复《在克莱尔身旁的一个夜晚》，小说也是开始于主人公记忆深处的旅行。但这第一印象具有欺骗性，因为两部作品的开头看似相似，实则根本不同。虽然小说之间有足够的相似之处：两部小说的中心都是俄罗斯侨民青年的成

---

① Оцуп Н. Вечер у Клэр　// Числа. 1930. №1. С. 232.

② Газданов Г. И. // Гайто Газданов. Собр. соч. : в 3 т. –М. : Согласие, 1996. Т. 1. С. 169.

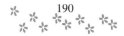

长故事,他们需要重新审视其过去,两个主人公拥有的理解力只是根据时间和感知的经历,而不是根据对世界的逻辑认知,他们都有轻微的抑郁感、孤独感以及对逝去的俄罗斯的迷恋。在小说《一次旅行的故事》的开头出现的回忆和小说中间的若干回忆片段在小说中占有极不明显的地位,这决定了该小说的风格特征不再是一部讲述"历史"的自传体作品,从这部小说开始,作为情节线索和主人公及反射作家自传的记忆主题就消失了。但对俄罗斯的记忆价值保留在人们关系之中,成为同源灵魂联系的标志,例如在《一次旅行的故事》中沃洛佳和亚历山大·亚历山德罗在索邦大学的讲座上相遇的情节:"沃洛佳……没有人可以分享这些想法,因为在场的人不知道革命、绞刑或普加乔夫。只有亚历山大·亚历山德罗注意到了沃洛佳,能够理解他。"①这样,这两个有着集体记忆的俄侨成了促膝交谈的朋友。

因此,加兹达诺夫的创作从《在克莱尔身旁的一个夜晚》中的个人记忆中的俄罗斯主题过渡到了《一次旅行的故事》中历史记忆中的俄罗斯主题。记忆主题对研究加兹达诺夫战前小说的俄罗斯主题非常重要。

在《亚历山大·沃尔夫的幽灵》中占主导地位的记忆主题反映了主人公试图把过去想象为另外的样子,以期摆脱过去事件对其造成的痛苦折磨。叙事主人公一直提醒读者,他记忆中的一幕场景——他在草原上"谋杀"了一个陌生人,这次谋杀的记忆导致了他的"心理疾病"。叙事主人公想要了解他曾以为已被他在草原上击毙了的沃尔夫,想从他那里了解那个"谋杀"事件的实情,他在回忆中添加了自己的看法,也就在某种程度上改变了过去。反过来,沃尔夫也常常回忆那次发生在草原上的冒险,这次"死亡之旅"让他变得不同以往,他的精神世界和他对发生过的事情的看法完全改变了,他开始思考有关命运的问题,作为受害者的他变成了一个宿命论者。

在《在克莱尔身旁的一个夜晚》中对俄罗斯的回忆属于个人记忆范畴或自传性记忆,那些历史的一些画面是随机呈现在主人公的想象中的,服从他的幻想,占主导地位的人物具有鲜明的个性化特征;而加兹达诺夫后期的多数作品中则转向历史的或文化的不同记忆中的俄罗斯形象,主要人物的记忆更多地具有某种社会阶层的集体特征的类型。在长篇小说《夜路》中开夜间出租车的叙事主人公见到流亡法国的各个阶层的俄罗斯人的生活和精神状态,并通过记忆追溯到他们在俄罗斯的情形,通过对比凸显流亡前后的俄罗斯人的变化。因此,记忆和死亡的主题一直贯穿在该小说中。虽然,1940年的俄罗斯已在苏联政权的领导下发生了翻天覆地的变化,但流亡异国的

---

① Газданов Г. И. // Гайто Газданов. Собр. соч. : в 3 т. —М. : Согласие, 1996. Т. 1. С. 245.

加兹达诺夫感受到的依然是自己记忆中的俄罗斯。

加兹达诺夫回忆俄罗斯过去生活的短篇小说还有《钢铁大臣》《夏威夷吉他曲》《自由时代的故事》《三场败局的故事》《黑桃8协会》《布拉克同志》等。在这些作品中主人公的行动发生在俄罗斯,作为情节元素的俄罗斯主题随着小说情节的发展同时展开,叙事主人公们都回忆了自己的青年时代,那是自己和国家都经历过的转变时代。

在《三场败局的故事》的第二部分,作者描述了记忆中发生革命前的俄罗斯人民的和平生活,这一切都伴随着主人公的感受而向读者传递着记忆中美好的俄罗斯:夏季风景如画的家乡,街道简单的名称,居民在和平的氛围中过着平静的生活。叙事主人公满怀深情地回忆起老犹太旧书商、身材如直线的妇女等;描述了日常生活和风俗礼仪,小城中的弹子房和旅馆,醉酒斗殴和双方和解的过程。随着情节的发展,叙事主人公回忆起革命后的俄罗斯,并塑造了忍受苦难、处在混乱和无政府状态的俄罗斯形象。这种混乱状态也被加兹达诺夫描述在短篇小说《布拉克同志》中,小说的行动发生在内战前几个月,所描述的痛苦和悲剧的场面让人觉得像"瘟疫流行时的宴会"。

在短篇小说《转变》中,叙事主人公在自己梦中开始对俄罗斯的回忆,伴随着雄蜂的嗡嗡声、小鸟的鸣叫声、乐团的音乐声和时钟的嘀嗒声,他来到西伯利亚,并在额尔齐斯河中畅游。作品中叙事主人公的回忆伴随着孤独感,他在理解俄罗斯的同时,也将自己在现实生活中的孤独掩藏在逝去的岁月里,他认为流亡者是永恒的孤独者,他从未再遇到过自己的老战友,他的伙伴们留下了在俄罗斯的一些住宅中响亮的笑声、游戏和俄罗斯的忠诚,而流亡中的他却一个人生活在虚幻的世界里。现实中的悲剧就是在这种记忆的背景下产生:舒慈曼夫人的死亡,犹太人被屠杀,等等。回忆俄罗斯对叙事主人公来说,是一种与死亡斗争的形式,是一种避免死亡的方式。同时,作者再现逝去的俄罗斯,重新诠释它,过去的时光在主人公的记忆中重新度过,并充实他的新认知。通常来说,在小说中任何现实的真正意义都是在过去、在记忆中获得的。

在加兹达诺夫的一些小说中的故事虽然发生在法国,但叙事主人公在流亡生活中处处都感受到俄罗斯的影子。例如:在短篇小说《转变》中作者写道:"我躺在草地上看书,以前在俄罗斯我也曾多次在这种草上躺过……"①在小说中留在叙事主人公的记忆中那个经历悲剧事件后的俄罗斯形

① Газданов Г. И. // Гайто Газданов. Собр. соч. : в 3 т. —М. : Согласие, 1999. Т. 3. С. 598.

象,犹如被破坏的、无生命的死海,它对叙事主人公来说没有了吸引力,这使他开始转向流亡中的现实生活,但是记忆又将他拉向那个悲惨的年代。

在短篇小说《梅丽公爵小姐》中巴黎的街道激起叙事主人公难以捉摸的意识,使他脑海里一直萦绕着某种对彼得堡陌生而遥远的回忆,以及对彼得堡的夜晚、街道、路灯、药房的记忆。俄罗斯曾经的一切都已融入俄罗斯侨民的血液里、骨子里,无论他们生活在世界何处,只要一息尚存,俄罗斯就永远存留在他们的记忆里,无形地渗透到他们的侨居生活的各个角落。在短篇小说《祭悼》的开篇作者就写到在德国占领巴黎期间,随着战事的空间扩展,"成千上万的人沿着俄罗斯冻结的道路上前进……"①,此情景犹如作者亲眼所见。作者通过参加一个俄侨的祭悼会时,俄罗斯侨民齐声高唱的安魂曲来展现俄罗斯人的凝聚力、精神坚定性和宗教。在《札记》一文中主人公走在巴黎郊外小镇上,"冻雪在脚下咯吱作响,那么洁白,就像在俄罗斯,树林、寒冷的空气也静止了,我不由得回想起我在奥尔罗夫斯基县城冬天的树林里滑雪的情形,——我感觉那是永不复返的时间,如此遥远,完全就像发生在二百年前……"②,这也真实地反映了作者对祖国俄罗斯存在的那种熟悉而又陌生的感觉。这体现出"文学是社会意识形态、上层建筑之一,它和其他社会意识形态(包括哲学、政治经济学、史学、法学等)有共同的地方,即都是社会生活在人们头脑中反映的产物"③。

在加兹达诺夫的"俄罗斯小说"中作者主要通过回忆的方式反映流亡前的俄罗斯,这一时期的俄罗斯形象可以理解为对童年、青年及初恋的回忆,主要通过家园的特殊空间、舒适感、美好的爱情来体现。家园对加兹达诺夫来说是和平、祖国、幸福的童年、传统等的象征,同时也就是俄罗斯的象征。家园形象有助于揭示主人公的内心世界,在加兹达诺夫后期的回忆俄罗斯的大多数作品中主要是表现战争,家园形象只是闪现在主人公对往昔零散记忆的迷雾之中,通过回忆具有象征意义的气候与地理位置的细节来体现俄罗斯主题,如:俄罗斯中部寒冷的风,俄罗斯南部旖旎的自然风光,雪,积雪在脚下发出的有弹性的咯吱咯吱声,暴风雪,小村庄,小镇,大海等。而在加兹达诺夫的"法国小说"中主要通过某些作者看似无意而提到的记忆中的

---

① Газданов Г. И. // Гайто Газданов. Собр. соч. : в 3 т. –М. : Согласие, 1999. Т. 3. С. 579.

② Газданов Г. И. // Гайто Газданов. Собр. соч. : в 3 т. –М. : Согласие, 1999. Т. 3. С. 659.

③ 十四院校《文学理论基础》编写组. 文学理论基础[M]. 上海:上海文艺出版社, 1994:1.

点点滴滴折射出俄罗斯主题,作品处处都反映出作者自己的俄罗斯情结。

纳博科夫和加兹达诺夫在其记忆主题中都关注了家庭和希望,其中包含了作者的几种情绪,一种是忧伤,这是对过去的青春和过去的感觉的感怀;一种是怀旧,这是对失去的机会、感受和不可挽回的与过去分离的理解;还有一种是痛苦,它源于不愉快的事件、羞愧感和记忆中那些不愿意复活的某些生活场景。所有这些在纳博科夫和加兹达诺夫的艺术世界都有不同的记忆。总之,记忆情景的丰富性和多样性,这是纳博科夫和加兹达诺夫作品的有机组成部分,使读者在阅读其作品中难以忽视这一现象。

第三节　加兹达诺夫和舍斯托夫的文学渊源

在俄罗斯和西欧文化交点上的加伊托·加兹达诺夫是在俄罗斯侨民文学第一浪潮中的经典作家,他作品中的死亡主题、精神疾病主题以及对人性的幽暗面的反映,体现出其精神气质中的幽暗意识。列夫·舍斯托夫建立在悲剧哲学和宗教哲学基础上的美学和文艺学思想,即他注重个体的生存体验,反抗思辨理性对人的绝对权威的思辨哲学,非理性主义的美学思想,通过"地下室"的途径认识真理,在善恶之间进行理性自由的选择,人只有进入神性自由才能重回上帝的怀抱,等等。所有这些都对加兹达诺夫的思想和创作产生了深远的影响。舍斯托夫的《在约伯的天平上》是加兹达诺夫案头必备之著作。对在存在主义传统的语境中研究加兹达诺夫的创作显然是极为必要的:重新考虑加兹达诺夫有实质性的宗教哲学倾向和与欧洲存在主义的文学和思想的对比方面。这种对比对解释加兹达诺夫早期的存在主义意识的哲学文学基础来说极为重要,并且在这个意义上,具有特殊地位的是舍斯托夫的《在约伯的天平上》。

(一)加兹达诺夫的哲学和文艺学思想之源

加兹达诺夫的在宗教哲学基础上的美学和文艺学思想直接和存在哲学的一些前辈相关联,如陀思妥耶夫斯基和晚期的托尔斯泰;同时,加兹达诺夫的创作和舍斯托夫的一些其他作品相联系:舍斯托夫的《在约伯的天平上》引发了在加兹达诺夫一些早期作品中存在主义主题的表现,而且是俄罗斯境外文学中存在主义意识基础的,但目前仍估计不足的源泉。①

20世纪二三十年代的加兹达诺夫创作的西欧存在主义文学和舍斯托夫的一些作品可以进行类型学意义上的。舍斯托夫对俄罗斯作家有着一定的

---

① Кибальник С. А. Гайто Газданов и экзистенциальное сознание в литературе Русского Зарубежья Русская итература. 2003. №4. С. 53–54.

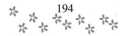

影响,不仅加兹达诺夫和舍斯托夫的创作之路,并且两人已知的命运有相似之处。如果加兹达诺夫还有与舍斯托夫引起联想的相似物,那就是带着辩论的目的对其进行比较和影响研究。死亡意识和文化原罪意识是加兹达诺夫在生存层面的基本体验。加兹达诺夫从文化论整体控诉进展到生存论中俄罗斯侨民中一些个体的文化劣根性和人性幽暗面的抨击,含义极深。

俄罗斯境外文学的存在主义主题研究中起重要作用的女研究专家С·Г·谢苗诺娃在一系列场合中强调加兹达诺夫作品的本质形象。她在评论《在克莱尔身旁的一个夜晚》中的自传性主人公尼古拉·索谢多夫时写道:"他置身事外,观察着周围的一切,——准确地说,他好像被剥夺了通常层次上对世界的兴趣:人们,他们的苦难,他感觉并不可怕的战争,但是进入其内心世界中的某些侧面的、边缘的东西的偶然反映,倒成了让他担心的东西:'这可能是巨鸟的缓慢飞翔,或是某人遥远的呼哨声,或是一些道路的意想不到的转弯处……或是在黑暗中……不知名的动物的嚎叫声'。"①很显然,研究者表达的这种相近的感觉引起的争议,在加兹达诺夫的创作中被观察到的特征很快成为作家意识的一般特点。

加兹达诺夫的第二部长篇小说《一次旅行的故事》中的主人公之一阿尔图尔是和瓦洛佳近似的人物,"阿尔图尔在奥杰特家的偶然的娱乐晚会上,听到偶然路过的施托克医生用低俗和嘲笑的口吻讲述的自己本人和一个妓女维克多利亚的浪漫故事之后,在巴黎的一条夜街上,受到控制他的'无法克制的谋杀感'的驱使,用自己拳击手和钢琴家的强有力的双手掐死了这个在维也纳出名的妇科病和心脏病的专家。并且没有一丝后悔、同情及某种形而上学的恐惧……"②。阿尔图尔的行为使人想起加缪小说的可怕的谋杀,在浴场只是因为阳光而被打死的阿拉伯人。阿尔图尔对自己的牺牲品的态度也和莫尔索的完全一致。在他身上突然冒出的"无法克制的谋杀感",阿尔图尔的这种荒谬行径的出现绝不是没有原因的。阿尔图尔认为任何事都没有意义,这可能是对阿尔图尔最好的解释。阿尔图尔一秒钟都不可怜医生,他认为医生不配有好的结局,由此还出现了无法克制的谋杀欲,这显示出阿尔图尔对谋杀的遗传学因素,这和贯穿小说的变态心理的主题或者心理迁移相联系,与存在主义没有区别了。

加兹达诺夫在长篇小说《夜路》中对费多尔琴科的"存在主义的觉醒"的论述有着明显的讽刺性:首先是在他骇人听闻的精神迟缓和被压制的杀人

①　Семенова С. Экзистенциальное сознание в прозе Русского Зарубежья (Гайто Газданов и Борис Поплавский) С. 81.

②　Там же. С85.

愿望的力量,但在这种力量之中隐约现出作家对这类人持续的兴趣。在整个小说中叙事主人公持续地劝费多尔琴科不要顽强地关注存在的最新问题,尤其是在没有思想准备的情况下。并且通过这一整条情节线索暴露了现代思想的有害性,包括尼采哲学。加兹达诺夫小说中有各种各样的典型的死亡故事,这加强了小说的存在主义的符号,事实上,甚至在加兹达诺夫早期的创作中完全采用存在主义立场的状况还不常见,而这个主题的比重自身不是那么大。

(二) 加兹达诺夫作品与舍斯托夫作品的互文

加兹达诺夫在短篇小说《变形记》和《黑天鹅》中体现出其宗教哲学基础上的美学和文艺学思想。《变形记》的主人公菲利普·阿波洛诺维奇在决斗时受伤后却没有死,只是精神受到创伤,过早衰老,然而他所感受到自己死亡的记忆就像变成了致死的疾病——绝望。正像在加兹达诺夫长篇小说《佛的归来》中的叙事者,菲利普·阿波洛诺维奇对死亡有过分高的评价,他认为死亡才是最好的拯救,并遗憾自己活了过来。这个小说的内容容易使人注意到舍斯托夫对一些作家作品中死亡的评价,因为只有死亡并且是非理性的死亡才能将人们从生活的可怕的事情中唤醒,并且极少数的一些作家,感觉到他们的生活不是生活,而是死亡。这可用于对短篇小说《黑天鹅》的评价,该小说中有对《在约伯的天平上》一书的直接引用。它的主人公巴甫洛夫称陀思妥耶夫斯基是"坏蛋","故事的主人公,认为自己是天才的、小气的撒谎之人和欠着别人账的牌迷,就像女人"①。

舍斯托夫在自己的《在约伯的天平上》一书中亦有这一思想,此书中引用了斯特拉霍夫写给托尔斯泰的信,在信中引用了不太可信的有关陀思妥耶夫斯基年少时堕落的资料,并评论:"同他最相似的人物就是《地下室手记》的主人公,斯维德里盖伊洛夫和斯塔夫罗金。……但是,实质上,他的全部小说都是自我表白,都在证明,人本身就是能使任何卑鄙行径同高雅行为和睦相处的东西。这是对我的生平经历的一个小注;我可记录下陀思妥耶夫斯基的这个方面。"②这种思想在该书中相当广泛:在援引《作家日记》时,舍斯托夫认为地下室的人的自我感觉,就如陀思妥耶夫斯基的自我感觉。在另外一处舍斯托夫坚持要实践的陀思妥耶夫斯基所有人物的自传性,既在肯定的一面,又在否定的一面,有时陀思妥耶夫斯基不描写人物,而是描写面具。但在面具下读者能看到一个真正的人,一个活生生的人,那就是作

---

① Газданов Г. Собр. соч. : В 3 т. М. ,1996. Т. 3. С. 138.
② 舍斯托夫. 在约伯的天平[M]. 董友,译. 北京:生活·读书·新知三联书店,2004:81。

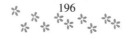

家自己。加兹达诺夫的《伤痕》和《夜间伴侣》等短篇小说中的女主人公都像是戴着面具的人,而第一人称的叙事主人公则是作者的自传性代言人,与女主人公各占天平的一端。

生活的无意义感和《黑天鹅》的叙事主人公之死的渴求必然让加兹达诺夫对一些东西进行对比,除了对生活意义的必然追求的否定,这种抽象的思想和为一切的逻辑辩护也是无能力的,然而,却能强迫人完成某种不存在的行为。在这方面它使人想起《在克莱尔身旁的一个夜晚》中的思想创造者维塔利叔叔。当科里亚·索谢多夫提出关于生活的意义的问题——在它面前,如自杀……为什么需要存在的这种可怕的无意义。维塔利叔叔给自己侄子的回答显示出那么的无说服力,两人的谈话充满着契诃夫的乏味故事的明显反应。例如:"现在你问我有关生活的意义。我什么也回答不了你。我不知道"。当考虑到加兹达诺夫受到的舍斯托夫的哲学影响,并且结合舍斯托夫对契诃夫的解释,这种观点未必是偶然的。正如《黑天鹅》的叙事主人公的反应:"为了真正的上帝,快点说,这一刻,我做什么呢?……我什么也不能告诉你,卡佳。……凭良心说,卡佳,我不知道。"①叙事人只能告诉提问者的问题之外存在的可能性:活着、吃牛排、吻爱人、生活转折的忧愁和未来的幸福。

在《黑天鹅》中,叙事主人公发现自己所说的话不仅没有让巴甫洛夫拒绝自己的想法,而且他自己更显出对其见解的着迷,并认为只要人越过了死亡特征,那么他所有最好的梦想都实现了:"实质上,我去了澳大利亚,他说。我走到外边,在早上,已经开始了普通生活:我看着我身边来来往往的人群,愤怒地想,他们任何时候也不能明白最重要的事情;我感觉在那天早上,我听到了它们并且明白如果这个悲惨的秘密变得所有人都明白,我感到沉重而难受。"②这也与舍斯托夫的《在约伯的天平上》一书更一致,在他对俄罗斯作家的存在主义特点的解释中,是从果戈理到托尔斯泰,是透过普罗提诺的哲学方法。普罗提诺为自己的肉体感到惭愧和害怕,他认为只有使灵魂脱离肉体,才能摆脱恶,因为肉体的本质是恶的来源。舍斯托夫在《约伯的天平上》中详细地透彻考察这一思想的出处和意义。死亡和死亡的无理性才能将加兹达诺夫的主人公从生活的噩梦中惊醒过来,他明白人只有从他自己的肉体中解脱出来才能实现所有的梦想,这是他生前徒劳地想要实现的。

在《黑天鹅》中面临着和自己肉体的分离并没有引起巴甫洛夫特别的情感,然而它却使叙事主人公的心灵产生了遗憾:"但我很惋惜,经过一段时

---

① Газданов Г. Собр. соч. : В 3 т. М. ,1996. Т. 1. С. 117.
② Газданов Г. Собр. соч. : В 3 т. М. ,1996. Т. 3. С. 142.

间,这种有价值的宝贵的、这种无可替代的人类机制竟然停止了运动并从生活中消失……我一刻也不能忘记,巴甫洛夫被判处死刑,任何力量也不能挽救他,他的声音,那时在叫着,在动摇,就那样没有回响地消失,就那样沉寂在将要变成尸体的身体里。"①这一直接的标记揭示了在叙事人身上自然人的排斥与人类身体的清心寡欲的贬值相互和解。

巴甫洛夫"实质上,去了澳大利亚",指的是,引言差不多是来自斯维德里盖洛夫,然而美国替换成澳大利亚对加兹达诺夫充满着死亡思想的主人公来说要重要得多。斯维德里盖洛夫想要结束自己的生命,谈到它就好像自己要到另一个大陆旅行,加兹达诺夫和舍斯托夫所展示的,实质上是两种另外的更好的存在。

来自加兹达诺夫其他短篇小说的存在主义主题非常显著地表现在另一小说《解脱》中,其主人公亚历山大·斯捷潘诺维奇是个工程师和极其有钱的人,只有和阿纳托利亚·阿列克谢·斯捷潘诺维奇开玩笑时才感到轻松些,可以几个小时避免体验那种充满他生活的无法克制的最痛苦的感觉。正如《在克莱尔身旁的一个夜晚》的叙事主人公一样,亚历山大·斯捷潘诺维奇受到自己亲人之死的折磨:"他感觉,实质上,死亡对所有人来说,所有熟悉的东西……都失去了曾经的意义,就像所有有生命的东西极为荒谬绝伦地和不动地看着他。"②使他体验到那种"阿尔扎玛斯的恐惧":"他徒劳地使自己相信,……所有这些他不曾感觉到的,那么也就是不存在的。"③可能,只有短篇小说的标题和结尾已经确定讲明这种幽暗意识不仅依赖于晚期的托尔斯泰,而是依赖舍斯托夫的俄罗斯哲学的解释。死亡,正如它突然到来,显示主人公对死亡的渴望和从生活的进一步的苦难中解脱。

在这一系列短篇小说《变形记》《黑天鹅》和《解脱》中的存在主义地位还是在为客观体现的人物之基础上确定的,而叙事主人公并不完全同意这点。加兹达诺夫主人公的存在主义地位在很大程度上是映像的对象,依赖作家自己的观点在这种情况下,巴甫洛夫的原型,最让舍斯托夫感兴趣的是Б.波普拉夫斯基。通常批评家甚至拒绝承认,存在主义意识出现在加兹达诺夫的创作中几乎是早于这个意识本身,这体验在《亚历山大·沃尔夫的幽灵》和《夜路》中。

加兹达诺夫作品中哲学思想明显的有从舍斯托夫和尼采那里吸收的东西。存在者的存在与世界图景的关系还清晰地表现在《在克莱尔身旁的一

① Там же. С140-141.

② Газданов Г. Собр. соч. : В 3 т. М. , 1996. Т. 3. С. 368.

③ Там же. С140-141.

个夜晚》中。这个小说的思想创造者维塔利叔叔就是舍斯托夫哲学的明显反应。尽管他的建议从未使人信服,他认为意义是假象,而合理性也是假象。人们要么没有根据,要么在根据的支柱下带着永恒的信仰不坚定的继续生活。这种思想也差不多出现在舍斯托夫的所有作品中。生活的这种概念也是建立《夜路》的基础:"这样,正如在天空可见的穹隆之后隐藏着我们的理解所不能达到的无限性。这样,在任何人类存在的外部事实之后隐藏着事物的最深的复杂性、我们的记忆不能介绍、我们的理解不能达到的事物综合。我们注定死亡,因此,无能为力的观察者所起的作用,……是偶然的,实质上,几乎总是没有说服力的,就像所有其余的东西。"①正如尼采关于生命体的存在思想:"我认为世界的价值就在于我们的解释;我认为过去的解释都是远景式的估计,借助这种估计,我们可以保存生命,……与我们相关联的世界是不真实的。"②在《朝拜者》中曾经是皮条客的弗雷德通过博览群书之后,想要造福他曾经祸害过的人们,但却随坠落的山岩落下悬崖身亡,他的荒谬死亡没有给他的目标留下时间,他重新回到那个他从中而来的冷寂的无生界,生活在这里展示的只是在不存在之中的短暂中断。

总而言之,感兴趣的存在主义的主题,虽然在加兹达诺夫的创作中远没有起到中心作用,但"舍斯托夫的体验"在其创作的主要变体表明了另一些东西:现代人意识的完整性如何被破坏,强调形而上学的心理。加兹达诺夫作品的叙事主人公不仅接近存在主义,在其作品中这个现代主义意识的特征作为病态的行为来表现的,在一些作品中具有针对性,并且通过坦白的讽刺性的语调中来显示。在加兹达诺夫后期的一系作品中具有更明显的反存在主义的意象,讨论普通人如何真正地返回到其他人的生活之中。如果在加兹达诺夫晚期的创作中还有和存在主义的文学及思想有相互联系之处,那么主要是在它的道德和乐观的存在主义,这有别于他前期的幽暗的悲观存在主义意识。

本章小结

在俄侨文学第一浪潮的老一辈中的一些俄侨作家认为,他们不是被流放,而是被派出执行保持和继承俄罗斯文化的使命,他们对年轻一代俄侨作家们进行了思想鼓舞和艺术指导,具有导师的作用。成名后侨居巴黎的俄罗斯作家在第一浪潮中的人数众多,俄罗斯经典文学传统是他们创作的根

---

① Газданов Г. Собр. соч. : В 3 т. М. , 1996. Т. 1. С. 458.
② 尼采. 权力意志[M]. 张念东,译. 北京:商务印书馆,1991:205.

基，俄罗斯文化已深深地融入他们的血液里，这体现在他们的创作中潜移默化地浸透着俄罗斯经典作家的影响，这些特征体现在布宁的创作中。布宁不仅对第一浪潮中年轻一代的巴黎俄侨作家纳博科夫和库普林产生了重要影响，也是对第二和第三浪潮中的侨民作家们产生了重要影响。布宁侨居巴黎后的作品中多为思乡和爱情的主题，当然，在作品主题和人物形象上与其他老一辈巴黎俄侨作家的作品有某种类型学上的共性，但这绝不会抹杀布宁作品中深刻的个性特征。

布宁和纳博科夫之间的文学较量，不仅促进了纳博科夫的文学创作，而且因为他不服输的个性和积极的创作，使他在生命的后期仍旧有新作面世，他不像"大多数老一辈的文学家们不发掘自身的新东西，排斥自身以外的任何新意，正像我已经说过的，毫不关心文学的整体运动，对是否有接班人，有什么样的接班人这类问题根本不感兴趣"①。布宁对文学的整体命运和对初学者的个体命运也是积极关心，在阅读纳博科夫的作品中得到新的创作启示和文学风向标，这体现在布宁和纳博科夫的创作中都出现了普鲁斯特式的创作手法。纳博科夫和加兹达诺夫的文学生涯有交集点，流亡和写作成为他们生活的一种状态。加兹达诺夫的哲学思想深受舍斯托夫的影响。

在俄罗斯境外，20世纪20—40年代的巴黎俄侨作家们缺少作为听众和消费者的读者，他们依靠创作获得资金生存的条件日益恶劣，他们的生活捉襟见肘，而贫困的俄侨读者们也是面临着精神饥饿和肉体饥饿的双重痛苦。可贵的是，巴黎俄侨作家们并没有屈服处于边缘性的文学命运，他们的创作对俄罗斯文学以及世界文学的贡献巨大。

---

① 弗·霍达谢维奇.摇晃的三脚架[M].隋然,赵华,译.北京:东方出版社,2000:270.

结　论

　　俄罗斯侨民文学是20世纪人类文化的一道特殊景观,而巴黎的俄侨文学是其最重要的、不可或缺的一部分。法国巴黎自十月革命以来就一直是俄苏侨民在欧洲文化生活的中心,在20世纪俄罗斯侨民文学的三次浪潮中巴黎自然是侨民的主要流向地之一。可以说,在世界俄罗斯侨民区先后形成的几个重要的侨民文化中心之中,巴黎的地位极为重要,并且,巴黎的俄侨们组织和开展的大量文学活动为俄罗斯境外文学提供了有利的创作环境。老一代的巴黎俄侨作家将保存俄罗斯文化作为自己的神圣使命,组织和开展了大量的文学活动,不仅为俄侨文学的发展创造了良好的氛围,而且滋养了巴黎的青年一代俄侨作家的文学活动。处在俄罗斯和欧洲文化语境下的青年俄侨作家们的创作极大丰富了20世纪的俄罗斯境外文学。20世纪的俄侨文学与俄本土文学最根本的不同依然是意识形态的分歧、不同社会制度的选择、不同世界观和价值观的界定,而这些恰恰是侨民作家自我肯定和自我表现的基础。[①] 这也是文学与政治的召唤—应答关系的体现,是时代的发展对俄侨作家们进行潜移默化的影响之结果,每一位俄侨作家都在侨居国发展其文学创作,历经了认同与疏离,有的甚至是在用否定的方式来超越其本土文学中诸位前辈的语汇和美学。而俄侨作家对俄罗斯及其俄罗斯文学的拳拳之心和巨大作用,正如俄侨作家阿恰伊尔(А. Ачаир)的诗行所示:"命运永远压不倒我们/哪怕腰身一直弯到了地/祖国把我们赶出家门/我们却把她带往世界各地。"[②]

　　"独在异乡为异客"的巴黎俄侨作家走的是一条布满荆棘的文学之路,

---

　　① 曾繁仁.20世纪欧美文学热点问题[M].北京:高等教育出版社,2002:226-237.

　　② 弗·阿格诺索夫.俄罗斯侨民文学史[M].刘文飞,陈方,译.北京:人民文学出版社,2004:66.

201

他们的文学命运与其生存境况及个人选择息息相关，可以说，他们的流亡"不仅是他们个人生活和艺术生涯的悲剧，也是 20 世纪俄罗斯文化艺术的一个巨大的损失"①。但流亡国外给他们更多的是创作动力和艺术素材，流亡的痛苦促使他们爆发出创作的撼动力量与精神，从比较文学和世界文学的总体格局来看，俄侨作家的文学精英们又做出了自己独特的贡献，"他们在流亡的状态中坚持对文学的忠诚，在艰难的生活中保持创作的激情，在异域的土壤上营造出了一个个'文学俄罗斯'的文化孤岛"②。在不同的历史时期，巴黎俄侨作家的命运因为政治的风向标和自己的选择而各不相同：一些俄侨作家从巴黎回国后有着悲剧结局，如库普林、巴别尔、茨维塔耶娃；一些俄侨作家从巴黎回国后艺术生命再次绽放，如阿·托尔斯泰之所以下决心回国，是因为在侨居巴黎时期，他体会到寄人篱下且经济窘迫的滋味，目睹过那些无家可归的俄罗斯侨民生活在忧郁悲观的侨居气氛中，尤其是那些白俄侨民中的顽固派还怀着仇恨和绝望，他们还幻想着高尔察克或邓尼金等获胜，然后他们就可以重返俄罗斯。但是，他们的希望越大，失望就越大。据阿·托尔斯泰说，在巴黎的街头很容易就能从神态、步伐方面辨认出白俄侨民。阿·托尔斯泰强烈的爱国主义和清醒的现实主义让他意识到自己的艺术之根在俄罗斯，他不愿在巴黎做一个受人鄙视且不为人所需的侨民。阿·托尔斯泰回到祖国后，从 20 年代后期开始了他创作的黄金时期。还有一些俄侨作家从巴黎去了其他国家继续侨居，且艺术生命更加辉煌，如纳博科夫等人。我们需要在 20 世纪俄罗斯境外文学的语境中，从俄侨创作的类型特征、从俄侨作家的艺术体系的发展过程和文化对话的进程等方面研究巴黎俄侨作家的文学命运。

苏联解体后，众多巴黎俄侨作家的作品回归俄罗斯，并且一些健在的巴黎俄侨作家重返俄罗斯，不仅将国外最新的文学创作理念和文学理论带回祖国，而且积极参与俄罗斯当代文学的进程和世界文学的交流活动，让俄罗斯文学与东西方文学产生有益的文学理念的碰撞。这些作家对当代俄罗斯文学的发展产生了不容忽视的重要影响，激发了俄罗斯作家对小说艺术进行创新的开放意识并开拓了俄罗斯作家的世界视野，使多元的俄罗斯文坛的文学观念和研究方法都出现了全方位的改变。

20 世纪巴黎俄侨作家虽然文学命运各异，但他们创作的文学内容却有着明显的共同之处。首先，每一代的巴黎俄侨作家都怀有剪不断理还乱的

---

① 任光宣.俄罗斯文化十五讲[M].北京:北京大学出版社,2007:189.

② 符·维·阿格诺索夫.20 世纪俄罗斯文学[M].凌建侯,黄玫,柳若梅,等译.北京:中国人民大学出版社,2001:370.

俄罗斯情结,共同的集体记忆使他们在作品中会表达一些相同或相近的思想和主题,如大自然主题、童年主题、生与死的主题、逝去的俄罗斯的主题、侨民生活主题、爱情主题、爱国恋乡的传统主题,等等。其次,巴黎俄侨作家都在作品中表现自己所理解的祖国的社会生活,对自己时代的故事进行着独特的审视和思考。用詹姆斯·比灵顿关于俄罗斯文化的观点来解释,就是由俄罗斯人对大自然的热爱、东正教信仰及对来自外界新生事物的周期性激情①,这些核心因素造就的。再次,文学和政治的互渗互动的关系使得巴黎俄侨作家的作品或隐或现地带有不同时代特征的政治色彩,也造就了巴黎俄侨作家令人唏嘘的结局各异的文学命运。因此,巴黎俄侨作家们喜欢撰写记述自身人生经历的回忆录、再现历史人物和事件的回忆录式的作品和纪实性作品。巴黎俄侨作家们在尊重俄罗斯文化与文学的自觉意识下,广泛吸收外国文化营养,包容多元的文化传统和各种各样的创作方法。所以,在全球化的语境下研究巴黎俄侨作家的文学命运将较为直观和客观,因为从 1988 年开始,俄罗斯侨民文学作品陆续回归祖国,1990 年苏联最后一部出版法解除了对俄侨文学的禁令,苏联的解体不仅更进一步确定了俄侨文学作品可以在俄罗斯自由发表,而且俄侨作家也获准可以自由出入俄罗斯国境。

研究巴黎俄侨作家的文学命运的时代意义,正如俄国著名幽默讽刺作家谢德林(M. E. Салтвков–Щедрин)曾指出的那样:"有这样一些文学作品,其面世曾获得了广泛的轰动,逐渐地被人们遗忘,被送进了档案馆。然而,不仅当代人,甚至遥远的后代人,都没有权力忽视这些作品,因为在该情形下,文学就是一种真实可靠的文献,根据它可以轻而易举地重建时代的典型特征,进而辨认出时代的要求。"②俄罗斯本土文学与俄侨文学的汇集使巴黎俄侨作家的文学命运最终得到了彻底的改变。

① 张红,刘会宝. 俄罗斯国家身份的探寻之旅——詹姆斯·比灵顿的俄国文化研究[J]. 俄罗斯研究,2012(3):34.

② M. E. Салтыкова – Щедрина, Собрание сочнений –: в20томах. Т. 5, М. : Художественная литература,1966,C. 455.

参考文献

[1]曹靖华.俄苏文学史(三卷本)[C].郑州:河南教育出版社,1992.

[2]陈戈.不同民族互动文化理论研究——立足于洛特曼文化符号学视角的分析[M].北京:外语教学与研究出版社,2007.

[3]程殿梅.侨民人生的边缘书写:多甫拉托夫小说研究[M].北京:中国社会科学出版社,2011.

[4]戴卓萌,郝斌,刘琨.俄罗斯文学之存在主义传统[M].北京:中央编译出版社,2014.

[5]董晓.俄罗斯文学:追寻心灵的自由[M].上海:复旦大学出版社,2016.

[6]郭春生.社会政治阶层与苏联剧变:20世纪60—90年代苏联各社会政治阶层研究[M].北京:当代世界出版社,2006.

[7]李辉凡,张捷.20世纪俄罗斯文学史[M].青岛:青岛出版社,1998.

[8]苔菲.香甜的毒药:苔菲短篇小说精选[M].黄晓敏,译.北京:群众出版社,2013.

[9]李明滨.俄罗斯二十世纪非主潮文学[M].太原:北岳文艺出版社,1998.

[10]李毓榛.俄国文学十六讲[M].北京:中国青年出版社,2010.

[11]刘文飞.文学魔方:二十世纪的俄罗斯文学[M].北京:中国社会科学出版社,2004.

[12]陆人豪.阿·托尔斯泰的生平和创作[M].北京:北京出版社,1987.

[13]陆扬.精神分析文论[M].济南:山东教育出版社,1998.

[14]焱华.20世纪世界文化语境下的俄罗斯文学[M].北京:外语教学与研究出版社,2007.

[15]邱运华,林精华.俄罗斯文化评论(第4辑)[M].北京:首都师范大学出版社,2014.

[16]谭得伶.解冻文学和回归文学[M].北京:北京师范大学出版社,2001.

[17]吴立昌.精神分析与中西文学[M].上海:学林出版社,1987.

[18]张百春.当代东正教神学思想[M].上海:三联书店,2000.

[19]张建华.张建华集[M].哈尔滨:黑龙江大学出版社,2011.

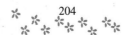

[20]张婕.热点追踪:20 世纪俄罗斯文学研究[M].北京:人民文学出版社,2003.

[21]张婕.俄罗斯作家的昨天和今天[M].北京:中国文联出版社,2003.

[22]张杰,汪介之.20 世纪俄罗斯文学批评史[M].南京:译林出版社,2000.

[23]赵桂莲.漂泊的灵魂[M].北京:北京大学出版社,2002.

[24]邹诗鹏.生存论研究[M].上海:上海人民出版社,2005.

[25]弗·阿格诺索夫.俄罗斯侨民文学史[M].刘文飞,陈方,译.北京:人民文学出版社,2004.

[26]符·维·阿格诺索夫.20 世纪俄罗斯文学[M].凌建侯,黄玫,柳若梅,等译.北京:中国人民大学出版社,2001.

[27]弗·霍达谢维奇.摇晃的三脚架[M].隋然,赵华,译.北京:东方出版社,2000.

[28]别尔嘉耶夫.俄罗斯思想[M].雷永生,邱守娟,译.北京:生活·读书·新知三联书店,2004.

[29]别尔嘉耶夫.俄罗斯思想的宗教阐释[M].邱运华,译.北京:东方出版社,1998.

[30]别尔嘉耶夫.论人的使命/神与人的生存辩证法[M].张百春,译.上海:上海人民出版社,2007.

[31]别尔嘉耶夫.文化的哲学[M].于培才,译.上海:上海人民出版社,2007.

[32]别尔嘉耶夫.自我认知[M].汪剑钊,译.上海:上海人民出版社,2007.

[33]戴卫·赫尔曼.新叙事学[M].马海良,译.北京:北京大学出版社,2002.

[34]亚·库普林.士官生[M].张巴喜,译.北京:新星出版社,2007.

[35]蒲宁.蒲宁文集(全五册)[M].戴骢,译.合肥:安徽文艺出版社,1999.

[36]弗兰克.俄国知识人与精神偶像[M].徐凤林,译.上海:学林出版社,1999.

[37]弗里德曼.意识流文学手法研究[M].申丽平,译.上海:华东师范大学出版社,1992.

[38]弗洛伊德.精神分析引论新编[M].高觉敷,译.北京:商务印书馆,1996.

[39]格奥尔吉耶娃.俄罗斯文化史——历史与现代[M].焦东建,董茉莉,译.北京:商务印书馆,2006.

[40]哈罗德·布鲁姆.影响的焦虑[M].徐文博,译.南京:江苏教育出版社,2005.

[41]哈罗德·布鲁姆.误读图示[M].朱立元,陈克明,译.天津:天津人民出版社,2008.

[42]哈罗德·布鲁姆.西方正典[M].江宁康,译.南京:译林出版社,2011.

[43]马歇尔·伯曼.一切坚固的东西都烟消云散了:现代性体验[M].徐大建,张辑,译.北京:商务印书馆,2004.

[44]梅列日科夫斯基.反基督:彼得和阿列克塞[M].刁少华,赵静男,译.哈尔滨:北方文艺出版社,2002.

[45]梅列日科夫斯基.诸神的复活:列奥纳多·达·芬奇[M].刁少华,赵静男,译.哈尔滨:北方文艺出版社,2009.

[46]米尔斯基.俄国文学史:全二册[M].刘文飞,译.北京:人民出版社,2013.

[47]安娜.萨基扬.玛丽娜·茨维塔耶娃——生活与创作(上中下)[M].谷雨,译.桂林:广西师范大学出版社,2011.

[48]维谢洛夫斯基.历史诗学[M].刘宁,译.天津:百花文艺出版社,2002.

[49]雅科夫列夫.一杯苦酒:俄罗斯的布尔什维克主义和改革运动[M].徐葵,译.北京:新华出版社,1999.

[50]伊夫·瓦岱.文学与现代性[M].田庆生,译.北京:北京大学出版社,2001.

[51]詹姆逊.政治无意识[M].王逢振,陈永国,译.北京:中国社会科学出版社,1999.

[52]陈为人.苏俄诺贝尔文学奖四位得主命运比较[J].同舟共进,2009(3):57-61.

[53]杜国英,李文戈.20世纪俄罗斯侨民文学的回顾与反思[J].哈尔滨工业大学学报(社会科学版),2008(3):151-154.

[54]戴卓萌.什梅廖夫小说题目的意义[J].中外文化与文论,2005(1):185-191.

[55]戴卓萌.索洛古勃与西方存在主义作家之比较[J].外语学刊,2012(1):128-131.

[56]戴卓萌.什梅廖夫小说标题的意义[J].外语学刊,2013(4):135-138.

[57]戴卓萌.纳博科夫的两重世界[J].外语学刊,2014(3):131-135.

[58]戴卓萌.论马姆列耶夫的形而上学现实主义诗学[J].俄罗斯文艺,2017(4):73-81.

[59]冯玉律.俄国侨民文学的第一浪潮[J].俄罗斯文艺,1992(5):65-69+60.

[60]高梦颖.流浪的歌手——蒲宁的流亡意识及其创作中的永恒主题[J].

皖西学院学报,2011(8):99−101.

[61]胡惠林.论文化冷战与大国文化战略博弈[J].毛泽东邓小平理论研究, 2007(3):25−34+83.

[62]黄玫.文学作品中的作者与作者形象——试比较维诺格拉多夫和巴赫金的作者观[J].俄罗斯文艺,2008(1):44−48.

[63]金亚娜.俄罗斯民族的人文特征[N].中华读书报,2001−12−6.

[64]金亚娜.俄罗斯神秘主义认识及其对文学的影响[J].外语学刊,2001, (3):27−33.

[65]刘锋杰.试构"文学政治学"[J].学习与探索,2006(3):122−125.

[66]刘锋杰.从"从属论"到"想象论"——文学与政治关系的新思考[J].文艺争鸣,2007(5):14−17.

[67]刘文飞.20世纪俄罗斯文学的有机构成[J].外国文学评论,2003(3): 5−15.

[68]柳鸣九.存在文学与二十世纪文学中的存在问题[J].外国文学评论, 1994(3):53−55.

[69]荣洁.俄罗斯侨民文学[J].中国俄语教学,2004(1):44−48.

[70]李占伟.文学"再政治化"批判——兼论文学与政治的深层融通[J].中国中外文艺理论研究,2013(8):37−48.

[71]单之旭.俄罗斯侨民文学的第三次浪潮.北京大学学报,1999(12): 163−167.

[72]王宁.文学研究中的文化身份问题[J].外国文学,1999(4):48−51.

[73]汪介之.俄罗斯侨民文学与本土文学关系初探[J].外国文学评论,2004 (11):109−118.

[74]汪介之.20世纪俄罗斯侨民文学的文化观照[J].南京师范大学文学院学报,2004(1):37−42.

[75]汪小玲.论纳博科夫的流亡意识与纳博科夫研究的多元文化视角[J].江南大学学报(人文社会科学版),2007(6):93−97.

[76]夏忠宪.俄罗斯侨民文学研究者 B.B.阿格诺索夫访谈录[J].外国文学动态,2000(4):34−35.

[77]张德明.流浪的缪斯——20世纪侨民文学初探[J].外国文学评论,2002 (2):53−54.

[78]张红,刘会宝.俄罗斯国家身份的探寻之旅——詹姆斯·比灵顿的俄国文化研究[J].俄罗斯研究,2012(3):34−64.

[79]张建华.重构经典、确立主体、再提社会历史学批评——关于二十世纪俄罗斯文学教学与研究的思考[J].外国文学动态,2002(1):63−68.

[80]张建华.文学研究中文化视角的突显——近年来俄国 20 世纪俄罗斯文学研究的新动向[J].外国文学动态,2002(1):8-11.

[81]张开焱.召唤与应答——文艺与政治关系新论[J].文艺争鸣,2002(2):37-43.

[82]张开焱.文学面对的政治[J].文艺争鸣,2000(6):59-65.

[83]周启超.二十世纪俄语文学:侨民文学风景[J].国外文学,1995(2):53-59.

[84]周维功.尼采的价值观与后现代主义再探讨[J].四川师范大学学报(社会科学版),2005(3):23-27.

[85]祖淑珍.廿世纪俄罗斯侨民文学:回顾与展望[J].北京第二外国语学院学报,1999(5):112-117.

[86]朱红琼.20 世纪俄罗斯侨民文学关照[J].社会科学家,2010(6):145-149.

[87]朱红琼.文化冷战与作家命运——以俄罗斯获诺贝尔文学奖作家为例[J].山花,2008(12):145-147.

[88]朱红琼.冷战召唤与文学应答——以俄罗斯第三次侨民文学浪潮为例[J].安徽文学,2013(12):37-38.

[89]高建华.库普林小说研究[D].东北师范大学,2009.

[90]李庶.全球化视域下的流散写作[D].四川师范大学,2008.

[91]刘贵友.伊凡·布宁小说创作研究[D].北京师范大学,2001.

[92]刘文霞."俄罗斯性"与"非俄罗斯性"——论纳博科夫与俄罗斯文学传统[D].中央民族大学,2010.

[93]栾艳丽.米留可夫与"新策略"——20 世纪 20 年代俄国侨民的政治思潮[D].北京师范大学,2006.

[94]王帅.天路的历程 精神的归宿:论俄罗斯侨民作家 И. 什梅廖夫、Б. 扎伊采夫创作中的朝圣主题[D].北京大学,2011.

[95]Алексеев А. Д. Литература русского зарубежья. Книги 1917 – 1940:Материалы к библиографии,С. -Пб. :Наука,1993.

[96]Агеносов В. В. Литература русского зарубежья (1918 – 1996). М. :Терра. Спорт. 1998.

[97]Агеносов В. В. Соотношение отечественной культуры и культуры русского зарубежья// Культурология сегодня:Основы. Проблемы. Перспективы. М. :РАУ,1993.

[98]Адамович Г. В. Одиночество и свобода:Литературно - критические статьи / Послесл. и коммент. Л. Аллена. - СПб. :Издательство

Logos. 1993.

[99] Баевский В. С. История русской литературы XX века. Языки русской литературы. М. ,2002.

[100] Бабореко А. К. И. А. Бунин. Материалы для биограыии, М. , Художественная литература. 1983.

[101] БалашоваТ. В. Поток сознания // Художественные ориентиры зарубежной литературы XX века. М. :ИМЛИ РАН ,2002.

[102] Басинского П. В. ,Федякина С. Ф. Современное русское зарубежье, М. :Олими ,1998.

[103] Бердяев Н. А. Новое средневековье:Размышления о судьбе России и Европы. М. ,1991.

[104] Бердяев Н. А. Русская идея:Основные проблемы русской мысли XIX века и начала XX века. Москва:ООО Издательство АСТ ,2000.

[105] Бицилли П. М. Трагедия русской культуры:исследования , статьи , рецензии. Русский путь. 2000.

[106] Болотова Г. В. Проблемы психологизма в современной русскоязычной прозе коми литературы:Автореф. дис. канд. филол. наук. Саранск ,2002.

[107] Бронская Л. И. Концепция личности в автобиографической прозе русского зарубежья первой половины XX века:ИС Шмелев, БК Зайцев ,МА Осоргин. – Изд−во СГУ ,2001.

[108] Булгаков Вал. Словарь русских зарубежных писателей/ Предисловие ред. Ванечковой Г. ;вступ. статья Richard J. –N. Y. ,1992.

[109] Буслакова Т. П. Литература русского зарубежья:Курс лекций. – Высшая школа ,2003.

[110] Варшавский В. С. Незамеченное поколение. М. ,1992.

[111] Васильев В. ,Семенова Т. Литература русского зарубежья// Русская литература XX века. Школы, направления, методы творческой работы. –М. ,2002.

[112] Выготский Л. С. 《Легкое дыхание》 // Иван Бунин:pro et contra. Личность и творчество Ивана Бунина в оценке русских и зарубежных мыслителеи исследователей. Антология. СПб. ,2001.

[113] Гайто Газданов. Собр. соч. :В 5 т. под общей ред. Т. Н. Красавченко. ,М. . Эллис Лак ,2009.

[114] Газеты русской эмиграции в фонлах Отдела литературы русского

зарубежья РГБ, Библиогр. Кат. : Вып. 2. М. : РГБ, 1994.

[115] Гачев Г. Национальные образы мира. Космо – Психо – Логос. М. , 1995.

[116] Геннаций Озерецковский. Русский Блистательный Париж до войны. Париж. 1973.

[117] Глэд Джон. Беседы в изгнанин : Русское литературное зарубежье. – М. : Книжная палата, 1991.

[118] Голубков М. М. Русская литература XX в. : После раскола / М. М. Голубков. М. , 2002.

[119] Грановская Л. М. Русский язык в" рассеянии" : очерки по языку русской эмиграции первой волны. – Ин – т русского языка им. ВВ, 1995.

[120] Гуль Р. Я унес Рассию с собой : В 3 т. – Нью – Йорк : изд. Чехова, 1956.

[121] Демидова О. Р. Метаморфозы в изгнании : Литературный быт русского зарубежья. СПб. : Гиперион, 2003.

[122] Диенеш Л. Гайто Газданов : жизнь и творчество (Перев. с англ. Т. Салбиева). Владикавказ, 1995.

[123] Евреи в культуре русского зарубежья. (1919 – 1960) / Сост. М. А. Пархомовский. Вып. I–IV. –Иерусалим, 1992–1995.

[124] Есаулов И. А. Категория соборности в русской литературе. – Петрозаводский ун–т, 1995.

[125] Жердева В. М. Экзистенциальные мотивы в творчестве писателей 《 незамеченного поколения 》 русской эмиграции(Б. Поплавский, Г. Газданов). А. К. Д. М. , 1999.

[126] Зайцев Б. К. Путешествие Глеба. Собрание сочтаний в 5 томах. Том 4. М. , Русская книга, 1999.

[127] Заманская В. В. Экзистенциальная традиция в русской литературе XX века : диалоги на границах столетий. Флинта–Наука, М. , 2002.

[128] Каспэ И. М. Конструирование незамеченности : 《 младшее поколение первой волны 》 русской литературной эмиграции в Париже. Автореферат дис. . . . канд. культурологии. М. , 2004.

[129] Ким Се Унг. Творчество Дж. Джойса и М. Пруста в художественных исканиях молодого поколения первой волны русской эмиграции. // 《 XX век : Проза. Поэзия. Критика 》. М. , 1996.

［130］Ковалевский П. Е. Зарубежная Россия：История и культурно－просветительская работа за полвека. 1920－1970. －Париж，1971.

［131］Кожевникова Н. А. О языке писателей－эмигрантов. // Культурное наследие российской эмиграции：1917－1940гг.：Сборник материалов. Том 2. М.，1993.

［132］Колобаева Л. А. Русский символизм. М.：Изд－во Моск. ун－та，2000.

［133］Кондаков И. В. Логика культурно－исторического развития российской цивилизации// Российский цивилизационный космос. М.，1999.

［134］Кормилов С. И. История русской литературы XX века（20－90－е）：Основые имена. М.，2008.

［135］Коростелева О. А.，Федякин С. Р. Литература энциклопедия русского зарубежья 1918－1940：Периодика и литературные центры. М.，2000.

［136］Коростелева О. А.，Мельикова Н. Г. Критика русского зарубежья：В 2ч.. М.，2002.

［137］Костиков В. Не будем проклинать изгнанье⋯（Пути и судьбы русской эмиграции）. М.：Междунар. отношения，1990.

［138］Ланин Б. Проза эмиграции третьей волны. М.，1997.

［139］Литература зарубежья：Сборник－антология. －М. нхен，1958.

［140］Литература русского зарубежья возвращается на родину, Вып. первый，ч. 1－2，М.：Рудомино，1993.

［141］Литература русского зарубежья. Автор вступ. статьи инауч. Ред. А. Л. Афанасьев. Книга. 1990.

［142］Литература русского зарубежья 1920－1990/под ред. А. И. Смирновой. －М. 2006.

［143］Литература энциклопедия русского зарубежья（1918－1940），Т. 1，Гл. Ред. Николюкин А. Н.，М.：РОССПЭН，1997.

［144］Литература энциклопедия русского зарубежья（1918－1940），Т. 2，Гл. Ред. Николюкин А. Н.，М.：РОССПЭН，2000.

［145］Литература энциклопедия русского зарубежья（1918－1940），Т. 4，Гл. Ред. Николюкин А. Н.，М.：РОССПЭН，2002.

［146］Литература энциклопедия русского зарубежья（1918－1940），Т. 4，Гл. Ред. Николюкин А. Н.，М.：РОССПЭН，2004.

［147］Лосский *В. Н.* Очерки мистического богословия Восточной церкви. М.，1991.

[148] Лотман Ю. М. Миф — имя культура // Семиосфера. СПб. ,2000.

[149] Любомудров А. М. Духовный реализм в литературе русского зарубежья:БК Зайцев,ИС Шмелев. Дмитрий Буланин,2003.

[150] Макарова И. А. Очерки истории русской литературы XX века. СПб,1995.

[151] Мальцев Ю. Вольная русская литература. – Франкфурт–на–Майне: Посев,1976.

[152] Мартынов А. В. Русское зарубежье в контексте западноевропейской культуры. Автореферат дис. . . . канд. философ. наук. М. : МПГУ,2001.

[153] Матвеева Ю. В. Гражданская война в художественном восприятии молодого поколения первой русской эмиграции// 4 Крымские Шмелёвские чтения. Материалы. Симферополь,1995.

[154] Материалы к сводному каталогу периодических и продолжающихся изданий российского зарубежья в библиотеках Москвы (1920 – 1971гг.) ,Сост. Березовская И. Е. и др. ; ред. –сост. Овсянникова М. А. ,М. ,1991.

[155] Менегальдо Е. Русские в Париже:1919–1939. М. ,2001.

[156] Михайлов О. Н. Литература русского зарубежья. – Просвещение,1995.

[157] Мзоков А. Б. Изучение литературы русского зарубежья на факультативных занятиях и уроках внеклассного чтения в XI классе национальной школы(на примере изучения жизни и творчества И. А. Бунина и Г. И. Газданова):А. К. Д. М, 1994.

[158] Муза Диаспоры/Сост. Ю. Терапиано. – Франкфурт–на–Майне,1960.

[159] Набоков В. Рассказы. Приглашение еа казнь. Роман. Эссе,интервью, рецензии. М. ,1989.

[160] Николюкин А. Н. (глав. Ред.). Литературная энциклопедия русского зарубежья:1918–1940. М:РОССПЭН,2002.

[161] Николюкин А. Н. (глав. Ред.). Всемирная литература и русское зарубежье. М. :РОССПЭН,2006.

[162] Носик Б. Сентиментальные и документальные истории русского Парижа. М. ,2006.

[163] Новиклва Л. И. , Сиземская И. Н. Интеллигенция , власть , народ. М. ,1993.

[164] Озерский Г. Русский блистательный Париж до войны:Организации.

Философы. Писатели. 《 Простые смертные 》. Любовь. – Париж , 1973.

[165] Писатели русского зарубажья: Лит. энциклопедия Русского Зарубежья. 1918–1940 , Гл. Ред. Николюкин А. Н. , М. : РОССПЭН.

[166] Проблемы изучения истории российского зарубежья: Сборник статей. – М. : РАУ, Институт российской истории, ассоциация 《 Родина 》. –М. , 1993.

[167] Полторацкий , Н. П. Русские зарубежные писатели в критике И. А. Ильина // Русская литература в эмиграции. – Питтсбург , 1973.

[168] Раев М. Россия за рубежом: История культуры русской эмиграции 1919–1939. –М. : Прогресс–Академия , 1994.

[169] Русское зарубежье: Золотая книга эмиграции. Первая треть XX века. Энциклопедический словарь. М. : РОССПЭН , 1997.

[170] Русская литература в изгнании. Нью – ЙорК: Нздательство Имени Чехова. 1956.

[171] Русская литература в эмиграции /Сб. под ред Н. П. Полторацкого. – Питсбург , 1972.

[172] Русская эмиграция : Журн. И сб. На рус. яз. 1920 – 1980. Сводный указ. , Сост. Гладкова Т. Л. И др. ; ред. Гладкова Т. Г. , Осоргина Т. А. , Paris , 1988.

[173] Савицкий П. Н. Евразийство // Русская идея: Сборник произведений русских мыслителей. М. , 2002.

[174] Сводный каталог русских зарубежных периодических и продолжающихся изданий , Спб. 1996.

[175] Семенова Т. О. Молодое поколение писателей и поэтов первай эмиграции // Русская литература XX в. Школы. Направления. Методы творческой работы. –СПб. , 2002.

[176] Семенова С. Русская поэзия и проза 1920–1930-х годов. Поэтика — Видение мира Философия. М. , 2001.

[177] Современная русская литература конца XX – начала XXI века: C568 учеб. Пособие для студ. Учреждений высш. Проф. Образования / Под ред. С. И. Тиминой. – М. : Издательский центр 《 Академия 》 , 2011.

[178] Содружество: Из современной поэзии русского зарубежья. / Сост. Т. Фесенко. –Вашингтон , 1966.

［179］Соколов А. Г. Судьбы русской литературной эмиграции 1920-х гг. – М. : МГУ, 1991.

［180］Спиридонова Л. А. Бессмертие смеха : Комическое в литературе русского Зарубежья. Наследие, 1999.

［181］Струве Г. П. Русская литература в изгнании. УТСА. ПРЕСС, Париж, 1984.

［182］Струве Г. П. Русская литература в изгнании : Опыт исторического обзора зарубежной литературы. 3 – е изд. , и доп. – Париж : М. , 1996.

［183］Терапиано Ю. Литературная жизнь русского Парижа за полвека (1924 – 1974) : Эссе, Воспоминания, статьи. Париж – Нью – Йорк : Альбатрос–Третья волна, 1987.

［184］Тихомиров Е. В. Проза русского зарубежья и России в ситуации постмодерна. –М. , 2000.

［185］Традиционное и новое в русской литературе двадцатого века // Русская литература в эмиграции. –Питтсбург, 1972.

［186］Удодов А. Б. Русское зарубежье о гражданской войне : взгляд из Белого стана. // Облики русской усобицы. Воронеж, 1993. – С. 3 –11.

［187］Ухова Е. Ю. Проблема художественной реальности в теоретико – литературном наследии В. Набокова : Автореф. дис. канд. филол. наук. М. , 2005.

［188］Фостер Л. А. Библиография русской зарубежной литературы, 1918 – 1968, Boston(Mass.) , 1970, Vol. 1–2.

［189］Фостер Л. А. Статистический обзор русской зарубежной литературы // Русская литература в эмиграции : Сб. Статей под ред. Н. П. Полторацкого. Питсбург, 1972.

［190］Хазанов Б. , Глэд Д. Допрос с пристрастием. Литература изгнания. – И. , 2001.

［191］Цурганов Ю. Неудавшийся реванш. Белая эмиграция во Второй мировой войне. , М. , 2001.

［192］Шмаглим Р. Русское Зарубежье в ХХ веке. 800 биограыий. М. , 2007.

［193］Шаховская З. В поисках Набокова. Отражения. М. , 1991.

［194］Эмигранты. Поэзия русского зарубежья. Ростов–на–Дону, 2004.

［195］Агеносов В. В. Литература второй волны русской эмиграции. –

РЖИНИОН РАН. Литературоведение в россии. Серия 7. – 1996. – №2.

[196] Адамович Г. В. Надежды и сомнения эмиграции // Вестник ОРЛ. 1961. – №2.

[197] Вартбург М. Контакт или конфликт? – 《22》. – Иерусалим, 1992. – №81.

[198] Слоним, М. Литературный дневник : Молодые писатели за рубежом / М. Слоним // Воля России. – 1929. – № 10/11.

[199] Кибальник С. А. Гайто Газданов и Набоков//Русская литература. 2003. №3. –С. 22–41.

[200] Кибальник С. А. Гайто Газданов и Экзистенциальное сознание в литературе русского зарубежья//Русская литература. 2003. №4. –С. 52–72.

[201] Кибальник С. А. Гайто Газданов и Шестов //Русская литература. 2006. №1. –С. 218–226.

[202] Левинг Ю. Тайны литературных адресатов В. В. Набокова : Гайто Газданов. // Набоковский вестник. Вып. 4–СПб, 1999. – С. 75–90.

[203] Мамлеев Ю. В. Россия вечная [М]. М. , Изд. АиФ–Принт, 2002.

[204] Марчок В. Контуры авторства в постмодернизме. // Вестник МГУ. Серия 9. Филология. М, 1998. – №2. – С. 46–55.

[205] Межуев В. Интеллигенция и демократия. Свободная мысль. 1992. – №2. – С. 45.

[206] Мокрова М. Иррациональное начало в творчестве Г. Газданова и Б. Поплавского [Электронный ресурс]. – URL: http://www. hrono. ru/text/2008/mok 1108. html (дата обращения 20. 02. 2013).

[207] Неживой Е. С. Проза русского зарубежья. //Учительская газета. – 1992. –17 нояб. С. 12–13.

[208] Ржевский Л. Встречи и письма (О русских писателях зарубежья 1940 –1960–х гг.)//Грани. 1990. – №157. – С. 122–128.

[209] Подмарев Е. А. И. А. Ильин об истоках творчества И. А. Бунина. // Известия высших учебных учебных заведений. Поволжский регион. – 2009. – №1 (9) . – С. 70–75.

[210] Семёнова С. Г. Экзистенциальное сознание в прозе русского зарубежья (Гайто Газданов и Борис Поплавский) , /У Вопросы литературы. –М. , 2000. –№3. –С. 67–106.

［211］Хроника литературной жизни русского зарубежья. Франция（1918 – 1940）// Российский литературоведческий журнал. – №№ 1 – 7 （1997）.

［212］Федотов Г. О Парижской поэзии. Перепечат. : Вопросы литературы, М. , 1990. № 2.

［213］Федякин С. Р. Газданов // Литература русского зарубежья, 1920 – 1940 / Отв. ред. О. Н. Михайлов. Вып. 2. М. : ИМЛИ, 《Наследие》, 1999. С. 214–232.

［214］Проблемы эволюции русской литературы XX века. М. , 1997.

［215］Художественные ориентиры зарубежной литературы XX века. М. : ИМЛИ РАН, 2002.

［216］Хрусталева Н. Психология эмиграции. Диссерт. на соискание уч. ст. доктора психологических наук, СПб. : 1996.

［217］Alexandrov, V. Nabokovps Otherword. Princeton University Press, 1991.

［218］Arnold McMillin. The Effect of Exile on Modern Russian Writers: A Survey. Renaissance and Modern Studies 34 : 1991.

［219］Michael Seidel. Exile and the Narrative Imagination. New Haven, CT: Yale UP, 1986.

［220］Fredson Bowers. Vladimir Nabokov: Lectures on Russian Literature, New York : 1981.

［221］Handbook of Russian Literature /Ed. By Terras Victor. – New Haven and London: Yale University Press, 1985.

［222］John Glad, ed. , Conversation in Exile: Russian Writers Abroad. Durham, NC : Duke UP, 1993.

［223］Johnston H. Robert 《New Mecca, New Babilon》 Paris and the Russian Exiles, 1920–1945. – Monreal; mc Gill–Queen's Univesity Press, 1988.

［224］Nabokov, Vladimir V. Lectures on Russian Literature. NewYork: Harecurt Brace Jovanovich, 1981.

［225］Olga Matich with Michael Heim, The Third Wave: Russian Literature in Emigration, Ardis, Ann Arbor, 1984.

［226］Raeff, M. Russia Abroad. Cultural History of the Russian emigration 1919 – 1939. New York, 1990.

［227］Taifel, H& Tumer, J. C. The Social Identity Theory of Integroup Behavior, Phychology of lntergroup Relations. Chicago: NelsonHall, 1986.

［228］Terras Victor, Handbook of Russian Literature, New Haven and London:

Yale University Press,1985.

[229] The Bitter Air of Exile:Russian Writers in the West 1922–1972/Ed. By S. Karlinsky and Alfred Appel. – Berkeley – Los – Angeles – London: University of California Press,1973.

[230] The Cambridge History of Russian Literature (ed. by Charles Moser). Cambridge University Press,1992.

[231] The Third Wave:Russian Literature in Emigration. Ann Arbor. 1984.

[232] Jackson,Robert. Essays on Russian literature :moral–philosophical configurations. [S. l.]:Academic Studies Press,2011.

[233] Twentieth–century Russian literature :selected papers from the Fifth World Congress of Central and East European Studies / edited by Karen L. Ryan and Barry P. Scherr. Houndmills, Basingstoke, Hampshire : Macmillan Press ; New York :St. Martin's Press,2000.

[234] Under Eastern eyes : the West as reflected in recent Russian émigré writing. New York :St. Martin's Press,1992.

附　录

1. 1917 年十月革命至 1920 年间，出现了俄罗斯侨民界（российское зарубежье）这一概念

（1）苏联文学/苏维埃文学（советская литература/литература СССР）：这一概念最早出现在 1923 年。高尔基在 1934 年召开的第一届全苏作家代表大会上发表了题为《苏联的文学》的报告，他从国家地理和政治意识两个方面对"苏联文学"概念做了如下界定：第一，苏联文学是本质上不同于西方文学和俄罗斯旧文学的新文学；第二，它不仅是俄罗斯语言的文学，还是全苏联的文学。

（2）俄罗斯文学/俄国文学/俄语文学（русская литература）：在苏联解体之前，中苏学者大多用"俄罗斯文学"或"俄国文学"来指称十月革命之前的俄罗斯古典文学。而在广义上是指所有俄语国家的文学，通常也将产生于俄语文化氛围中的、以俄语写成文学都可归入"俄国文学"。

（3）苏维埃俄罗斯文学（советская русская литература）：这一概念主要是指苏联时期俄罗斯民族的文学或俄联邦境内的文学。它包括俄罗斯联邦内的文学、俄罗斯境外文学、以俄语为母语创作的文学和用俄语发表或翻译的文学。

（4）俄罗斯联邦内的文学（российская литература）：它是苏维埃俄罗斯文学的一个部分，与苏联时期的如下两种文学成三足鼎立，即，以俄语为创作母语的俄联邦少数民族作家的创作和以俄语首发的或翻译为俄语的苏联其他少数民族作家的创作。

（5）俄罗斯境外文学（литература русского зарубежья）：它与俄罗斯联邦内的文学相对应，注重国家和地理方面的意义。

（6）以俄语为母语创作的文学（россоязычная литература）：以俄语为创作语言属性的文学作品，尤其是以俄语为创作母语的俄联邦少数民族作

家及犹太裔作家的创作。

（7）用俄语发表或翻译的文学（литература на русском языке）：用俄语首发的或是翻译为俄语的苏联其他少数民族作家的创作。

（8）本土文学（метропольская литература）：这一概念与"侨民文学"和"境外文学"相对应，今天的学者更乐于将"境外文学"和"本土文学"相提并论。

（9）侨民文学（эмигранмская литература）：俄罗斯移居他国的侨民创作的文学，概念由来已久。它亦称"境外文学"，只是更具政治和意识形态色彩。

（10）境外文学（зарубежная литература）：它与"本土文学"的分野和并存，具有其深刻的政治和社会原因，现已形成独特的俄罗斯文学并蒂开花之形态。

（11）官方文学（официальная литература）：1932年苏联作家协会的建立和1934年社会主义现实主义创作方法的确立，标志着"官方文学"的最终定型。这一概念指的是苏维埃时期占据正统地位的文学，也是传统的苏联文学史所描述的主要对象。1990年叶罗菲耶夫在他的《追悼苏联文学》一文中将苏维埃时期的俄罗斯文学划分为"官方文学"、"乡土文学"和"自由派文学"三个部分。

（12）地下文学（подпольная литература）：这一概念是与"官方文学"相对应，其历史悠久，"地下文学"亦指称那些"非官方文学"，纵观整个20世纪俄罗斯文学可见，它与官方控制的松严成反比例增长，在相对宽松的社会政治环境里，有时会汇入主流文学或自行消亡。它不仅与"官方文学"形成一种互补，而且是"本土文学"和"境外文学"之间的联系纽带。

（13）自版文学（самиздат）：这是"地下文学"的成分之一，主要是指那些通过手抄、打印、照相、复制或地下刊物等形式传播或发表的作品。

（14）持不同政见文学（диссидентская литература）：这也是"地下文学"的成分之一，是指苏联时期的那些因政治观点与政党、法律或政府相背而被查抄或被禁止发表的作品。

（15）黄金时代（Золотой век）：黄金时代、白银时代、青铜时代、英雄时代和黑铁时代主要是用于文化史、文学史的划分。1863年，俄罗斯文学批评家 M. A. 安东诺维奇在俄罗斯文学杂志《现代人》上发表了一篇题为《文学危机》的文章，文章中首次使用"黄金时代"这一说法。俄罗斯文学研究者 B. Б. 卡塔耶夫把从普希金到契诃夫的这一段时期称作俄罗斯文学的"黄金时代"。可以说，俄罗斯文学的黄金时代首先是诗歌的时代，其中心人物是普希金，被誉为"俄罗斯诗歌的太阳"。

 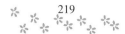

（16）白银时代（Серебряный век）：是指俄国革命以后，从19世纪末到20世纪20年代的一段时期，这是俄罗斯艺术的一个伟大时代。

（17）青铜时代（Медный век）：它是相对于俄罗斯文学的"黄金时代"和"白银时代"而言，青铜时代具有暴力的意味，是指在斯大林时代俄罗斯文学历经的最严酷时代。但俄罗斯文学家和艺术家的精神并没有被摧垮，他们做出了很大的文学贡献，其奋斗更带有悲壮色彩。

（18）后现代主义（постмодернизм）：它是苏联解体之后，在俄罗斯文学中迅速出现的一股文学思潮。符·阿格诺索夫主编的《20世纪俄罗斯文学》中给后现代主义所下的定义是："后现代主义者向当代人建议应具有（但不是强加的责任）以下一些思想特征：有独立的批判性见解、不怀成见、宽容、坦率、喜欢审美的灵活开朗、善于讽刺和自嘲，并以此来取代一成不变的世界观（用后现代主义的话来说，是顽固的空想世界观和神话世界观）。后现代主义认为灵活的相互作用或保持礼貌的中立，要比任何一种斗争都好，无拘无束的没有任何负担的对话比争论要好。"①

（19）后现实主义（постреализм）：它是在苏联解体之后的当代俄罗斯文坛发展起来的一种新型的现实主义，是俄罗斯现实主义传统的继续和发展，这是俄罗斯后现代主义与西方后现代主义的主要差异，也被视为俄罗斯后现代主义的别称。

（20）后社会主义现实主义（постсоциареализм）：它是苏联解体之后社会主义现实主义的继续和发展，和俄罗斯"后现实主义"一样，被视为俄罗斯后现代主义的别称。

（21）后苏维埃文学（постсоветская литература）它和俄罗斯"后现实主义"及"后社会主义现实主义"一样，被视为俄罗斯后现代主义的别称。

2. 君士坦丁堡的俄侨文学

（1）《俄罗斯回声报》（Российское эхо）

（2）《晚报》（Вечерняя пресса，Press de Soire，双语出版）

（3）第一个侨民作家文集《黎明》（Рассвет，1920）

（4）第一家俄侨出版社"报界"（Пресса，1920）

（5）1920年8月在君士坦丁堡建了第一个俄侨免费阅览图书馆。

（6）第一个俄罗斯作家学者协会（Союз русских писателей и учиных，1921年3月，主席：戈格尔教授，副主席：C. 瓦尔沙夫斯基）

（7）第一个文学家艺术家协会——契诃夫协会（Литературно -

---

① 符·维·阿格诺索夫.20世纪俄罗斯文学［M］.凌建侯，黄玫，柳若梅，等译.北京：中国人民大学出版社，2001：643.

художественное общество имени А. П. Чехова），1921 年 3 月，主席："知识派"作家苏尔古切夫）

（8）"候鸟之巢"剧院（Гнездо перелетных плиц，1921），由阿维尔琴科领导。

（9）在君士坦丁堡俄侨杂志发表作品的重要的俄侨作家和诗人有：阿维尔琴科、苔菲、С. 瓦尔沙夫斯基等人。

3. 布拉格的俄侨文学

（1）俄罗斯行动（русская акцрия，1920），捷克斯洛伐克政府为五千名俄侨大学生提供奖学金。

（2）俄罗斯人民大学（Русский народный университет，1923）肩负俄侨历史-哲学文化和社会科学之重任。

二战前，布拉格共有 18 种俄侨报刊，其中重要的有月刊《俄罗斯意志》（Воля России，1921—1926），该报的编辑是斯洛尼姆（М. Слоним）、苏霍姆林（В. Сухомлин）、斯塔林斯基（Е. Сталинский）。

隐修区（Скит，1922—1940），领导者是阿道夫·路德维戈维奇·贝姆（Адольф Бем，俄罗斯哲学家、文学史家、文学批评家、俄罗斯境外活动家），出版的杂志有《走自己的路》（Своими рутями，1924—1926）。

俄罗斯作家记者协会（Союз русских писателей и журналистов，1921 年 3 月，第一任主席：政论作家兼社会学家皮吉利姆·亚历山大诺维奇·索罗金），协会出版文集《方舟》（Ковчет）。

文学团体"达里波尔卡"（Далиборка，1924—1933），虽然规模不大，但却是整个布拉格的俄罗斯文学界之源。

布拉格流派更接近莫斯科派，在布拉格俄侨杂志发表作品的重要的俄侨作家和诗人有：列米佐夫、茨维塔耶娃、齐里科夫、阿姆菲捷阿特罗夫-卡达舍夫、阿维尔琴科、阿拉·戈洛维娜、切格林采娃、拉特加乌兹、加兹达诺夫、波普拉夫斯基、拉金斯基等人。

4. 柏林的俄侨文学

（1）1922 年以别尔嘉耶夫为首的一批俄罗斯侨民宗教哲学家在柏林创办了自由宗教和哲学学院。

（2）1918—1928 年在柏林注册的有 188 个俄侨出版社，重要的出版社有：时代（Эпоха）出版社、西徐亚人（Скифы）出版社、彼得罗波里斯（Петрополие）出版社。

重要的报刊和杂志有：《俄罗斯图书报》（Русская книга）、《舵轮报》（Руль）、《俄罗斯与斯拉夫》（Россия и славянство）、《前夜》（Накануне）、《界线》（Грани）。

（3）在柏林俄侨杂志发表作品的重要的俄侨作家和诗人有：布宁、扎伊采夫、奥索尔金、别尔嘉耶夫、阿·托尔斯泰、霍达谢维奇、格·伊万诺夫、爱伦堡、古尔、左琴科、伊万·叶拉金等人。

5. 巴黎的俄侨文学

（1）1923 年巴黎成为俄侨文学之都。

（2）1922 年侨居巴黎的俄罗斯诗人和作家组成"十三人展览"（Выставка Тринадцати,创建人是鲍日涅夫和克努特）。

（3）1925 年初,由杰拉皮阿诺任协会主席的"青年作家诗人协会"（Союз молодых писателей и поэтов,1925—1940）成立,每周六协会都举办相当活跃的文学活动。

（4）文学团体——"绿灯社"（Зеленая лампа,1927—1935）,是梅列日科夫斯基夫妇在巴黎创办的文学—哲学团体,是当时最具代表性和影响力的域外团体之一,也是"二战"前侨民当中最有意义的活动,共举办 52 次会议。

（5）《数目》（Числа,1930—1934）杂志,形成"巴黎音调"（парижская нота）,即"俄罗斯帕尔那索斯派"。

（6）《最新消息报》（Последние новости,1920—1940）

（7）《俄罗斯意志》（Воля России,1921—1926）

（8）《当代纪事》（Современные записки,1920—1940）

（9）《环节》（Завено,1923—1928）

（10）《复兴报》（Возраждение,1925—1940）

（11）《新航船》（Новый корабль,1927—1928）

（12）《新城堡》（Новый град,1931—1939）

（13）《游牧点》（Кочевые）

20 世纪 30 年代,在巴黎的冯达明斯基家里形成文学沙龙——"圆圈"（Круг）协会,后来他在东正教基础上将新老两代巴黎俄侨作家团结在"内部圆圈"（Внутренний круг）,出版了《圆圈》杂志。

在巴黎俄侨杂志发表作品的重要的俄侨作家和诗人有：米留科夫、阿达莫维奇、加兹达诺夫、纳博科夫、布宁、梅列日科夫斯基、吉皮乌斯、霍达谢维奇、格·伊万诺夫、阿尔达诺夫、扎伊采夫、列米佐夫、什梅廖夫、奥楚普、奥索尔金、魏德勒、舍斯托夫、费多托夫、比奇里、莫楚尔斯基等人。

6. 哈尔滨和上海的俄侨文学

哈尔滨（"东方的彼得堡"）成为俄国人在华的聚居中心始于 1898 年沙俄在我国东北修建中东铁路,同时也出现了俄罗斯的侨民作家现象。十月革命后,大批俄罗斯知识分子逃到哈尔滨。哈尔滨的俄侨文学是 20 世纪初至 50 年代俄侨作家用俄语创作的文学作品,是俄罗斯"白银时代"的文学特

点与中国文化相结合的创作结果,当时的俄侨作家有 120 位左右,俄侨作家和诗人们创作十分活跃,内涵相当丰富,体裁十分广泛。俄侨文学对当时东北文学也有过明显的影响。

1901 年,俄侨在哈尔滨建成第一座俄文图书馆,到 1927 年已达 27 家,俄侨先后在哈尔滨开办过 7 所高等院校,高校自己出版报纸、杂志和论文集。1918 至 1945 年,哈尔滨出版俄文报纸 115 种,杂志 275 种,每日出版物多达 190 种。

文学艺术周刊《边界》(Рубеж,1927—1945)总共发行了 862 期,刊登现代文学和国际时事分析。

1926 年由"绿灯社"文学聚会发展为文学团体"丘拉耶夫卡文学社团"(Чураевка),团体成员积极讨论苏联文学和俄侨文学。文学月报《丘拉耶夫卡》(1932 年 12 月—1935 年春)出版诗集达 40 余部。

1935 至 1936 年间,大批年轻的"丘拉耶夫卡文学社团"成员为躲避法西斯战争,由哈尔滨侨居上海,他们经常参加上海的"周一"(Понедельник)、"周三"(Среда)、"周五"(Пятница)等多个文学团体。

在哈尔滨和上海俄侨杂志发表作品的重要的俄侨作家和诗人有:阿列克赛·阿恰伊尔、阿列克桑德拉·巴尔考、叶列娜·伏拉吉、韦涅季克特·马尔特、尼古拉·斯维特洛夫、基里尔·巴图林、米哈伊尔·谢尔巴科夫;安德森、佩列列申、佩捷列茨、斯洛博德奇科夫等人。